新潮文庫

殺す警官

サイモン・カーニック
佐藤耕士訳

サリーに

本書を執筆し出版する際に尽力してくれた方々に感謝します。
お名前は挙げずともおわかりでしょう。

殺す警官

主要登場人物

デニス・ミルン……………ロンドン警視庁刑事部の巡査部長
レイモンド・キーン………殺しの依頼人
ミリアム・フォックス……惨殺された18歳の売春婦
カーラ・グラハム…………養護施設〈コールマン・ハウス〉の女所長
モリー・ハガー……………〈コールマン・ハウス〉の少女
ルシアン・ロバーツ………　　〃　　専属の児童心理学者
ロイ・シェリー……………新聞記者
メメト・イーラン…………トルコ人の実業家
マリック……………………デニスの同僚
ダニー・アシュクロフト…デニスの相棒

第一章　死者の紹介

I

こんなふうにはじまる実話がある。数年前、三十二歳の男が十歳の少女を路上で誘拐した。少女の家のすぐ近くでだ。男は少女を薄汚れたワンルームのフラットに連れて行き、ベッドに縛りつけ、残虐《ざんぎゃく》な性行為で一時間も弄《もてあそ》んだ。放っておけばそれ以上に深刻な事態が起きていたかもしれないが、壁が段ボールほどに薄かったため、度重なる少女の悲鳴を隣人女性が聞きつけた。女性は警察に通報し、やがて駆けつけた警察はドアをぶち破った。少女は救出され、当時受けた傷はいまも残っているが、犯人は逮捕された。だが七ヶ月後に行なわれた裁判で、女弁護士が細かい法的理屈をこねたおかげでレイプ魔は釈放となった。どうやらその女弁護士、一人の無実の人間を刑務所送りにするよりも十人の犯罪者を野放しにするほうがいいという見解の持主らしい。結局そのレイプ魔は、犯行を犯した界隈《かいわい》に戻ってきて自由を謳歌《おうか》している。女弁護士は報酬を受け取ったが、その報酬のもともとの出所は納税者だ。パートナーたちからはでかしたぞと祝福を受け、おまけに一杯おごってもらったにちがいない。そのあいだ、レイプ魔の住まいから半径三キロ以内に住む親たちは、恐怖に怯《おび》えながら生活していた。警察は、われわれがあのレイプ魔をしっかり監視しますからといって安心させようとしたが、監視以上はできないことも認めた。毎度のことながら、落ち着いてくださいというしかないのだ。三ヶ月後、被害を受けた少女の父親がレイプ魔のフラットで見つかった。ドアに設置された郵便受けから室内にガソリンを注いでいるところだった。よりによって警察はたまたま、言葉どおりに界隈を監視していたのである。父親は放火と殺人未遂の容疑で逮捕、拘留された。地元紙はこの父親を釈放するようキャンペーンをぶちあげ、嘆願書を作成して二万名の署名を集めた。だが予想どおり、当時の有力者たちはこれを無視、世間の関心は薄れ、この父親は裁判がはじまる前に監房内で首を吊《つ》った。これが進歩的で常に前向きな社会の話だろうか。それとも廃《すた》れていく社会の話だろうか。おれにはわからない。

しかしながら、この話の教訓自体はわかりやすい。だれかを殺すときはちゃんと計画を立てろ、ということだ。

午後九時一分。おれたちはトラベラーズ・レスト・ホテル裏の駐車場にいた。暗くて寒いし、おまけにこの雨。ありがちなイギリスの十一月の夜だ。お世辞にも外での仕事に打ってつけの時間とはいいがたいが、このご時世、仕事の時間を選べるやつなどいるだろうか？　トラベラーズ・レストの名を冠しながらも、たいして安らぎ《レスト》などありそうにないホテルだ。よくある現代風の赤レンガの建物で、けばけばしい照明や回転扉を備え、週に一度は、あの現代の災禍《さいか》ともいうべき〝カラオケナイト〟まである。ひとつだけ都合のいい点は、正面駐車場が再舗装のため閉鎖されていることだ。これはつまり、おれたちの獲物が正面から入ってきても裏手にまわらなければならないことを意味している。通りがかりの一般市民の目にも触れずにすむ。獲物のほうはこちらの気配を察知するだろうか？　おそらくそれはないだろう。気づいたところで、そのときはもう手遅れだ。

　待つのは嫌いだ。この稼業《かぎょう》の一番いやなところといってもいい。考える時間がありすぎるのだ。そこでおれは煙草《たばこ》に火をつけ、深々と、だがすまなそうに吸った。ダニーが鼻筋に皺《しわ》を寄せたが、なにもいわなかった。ダニーは煙草が好きじゃないが、そのことで騒ぎ立てるようなまねはしない。根が寛容なのだ。二人でこの小児性愛者のレイプ事件の話をしていたところ、ダニーは十人の犯罪者を野放しにする女弁護士の主張を支持した。いかにもダニーらしい。しかもバカげている。多くの人間を苦しめることが、なぜ一人の人間を苦しめることより好ましいのか、おれにはとうてい理解できない。二千万人の人間がクイズショーを見たがっていて、オペラを見たいやつは二百万人しかいないのに、あえてオペラしか放映しないテレビ局のようなものだ。そんなことを信じている人間が商売をやれば、一日で立ち行かなくなるに決まっている。しかしおれは、ダニーが好きだ。信頼してもいる。長いこと一緒に仕事をしてきたし、おたがいの能力も把握している。それこそがこの稼業の秘訣《ひけつ》なのだ。

ダニーが空気を入れ換えようと運転席側の窓を降ろしたので、おれは寒さに身震いした。それにしても、なんてひどい夜《や》だ。

「おれだったら、あの女弁護士を殺りに行っただろうな」おれはいった。

「なんだって?」

「おれがあの少女の親父《おやじ》だとしたら、レイプ魔よりも女弁護士のほうを仕留めに行く」

「なんでだよ?　そんなことしてなんの得になる?」

「あの女、あのレイプ魔は自分の行為を抑えることができなかっただの、衝動が強すぎて手に余っただのと抜かしやがるからだ。もちろん、あのレイプ魔を去勢してやりたい気持ちに変わりはないさ。だが問題はそこじゃない。問題なのは、あの女弁護士があの男を弁護するかしないかの選択権を持っていたことだ。あの女は頭が切れるし、理屈の立て方もうまい。犯人のしたことをちゃんと理解していながら、全力であの男を街に戻した。だからあの女のほうが罪が重いんだ」

「さっぱりわからないよ、そういう考え方」

「この世の最大の悪は、犯罪を犯す側じゃなくて、それを裁く側にあるのさ」

ダニーは自分の耳を疑うかのように首を振った。

「おいデニス、なんだか〝死の天使〟みたいな口ぶりになってきてるぞ。少し落ち着いたらどうだ。自分ほど潔白な人間はいないってわけじゃあるまいし」

たしかにいえている。おれは潔白なんかじゃない。だが少なくとも信条は持っている。厳格な行動原理といってもいい。それがおれの主張に正当性を与えてくれるのだ。

ダニーにそのことをいおうとしたとき、無線が息を吹き返した。

「よし、獲物が来たぞ」肉体から遠く離れた声が告げた。「黒のチェロキー、乗っているのは三人。そいつらだ」

ダニーはエンジンを始動させ、おれは無言で車から滑り出て煙草を弾《はじ》き飛ばし、チェロキーがあらわれるところへ歩いていった。この機会を逃したらチャンスは二度とめぐってこない。

チェロキーがホテル前のスロープを入ってくる音がした。建物の横をまわり、ゆっくりと裏の駐車場に入ってきて、駐車する場所を探している。おれは小走りになって両手を振り、運転手の注意を引いた。バーバー製の防水ジャケット、シャツ、ネクタイをしていたので、どこから見てもなにかで困っているビジネスマンだ。

走っていたチェロキーは、やがて停止した。おれは運転席側にまわって窓を叩《たた》いた。

「すみません、すみません」われながら声音がまるでちがう。甲高くて、自信がなさそうな声だ。

窓が降ろされ、鋳鉄《ちゅうてつ》と見まがうほど角張った顎《あご》をした険しい顔つきの男が、ぐっとにらみつけてきた。歳《とし》のころは三十五。とたんにおれは怯《ひる》んだ顔をして見せた。おかげでその運転席の男と、助手席にいた、髪にブリルクリームを塗りたくって脂《あぶら》ぎった顔をした小柄な年配の男は、はやばやと警戒を解きはじめた。おれを人畜無害な男とみなしたのだ。大人しく税金を払って、生活のために命じられた仕事をしている男にすぎない、と。後部座席にいた男がなにかつぶやくのが聞こえたが、おれはその男を見もしなかった。

「なんの用だ」運転席にいた男が焦《じ》れったそうに訊《き》いてきた。

「じつはその……」

おれはいいながら、ポケットからさっと銃を取り出した。安全装置を解除してないかもしれないという妄想に一瞬とらわれながらも、男の右目を二度撃つ。男は悲鳴をあげるまもなくどっとシートに倒れ、首を横に傾《かし》げて小刻みに震えながら、最後の生命《いのち》を吐き出した。

助手席にいた年配の男は呪詛《じゅそ》の言葉を吐いてすぐさま両腕でガードしたが、無駄なあがきだった。男の姿がよく見えるように少し身を乗り出し、さらに二発撃つ。一発は男の肘《ひじ》に命中、もう一発は顎を撃ち砕いた。顎骨《がっこつ》が割れる音がしっかり聞こえた。男は激痛に悲鳴をあげ、口のなかにあふれた血で激しく咳《せ》きこんだ。もうおしまいだという現実を受け入れられず、シートに座ったまま後ずさろうとし、気が触れたようにあちこち引《ひ》っ掻《か》いている。おれは銃を構えなおし、もう一度引き金を引いて、男の額をまっすぐに撃ち抜いた。男の向こうの窓ガラスが真《ま》っ赤《か》に染まり、脂ぎった顔がすぐに弛《し》緩《かん》した。

ここまでで時間にして三秒。

しかし、後部座席にいた男は敏捷《びんしょう》だった。すでにドアを開け放ち、手に銃のようなものを持って飛び出してくる。じっくり見ている余裕はなかった。三歩下がり、男が見えてきた瞬間、引き金を引き絞る。上半身のどこかに命中したが、男はなおも迫ってきた。しかも意外にすばやい。おれは両手で銃を持って撃ち続けた。耳をつんざく銃声に歯をくいしばる。銃弾を食らった衝撃で男の身体《からだ》は後ずさり、ドアにぶつかった。狂ったように両手両脚をばたつかせている。まるで銃声の調べにあわせてでたらめな踊りを踊るかのようだ。糊《のり》のきいた白いシャツに、赤い点が怒りの水疱《すいほう》となって浮かんでくる。

やがてマガジンが空《から》になった。はじまりは唐突で劇的だったが、終わりもそうだった。

男は直立したままドアにつかまって身体を支えていたが、身体から力が洩《も》れ出していくのが目に見えるようだった。すぐにくずおれ、なかば座った形になり、ドアも手放した。シャツの血を見おろし、その目をおれに向ける。おれも男の顔をよく見た。だが後悔した。男は若くて、おそらく二十代後半だろう、その表情は予想をまったく裏切るものだった。罪深い人間の顔つきとはまるでちがう。ふてぶてしさは毛ほどもなく、怒りすらない。あるのはショックだけ。自分から命が奪われていくというショック。こんな仕打ちは受けるいわれがないと途方に暮れている男の顔だ。このときおれは、自分の犯した恐ろしい過《あやま》ちに気づいてもよかったのだ。

だが実際には男から視線をはずし、弾を込めなおしていた。前に進み出て、男の頭を三発撃つ。男の手から携帯電話がガチャンと落ちた。

銃をジャケットのポケットにしまい、ダニーのほうを振り向いた。ダニーは車をまわしてくるところだった。

女の姿が見えたのはそのときだった。距離は十五メートルほどだろうか。ホテルの裏手にある非常口の明かりの下に立ち、両手にひとつずつゴミ袋を持って、まっすぐこっちを見ている。せいぜい十八といった感じで、ショックのあまり、目にしていることがとても現実とは思えないといいたげだ。さあ、どうする？　映画に出てくるようなプロのヒットマンなら、たった一発の銃弾で女の額を撃ち抜くだろうが、あいにくこの距離では女の身体に当たる保証すらない。それにだいいち、一般市民を傷つけたくはない。おれが見ているのがわかると、女は手で口もとを押さえた。つぎには死者をも目覚めさせるほどの悲鳴をあげるにちがいない。そんなことをしても死者は生き返ったりしないのだが、悲鳴をあげられるのは困る。おれはすぐに目を伏せ、急いで助手席側にまわった。暗闇《くらやみ》と雨がおれの顔立ちを曖昧《あいまい》にさせ、女の証言する犯人の人相が役に立たないことを願った。

車に飛び乗ってからもうつむいたままだった。ダニーは一言も口をきかず、アクセルを踏みこんだ。

現場をあとにしたのは九時四分だった。

最初の乗り換え地点まで走った時間はかっきり四分、距離にして約四キロだ。その日はあらかじめ、森林局が管理する土地の静かな一画にモンデオを駐《と》めてあった。ダニーはそのモンデオの後ろに車をつけ、エンジンを切り、車を降りた。おれは助手席の下に手を伸ばし、五リットル入りのガソリン缶を引っぱり出して車内にガソリンを撒《ま》いた。缶が空になると、車から出て紙マッチの火をつけ、後ろに離れて十分距離を取ったうえで、紙マッチを放り投げる。犯行に使った銃、使用した双方向無線機も投げこんだ。ガソリンに火がつくと、シューッという頼もしい音が聞こえ、熱の波がそれに続いた。

警察が丸焦《まるこ》げの車を見つけたとしても、手がかりはなにも残らないだろう。指紋は一切残してないし、この車から犯人をたどるのも不可能に近い。バーミンガムで半年前に盗んだ車であり、ナンバープレートも新しいものにつけかえ、再塗装をし、以来カーディフの貸し倉庫に保管してあったものだ。この仕事では、注意するに越したことはない。

ちまたで信じられているのとはちがって、ほとんどの刑事は顔色だけでヤク中を見破ることなどできないが、新たなエラリー・クイーンにぶちあたらないともかぎらないのだ。ロンドンの道路はＭロードと呼ばれる高速道路《モーターウエイ》と幹線道路のＡロード、田舎道のＢロードに大別される。おれたちは、あらかじめ決めてあったＢロードや一車線道路だけのルートを六キロほどひた走った。九時十六分、〈古い鐘〉の駐車場に入る。裕福そうな通勤者が多い村のはずれの、繁盛《はんじょう》しているパブだ。ダニーは駐車場の奥まで車を入れ、バーガンディのローバー６００の後ろに停めた。

　ここで別れるのだ。

「あの女に顔をじっくり見られたのか？」ダニーはドアを開けながら訊いてきた。襲撃後、はじめて発した言葉だ。

「なに、だいじょうぶさ。暗すぎて見えてないはずだ」

　ダニーはため息をついた。

「まいったな。三人殺しをしたあげく、目撃者がいるなんて」

　そんないい方をされると、正直あまり芳《かんば》しい状況とは思えなかったが、いまのところ確実に危ないと考える理由もなかった。

「心配するな。手がかりは一切残さないようにしたじゃないか」

「けどデニス、こいつはきっと大騒ぎになるぜ」

「そんなことはこの仕事《ヤマ》を引き受けたときからわかってたことだろう。静かにしてじっと口を閉ざしてさえいれば、こっちに飛び火することはないさ」

おれはダニーの肩を気さくに叩いて、明日電話するといった。

ローバーのキーは運転席側のフロントタイヤの陰に置いてあった。おれは乗りこみ、エンジンをかけて、ダニーのあとについて駐車場を出た。ダニーは南に折れ、おれは北に折れた。

それでおしまいのはずが、なぜか今夜はついていなかった。五キロも走らないうちに、ロンドンへ戻る曲がり角の手前で、警察の検問に引っかかったのだ。路肩に回転灯のついたパトカーが二台並んでいて、蛍光色の安全ジャケットを着た警官たちが、先に停止させたＢＭＷのまわりをうろついている。心臓が飛びあがるかと思ったが、すぐに自分を取り戻した。心配する理由などない。こっちは一人だし、銃も持ってないのだ。乗っている車も、トラベラーズ・レスト・ホテルの半径八キロに踏み入れたことはない。それに警官たちは、まだ犯人の人相だって知らないはずだ。ダッシュボードの時計は九時二十二分を指している。

警官の一人が、近づくおれの車を見て、懐中電灯をつけて道路に歩み出ると、ＢＭＷの後ろに並ぶよう誘導した。おれは指示に従い、警官が近づいてきたときに運転席側の窓を降ろした。若い警官で、せいぜい二十三といったところか。じつに初々《ういうい》しい顔つきだ。警官が若く見えるのは自分が歳《とし》を取った証拠だといわれるが、なんだか息子でもながめるような歳の差を感じてしまった。しかもこの警官、仕事に対する情熱も持ちあわせている。もっともこれは長続きしないだろう。もう一人の警官は若者のすぐ後ろに立ってじっと見ているが、ほかの二人はBMWのほうにかかりきりだ。どの警官も銃は携帯していないらしく、この状況では少し愚かな気がした。なんならこの検問を突破して、この警官たちを振り切ってやろうか。いまからでも遅くはない。

「こんばんは」若い警官が窓にかがんできて、おれと車内をそっとながめた。

「やあ、おまわりさん。どうかしたのかい?」丁寧な物腰はいつだって報われるものだ。

「トラベラーズ・レストというホテルで事件がありました。A10通り《ロード》で、十五分ほど前です。そちらのほうから来たんじゃないですよね」

「ああ、あっちからじゃないよ」おれは答えた。「クラベリングから来たんだ。ロンドンに向かう途中でね」

若い警官はわかったようにうなずいてから、もう一度おれを見た。どうやらこっちの話を完全には信用していないらしい。なぜだ。おれは不審に思われるようなタイプじゃない。どこをどう見ても気のいい男だ。警戒される点などありえない。

だがこの警官にはピンときたのだ。ひょっとすると、新たなエラリー・クイーンに出会ったのかもしれない。

「身分証はお持ちですか？　念のため記録しておきたいので」

おれはため息をついた。こうなるのだけは避けたかった。問題を長引かせることにしかならないからだ。しかし、選択の余地はありそうにない。

一瞬渋ったが、迷ってなどいられなかった。

おもむろにポケットに手を入れ、財布を取り出す。

警官はそれを受け取り、じっくりとながめてから視線をおれに戻し、その視線をふたたび身分証に落とした。二重にチェックするためだ。おそらく自分の直感が誤っていたことが不思議でならないのだろう。ふたたびおれに戻した顔には、恥じ入るような表情が浮かんでいた。

「ミルン巡査部長でしたか。そうとは知らず、失礼しました」

おれは肩をすくめた。

「知らなくて当然さ。謝ることはない。きみはきみの仕事をしただけだ。だが、よければ先を急ぐんだが」

「もちろんけっこうです。どうぞ」若い警官は車から一歩さがった。「では、いい夜を」

おれはおやすみといって、ギアをバックに入れた。かわいそうに。こんな夜にパトロールするのがどんな気分か、おれもよく覚えている。雨が頭に降り注ぐなか、雀《すずめ》の涙ほどの給料で屋外に何時間も延々と立ちっぱなし。しかも探している人間が、おそらくすでに何キロも離れたところに逃走しているとわかっていながらだ。制服警官の悲哀ここに極まれり。

おれは手を振ってその場をあとにした。若い警官も手を振り返した。あの警官はあとどれくらいで情熱を失うだろうか。規則どおりにやるのは頭をレンガ壁にぶつけるのと同じだと気づくまで、どれくらいかかるだろう。

たぶん二年、おれはそう踏んだ。

2

かつてトム・ダークという名の知りあいがいた。通称トムボーイ。盗品の故買屋だ。盗品を持ちこめば、それがなんであれ金を払ってくれるし、それを買ってくれる客をかならずどこかに抱えていた。トムボーイは密告屋《タレコミ》でもあり、しかもタレこんだ情報によって有罪になった人間の数を基準にすれば、かなり優秀な部類に入った。成功の秘訣《ひけつ》は、一緒にいて楽しく、人に好かれる性格、である。当人がいうには、人の話を一生懸命聞こうとするのではなく、適度に耳を傾け、あまり詮索《せんさく》しないことらしい。その結果、ロンドン北部の犯罪者仲間で起こっていることでトムボーイの知らないことはほとんどなかった。しかも人に好かれる性格は並はずれていて、いくら地元のゴロツキどもの命運が体重のありすぎるスカイダイバーなみに急降下しようと、トムボーイを密告屋だと疑う者は一人としていなかった。

なぜ密告をするのか、一度当人に訊《き》いてみたことがある。どうしておまえは、仲間であるはずの連中を密告するんだ？　なんでそんなことを訊くかというと、おまえはとても密告をするような人間に見えないからさ。そういうケチな裏切りなんかしない立派な男に見えるんだよ。この質問に対して、トムボーイはふたつの答えを持っていた。ひとつめの答えは、いうまでもなく金だ。犯罪者に関する情報を提供すれば報酬がたんまりもらえる。トムボーイは金がほしかった。自由を損なわずにゲームから引退したかった。技術がこれだけ進歩し、犯罪と戦う警察がその技術をあっさり手に入れる以上、自分のような中堅犯罪者に未来はないと思ったからだ。だから稼げるうちに稼いでおいたほうがいい。ささやかな蓄えをなし（目標は五万ポンドだった）、そのあとでトンズラするのだ。

ふたつめの答えは、たとえ自分がいま密告しなくてもいずれほかのだれかがタレこむ、ということだ。犯罪者といえば大言壮語と相場が決まっている。あの仕事《ヤマ》は自分がやったと全世界にバラすのはさすがにしっぺ返しが怖いが、仲間内でなら自慢したがるものだ。それにやつらは本来的に肚黒《はらぐろ》いから――以前トムボーイは、「肚のきれいな泥棒なんて聞いたことあるか？」と皮肉ったことがある――どこかで恨みを買っている、だから報酬額さえ妥当であれば、早晩だれかに密告される運命なのだ。その基本原理からすれば、トムボーイのやっていることは、たまたま人に先んじているにすぎないのである。

それがトムボーイの哲学だった。いずれだれかがやるのなら、密告せずにいたところで意味はない。しかも自分がやれば金がもらえるのだから、それに越したことはないわけだ。

そんなことを考えながら、おれはその夜、雨のなかを車で自宅に向かっていた。もしおれがあの三人を殺さなかったとしても、いずれほかのだれかが撃ち殺していただろう。どっちに転んでも、あの三人は死ぬ運命にあったのだ。だれかの差し金でいつ殺し屋に始末されるともかぎらない稼業《かぎょう》についているのであれば、ああいう結末が絶えずついてまわるのだと日ごろから覚悟していて当然だ。おれは自分にそういい聞かせ、自分のやったことを正当化した。トムボーイもいつだっておれにそういって密告を正当化し、なんの実害も被《こうむ》らなかった。それどころか、やつにとってはいいことずくめだったかもしれない。最新の情報によれば、トムボーイはいまフィリピンで暮らしているそうだ。五万ポンドの目標額を達成したのだ。やつのことだから、おそらく目標額をかなりうわまわったにちがいない。それを数ある島のひとつの、ビーチバー付きのゲストハウスに投資したのである。二年ほど前に現地から絵葉書を送ってきて、のんびりした南国での暮らしぶりのすばらしさを綴《つづ》ってあった。末尾には、もしおれの店で働きたかったら知らせてくれとも。

おれは一度ならず、その申し出に応じたい気持ちになったものだ。

その夜の帰宅は十一時近かった。住まいはイズリントン南端のシティロードにほど近い、ワンベッドルームのフラットだ。最初にやったのは、熱いシャワーを長々と浴びて、芯《しん》まで冷えた身体《からだ》を温めることだった。それから手ごろな大きさのグラスに赤ワインを注ぎ、ラウンジソファに腰を落ち着けた。

テレビのスイッチを入れ、煙草《たばこ》に火をつけて、その日はじめてちゃんとくつろいだ。一歩まちがえば危険だったかもしれない仕事《ヤマ》を首尾よく片づけたことに満足しながら、深々と煙草を吸った。チャンネルを変え、今夜の殺しを報じるニュースを探してみる。時間はかからなかった。殺人は数のゲームだ。一人殺したところで一面のニュースにならないどころか、記事にすらならないこともある。だが三人を、しかも公共の場で殺せば、たちまちビッグニュースだ。人々の退屈な日常にささやかな興奮を添えることになり、それがいわゆるギャング同士の撃ちあいだったら、興奮も増幅する一方となる。ギャング同士の撃ちあいはまったくの他人事《ひとごと》だから、手放しに面白いのだ。世間話に弾みもつくというもの。

無理もないが、まだきわめておおざっぱな内容しか報道されなかった。見つけたニュース番組では、若い女性レポーターが現場にいた。かなり寒そうにしているが、キャリアアップにつながりそうなおいしい事件にありついた高揚感が滲《にじ》み出ている。雨はまだ降っていた。さっきより少し小降りになったぶん、服に染《し》みこみやすそうだ。女性レポーターはホテル裏の駐車場に立っていて、彼女の二十メートルほど後方にある明るい色の立ち入り禁止テープのさらに向こうには、チェロキーがうっすら見える。あちこちに警察や鑑識のコートを着た科学捜査班の姿も見えた。

ニュースは短いものだった。女性レポーターが報じたのは、三人が殺害されたことと——身元は不明——犯行には銃が使われた模様という内容だった。それから彼女はホテルの副支配人のところへ駆けつけて、コメントを求めた。副支配人といっても背が高いニキビ面《づら》の若造で、いかにも学校を出たてといった感じだ。残念ながら、このコメントはあまり参考にならなかった。眼鏡の奥で目をしかめながら若者が説明したのはこうである。ホテルのフロントで仕事をしていると、裏手の駐車場のほうからかすかにポンポンという音が（なぜかみんなそういう）聞こえてきた。べつに気に留めなかったが、厨房《ちゅうぼう》の従業員が悲鳴をあげて飛びこんできて、人殺しがあったと叫んだ。勇敢にも副支配人の若者は確かめるべく外へ出て、おれが作った三つの死体をすぐに見つけ、ただちに警察を呼んだ。「私たちみんな、とてもショックでした」その若者は女性レポーターにいった。「こういう閑静な地域で、まさかこんなことが起こるなんて」これもまただれもが口にする言葉だ。

女性レポーターは若者に礼をいい、カメラに顔を戻して、また新しい情報が入り次第お伝えしますと一息に伝えた。そこで中継は終わり、画面はスタジオに戻った。どうやら彼女の晴れ舞台をおれがお膳立《ぜんだ》てしてやったらしい。

ワインをひとくちすすり、ゆっくりと喉《のど》にくぐらせ、チャンネルを変える。ドキュメンタリー番組の〈ディスカバリー・チャンネル〉でホオジロザメをやっていたので、なんとなく見はじめた。今日の出来事を頭から追い払おうとしたが、人を殺したことを考えないようにするのはむずかしい。おそらく自分のした事の重大さが、いまにしてようやく頭に染みこみはじめたのだろう。三人の命がこの世からいともあっさり消えたわけだ。おれは一線を越えた気がした。たしかに人を殺したことは前にもある。いまさらいうほどのことじゃないが、回数としては二度だけだし、まったくちがう状況だった。最初は十二年前だ。おれはハリンゲーの一軒家で起こった家庭内の揉《も》め事《ごと》を解決するため出動した武装警官の一人だった。男は内縁の妻と二人の子どもを銃と肉切りナイフで脅していた。電話で交渉させようと人をやったが、ヤクをたっぷりやっていた男はわけのわからないことを口走るだけで、膠着《こうちゃく》状態が続いていた。

立てこもりは、警官にとって一番苛立《いらだ》ちが募る状況だ。主導権はなきに等しいから、不測の事態に備えて緊張しっぱなし。そのくせ、おうおうにして不測の事態など起こらない。容疑者はいろいろと手を考えてみるものの、結局は逃げ場などなく、手錠をかけられるか棺《ひつぎ》に入るかしないかぎり閉塞《へいそく》状況から抜け出すことはできないと悟って、最終的に人質を解放、投降することになるからだ。警官側が苛立つのは、膠着状態を打開するためになにか手を打ちたいと思いながら、ほとんどの場合手が出せないことである。

ハリンゲーでその膠着状態が起こった日は暑かった。息が詰まるほどだった。現場に到着して一時間が経過、周囲は完全に包囲してある。とそのとき、人質を取っている男が出し抜けに正面の窓にあらわれた。上半身裸で、手には銃を持っている。図体《ずうたい》がでかく、ビール腹になりかけていて、胸には鷲《わし》のタトゥーが彫ってあった。ガラスの向こう側からなにか怒鳴っていたが、そのうち窓の上半分を開けて首を出し、別の意味不明な言葉をわめいた。おれは男から十メートルほど離れた路上でパトカーの陰にいた。隣には警官がもう一人しゃがみこんでいる。おれより十五は年上で、名前はレンフルー。レンフルーはたしかあの二年後、パブの喧嘩《けんか》の仲裁に入ってグラスで顔を殴られ、年金生活に入ったはずだ。レンフルーは人質を取っている男を吐き捨てるように罵《ののし》った。レンフルーが男を撃ちたがっているのはよくわかった。無理もない。男はクズ同然のヤク中で、世の中の益になるどころか害をもたらすだけだからだ。だがレンフルーはプロだったし、ほかの多くの警官と同じく、年金に未練があった。だから自分の経歴を危険にさらすようなまねは絶対にしなかった。一方、当時のおれはまだ理想的な部分を持ちあわせていた。年金のことなど眼中になく、なにをしでかすかわからない異常者に拘束されている女子どものことが心配でならなかった。

耳にはイヤホンを装着している。そのイヤホンを通して、警視正から指示が飛んでくるのだ。指示の内容はこうだった。撃つな、おれたちはまだ交渉中だ、しっかり見張ってろ、だが撃つんじゃない。

そのとき、ターゲットはいきなり銃を掲げて、おれたちに向けて乱暴に振りまわしはじめた。イヤホンを通して警視正の甲高いわめき声がしたが、おれには聞き取れなかった。容疑者はいまにも引き金を引きそうに見えた。これだけの距離があれば弾が当たることはない。こっちはうまく隠れているし、向こうはまっすぐ狙《ねら》いをつけることもできないほどブッ飛んでいるようだ。だがおれは、あいかわらず苛ついていた。腹も立っていた。この野郎は自分の力を見せびらかしている。おれたちが交戦時の規則でがんじがらめになり、レモンのようにじっとうずくまっているしかないことをわかっている。それが気に入らなかった。反吐《へど》が出るほどいやだった。

そこでおれはぶっ放した。ブローニングから二発。銃弾は窓ガラスを突き抜けて男の上半身にめりこんだ。一発は心臓を撃ち抜いたが、解剖によれば、二発ともそれぞれ致命傷だったそうだ。即死だったと思う。応急処置をする間《ま》もなかったことはたしかだ。

おれは心理カウンセリングを勧められ、受けることにした。いやだと断われば、男を殺したことをなんとも思ってないとみなされるぞと忠告されたからだ。それはまずい。なぜなら内心は、あの男を殺したことなどなんとも思っていなかったからだ。むしろ楽しかったほどだ。おれを殺したがったあの男に、まんまと先手を打ってやることができた。もちろんカウンセラーの前ではそんなことはおくびにも出さない。仕事とはいえ人命を奪ってしまったことを深く後悔しています、そう話した。おそらくカウンセラーのほうも、その言葉を聞きたかったにちがいない。

やがておれは取り調べを受け、事実関係を証言するはめになった。とりわけ男の持っていた銃がレプリカであることがわかったときは、犯罪法廷の話さえ持ちあがった。結局、二ヶ月の謹慎を命じられることになったのだが、その期間、給料だけは満額支給された。しかし取り調べの二日め、横のドアから外に出ようとしたとき、人質になっていた内縁の妻とその兄にばったり出くわした。内縁の妻はおれの顔に唾《つば》を吐きかけて人殺しと罵り、兄のほうはおれの横っ面を拳《こぶし》で殴ってきた。制服警官が止めに入ってくれてそれ以上は事なきを得たが、この出来事はおれの胸にふたつの教訓を刻むことになった。ひとつは、力になろうとする人間からの支持は当てにするな、だ。政治家たちが何年も身を削ったあげく気づくように、今日背中を叩《たた》いてくれた手が、明日はタマを締めあげる手にころりと変わることだってありうる。そしてふたつめ、決して他人に支持を求めるな。この世界では、結局はいつも自分一人なのだという事実に馴染《なじ》まなければならない。

公式には、おれはなんの罪にも問われなかった。殺した相手は三十三歳のダレン・ジョン・リード。あとでわかったことだが、全部で二十九件ものそうそうたる前科の持主で、うち十一件は暴行罪、しかもそのうちの四件は内縁の妻に対するものだったのである。だがおれは、非公式に償いをさせられたも同然だった。以後は銃火器を使用する任務からはずされ（それは今日まで続いている）、私生活でも銃の所持を禁じられたうえ、昇進の階段をのぼるペースもその後数年はじつにのろいものだった。どうやら犯罪は、犯罪者にしか割にあわないらしい。

　裁く側に座りたがる人間がどう考えようが、おれは悪い男じゃない。警官になりはじめのころは、このおれが世の中を変えてみせると本気で信じていた。警官になった理由はただひとつ、悪党どもを街から一掃し、犯した罪の償いをさせるためだった。だがリードを撃ち殺したあとは、だんだんそういう気持ちがなくなっていった。おそらく、弁護士ならだれもが知っている常識に、おれ自身も気づいたのだろう。それは、法の立案者たちがどれほど善意で法律を作ったにせよ、実際の法は犯罪者たちを助けるだけで、警察の仕事を妨害し、犠牲者をないがしろにするようにできている、ということだ。

　そんなシニカルな考え方をするようになった以上、悪い仲間とつきあうようになるのは時間の問題だった。悪い仲間とはおれの場合、かなりの悪党だ。もっとも、ロンドン北部の比較的羽振りのいい実業家であるレイモンド・キーンとビジネスをやりはじめたころは、まさか自分がここまで深入りするとは予想していなかった。

　レイモンドとのつきあいはかれこれ七年になる。ありがちなことだが、当初は些細《ささい》なものだった。何度か極秘情報を洩《も》らしてやったり、警察の捜査情報を事前に知らせてやったり、署内で保管されている押収薬物《おうしゅう》をこっそり売ってやったりといった程度である。いずれもちっぽけなことだが、そこは癌《がん》細胞と同じで、小さな悪事が必然的に大きな悪事へと成長していった。だから二年前、レイモンドに殺しを依頼されたときもさほど驚きはしなかった。標的は二万二千ポンドの借金をまったく返そうとしない裏稼業のビジネスマン。この男、まさに人間のクズで、副業が小児ポルノの輸入業だった。レイモンドはおれに報酬として一万ポンドを提示してきた。「これでほかの債権者たちも勢いづくだろう」とレイモンドはいったが、果たして何人の債権者がレイモンドのやり方にならって借金を棒引きにするか、おれには疑問だった。だが一万ポンドといえば大金だ。しかもおまわりの給料などたかが知れているし、標的の男が死んでも悲しむ者などいそうにない。そこでおれはある夜、男が利用している貸し倉庫の外で男を待ち伏せた。出てきた男が車に向かって歩きはじめたとき、暗がりから出て背後に忍び寄った。男が車のドアを開けた瞬間、サイレンサーを男の禿《は》げた後頭部に押しつけ、引き金を引いた。一発で事足りたが、念には念を入れてもう一発。ポン、ポン。それで終わり。かくしておれは一万ポンド分金持ちになった。じつに簡単だった。

しかし、一度に三人の男？　ダニーのいうとおり、今回の件で世間は大騒ぎになるにちがいない。もっとも裏で仕切っているレイモンドは、自分に累《るい》が及ぶ心配をあまりしてないようだ。というより、もともとレイモンドは心配するようなタマじゃない。そのほうがやつのような稼業では、プラスに働くのだ。

夜も更《ふ》けてきた。ワインを飲み干し、水分を補給するため水道水をグラスに一杯注いで飲み、ベッドにもぐりこむ。振り返ってみると、今回の仕事《ヤマ》には妙に後味の悪さが残っていたが、なるべくそうは考えないようにした。レイモンド・キーンはおれにあの三人を殺すことで四万ポンドの報酬を約束してくれた。大金だ。ダニーに二十パーセントの分け前をやっても手もとにたんまり残る。それだけあれば、たいていのことには目をつぶってもいい。

だがその後に起こったことには、とうてい目をつぶることなどできなかった。

3

翌朝八時十分きっかりに、事態は一気に下り坂となっていった。その二十分前に目覚め、キッチンで朝食のトーストを作っているところへ、電話が鳴った。かけてきたのはダニー。意外だった。今日は連絡を寄こす日じゃない。しかもかなり動転した声だ。

「デニス、いったいどうなってるんだよ」

「どうなってるって、なにが」

「今朝のニュースを見てないのか?」

胃の腑《ふ》に恐怖が蠢《うごめ》くのを感じたのは、このときがはじめてだった。

「いいや、見てない。どうしたんだ」

「ターゲットだよ」

「ターゲットがどうかしたのか」

「あんたがいってたような連中じゃなかったのさ。テレビをつけてみりゃわかる」

一瞬凍りつき、考えを整理してみる。そんな話は聞きたくなかった。とりあえず一番大事なのは、電話じゃあまり話をしないことだ。

「よし、わかった。おまえはじっとしてろ。なにも心配するな。まずはこっちで確認して、あとで折り返し電話をする」

「こいつはヤバイぜ、デニス。ほんとにヤバイよ」

「とにかくあとで電話する。いいな？　おまえは落ち着いて、ふだんどおりに行動するんだ」

おれは電話を切り、すぐさま煙草《たばこ》を探した。じっくり考える必要があった。いったいどこでどうおかしくなったのか、突きとめる必要がある。

煙草を探し、一本火をつけると、居間に行ってテレビのスイッチを入れた。あちこちチャンネルを変えず、すぐにニュース専門チャンネルにしたが、もうほかの話題に移っている。そこでBBCの文字放送〈シーファックス〉に切り替えたが、いったいどんな内容がこの目に飛びこんでくるかと思うと、不安を抑えることができなかった。ヤバイことになるのはもうわかっている。問題はどれくらいヤバイかだ。

事件はトップニュース扱いだった。ほかのニュースとちがって、見出しがブロック体の太い大文字になっていて、極度の近眼を誇る視聴者でも、これがビッグニュースだということはひと目でわかる。

おれはレイモンド・キーンの依頼であの三人を殺した。やつから事前に聞いていた話はこうだ。あいつらはヤクの売人で、かなり凶暴な部類であり、レイモンドの仕事仲間に深刻なトラブルをもたらしている。だがニュースの見出しはそうは伝えていなかった。〈税関職員二名と民間人一名、ホテルの裏で射殺〉。

頭のなかが混乱した。もしかしておれは、別のチェロキーに乗っていた男たちを標的とまちがえて撃ってしまったのか？　だがすぐにその疑念を振り払った。おれは指示されたとおりの標的を撃ったのだ。ということは、レイモンドがおれをハメたとしか考えられない。レイモンドはなんらかの理由であの三人を始末したいと思い、おれを騙《だま》して刺客として差し向けた。あの三人が一般大衆にドラッグを売りさばく凶悪な犯罪者どもだといえば、おれがためらわずに引き金を引くことを知っていたのだ。

大きくため息をつき、ソファにもたれかかる。とにかく気持ちを落ち着けなければ。深刻なミスをしたことはいまさら否定しようがない。だがこの絵図を描いたのはレイモンドだ。いま大事なのは、おれ自身が平静を保つことだ。警察も、今回探し出すのはあくどいギャング三人を始末した犯人ではなく、勤勉な税関職員二人と善良な一般市民一人を殺害した犯人だから、より大規模な捜査網を敷くことになるだろう。つまりおれは、身辺に細心の注意を払わなければならないわけだ。同時に、あの税関職員たちがなにをしていたのか知る必要がある。それに税関職員と一緒にいた民間人は何者なのか。それを突きとめることができれば、少なくとも警察がレイモンドにたどり着く可能性を弾《はじ》き出すことができる。それにしても、奇妙なことだらけだ。あのレイモンドが、事業で築いたみずからの帝国をみすみす危険にさらすような人間だったとは。法と秩序を代表する人間を葬《ほうむ》り去ったりすれば、せっかく手に入れた地位も危うくなることはわかっていたはずだ。

ちなみにおれは携帯電話を持っている。まったく面識のない男の名前で登録してあり、支払いもその男がやってくれている。レイモンドと連絡を取る必要が生じたときは、その電話を使うのだ。それを使ってかけてみた。

残念ながら、出たのはルークだった。レイモンドの秘書兼ボディガードだ。腕っ節が強く、寡黙《かもく》な男で、尻《しり》を撫《な》でられて投げキスされたことに抗議するかのように人をにらみつける癖がある。カッとなるときは瞬間湯沸かし器なみで、すぐに暴力を振るう。伝説となっているのが、一度恋敵の脚を素手でへし折ったことだ。正式な名前は忘れたが、なんとかというご大層な名前のついたマーシャルアーツの達人らしい。バーの喧嘩《けんか》騒ぎのときにそばにいてくれると重宝するかもしれないが、それだけのものだ。

「なんだ」不機嫌な声。これでも挨拶《あいさつ》のつもりらしい。

「デニスだ。レイモンドと話がしたい」

「キーンさんはいま手が離せない」

「いつならいい?」

「それはいえない」

ルークとの会話にはいらいらしてしまう。いつも低俗なギャング映画に出てくる用心棒のような口ぶりだからだ。

「それじゃメッセージを伝えてくれ。すぐに話をしたい、大至急。用件は向こうでわかるはずだ」

「あんたから電話があったことは伝えておこう」

「そうしてくれ。もし午前中に電話が来なかったら、こっちで探すまでだ」

「キーンさんは脅しは嫌いだ」

「べつに脅してるわけじゃない。レイモンドから連絡がなかったらなにが起こるか聞かせてやってるだけだ」

ルークはほかのことをいいかけたが、おれは最後まで聞かずに電話を切り、携帯電話をドレッシングガウンのポケットに放りこんだ。まったく、こんな一日のはじまり方もない。

もともとパニックに陥るタイプじゃない。ときにはショックでわれを忘れることもあるが、さほど苦もなく本来の調子を取り戻すことができる。だが今回ばかりはそれもむずかしかった。自身の生活や自由を危険に陥《おとしい》れたばかりか、みずから決めた信条をことごとく破ったことになるからだ。少なくとも表向きには殺されるいわれのない三人の男たちを、この手で殺してしまったのだから。

居間に戻り、別の煙草を探して火をつけた。喉《のど》を通りすぎる煙に激しく咳《せ》きこむ。シーファックスをやめて、ほかのチャンネルに漫然と切りかえた。

また電話が鳴った。携帯にではなく、回線を引いてあるほうの電話だ。鳴らしっぱなしにしておいた。どうせレイモンドではないし、ダニーだとしても、しばらくは話したい気分じゃない。今後の行動についてなにかいい考えを思いつくほうが先決だ。呼び出し音が五回鳴ったあと、応答メッセージが流れた。録音されたおれの物憂《ものう》げな声が先方に、いま留守にしているので電話番号と用件をいってくれれば折り返し電話します、と告げている。先方は男かもしれないし、運がよければ女ということもありうる。

ピーッと鳴ったあと、直属の上司カール・ウェランド警部補の声が聞こえてきて、もう少しで椅子《いす》から飛びあがりそうになった。ウェランドが、いったいなんの用だ？　もうそこまで手がまわったのか？

「デニス、ウェランドだ」疲れたような声だ。「いますぐこっちに来てくれ」短い間《ま》をおいて、ウェランドは続けた。「場所はオールセインツ通り裏の運河沿いだ。死体が見つかったんだ。いまは八時二十五分。このメッセージを二時間以内に聞いたらこっちに駆けつけてくれ。二時間を過ぎたら署のほうで会おう。じゃあな」

ウェランドは電話を切った。

まるで殺人事件でも押しつけないとおれが暇をもてあましているみたいだが、実際はそうじゃない。すでにレイプ二件、武装強盗一件、主婦行方不明一件、通り魔刺傷事件一件を抱えていて、単純な強盗事件を加えれば数え切れないほどだ。しかもすべてここ一ヶ月での話ときている。ここ一週間で職務に五十九時間打ちこんできたし、昨夜《ゆうべ》はささやかなサイドビジネスを計画実行したこともあって、疲労はピークに達していた。最近の問題はふたつある。ひとつは警察の人員が以前よりはるかに減少してしまったこと。海外の警察とくらべても少ない。理由は、もうだれもおまわりになんかなりたがらないからだ。ふたつめは、にもかかわらず犯罪は増加する一方であるということ。とくに暴力的犯罪が顕著だ。なかには連鎖的に起こっているものもあるにちがいない。また、最近の犯罪者に特有の傾向も見て取れる（もちろんおれのようなタイプは含まない）。暴力をより気軽に振るう傾向にあるのだ。暴力そのものを以前より楽しむようにもなった。他人を傷つけたり殺したりするのは、もはや犯罪の副産物ではない。多くの犯罪者にとって、暴力による快感そのものが犯行の目的となっている。そういう連中をおれが始末すれば、世界に善行をひとつ重ねることになるのだ。ときには過《あやま》ちもあるかもしれないが、あくまでもその背後にあるのは善良な信念にすぎない。

おれは煙草を吸い続け、火がフィルターの際《きわ》まで来ると、また一本つけた。その煙草が半分までなくなったとき、ためらいは消えた。新たな事件の捜査がはじまったいま、じっとしているわけにはいかない。しかもこれは殺人事件だ。人殺しを捕《つか》まえることにはぞくぞくしてしまう。警官にあるまじき態度かもしれないが、おれは人殺しどもにこの手で鉄槌《てっつい》をくだし、そいつらの人生をめちゃめちゃにしてやるのが自分であることを思い知らせてやることに快感を覚えるのだ。

それに、殺人捜査に加わっているあいだは、迂闊《うかつ》に手出しのできない三人殺しの件をうじうじ考えずにすむ。

そこでおれは、すでに吸い殻であふれかえった灰皿で煙草をにじり消した。向かう先は、かつて幾度も凶悪犯罪の忌《い》まわしい舞台となった、リージェンツ運河だ。

4

現場に到着したのは十時二十分前で、雨が降っていた。制服警官が一人、運河沿いの引き船道の入り口に立っていて、記者とおぼしきトレンチコート姿の男と話をしている。マスコミの連中が事件を嗅《か》ぎつける早さには脱帽してしまう。新たな殺しの匂《にお》いを何キロも先から嗅ぎつける特殊な嗅覚《きゅうかく》が発達しているとしか思えない。その男を押しのけるようにして、かたわらを通り抜けた。男はにらみつけてきたが、逆らわないほうがいいと考えたのか、制服警官のほうにうなずいている。その制服警官は署内で見かける顔だが、名前は思い出せない。もっとも向こうはこっちの顔がわかったらしく、横にどいて通してくれた。

運河のこのあたりはかなり管理が行き届いているほうだ。古い倉庫群は取り壊され、オフィス街へと取って代わり、ついでに運河の岸から数メートルの幅で余分なスペースが設けられている。そこにはきちんと手入れされた芝生が広がり、ベンチもいくつか並んで、ちょっとした公園のような佇《たたず》まいだ。

単調で骨の折れる手がかり探しは、すでに総動員態勢ではじまっていた。約二十五名が現場にくまなく散らばって、物証となりそうなものを拾い、つつき、写真を撮っている。運河の岸辺にも四名の警察ダイバーが全器材を装着し終えて立ち、あとは廃糖蜜《とうみつ》のように黒ずんだ運河のなかに潜るばかりだ。うち一人はおれの上司の上司であるノックス警部と話をしている。この手の事件ではノックスが捜査主任になり、捜査を円滑に運ぶと同時に、まちがってても見落としがないようにするのだ。犯人逮捕の鍵《かぎ》は、たしかにこの数メートル四方にあるのだから。

ふたつのビルに挟まれた狭い路地の入り口に、テントがひとつ立ちあげられていた。死体はそこにあり、詳しい検死と詳細な写真撮影が終わるまで、そのまま置かれることになる。おれの上司がテントの脇《わき》に立ち、科学捜査班の一人と話をしていた。おれはそっちへ向かう途中、ロンドン警視庁刑事部の顔見知り二人にうなずいた。ハンスドンとスミス。二人はベンチの横に立ち、ジャックラッセルテリアをリードでつないでいる老人から供述を取っていた。おそらくこの老人が死体の第一発見者にちがいない。顔は青ざめ、困惑し、小刻みに震えている。まるで自分の目が信じられないといいたげだ。おそらく本当に信じられずにいるのだろう。一般人が殺人鬼の所業の結果をはじめて目《ま》の当《あ》たりにしたときはいつも、その事実を受け入れるのがむずかしいのだ。

上司であるカール・ウェランド警部補は振り向いておれに気づくと、挨拶がわりにぞんざいなそぶりでうなずいた。寒い日であるにもかかわらず汗をかいている。具合が悪そうだ。もっともいまにはじまったことじゃない。体重がありすぎて、顔はいつも上気し、ストレスも溜《た》まっている。おれの記憶が正しければ、もう五十の坂を越えたはずだ。老人候補にはまだ早いが、今日はいつになく具合が悪そうだし、白い肌に赤い腫《は》れ物《もの》が鮮やかに浮かんで見える。休暇を取ったほうがいいですよと勧めたかったが、口には出さなかった。上司に私生活上のアドバイスをするのはおれの性分じゃない。

ウェランドはおしゃべりをやめて、テントのなかにおれを案内しながらこぼした。

「この手の事件はじつに厄介だよ」

「死体は生き返って口をきいちゃくれませんからね」おれはいった。

「まったくだ。それにしても、なんでこんな死に方をしなくちゃならないんだ」

おれは立ちどまり、ウェランドが見ているほうに視線をやった。被害者の女はせいぜい十八といったところか。ふたつのビルの隙間《すきま》の舗装した路地に仰向けに横たわっている。両手足を大きく投げ出した格好は、まるでヒトデのようだ。喉もとが深々と掻《か》き切られ、かろうじて皮一枚で首がつながっている状態で、頭部だけが不自然な角度で傾《かし》いでいる。顔に飛び散った血や、死体の両脇にできた不規則な形の血溜まりは、すでに乾いて厚くこびりついていた。黒のカクテルドレスは上が胸もとまで引き裂かれ、そこから小ぶりの乳房が突き出ていて、下は腰の上までめくりあげられている。下着はもともと着けていなかったか、着けていたとしても剝《は》ぎ取られたのだ。陰部にも夥《おびただ》しい血がこびりついていて、犯人が膣《ちつ》周辺もメッタ刺しにしたことをうかがわせる。ただしこちらは死後に行なわれたものだとすぐわかった。見たところ手のひらや前腕に防御創がない。首の傷だけでほぼ即死に近かったのだろう。顔は苦痛に歪《ゆが》み、黒い目を剝《む》いているが、恐怖の色はない。驚きやショックはあっても、恐怖はなかったのだ。靴は片方だけはいている。黒のスティレットヒール。もう片方は数十センチ離れたところに転がっていた。

「こんな格好じゃ寒かったろうに」おれはいった。ストッキングもタイツもはいてないし、近くにそれらしきものも見あたらない。

「こっちを見てくれ」ウェランドはいった。「死体が発見されたとき、古い敷物がかけてあったんだ。もう鑑識のほうにまわってる」

「現時点でどこまでわかってるんです?」おれは死体を見おろしたまま訊《き》いた。

「たいしてわかってない。発見された時間は今朝がた八時少し前、発見者は犬を散歩させてたジイさんだ。たいして死体を隠す手間をかけてるわけじゃなし、殺されてからさほど時間はたってないだろう」

「格好からして、淫売《いんばい》ですね」

「そう考えるのが妥当なところだな」

「客を人気《ひとけ》のないところに連れこんだら、いきなりナイフを出されて口を手で塞《ふさ》がれ、あげくにこうなったというところでしょう」

「一見そう見えるが、断言はできない。最近は惜しげもなく肌をさらけ出して遊び歩く女どもが多いからな。こんな寒空でさえも。なにはともあれ、まずは身元確認が先決だ。デニス、おまえはそっちを担当してくれ。マリック巡査が一緒だ。報告はおれにあげろ。捜査主任はノックス警部だ」

「そんな、いまはそれでなくたっていろいろ抱えてるんですよ」

「だったら今週は忙しくなるまでだ。デニス、この死体の格好じゃないが、こっちも冗談でなくヒトデが足りないんだ。しかも世界じゅうの悪人どもが日夜犯罪に精を出すご時世ときてる。しょうがないだろう」

しょうがない――もちろんウェランドのいうとおりだろう。世の中犯罪だらけで、まさに猫の手も借りたいほどの状況だ。だがおれはすでに当初の熱意を失っている。一見して、この事件は簡単に解決するヤマじゃない。この女が売春婦だとすれば犯人は性犯罪者である可能性が高いが、もし頭の切れるやつで、手袋をはめて犯行現場に体液を残さないようにしていたとしたら、探し出すのはきわめて困難になる。どっちにしろ、足で調べる部分がかなり多くなりそうだ。

哀れな死体に目を戻した。この女にも生んでくれた母親がいるはずだ。こんな姿になって世界にさよならをいうなんて、あまりに寂しすぎる。

「デニス、おれはなんとしてもこの事件を解決したい。こんな酷《むご》いことをしたやつは……」ウェランドは一瞬声を詰まらせたが、言葉を選んで続けた。「こんな酷いことをしたやつは獣《けだもの》だ。獣はなんとしても檻《おり》のなかにぶちこんでやる」

「わかりました。やりましょう」

ウェランドはうなずいて、もう一度眉《まゆ》に溜まった汗を拭《ぬぐ》った。

「頼んだぞ」

5

その日の午後一時五分、リージェンツ公園のベンチに座って何本めかの煙草《たばこ》を吸いながら、おれは待っていた。雨はだいぶ前にあがり、いい天気になりそうな気配さえある。署でのブリーフィングにはすでに顔を出してきた。ノックスは部下に気合いや根性を叩《たた》きこもうと躍起になっていたが、反応は鈍かった。だれもが迅速な犯人逮捕の見通しはまずないと思っていたからだ。被害者の身元を割り出す仕事は、マリックに任せてある。もし女が淫売なら、さほど時間はかからないだろう。

マリックのことは気に入っている。悪いおまわりじゃないし、腕もいい。なにかやってくれと頼めばちゃんとやってくれる。最近そういうおまわりはとんと珍しくなってしまった。それにマリックは理想主義者でもない。警官になってまだ五年だし、大学教育も受けているというのに、なんともめずらしい。ふつうなら警察と大学教育は悲惨な組み合わせだ。出世街道を駆けあがることに汲々《きゅうきゅう》としている多くの大卒者たちは、犯罪心理学や犯罪経済学を理解することに重点を置きたがる。なにが犯罪者を犯罪に駆り立てるのかを探りたがるばかりで、給料をもらっている分だけの働き、すなわち犯人逮捕は二の次なのだ。

　また腕時計を見る。待ちあわせに早く来たり、先方が遅れたりしたときの癖だ。今回は先方が遅れているのだが、もともとレイモンドは時間どおりに来たためしがない。腹が減っていた。今朝無理やり食べてきたトースト以外、まともな食事には二十四時間近くありついていない。胃が奇妙な音を立てはじめた。ちゃんとした食生活にするため、これからは前より規則正しく食べることにしよう。ある巡査が寿司《すし》は身体《からだ》にいいですよと教えてくれた。この巡査によれば、日本人はいつも寿司を食べているため、先進国では一番のヘビースモーカーのくせに、肺癌《はいがん》の罹患率《りかんりつ》がもっとも低いという。それにしても生魚とは。健康な生活に支払う代償は大きい。

「散歩につきあわないか、デニス」レイモンドの声で、われに返った。「それともこのまま物思いに耽《ふけ》っているかね？」

　ようやくお出ましだ。すこぶる快活で、大きな丸顔に満面の笑み。まるで全世界が自分の遊び場であり、ゲームは万事順調に進んでいるとでもいいたげだ。いかにもレイモンド・キーンらしい。大柄で潑剌《はつらつ》として、全身から生の喜びが滲《にじ》み出ている。髪型にしても、禿《は》げかけた中年男がよくやりたがるように銀髪を逆立ててふんわりさせるもので、頭の上にチェシャー猫がうずくまっているかのようなその形は、自分がどれほど陽気な人間かを世界に向かってアピールする意味があるようだ。レイモンドの事業のなかでも比較的繁盛《はんじょう》して実入りもいいのが葬儀屋であることを考えると、多少の違和感は禁じ得ない。もっともレイモンドは、つきあってみればわかるが、じつはかなり冷笑的なユーモアセンスの持主なのだ。

「散歩につきあうよ」おれはいった。

ベンチから立ちあがり、二人で芝生の上を、ボートに乗れる湖のほうへと歩きはじめた。公園内では、学校をサボッた子どもたちが何人かでサッカーをし、母親数人がベビーカーを押しているが、それ以外は静かだ。

おれは単刀直入に切り出した。

「レイモンド、いったいどうなってるんだ？　標的はヤクの売人だといってたはずだぜ」

レイモンドはすまなそうに微笑《ほほえ》んだが、心底罪を悔いているふうには見えない。

「勘弁してくれ。ターゲットの正体は打ち明けられなかったんだ、そうだろ？　打ち明けていたら、きみは撃ってくれなかったはずだからな」

「当たり前だろう！　知ってたら撃つもんか。そこが問題なんだよ。あんたのおかげで、すっかり立場が危うくなっちまったんだぞ」

レイモンドは立ちどまっておれを見つめた。唇に笑みが躍っている。腹を立てようが立てまいがこっちに打つ手などない。そのことをちゃんとわかっている顔だ。おれを窮地に追いこみ、追いこまれたおれの弱気を見抜いている。

「いいや、デニス、そこはきみの勘ちがいだ。積極的だったのはきみのほうだぞ。たしかに私はちょっとばかり真実を脚色したが――」

「素直に嘘《うそ》をついたといえよ」

「だがぜひともあの連中を排除する必要があった。それに――きみを見込んでいればこそだが――この種のことに対するきみの信条はわかっているから、一部の詳細は控えておいたほうがいいと思ったんだ。しかし、きみがこの件で眠れなくなったりするのは忍びない。はっきりいうが、あの三人は人間のクズだ。あいつらは私の仕事仲間を恐喝していて、私はその仕事仲間から、あいつらを排除してくれと頼まれたんだよ」レイモンドはそこで重々しいため息をついた。「もともと腐りきった連中だったのさ」

「その程度の説明でおれの気分が晴れるとでも思ったのか?」

「だったらこういえばきみの気分も少しは軽くなるかもしれない。じつは私の心も痛んでいるんだ。人を殺すのはいい気がしないものだよ。人間の命はじつに尊いものであって、気軽に奪ったりしちゃいけないんだ。もしほかの方法があるものなら、私だってそっちの方法を試していた。賭《か》けてもいい」

〝賭けてもいい〟――レイモンドお気に入りのフレーズのひとつだが、じつは口先だけで意味がない。それにおれは、レイモンド以外でこの表現を口にする人間に、生まれてこのかた一度も出会ったことがない。だからこれを聞いて、さすがに頭にきた。

「いい加減にしろ。あんたのせいでこっちはヤバイことになってるんだ。税関職員殺しがどれだけ大騒ぎになるかわかってるのか？　悲しむ者などいやしないヤクの売人を三匹ばかり撃ち殺すのとはわけがちがうんだぞ。彼らは家族がいて、仕事にも打ちこんでたのに、命を奪われてしまったんだ」

「いいや、あいつらはたまたま分不相応な相手を恐喝しようとして殺された恐喝屋だ。それがあの三人の正体さ」

「だがマスコミはそうは報道しないだろう。メディアにとってあの三人は、仕事中に残虐《ざんぎゃく》な殺され方をした司法関係者だ。マスコミは真相解明を求めて騒ぎ立てるに決まってる。賭けてもいい」

「冗談はよしてくれ」

「冗談でこんなことがいえるか。こっちは大真面目《おおまじめ》だ。警察だって躍起になって結果を出そうとするに決まってる。でなけりゃ面目丸つぶれだからな」

「だが結局は犯人がわからず、事件は迷宮入り、そうだろ？　私たちは尻尾《しっぽ》を出さないようあらゆる手を尽くした。周到に練りあげた計画だった。きみを見込んだだけあったよ、デニス。プロの手並みだ」

レイモンドはふたたび歩きはじめ、おれはあとに続いた。レイモンドにとって、もうこの件はけりがついたも同然だった。自分のいいたいことは話し、パートタイムで雇っているこのおれの逆立った毛をきれいに撫《な》でつけて、話題を変えようという肚《はら》だ。

このときおれは、愚かにも口走ってしまった。じつに愚かだった。まさかそれが、自分やほかの多くの人々にとって深い悲しみをもたらすことになるとは。犯行現場で見られたことを、レイモンドに打ち明けたのだ。

レイモンドは凍りついたように立ちどまった。もちろん予想していたことだ。

「どういう意味だ?」その声には棘《とげ》があった。怒りのせいなのか緊張のせいなのかはわからない。おそらく両方だろう。たちまちおれは口走ったことを後悔した。レイモンドが鎧《よろい》のようにまとっている独善的な自信に少しばかり風穴を開けてやりたいだけだったのに、思った以上にその風穴が大きすぎたらしい。

「だから、姿を見られたんだ。ホテルの従業員だろう。厨房《ちゅうぼう》かなにかで働いてる女だ」

「はっきり見られたのか?」

「いいや。暗かったし雨も降っていた。距離もかなり離れていたし」

「どれくらいだ?」

「十五か二十メートルくらい。それにこっちはうつむいていた。人相を正確に証言することはできないはずだ」

「よかった」安堵《あんど》したらしい。「それにしても、なぜニュースでその話が出ないんだ?」

「こういう事件みたいに計画殺人であることがはっきりしている場合、警察は証人を極力危険に晒《さら》さないようにするのさ。それにたぶん、まだ事情聴取の段階なんだろう」

「どうしてその女を撃たなかった?」

「撃ってほしかったのか?」

「まあ、それも悪い考えじゃなかったかもしれない」

「なに? それじゃ四人も殺すことになるじゃないか。レイモンド、ここはイギリスだぜ。カンボジアじゃない」

「その女がきみをじっくり見たわけじゃないと断言できるなら、たしかに殺す必要はなかったかもしれない」

「あの女にはなにも見えてなかったはずだ」

「だったらそうなんだろう。不必要に人を殺してもはじまらないからな」

「そうだとも。人間の命はじつに尊いものなんだ」

レイモンドはぎろりとにらみつけてきた。おちょくられるのが好きじゃないのだ。

「デニス、偉そうにそんな皮肉をいう資格がきみにあるのか?」

「それはともかく、あの税関職員はどんな悪事を働いてたんだ? 始末しなくちゃいけないほどのことだったのか?」

「さっきいったように、私の仕事仲間を恐喝していたんだ。私の事業を円滑に進めるうえできわめて重要な仲間だよ」

「それじゃ答えになってない」

「すまないがデニス、いまはそこまでしかいえないんだ」

「税関職員は二人だけだ。残る一人は何者だ？」

「どうしてそんなに知りたがる？　知ったところであの三人を生き返らせることはできないぞ」

「だれを殺したか知りたいんだ。それと、なぜ殺したかも」

　レイモンドは大げさにため息をついた。

「残る一人もクズだった。ほかの二人をハメていたのさ。それがまちがいだったんだ。この件に関して私がいえるのはそれだけだ」

　おれは煙草をひとくち吸って、靴の底でにじり消した。まだ腹立ちがおさまらない。

「それより、私の立場も考えてみてくれ」レイモンドは続けた。「少しでいいから。私には仕事をやり遂げる必要があった。きみほどこの仕事に打ってつけの人間はいない。きみの一番の才能がそういう方向にあるのは不幸なことだし、じつに野蛮きわまりない技術ではあるが、きみしかいなかった」

「いいや、なにもおれを利用することはなかったんだ。あんたほどの男なら、ほかに伝《つ》手《て》はいくらでもあっただろう」

「私になにをやれというんだ？　あちこち電話して見積もりでも取ったほうがよかったか？　ほかに選択肢はなかったんだよ、デニス。それに尽きる。選択肢がなかったんだ」

「ああいう依頼は二度とごめんだからな」

レイモンドは肩をすくめた。あまり気にしていないらしい。

「昨夜《ゆうべ》かぎりのことだ。もうないよ」レイモンドは腕時計を見て、おれに視線を戻した。

「もう行かなくちゃならない。一時に客と待ちあわせてるんでね」

「死んでるお客さんか？　それとも生きてるほう？」

「亡《な》くなったほうだ」レイモンドはいかめしい口ぶりでいった。「交通事故でな。美しい女性で、まだ二十三だった。人生これからだというのに――」身体の前で手を組みあわせて、一瞬沈黙している。おそらく死者への敬意だろう。それからレイモンドは仕事の話に戻った。「とにかく、そっちの準備をしなくちゃならないし時間も迫っている。葬式に当人の亡骸《なきがら》が遅れたんじゃ洒落《しゃれ》にならないからな」

「ずいぶん思いやりがあるじゃないか」

「思いやりに金はかからない。そうだろ？」

「金で思い出したが、報酬をまだもらってないぜ」

「この私が忘れるとでも思ったか？」レイモンドはいかにも高そうなスーツの胸ポケットから鍵《かぎ》を探し出して、おれのほうに放り投げた。「キングズクロスの貸ロッカーにある。前回と同じ場所だ」

おれは鍵をスーツのポケットに放りこみ、礼をいいそうになる衝動をかろうじて押しとどめた。この男に感謝することなどない。

こっちの苛立《いらだ》ちを察したのか、レイモンドはセールスマン風の笑みをちらっと見せた。「とにかく、いい仕事をしてくれたよ。この恩は一生忘れない」

「ああ。どういうわけか、おれも一生忘れられそうにないぜ」

レイモンドと別れたあと、メリルボーン通り《ロード》を少しはずれたところにあるカフェでサンドイッチを食べた。寿司ネタがなかったので、挟む具はスモークサーモンで我慢することにした。サンドイッチは段ボールのような味がしたが、果たしてパンの質が悪いせいなのか、自分の味覚が麻痺《まひ》しているせいなのかわからなかった。ばか高いミネラルウォーターで四分の三ほどサンドイッチを喉《のど》に流しこむと、煙草を立て続けに二本吸った。

署に戻る途中、グレイズイン通り《ロード》をはずれたところにあるレン・ラニオンの質屋に立ち寄った。ある意味ラニオンは、トムボーイの後継者の一人だ。ありとあらゆる盗品を買いつけ、質屋を隠れ蓑《みの》にしている。だがトムボーイほどの一流じゃない。ひどく背の低い男で、レイモンドの作り笑いが自然に思えてくるほど小狡《こずる》そうな笑い方をする。意地の悪いネズミみたいな目をして、しゃべるときにあちこち見つめる癖もある。そのくせ人の目は見ようとしない。おれにはそれが我慢ならなかった。なぜならそういう仕草は、クローゼットに骸骨《がいこつ》が隠してあることを意味するからだ。ラニオンにまつわる噂《うわさ》やラニオン自身の態度から推測すれば、クローゼットのなかに墓地がまるまるひとつ隠してあってもおかしくない。

おれがまだ捜査している武装強盗事件があった。二人組の強盗が郵便局を襲い、郵便局長の妻と客の一人を刺したあと、少額の現金のほかに車輛《しゃりょう》登録証数百枚を奪って逃走したのだ。まず素人《しろうと》の手口だと、おれは踏んだ。プロならその程度の見返りで二人の人間をナイフで刺したりしない。車輛登録証など、ほかの犯罪者に売りつける以外に処分の仕方を知らないはずだ。おそらく犯人たちは、ラニオンのような故買屋に仲介を頼んでくるにちがいない。そのあたりのことを確かめたかった。

だがラニオンは、車輛登録証のことなど知らないという。

「そんなもの買ってどうなるっていうんだよ?」派手な模造宝石を磨きながら、ラニオンはいった。おれは知れきった説明をし、ラニオンは、そんなものどこにさばいたらいいかわからねえと答えた。もちろん額面どおりに信じられるわけがない。この手の仕事をしている連中は、どこでなら盗品を売りさばけるかちゃんとわかっているのだ。おれはラニオンに、犯人の二人組が郵便局長の妻と客の一人を刺したこと、客のほうは失血死をまぬがれて一命を取りとめたことを話した。

「この客というのが六十一歳のジイさんで、しかも職員を守ろうとしてたんだ」

ラニオンは信じられねえといいたげに首を振った。

「バカなことをしたもんだぜ。事前に計画さえちゃんと立てれば暴力なんか必要ねえんだ、そうだろ？　前もって計画してりゃあ、だれも傷つけずにすむ。近ごろのガキどもはそこんとこがわかっちゃいねえ。こいつは教育の問題だぜ。学校じゃそういう大事なことをとんと教えてくれなくなっちまった」

たしかにいえているが、レン・ラニオンのような人間のクズから聞かされたくはない。

そこでラニオンにびしっといってやった。もしだれかが盗品の車輛登録証を買ってほしいといってきたら、気のあるそぶりを見せて、もういっぺん来てくれといい、すぐおれに知らせるんだ。

ラニオンはうなずいた。

「ああ、お安いご用だぜ。いわれなくたってそうするさ。そんなクソ野郎どもと取引する気なんかねえんだから」もちろんそれは口先だけの嘘にすぎない。ラニオンといえば、銃火器をほしがるやつにはだれかれ見境なく渡すことで――しかもたいていはレンタルで――有名だからだ。たしかに現場を押さえたことはないかもしれないが、そんなことは関係ない。こっちは事実をつかんでいるのだ。

「なにか聞いたら、巡査部長、真っ先にあんたに知らせるよ」

「そうしたほうがいい。おまえの身のためだ」

「で、おれがいいことをしたら、一杯ぐれえおごってくれるかい？」ラニオンの目が肥《こえ》溜《だ》めを飛びまわる蠅《はえ》のようにせわしなく躍った。

「ああ、なにかしら見返りがあると考えていい」おれはいった。脅迫より賄賂《わいろ》のほうがたいていは効果がある。だいいち警官にどんな脅迫ができるというんだ？　時間のあるときにこいつの商売をじっくり見張る？　その程度では、このチビを震えあがらせることもできやしない。

ラニオンの店を出たのは二時五分前だった。署に戻る前に、マリックに電話して進捗《しんちょく》状況を聞いたほうがいい。

マリックは一回めの呼び出し音で電話を取った。

「ミリアム・フォックスでした」

「ミリアム？」

「殺された女ですよ。年は十八になったばかり。三年前に家出して、以来街を転々としていたそうです」

「ミリアムか。淫売《いんばい》にしては変わった名前だな。淫売だったんだろ？」

「ええ。客を取ったことで六回逮捕されてます。一番最近が二ヶ月前。家柄はいいようですね。両親はオックスフォードシャーに住んでいて、父親はコンピューター業界ではかなりの人物らしい。財産もある」

「いかにも娘にミリアムって名前をつけそうな連中だ」

「金持ち娘らしい名前ですからね」マリックは同意した。

「家出娘なんだな」

「そこが理解できないんです。なんとか貧困から抜け出していい生活をしようともがいてる人間が世界じゅうにうじゃうじゃいるのに、それと正反対のことをしようというんですから」

「人間を理解しようと思わないほうがいい」おれはいった。「そんなことをしてもがっかりするだけだ。家族には知らせたのか？」

「地元の警察がいまごろ知らせに行ってるはずです」

「よし」

「彼女の最後の住所も手に入れました。サマーズタウンのフラット。署のすぐ近くですよ」

さすがマリックだ。時間を無駄にしてない。

「立ち入り禁止にしてあるか？」

「ええ。警部補の話だと、いまは制服警官を一人見張りに立たせているそうです」

「鍵は？」こういう類《たぐい》の質問が決まって役に立ったりする。驚かれるかもしれないが、どうやって現場に入るかというような単純なことが見過ごされるケースが、じつに多いのだ。

「それについてはこっちから取りに行かなくちゃいけません。この家主がしみったれたやつでして、被害者の家賃の払いが遅れてたことがわかったんですが、滞納分をどうしたら取り戻せるかと訊《き》いてくるんです」

「勝手にマスでもかいてやがれといってやったんだろ」

「彼女のポン引きに交渉してみるんだなといっておきました。ポン引きの住所を手に入れたらすぐに知らせてやるからといって」

おれは今日はじめての笑みを洩《も》らした。

「家主のやつ、喜んでただろう」

「今日は家主を楽しませるような材料がたいしてなさそうですね。それはともかく、ウエランド警部補は一応フラットを調べてみろといってます。なにか手がかりが見つかるかもしれないからと」

おれは自分の居場所を伝え、マリックに途中で拾ってもらうことになった。電話を切り、冷たい十一月の風からライターの火をかばって、煙草《たばこ》をつける。

立ったまま都会の薄汚れた空気を吸いながら、たしかにマリックのいうとおりかもしれないと思った。ミリアム・フォックスはいったいなにを考えて、この街に堕《お》ちてきたのだろう？

6

おれにとって警察の仕事で一番嫌なもののひとつは、殺人事件の犠牲者の所有物に目を通すことだ。たいがいの殺人事件は解決まで早く、所有物を見るまでもないことがほとんどだが、そうはいかない場合もあって、これがじつにつらい。理由は、所有物に目を通すと、単なる骸《むくろ》だった被害者が骨肉をまとい、生前の暮らしぶりまで見えてきて、結果的に死体が人間味を帯びてくるからだ。理性的かつ客観的であろうとするなら、この過程はないほうがいい。

ミリアム・フォックスのフラットは、侘《わび》しいタウンハウスの三階だった。このタウンハウス、ペンキをひと塗りするだけで外観は劇的に変わったことだろう。正面入り口の扉は掛け金がかかっただけの単純なもので、あっさりなかに入ることができた。入ってすぐのところには腐臭のするゴミ袋がいくつも転がっていて、廊下は冷え冷えとし、じめついた臭《にお》いがした。ドアのひとつから地鳴りのようなテクノミュージックが響いてくる。こんな放埒《ほうらつ》な暮らしをしている人間には苛立ちを覚えずにいられない。ミニマリズムには大賛成だが、これではただのやりたい放題ではないか。生活が苦しいだのなんだのというより、自尊心の問題である。ゴミを捨てるのは無料《ただ》だ。缶のペンキだって、たいして値が張るわけじゃない。ラガービール数本かヘロイン一グラムで、たくさんのペンキと住人全員に行き渡るだけの刷毛《はけ》が買える。要はどっちを優先するかの問題だ。

制服警官が一人、五号室のドアの前に立っていた。廊下の先にある四号室の住人も音楽をかけていたが、ありがたいことに下の階ほど音量が大きくないし、音質もはるかにいい。曲はヒッピー風で、女の歌手が自分にとって大切なことをしきりに訴えている。

制服警官は見張りの任を解かれたことにほっとした様子で、すぐさま帰っていった。鍵《かぎ》をこじあけた形跡がないかすばやくチェックし、ないことを確認して、ドアを開ける。

予想どおり、室内は散らかっていた。侘しいタウンハウスにいかにも似つかわしい。ただし、売春婦といえば自暴自棄になって堕《お》ちるところまで堕ちて身のまわりを気にしなくなった女を大半の人間がイメージするだろうが、そういう女の散らかりようとは明らかにちがっている。十代の少女のそれなのだ。ただでさえ狭い居間の床の半分近くを占めている、出しっぱなしのソファベッド。ソファベッドの上に無造作に置かれた衣類。淫売《いんばい》が客の目を引くために着る猥褻《わいせつ》なものではなく、防寒用のぴったりしたズボンやセーターといったありきたりな類《たぐい》だ。ソファベッドの両側には座面の擦り切れた椅子《いす》が一脚ずつあり、それぞれが、引き出し付きの棚に置かれた古いポータブルテレビに向きあった形で置かれている。壁には絵やポスターが掛かっていた。印象派の複製画が二点。手に剣を持って黒い雄馬にまたがり、ブロンドの髪を風になびかせた女戦士の色鮮やかで幻想的なポスターが一点。むっつりした顔つきが並ぶ見知らぬバンドのポスター、それと数点の写真。

その場に立ちどまり、もう一度すばやく見渡した。左手のドアは洗面所に通じていて、右手のドアは標準サイズの洋服ダンスほどの広さしかないキッチンに通じている。見たところ窓はひとつだけだが、ありがたいことに大きく取ってあるので、部屋のなかは十分明るい。窓から見える眺めは幾何学模様のレンガ壁だ。

目の前の床には、散らかった十代向けの雑誌、ケンタッキーフライドチキンの空箱、煙草《たばこ》用の巻き紙のパッケージといった雑多な物にまじって、大皿ほどもあるばかでかい灰皿がある。そのなかに十から十五本の吸い殻があり、マリファナの残骸《ざんがい》も数本あったが、おれの目を引いたのは、くしゃくしゃに丸めたアルミホイルと小さな茶色いパイプだった。パイプの内側に、黒っぽい液体の結晶化したものがペンキのようにこびりついている。

被害者がクラック中毒だったことに驚いたわけじゃない。どのみちたいていの女は——とりわけ若い女ほど——そうなのだ。クラック中毒かヘロイン中毒と相場は決まっている。だからポン引きと手を切ることができないし、いくら稼いでも足りないわけだ。

おれはありふれた殺しだろうと考え、煙草に火をつけた。マリックは一瞬いやそうな顔をして手袋をしたが、昨夜《ゆうべ》のダニーのようになにもいわなかった。

おれたちは無言で作業にかかった。マリックがテレビの載っている引き出し付きの棚をチェックしはじめる。二人ともなにを探しているかはわかっていた。小さな手がかり。素人《しろうと》目には一見なんの関係もなさそうなものでも、捜査の過程でもたらされたほかの証拠と一緒にするとたちまちミリアム・フォックスの人生が形をなしてきて、ひいては彼女の死の真相が浮かびあがってくる、そういうものがほしいのだ。

かつてはきれいな少女だったにちがいない。壁に写真が一枚、すこし傾《かし》いだ角度で留めてある。その写真のなかでミリアムは、いまおれたちがいる部屋のなかに立っていた。ジーンズと、白いお腹《なか》が露出したスカイブルーのホルタートップ姿。靴ははいてない。すらりとして長い脚。片手を腰に当て、反対の手は豊かな黒髪を撫《な》でつけている。カメラに向かってわざとふくれっ面《つら》をしているのはセクシーさを狙《ねら》ったポーズだろうが、全体の印象としては、背伸びをして大人の女に見られたがっている子どものそれだ。べつにミリアムと面識があったわけじゃないし、今後も知りあう機会などないわけだが、この瞬間おれは、彼女がひどくかわいそうに思えてきた。

ドラッグの弊害はありありだった。顔はやつれて骨ばり、目は落ちくぼんで力がない。

まともな食事を口にしたのは何ヶ月も前といった感じで、実際そうだったのだろう。しかし、写真のなかには希望もあった。いまとなってはそれも虚《むな》しいが、そういったドラッグによるダメージが永久的なものに見えないのだ。時間や十分な睡眠、健康的な食事さえ与えられれば、健康状態は好転して、ふたたびきれいな少女になったにちがいない。運は味方してくれなかったが、若さはまだ味方だったのだ。

その写真の隣に、微笑《ほほえ》んだお月さまのような形の鏡があった。おれは自分の姿を映し、ふと思わずにいられなかった。このおれも、人生を踏みはずしたことで荒《すさ》んだ顔になりはじめている。頬骨は極端に突き出して、さながら顔から逃げ出そうとしているかのようだ。さらに無惨《むざん》なのは、鼻の脇《わき》の血管が浮き出ていることだ。前には気づかなかったものだが、まだ小さな染《し》み程度で、全部で三本。大きさといい形といい、まるでオニグモのようだ。しかし、最近出てきたそれを見ていると、永久にそのまま顔に居座りそうな気がする。残念ながら、若さはおれの味方をしてくれていない。

自惚《うぬぼ》れの強い男にとって、現実に追いつかれ取りこまれてしまうことほど悲惨なものはない。いままではわれながら端整な顔立ちだと思っていた。正直な話、ここ何年かでそういってくれた女も少なくない。だがいま鏡に映っているこの顔を見る女は、一人としてそうはいわないだろう。

パスポート用サイズの写真が二枚、まだつながったままで、鏡のガラスとプラスチックの枠のあいだに挟まっている。できるかぎり慎重に手に取って、つぶさにながめた。地下鉄の駅やデパートによくあるスピード写真ボックスのひとつで撮影したものらしい。被写体がまったく同じ格好をしているからだ。たがいに腕をまわし、顔をくっつけあって笑っている二人の少女。一人はミリアム・フォックス、もう一人は年下でもっときれいだ。年下のほうはブロンドのカーリーヘアをボブカットにし、ミリアムとは対照的にぽっちゃりしたふくよかな顔で、そばかすもちらほら見える。全体に若さが輝いているにもかかわらず目だけはどんよりと濁り、楽しげにしようとしながらもうまくいかないといった感じだ。ということは、どうやらこの少女も街に立って生活しているらしい。年は十四といったところか。十二という可能性もないわけじゃない。二人とも厚手のコートを着て、年下の少女のほうが冬物のスカーフを首に巻いているところを見ると、撮ったのはごく最近だろう。

どうやら仲のいい友だち同士らしい。年下のほうはだれだかわからないが、ミリアム・フォックスの生活を推し量る際に欠けている情報を、いくらか補足してくれることだろう。この界隈《かいわい》にいるとしたら、ぜひ探し出さなければならない。おれはその写真を手帳に挟み、洗面所に通じるドアの脇にあるガタのきた衣装ダンスのほうへ行った。

おれたちはひとつひとつ丁寧に調べてまわり、マリックが紙幣の束を見つけた。二十ポンド札八枚、五十ポンド札が一枚（こんな札、そうそうお目にかかれるものじゃない）、十ポンド札が一枚。マリックは金を見つけて喜んでいたが、おれにはその気持ちがわからなかった。フラットに現金を置いている売春婦など、珍しくもなんともない。

「金があるってことは、被害者はここに戻ってくるつもりだったってことですね」マリックはいった。

おれもそう思う、と答えた。

「たまたま取った客が、あとになってとんでもない野郎だとわかったんだとすれば、当初はここに戻ってくるつもりで出ていったことはまちがいない。そうだろ？」

マリックはうなずいて、落ち着いた声でいった。

「しかし、おれたちは犯人の動機も探ろうとしているわけでしょう？ 少なくともこれは、被害者がなにかから逃げようとしていたんじゃなくて、逃げ出す前に殺《や》られた証拠になる。頭の切れる客だというおれたちの説にますます信憑性《しんぴょうせい》が加わるんですよ」

信憑性。面白い言葉だ。もちろんマリックのいうとおりである。たしかに説を絞りこむ助けにはなるから、ある程度の分野に捜査の焦点を当てればすむ。だが思うに、マリックは問題を不必要に複雑に考えているのではないか。シャーロック・ホームズなみに穿《うが》った角度から事件をとらえようとしているのだ。だがそんな必要はない。どこかの売春婦が喉《のど》を掻《か》き切られたうえに陰部をメッタ刺しにされ、衣服も乱れた形で死体となって発見された。しかも場所が悪名高き売春街の片隅だとしたら、なにが起こったかは歴然としている。

少なくともおれにはそう思えた。

衣装ダンスのなかには、手がかりになるようなものはなにもなかった。なかに引き出しがふたつあり、いろんなガラクタが入っていた。まず本が数冊。なかにジェーン・オースティンの小説が二冊あって、おれは思わず眉《まゆ》をあげた（ジェーン・オースティンを読む淫売など何人いるだろうか？）。それからヤクの入った袋。マルボロライトの未開封カートン。模造宝石がじゃらじゃら詰まった宝石箱。取り立てて変わったものはないが、手がかりにつながる住所録やそれに類するものもない。殺した男が女の常連客で、女にぞっこんだったのにその気持ちが受け入れられなかったという可能性もある。募る苛立ちから殺害に及び、怒りから死体メッタ刺しに及ぶ――そんな男がもしいたとすれば、住所録にはその男の情報が書かれているかもしれない。もっとも、最近では事情が少しちがっていて、被害者が客の情報を、紙に書かずにモバイルＰＣや携帯電話に入力した可能性もある。この手のタウンハウスでは、電気製品などのすぐに売りさばけそうな品物は目につくところには置かないものだ。隣人に盗まれるからである。被害者がその手の製品を持っているとしたら――その可能性は高そうだ――フラットのどこかに隠してあるにちがいない。

「死体を発見したとき、被害者は携帯電話を持ってたか？」おれはマリックに訊《き》いた。

「持ってなかったと思います」マリックは肩をすくめた。「確信はありませんが」

電話をしてカール・ウェランドに確かめようかと思ったが、自分で探したほうが簡単かもしれない。ブリーフィングのときに携帯電話の話が出た記憶はなかった。

「ソファベッドの下を見てみよう。手を貸してくれ」

マリックがベッドを持ちあげているあいだ、下をのぞきこんだ。ずいぶんな量の埃《ほこり》以外にあったのは、別の本一冊と（これもジェーン・オースティンの本だ）、ショーツ一枚だけ。おれは立ちあがり、マリックはベッドを降ろした。

つぎはどこを探したらいいだろうと思案していると、ドアを叩《たた》く大きな音がした。思わず凍りつき、マリックと顔を見交わす。またノックの音。ドアの向こうにいる人物は、たいして堪《こら》え性《しょう》がないらしい。おれはだれだか知りたくなり、近づいていって、三度めのノックの前にドアを開けた。

そこに立っていたのは、二十代後半の図体《ずうたい》のでかい黒人だった。男はにらみつけながら、ためらわずに切り出した。

「おめえらいってえ何者ンだ？」男はおれを押しのけてなかに入ってきた。だが、手袋をしてベッドの脇に立っているマリックを見て立ちどまると、たちまち状況を察知したらしい。おれは逃がさないようにすぐさまドアを閉めた。「サツだな？」男はつけ加えたが、訊くまでもないことだった。

「せっかく来てくれたわけだし――」おれは背後から近づいていった。「いくつか質問したいんだがな」

「なんだってんだよ？」男はくるりと振り返った。

なんで警官がこのフラットにいるのか、ここに留まったほうがいいだろうか、と頭のなかで思案しているのが目に見えるようだ。留まらないほうがいいという決断まで、たいして時間はかからなかった。男はおれの胸を突き飛ばして強引に押しのけると、ドアに突進していった。おれはよろけたが、どうにか転ばずに踏みとどまった。男はノブをつかんでドアを引き開け、扉をおれの顔にぶつけようとした。もう少しで命中するところだったが、おれの反射神経もまだまだ捨てたもんじゃない。なんとかかわして、男を追って走り出した。マリックもあとに続いた。

学生時代は短距離の選手だった。しかし、十三のときは百メートル十二秒八だったものの、十三だったのは何年も前だし、そのあいだに吸った煙草は数知れない。

だが短距離ならまだ十分速いし、男が角を曲がって階段を一段飛ばしで駆けおりたときは、一メートルそこそこまで迫っていた。男は流れるような動きで走り続けながら、わずかに開いていた玄関扉を引き開けた。おかげでさらに距離が詰まった。すかさずあとを追って外へ飛び出し、歩道へ降りる階段の上から男の背中にダイブして、後ろから腰に抱きついた。

「さあ、観念しろ！」喘《あえ》ぎながらも、できるだけ警察らしい威厳のある声で怒鳴った。しかし効果がない。男は走り続けながらおれの手から逃れようと、肘《ひじ》打ちを繰り出してくる。それを顔面に食らってしまい、思わず悲鳴をあげて手を離したが、追跡は続け、今度は男の襟首をつかまえようと片手を伸ばす。肺の痛みをこらえながら、おれは考えた。どうやってこの男を大人しくさせてやろう。

すると男は突然スピードを落とし、振り返ってなかば横向きに構えると、渾身《こんしん》の力をこめて拳《こぶし》を繰り出してきた。おれは慣性の法則で急には立ちどまれず、殴られるとわかっていながらも、防ぎきれなかった。男の拳は右頬にきれいに命中し、おれは完全にバランスを失ってしまった。殴られたショックで頭が鐘を打ったようになり、壁にぶつかって舌を噛《か》んだ。とたんに脚の力が萎《な》えてよろよろとくずおれ、後ろ向きで舗道に尻餅《しりもち》をついて転んだ。

マリックがただちにおれの脇で立ちどまり、思いのほか心配そうな顔で声をかけてきた。

「だいじょうぶですか、巡査部長」

「いいから追いかけろ！」おれは喘ぎ、手を振って追い払った。「行け。こっちはだいじょうぶだ」

もちろんただの強がりで、実際には死にそうな気分だった。肺が灼《や》けるほど痛いし、顔の右全体がずきずき疼《うず》いている。目を開けると、なかば視野がぼやけていた。転んだところにへたりこんだまま、マリックが通りの向こうに消えるのを見つめた。マリックは身長が百七十三センチしかなく、銃もない。あるのは怒鳴り声だけ。これじゃお世辞にも逮捕が間近いとは思えない。

煙草はもうやめよう。三十メートルも走ってないはずなのに、全速力で二キロ近く疾走したような気分だ。定期的に身体を動かさず、おまけにそこに不摂生な生活が加わったため、自分の身体がどれだけだめになっているか見えなくなってしまった

ジムに通いはじめなければ。会員資格が無効になって二年近くになるが、こんな情けない思いは二度としたくない。挙動からしてミリアムのポン引きにちがいないあのケチな黒人野郎は、その気になればおれを一方的にぶちのめすこともできただろう。

通りの向こうでは、一人の中年女が窓からこっちをじっとのぞいていた。顔つきからして、どうやらおれを哀れんでいるらしい。だが目があったとたん、顔をそむけて姿を隠してしまった。

おれはそろそろと立ちあがりながら、無力な怒りを覚えていた。あの黒人め、よくもおれをコケにしてくれた。昨夜《ゆうべ》使用した銃を持っていたらどんなによかったことだろう。そうすれば、あんなやつなど簡単に吹き飛ばすことができたはずなのに。こんなにくたびれることもなかったにちがいない。歩道に続く階段をゆっくり降りていき、あの男の

背中に狙いをつけ、適当に引き金を引くだけでよかったのだ。いくら筋骨隆々でも、鉛の弾をはじき返すほどの固い皮膚を持つやつなどいやしない。

マリックが急ぐふうもなく戻ってきて、おれの憤《いきどお》りもピークを過ぎた。あの黒人はいずれきっと挙げてやる。粘り強く探せば逮捕は時間の問題だ。その後ふたたび釈放されたとしたら、夜中にあとをつけて永遠の眠りへと葬り去ってやる。そう考えると、ようやく気分も上向いてきた。

マリックはいかにも頭にきたといいたげな顔で、おれの前に立ちどまった。

「逃がしました。逃げ足の速いやつで」

「こんなことというのもなんだが、おまえがあいつを追いつめなくてよかったと思ってる」

「おれは一人でもだいじょうぶですよ。それよりあの男のパンチを食らったのは巡査部長のほうです。具合はどうですか?」

おれは頰をさすって、数回瞬《まばた》きした。視野はまだぼやけているものの、少しずつ正常に戻りつつある。

「ああ、だいじょうぶだ。それにしてもあいつめ、いいパンチしてやがる」

「みたいですね。いったい何者だと思いますか?」

おれは聞かせてやり、マリックはうなずいた。

「ですよね。おれもそう思ってました。あの男、どうします？」

「名前はじきにわかるだろう。今夜は制服警官が大勢街に出て、ほかの淫売《いんばい》たちに聞き込みをすることになっている。そこで名前は出てくるはずだ。そしたら捕まえに行くまでさ」

そのとき思いついた。あの黒人男、ミリアムと一緒に写真に写っていたブロンドの少女のポン引きでもあったかもしれない。おれはふと、あの少女を守ってやりたい気分になった。街に立って身体を売るにはまだ幼すぎるし、ああいう男に蹂躙《じゅうりん》されるにはか弱すぎる。あの男を挙げるのは早ければ早いほどいい。

おれとマリックはミリアムのフラットの捜索に戻ったが、三十分ほど費やしたにもかかわらず、めぼしいものは見つからなかった。ウェランド警部補にその旨《むね》報告すると、同じタウンハウスのほかの住人たちに聞き込みをしろと命じられた。それもやったが、結局は成果なしに終わった。テクノミュージックをがんがん流している一号室の男は、ノックの音に答えようとしなかった。おそらく聞こえないのだ。音楽を流しているもう数時間はなにも聞こえないだろう。二号室は留守だった。三号室は派手な色彩のドレスを着て赤ん坊を抱いたソマリア人女性で、英語が話せなかった。写真を見せるとミリアムだとわかったが、どうやらおれたちがミリアムを探していると思ったらしい。しきりに上の階を指さしている。ソマリア語の通訳がいないため、ほかに聞けることはほとんどなく、おれたちは礼をいって出てきた。

四号室は、こっちが少なくとも三回ノックしてからようやく返事が返ってきた。背の高いひょろっとした男で、ジョン・レノン風の丸眼鏡をかけ、ろくに手入れしていない山羊《やぎ》ひげの持主だ。一瞥《いちべつ》して、すぐに警察だとわかったらしい。もっともこっちはトレンチコートに安物のスーツ姿だから、そうとしか見えないだろうが。おれたちを見ても少しもうれしそうじゃない。それもそのはず、吸ったばかりのマリファナのまちがえようのない臭《にお》いが、ドアの隙間《すきま》から洩《も》れてくる。

おれは二人分の自己紹介をし、なかに入ってもいいかと訊いた。男は、いまちょっと都合が悪くてといいかけた。なにか隠し事があるときの常套《じょうとう》句だが、こっちもほかに手がかりらしい手がかりがない以上、おいそれと引きさがるわけにはいかない。殺人捜査の聞き込みを行なっていることを話し、きみが自分のプライバシーの範囲内でマリファナを吸っていたところで興味はないんだ、と安心させた。マリックはどちらかというとどんな犯罪も見過ごすことのできないタイプで（そういうところはいかにもマリックらしい）、一瞬非難めいた顔をしたが、部下のそういう顔には慣れていたので無視した。選択の余地はないと諦《あきら》めたか、男はおれたちをしぶしぶなかに入れ、音楽の音量を下げた。大きなビーンバッグチェアに座り、取り散らかった部屋のあちこちに置いてあるほかのビーンバッグチェアを手ぶりで勧めてきた。

おれは立ったままでいいと断わった。男の顔には緊張と混乱がありありで、こっちにとっては好都合だった。これからはじめる話を真面目《まじめ》に受け取って、その乏しい脳味噌《のうみそ》から役に立つ情報を一生懸命絞り出してもらいたいからだ。

だがありがちなことに、たいした成果はなかった。男の姓はドレイヤー。名前はジークだとつけ加えたが、おれはいってやった。生まれたての赤ん坊にジークなどと名づける親がいるものか、少なくともきみが赤ん坊だったにちがいない四十年前にはありえないことだ。男は本当だといい張った。だったら出生証明書にその名前があるのかと問い返すと、出生証明書は別の名前さ、と答える。

「だったら正式に改名届を出したのか？」

男は、いいや、としぶしぶ認めた。

結局男の口から、本名はノーマンであることを白状させた。

「ノーマンか、いい名前じゃないか」おれはいった。「おれのデニスという名前にまさるとも劣らない」

「ぼくもいい名前だと思う」男はしれっといってのけた。なんとも調子のいいやつである。

ノーマンの職業は詩人であることがわかった。地元のパブやクラブ数軒で自作の詩の朗読会をやったり、一部は各種アンソロジーのなかに編まれて出版されてもいる。「たいした稼ぎにはならないけど――」ノーマンは打ち明けた。「少なくともきれいな生活を送ってることはたしかだよ」

おれは薄汚れた居間をしげしげとながめ、自分だったらこんな生活をきれいと表現するだろうかと思ったが、口にはしなかった。人間だれしも、自分の幻想に酔う権利はある。

ミリアムが殺されたことを告げると、ノーマンは本当に驚いていた。ミリアムは一人で閉じこもっていることが多く、知りあいというほどじゃなかったが、廊下でばったり顔をあわせたときなど、決まって笑顔でこんにちはと声をかけてくれたのだという。

「ほんとにいい子だったよ。努力家だったしね。あんな子はロンドンにそういるもんじゃない」

おれたちはうなずいた。

「たしかにこの街は暮らしにくいかもしれないな」おれは知れきったことをいって、つけ加えた。「ミス・フォックスには来客がたくさんあったかい？　とくに男の客だが」

「いいや、そんなになかったよ」ノーマンはそこで少し考えて、こうつけ加えた。「同じ男が何度かやってくるのは見たけど」

「その男、見た目はどんな感じだった？」マリックが訊いた。

「筋肉質のがっしりした体つきだった。女性にはモテるだろうね。情熱の炎というか、ほとんど怒りに近い雰囲気があった。身体のなかに噴火寸前の火山を持ってるみたいに」

「なんとも秀逸で芸術的な表現だな」おれは皮肉った。「今度はわかりやすく頼む。背は高かったか？　それとも低かったか？　黒人か白人か？」

「黒人だった」

ついさっきおれを殴った男の人相を伝えると、すぐに同一人物であることがわかった。ノーマンの芸術的な表現の少なくともひとつは当たっていたわけだ。たしかにあの黒人には怒りがあった。

「どれくらいの頻度でやってきた？」

「廊下や階段で見かけたのが二、三度。ちっとも話しかけてこなかったけど」

「その期間は？」

ノーマンは肩をすくめた。表現力をからかわれたことで少々臍《へそ》を曲げたらしい。

「どうだろう、三ヶ月ってとこかな」

「最後にその黒人を見たのは？」

「二週間前だね、だいたい」

「二、三日前じゃなくて？」

「そう」

「おまえはここに住んでどれくらいになるんだ」マリックが訊《き》いた。

「一年ほどさ」

「入居したとき、ミス・フォックスはもう住んでたのか」

「いや、まだだった。彼女が来たのは……わからない、たぶん半年くらい前かな」

「その黒人以外、ほかに訪問者を見なかったか」

ノーマンは首を振った。

「見てないと思う。見たほうがよかったかい？」

「詩人というのは観察力が鋭いと思ってたがな」おれはいった。「周囲をながめて、目に映るものを言葉にするんだろ」

「どういう意味だよ。なにがいいたいんだ」

「彼女は売春婦だったのさ。知らなかったのか？」

結局ノーマンは知らなかった。思い当たる男の訪問者がほかにいなかったからだろう。ミリアムは仕事と私生活を整然と区別していたのだ。おれはノーマンにスピード写真を見せ、ブロンドの少女のほうを知らないかと訊いた。知っているという答えが返ってきた。ミリアムと一緒にフラットを出入りするのを何度も見たという。

「仲のいい友だちって感じだった。一緒によく笑ってたよ。まるで女子高生みたいに」

「みたいじゃなくて、実際にそれくらいの年齢だったのさ」

それからさらに質問をした。ノーマン自身の経歴や、このタウンハウスのほかの住人についてだが、たいした情報は得られなかった。せいぜいわかったのは、ノーマンがほかの住人たちについてもほとんど情報を持っていないということくらいだった。

五時四十五分を過ぎたころ署に帰着して、ウェランド警部補に報告した。ウェランドの小ぢんまりしたオフィスは特別捜査本部の隣にあり、そこから捜査の指示を出すのだ。ウェランドはおかんむりだった。別の事件の証人の一人で、パブの喧嘩《けんか》で人をナイフで刺したボーイフレンドに不利な証言をする予定だった女が、証言をやめて口を閉ざすことにしたのだ。どうやら何者かが暴力的な脅しを使って女を説得、心変わりさせ、ウェランドの事件を台なしにしたらしい。

「午後じゅうずっと公訴局と電話で話をしてたんだ」ウェランドは掃除機のように勢いよくスパスパと煙草《たばこ》を吸いながら、そのあいまに呻《うめ》いた。「あいつら、自分たちにまちがいはないといい張りやがる」

そこでマリックが地雷を踏んだ。その女は保護されてたんですかと訊いたのだ。

とたんにウェランドはマリックをにらみつけた。

「あの刺傷事件が起きたのは三ヶ月前だというのに、公判は二月まではじまらないんだぞ。そのあいだじゅう女に警官を張りつけておくなんてできっこないだろうが。どこからそんな警官を連れてくる？　空中からマジックみたいに出現させるか？」

マリックはたじろいだ。少なくともウェランドの罵詈《ばり》雑言に対していい返さないだけの分別はあるらしい。ウェランドは煙草を三口で吸い終わり、その吸い差しを使ってもう一本つけた。

「それはともかく、どうしたんだ、その顔は」ウェランドはようやくおれに訊いた。「事情を説明すると、怒ったように首を振っている。「その黒人の名前がわかったら、すぐに逮捕状をとれ。事件の重要参考人だ。なにか目ぼしい手がかりは？」

おれは首を振った。

「だめです。住所録も携帯電話も、客のリストがありそうなものはなにも」

「今夜はキングズクロスの売春婦連中に聞き込みだな。いくつか名前を吐くかもしれない」

「きっと携帯電話を持ってたはずです」おれはいった。「ミリアムの名前で登録されている携帯電話があるかどうか、だれかに確認させせましたか？」

「ああ、いまハンスドンにやらせてるが、時間がかかりそうだ」

おれは写真にあった少女の話を切り出し、彼女を探したほうがいいと思うと提案した。

「たしかにおまえのいうとおりだな。その少女は力になってくれるかもしれない。それじゃ明朝八時半ちょうどにミーティングだ。検死解剖の予備報告が手に入るはずだから、おまえたちも同席してくれ。寝坊するんじゃないぞ。この件に関しては初動のやる気が肝心だからな」ウェランドは結論めかして締めくくった。「よくいうだろう、最初の四十八時間が大事だと」

もちろんわかってはいるが、おれにとって今日のやる気はとうになくなっていた。顔の右側はまだ痛むし、明日また早朝出勤しなければならないとしたら、とっとと仕事を切りあげたほうがいい。おれはそうすることにして、マリックに一杯つきあわないかと訊いた。もちろん社交辞令以外のなにものでもなく、マリックがイエスというはずないのを見越してのことだ。ところがマリックは、必要以上に腕時計に見入って、それからにっこり笑い、いいですねときた。じつにめずらしい。ふだんは勤務が終わったら家族のもとに飛んで帰るのに。もっともマリックは、自分にとって利益になると思えば、上司とのつきあいも厭《いと》わない男だ。

おれたちはパブ〈さすらいの狼《おおかみ》〉に行った。ロンドン警視庁の刑事や一部の制服警官たちの溜《た》まり場だ。店内は仕事を終えた連中で賑《にぎ》わっている。なかには顔を見知った者も何人かいて、おれはあちこちに声をかけながら、マリックと一緒に人混みを掻《か》き分けるようにしてバーに向かい、飲み物を注文した。おれはプライドビールを一パイント、マリックは大きめのグラスにオレンジジュースだ。人混みから離れた隅のほうに空きテーブルを見つけると、二人で座り、おれは煙草に火をつけた。

「で、だれがミリアム・フォックスを殺したんです?」マリックがジュースをすすりながら訊いてきた。

「そいつはいい質問だ」

「どう思います?」

「そうだな。まだ事件は起こったばかりだし、検死解剖の正式な結果を待たなくちゃならない部分も大きいが、おれが思うに、最初にひらめいた考えが妥当な線だな。妥当な線は正しいものと相場が決まってるのさ」

「つまり、変質者の犯行だと?」

「おれはそう思う。というより、そういう方向を示してるんだ。被害者は現場で死んでいる。そのことはまちがいない。周囲の夥《おびただ》しい血を見ると、死後に連れてこられたとは考えにくいからな。それに発見された界隈《かいわい》からして、顔見知りによる犯行じゃないだろう。あの界隈は、売春婦がどこかのスケベな客とこっそりしけこむような場所、殺人者が被害者と一緒に人目を忍んで行くような場所だ」

「それで、おれたちが結果を出す可能性はありますか?」

「まだ口にできるような段階じゃない。だが殺人者がごくふつうの不注意な犯人たちと同じだとしたら、片づいたも同然だ。科学捜査班のほうがじきに犯人を割り出してくれる」

「もちろん犯人に前科がないとなると、話はちがってきますよね」

そっちのシナリオは考えたくなかった。

「たしかにそうだ。だがあんなことをするようなやつは……女を背後から押さえつけて喉《のど》もとを深々と掻っ切るようなやつは、たとえこういう時代になったとはいえ、そうたくさんいるもんじゃない。以前も警察に目をつけられるようなことをしでかしているはずだ。しかし、もし計画的にやった周到な犯行で、犯人の選んだ相手がまったくの見知らぬ人物だとしたら――」

「売春婦とか？」

「ああ、売春婦だったりとかだ。そしたらいまごろ犯人は高飛びしているころだろう」

「それで、巡査部長はどう考えますか？　犯人は周到なやつか、それとも単に衝動を抑えきれない単細胞なやつなのか」

「そうだな。おれの勘では、こいつは綿密に計画を練ったやつの犯行だ。だがそれを裏づけるようなものはなにもない。あるのは犯人が彼女を連れ出すのに絶好の場所を選んだということと、自分のしてることをきちんとわかったうえでやっていることだ。おまえは？　どう思う？」

マリックは疲れたように微笑《ほほえ》んだ。

「気が滅入《めい》りますよ。いくら捜査技術を習得しても、実際それらを必要とする機会がどれほどあるっていうんですか？」

「どういう意味だ」

「その、もし犯人がただの間抜けでなかったり、こっちに幸運な手がかりがひとつもなかったりしたら、犯人を捕まえられるわけないでしょう。いくらこっちが頭脳明晰《めいせき》でも」

「警察の仕事は幸運な手がかりを探し出すことだが、世間じゃなんていうか知ってるだろう。とどのつまり、自分の運は自分で切り開けってことさ」

「だったらおれたちも運がいいことを願いたいですね。だって、そうでもなきゃ待ってるだけでしょう?」

「犯人はもう人殺しをしないかもしれない」おれは答えた。「たまにそういうことがあるんだ」

「だとしたら、犯人を裁きの場に引きずり出すことはできないかもしれない」

「そういうことだな。そうならないように祈ろう。科学捜査班の成果に」おれは自分のグラスを掲げた。

「科学捜査班の成果に」マリックも抑揚をつけて唱和したが、どこか納得がいかないようだった。

しばらく二人で黙って座り、状況をあれこれ考えた。おれはゆっくりとビールをすすり、今日一日の仕事が終わったことを喜んだ。

「昨夜《ゆうべ》のハートフォードシャーでの銃撃事件、聞きましたか?」

その問いかけに、内心おれはハッとした。正直な話、レイモンドに会ってからは昨夜の出来事がすっかり頭から消えていた。薄情な人間と思われてもしかたないが、それほど忙しかったのだ。マリックの言葉を聞いたとたん後悔の念が湧《わ》きあがったものの、今朝よりはだいぶ弱まっている。あの件については申し訳ないと思うが、過ぎたことは過ぎたこと。時間《とき》がたてば、申し訳なさもまたたく間に薄れてしまうのだ。

「ああ、聞いたよ。あの件にはどうも裏がありそうだ」

「おれもそう思います。学生時代の友人がハートフォードで巡査をやってて、事件の捜査に加わってるんですよ」

「そうか。で、その友だち、なんていってる?」

「まだ聞いてないんです。いまごろ捜査に追われてるでしょうね。どこも同じですよ。今夜にでも様子を聞いてみようかと思ってます。あいつが今夜自宅に帰してもらえればの話ですが」

おれは気安いそぶりでビールをひとくち飲んだ。この話題は慎重に進めなければならない。

「友だちと話ができたら、また詳しい話を聞かせてくれ。面白そうだからな」

「まったくです。じつに面白い。なんだかギャングの仕業って感じだ。いったいあの税関職員たちはなにを追ってたのか、気になりますよね」

　たしかにおれも気になっている。

「まあ、それがなんであれ、かなりでかいヤマだったことはたしかだな」

「ですよね。おれは一緒にいた三人めの民間人、あの男の正体が鍵《かぎ》だと思うんですよ。ああいう事件の場合、あの男がどんな関わりを持ってたのかがわかれば動機がつかめる。動機さえつかんでしまえば三分の二は解決したも同然です」

「だが問題は、それを立証することだろう？　周到な計画のもとに行なわれた犯罪であることは明白だから、背後にいる黒幕は手がかりになりそうなものをきれいに消し去ったと考えるのが筋だ。たとえ正体がわかったにせよ、厄介なのはそいつらを起訴に持ちこめるかどうかだな」

　マリックはうなずいた。

「そのためには、だれかを捕まえて口を割らせるしかない。そこが鍵ですね。こういう事件の場合、関わってる人間はかなり少ないはずだ。そのうちの一人か二人が、かならず怖《お》じ気《け》づいてしゃべりますよ」

　おれはふとダニーのことを考えた。あいつは密告するだろうか？　そうは思えない。あいつはなにをやるかちゃんとわかったうえで、自分も仲間に加わることを喜んでいたのだ。だがマリックのいうことにも一理ある。関わっている人間の数は少ない。しかも何人かはこのおれも面識がない連中だ。そのうちのだれかがタレこまないともかぎらない。いまさらそんなことを心配しても手遅れのような気がするが、とりあえず、マリックを通して捜査の進捗《しんちょく》状況がわかるのはありがたかった。

「いずれにしろ、突破口の見つけにくい事件だな」おれはつけ加えた。「こいつは長期戦になるぞ」

「おそらく。でも面白いことはたしかですよ。できるもんなら、犯人を事情聴取してみたいですね。実際に引き金を引いたやつを」

「なぜだ？ 訊《き》いてどうする？ どうせ金で雇われたのさ。そういうありきたりな理由に決まってる」

マリックはにやりとした。

「そりゃ、おれもそう思いますよ。あれがプロの殺し屋の仕業だってのはほぼ確実なわけです。でも犯人はかなり特別な部類の人間だ。なんのためらいもなく三人の男を撃ち殺したんですからね。こんなふうに」マリックは銃声をまねて指を三回弾《はじ》いてみせた。「しかもおそらくは初対面の、自分になにをしたわけでもない連中をですよ」

「ああいうことをした人間が、表向きはごくふつうだったということもありうるぞ」

「ふつうの人間は殺したりしませんよ」

今度はおれがにやりとする番だった。

「ふつうの人間が殺しあうんじゃないか。いつだってそうだ」

「そうでしょうか。殺人犯の大半は一見ごくふつうに見えるかもしれないが、そういう残虐《ざんぎゃく》な行為に駆り立てる腐ったなにかを、決まって内面に抱えてるもんです」

「いいや、いつもそういい切れるとはかぎらないさ」

マリックはおれをじっと見つめた。

「いい切れますよ。殺人は殺人です。そしてその罪を犯す人間は悪いやつだ。ほかには考えられない。白黒はっきりしてるんですよ。殺人事件のなかにはそれほど陰惨でないものもありますが、正当化できる殺人なんてひとつもありません。たとえどんな状況だろうと、程度の差はあっても、罪は罪なんですよ」

マリックが自分の主張に酔っているのはわかったので、この件についてはそれ以上議論しないほうがいいと思った。この手の会話が意味もなく記憶に留められ、いつか自分に不利な証言として利用されないともかぎらない。そこでおれは勝ちをマリックに譲り、ほかの些細《ささい》な世間話に移った。だがしばらくするとまた、当然のようにミリアム・フォックス殺害事件の話に戻ってきた。結局、ほかにめぼしい話題などないのだ。

初動が肝心だというウェランド警部補の言葉については、二人とも異論はなかった。この数日で手がかりが見つからなければ、犯人は被害者と面識のない人物ということになるし、すでにそういう流れになっているといわざるをえない。だとすると事件は暗礁《あんしょう》に乗りあげ、手の打ちようがなくなる。あとは謎《なぞ》の殺人者がつぎの獲物を狙《ねら》うのを待つか（それも心配なシナリオだ）あるいは未解決事件の山のなかで殺人犯を永久に見失うかしかないわけだが、どちらにしてもおれには最悪に思えた。

マリックは二杯飲み、一杯おごってくれ、やがてハイゲートにいる家族のもとに帰る時間となった。かわいい女房と二人の子どもが待っているのだ。一緒にタクシーに乗りませんかといってくれたが、おれはもう少し飲むからと断わった。腹も減っていたが、フラットに帰る前にもう一杯飲みたい。ビールがうまかった。

常連客の一人で、ちょっとした顔見知りでもあるしゃがれ声のジイさんがやってきて、一緒に飲み、しばらく世間話をした。ありきたりのクソ話だ。サッカーの試合の結果、ビールの値段、政府がドジばかりやらかしている云々《うんぬん》。たまには一般人と話をするのもいい。話しながら、重要なことを聞き洩《も》らさないようにと神経を尖《とが》らせる必要がないからだ。なんだろうと適当に聞き流していればすむ。だがそのジイさんが、玉葱《たまねぎ》のピクルスほどもある女房の腫《は》れ物《もの》の話をしはじめたとき、おれはそんな年になるまでに死んでいたいと思いはじめ、それを潮《しお》に帰ることにした。

フラットの前でタクシーに降ろしてもらったのは八時だった。午前中街の上空に居座っていた鈍色《にびいろ》の雲はすっかり消え、ちらほら星も見える。それにつれて気温も下がり、夜は凜《りん》とした冬の気配をまとっていた。

部屋に入ってまず最初にやったのはダニーへの電話だったが、自宅には不在だった。そこで携帯電話にかけてみたが、留守番電話に転送されたので、メッセージを吹きこむことにし、明日の午後五時に報酬を持っていくから自宅にいるよう伝えた。それから熱いシャワーを浴び、今日一日の埃《ほこり》を落として、なにを食べるか考えた。

冷凍庫のなかに見つけたのは、エビのクリーミー・リゾットという名前が入った箱だった。パッケージに〝二十分でOK〟とあり、写真を見たかぎりでは食欲をそそらないこともなかったので、電子レンジで解凍した。できあがりを待つあいだ、ソファのいつもの場所に座り、テレビのリモコンボタンを押して、ニュース専門の局にあわせた。

画面に二枚のパスポート写真が大きく映し出されている。チェロキーの運転席にいた男と、助手席にいた男の写真だ。運転していた男は昨夜とまるで顔がちがって見えた。満面に笑みを浮かべ、目のまわりに笑い皺《じわ》まである。生前はきっといいやつだったにちがいない、そんな印象さえ与えてくれる写真だ。隣の写真の脂《あぶら》ぎった年配の男も、やはりいい人間に見えた。カメラを物憂《ものう》げに見つめるその顔は、まるで二十も年下の若造にこっぴどく意見されたばかりといった感じだが、昨夜のようなこそこそした様子はない。髪を洗って丁寧に櫛《くし》でとかしたらしい清潔さが、外見をさらに好印象にさせている。

ニュースによると、運転していた男の名前はポール・ファーロングで、二人の子どもを持つ三十六歳の父親だった。助手席の男はテリー・ベイデン・スミスという四十九歳の男で、学校を卒業して以来ずっと税関に勤務している。離婚歴があり、家族に関しては一言も触れられないところをみると、子どもはいなかったらしい。

二人の顔写真が画面から消え、トラベラーズ・レスト・ホテルの外に立っているフリースコート姿の男性レポーターに取って代わった。警察の立ち入り禁止テープがいまだにあちこち張りめぐらされ、チェロキーは昨夜おれの横で停まった位置に放置されたままだ。しかし、慌《あわ》ただしさはすでにない。現場保存のために制服警官が一人、レポーターの後方に立っているが、見たところ警察関係者はその警官一人だけだ。この事件には六十人以上の警察官が動員され、警察は犯人逮捕に自信を持っています、とレポーターは伝えた。どうやら大がかりな聞き込み捜査が行なわれているようだが、同時にレポーターはある警察幹部の言葉を引用して、迅速な解決はむずかしいとの見方も出ています、といった。

あの税関職員たちは汚職塗《まみ》れだとレイモンドはいっていたが、果たして本当だろうか。だとすれば、おれがやったことも少しは正当化されるだろうか。答えはおそらくノーだ。この件に関わったことへの後悔の念が、いまさらのように湧きあがってきた。汚職があろうとなかろうと、捜査を担当する現場の警官たちには過大な期待がのしかかる。おれたちとちがって、彼らは必要な情報をすべて手に入れるだろう。派手な事件はいつだって、大衆が犯人逮捕を声高に望むのだ。意外なことに、ニュースのなかでは三人めの死体についてまたしても言及がなく、名前すらいまだに報じられなかった。レイモンドを問い詰めて正体を訊き出そう。この三人めの男がただのクズ野郎じゃないことは、いまでは確信に変わっていた。

ミリアム・フォックス殺害事件のほうは報じられず、シーファックスでもまったく言及されなかった。たかが売春婦殺しなど、おれの三人殺しにくらべると地味すぎるのだ。もっとも、ほかの淫売《いんばい》が同じ手口で殺されたとしたら話はちがってくるだろう。連続殺人鬼ほど一般大衆の好むものはない。狙いがごくふつうの一般市民じゃない場合はなおさらだ。

食事をしながら、テレビで『ファミリー・フォーチュンズ』を見た。いつものように、司会のレス・デニスが限られた情報を最大限に生かしている。まるでロンドン警視庁の警官のようだ。どちらの家族もあまり頭が切れず、スコットランドのグラスゴーから来たドブル家は訛《なま》りがきつくて、どうやってオーディションを勝ち残ることができたのか不思議なほどだった。レスは通訳が必要ですねとかなんとかジョークをいい、温かく笑いながら場がシラけないようにしていたが、少しうんざり気味なのは見てわかった。結局ドブル家は、イングランドから来た家族に負けてしまった。勝ったほうの家族の名前は忘れたが、こちらは勝ち進んで車を獲得した。

そのあとは映画を見た。ロマンチック・コメディで、本来は面白いのだろうが、なかなか筋に集中できなかった。ポール・ファーロングの遺族が目もとを真っ赤に泣き腫《は》らして居間に集まっているところを、つい想像してしまうのだ。頭のなかに浮かぶ二人の子どもは少年と少女で、ともに髪はブロンド。少年のほうが年上で、五歳くらい。少女のほうはあどけなくて三歳といったところか。母親は二人の子どもたちを両手で抱きしめている。少年は母親にしょっちゅう顔を向けては、どうしてパパはいなくなっちゃったの、どこに行ったのと訊く。母親は悲しみに声を慄《ふる》わせて答える。パパは天国に行ったのよ。神さまが特別な理由でそうお望みになったときは、行かなくちゃいけないときもあるの。おれは自分が小さかったころのことを思い出した。あのときだれかが自分から父を奪ったらいったいどんな気分だっただろう。父はすでにこの世の人ではない。五年前に亡《な》くなったが、大人になった当時でさえ精神的ショックは計り知れなかった。ずっと父のことを尊敬していたからだ。だから五歳のころは、父はいわば世界そのものだった。知らなくちゃいけないことはなんだって知っていた。あの当時だれかが父を奪っていたら、おれの心はずたずたに引き裂かれていただろう。

だが、それ以上自分を責めるのはごめんだった。狭苦しいフラットに一人座って、子どもたちから父親を奪ってしまった罪の意識に苛《さいな》まれるなど、災厄以外のなにものでもない。映画が終わって、最初はたがいの顔を見るのもいやだったカップルが予想どおりくっついて夕陽のなかに消えていったとき、おれはベッドにもぐりこんだ。疲労はピークに達していて、頭が枕《まくら》につくかつかないかのうちに眠りに落ちた。

7

夜の眠りは、たいていがなにも起こらない空白の時間だ。しかし、その夜はちがっていた。じつにさまざまな夢を見て、合間合間に目覚めた。なにもかもがごちゃまぜで、イメージや考えや記憶が支離滅裂な万華鏡《まんげきょう》のようにめまぐるしく変化する。それらは一瞬のあいだ冷たい氷のように鮮明だが、つぎの瞬間にはまるで死にかけた映画のヒーローのようにフェードアウトし、つぎの夢へと移っていく。

そのうちのひとつだけが頭に残った。明け方の、薄明かりが射《さ》しはじめた時間に見た夢だ。夢のなかのおれはテレビ局のスタジオにいて、『ファミリー・フォーチュンズ』の収録を見ていた。まわりには観客がいたが、その姿はおぼろげだった。スタジオ内は暗かったものの、司会のレス・デニスだけは照明が当たっていて、よく見えた。ピンクのスーツにライムグリーンのシャツを着ていたのを覚えている。レスは一方の家族を紹介しているところだったが、彼らの名前は暗くて見えなかった。レスはひとりずつ話しかけ、それぞれの解答者の前で立ちどまるたび照明がその人に当たって、だれであるか観客にもわかるようになっている。

最初の解答者はチェロキーの運転席に座っていた男、ポール・ファーロングだった。ポールは片方しか目がなく、おれが撃ったほうの右目はぐずぐずの血溜《ちだ》まりと化していた。それでも顔つきは楽しげで、レスがジョークをいうと大笑いしている。おつぎは助手席にいたテリー・ベイデン・スミス。テリーはあいかわらず陰気な顔で、頭頂部はほとんど吹き飛んでいた。しゃべるとまるで回転の遅すぎるレコードのように間延びした声になり、しばらくして思い至った。下顎《したあご》が奇妙な角度でぶらさがっているのだ。テリーに子どもがいなくてよかったと思ったのを、おれは夢のなかで思い出していた。そのつぎは後部座席の助手席側にいた男だが、顔がよく見えなかったし、向こうも顔をそむけたままだった。レスは男に、スケートボードがうまいんだってと話しかけてリラックスさせ、番組を盛りあげることに協力してもらおうとした。しかし男はあいかわらずそっぽを向いている。するとその隣にいた、ぴったりした黒のドレス姿のミリアム・フォックスが、喉《のど》もとを深々と切り裂かれているにもかかわらず、男をかばうように肩に腕をまわした。

「きみはミリアムだね」レスがいう。

「そうよ」ミリアムが快活な声で答える。

「どうしてここに来たんだい？」

「死人についてきたの」

「死人についてきた！」レスは笑い出した。「そりゃいいや！」レスはそういって観客のほうを振り返った。観客も一同大笑いした。「で、こちらはどなた？」ミリアムのつぎにいる人物のほうを見て、レスがつけ加えた。

その女がだれなのか、おれには見えなかった。照明が当たらなかったからだ。暗がりのなかでかろうじてシルエットとなっていたが、どこか見覚えのある気がして怖気《おぞけ》がした。ミリアムよりずっと小柄で、髪はカールしているように見える。

「きみの妹かい？」レスがあいかわらず笑みをたたえながら尋ねた。ミリアムはとたんにひどく悲しげな顔をした。まるでだれにもいえない悲劇的な出来事に触れられたかのようだ。ミリアムはなにかいいかけたが、言葉が出てこなかった。出てきたにしても、おれには聞こえなかった。

長い間があって、観客は水を打ったように静まり返った。

おれたち観客のほうを振り向いたレスは、困惑したような表情を浮かべてこういった。

「以上、死人チームでした」

汗と恐怖に塗れて目覚めたのは、そのときだった。

第二章　生者の捜索

8

「ミリアム・アン・フォックス。十八歳。死因は頸部《けいぶ》への背後からの切傷。深さ約五センチで、一、きわめて鋭利な刃物による、二、屈強な人間の犯行と思われる。傷口の角度からして、犯人は被害者よりかなり背が高い。被害者の身長は一メートル六十。犯人の男は――この場合男と考えていいと思う――一メートル七十七から八十八のあたりだろう。被害者の直接の死因は、この切傷による失血か窒息かだ。検死医によると、犯人は被害者が失血死か窒息死するまで抱えあげていて、それから仰向けに地面に寝かせ、陰部を四回刺したらしい」

「それで、犯人は被害者との性行為には及ばなかったんですか?」集まった警官の一人が訊《き》いた。

悪夢にうなされた翌朝八時三十五分、マリックとおれは、ほかの十四名と一緒にミリアム・フォックス殺害事件の捜査担当として任命され、特別捜査本部に座っていた。捜査主任であるノックス警部がホワイトボードの脇《わき》に立ち、これまでに警察が把握した内容をかいつまんで説明している。カール・ウェランド警部補はその隣に座っていたが、いつものウェランドらしくない。だれかがウェランドの身体《からだ》の具合を尋ねてきたとしたら、おれはきっと、おおかたバッテリー切れでも起こしたのさ、と答えたことだろう。ある程度の年齢に達した警官にはありがちな話で、ウェランドもあとどれくらいもつのだろうかと一瞬考えてしまった。

一方ノックスのほうは、そんな心配など無用だ。カリスマ性を持ちあわせた図体《ずうたい》のでかい男で、よく響く深みのある声が、特別捜査本部に響き渡る。

「死の直前も直後も、性行為を交わした形跡はない」ノックスは続けた。「検死医によれば、被害者の死亡時刻は日曜の午後八時から十時のあいだだ。あの界隈《かいわい》で立っている売春婦《おんな》たちに訊いてみると、そのうちの少なくとも二人に、被害者は八時ごろ姿を見られている。午後八時というのは、被害者がいつも仕事をはじめる時間だ。被害者は売春婦の一人に短く話しかけたが、そのときはとくに変わった様子もなかったらしい。そのあと被害者は、いつも立っている場所まで通りを歩いていった。ノースダウン通りとコリアー通りの角だ。そこで一台の車に拾われ――ダークブルーのセダンで、メーカーはまだ判明していない――走り去った。たいてい売春婦たちは車の番号を覚えようとするもんだが、だめなときはだめなもので、覚えているのは一人もいなかった」

警官たちのあいだから諦《あきら》めたようなつぶやきが洩《も》れた。おれも洩らした。警察の仕事にラッキーな突破口など滅多にないと思ったほうがいいが、こういう事件だと少しはほしくなってしまう。

ノックスはそこで紅茶をすすった。

「だがそう長いドライブじゃなかったことはたしかだ。被害者は発見された地点で殺害されている。車で拾われた場所から直線でほんの数百メートルだ。だからこの車の発見が重要になってくる。いまから制服警官十二名に近隣で聞き込みをやらせて、現場付近でこの車を見かけなかったかどうかシラミつぶしに当たってもらうところだ。もし運がよければ——」警官たちからさらに呻《うめ》き声が洩れた。「運転していた男の顔を見た人間が出てくるかもしれない。殺害した直後はひどい返り血を浴びていたはずだ。被害者が車で拾われた地点からナイフで切り刻まれた地点までの区間にある監視カメラを可能なかぎりチェックしているが、そっちはいまのところなにも出てこない」

「淫売《いんばい》どもでその車を見たやつはいないんですね？」おれと同じ巡査部長のキャッパーが訊いた。虫の好かないやつだ。昔からそうだった。妙ちきりんな髪型をしているし、息はいつも臭い。だがその程度の理由で嫌っているわけじゃない。虫が好かないのは、上司にゴマをするところだ。

ノックスは肩をすくめた。

「淫売どもは、仕事柄暗い色のセダンをしょっちゅう目にするから、だれも覚えてないんだ」

「でも警部は、淫売たちは客の車のナンバーを覚えてるもんだといってましたよね」今度はおれがいった。

「ああ、そういった」

「淫売たちはメモかなんかに書いてたりするんですか」

ノックスは首を振った。

「いや、どうもそれはないらしい。昨夜《ゆうべ》聞き込みの対象となった売春婦たちからも、それらしい様子はなかったようだ。まあ、ナンバーを特定する方法はほかにもあるがな。〈犯罪防止センター〉に情報を求めるつもりだし、地域にも呼びかけてみるつもりだ。今朝から掲示板もあちこちに張り出されるだろう。そしたらだれかの記憶が呼び起こされるかもしれない。それよりこっちで調べなくちゃいけないのは、被害者と頻繁に会っていた客がいるかどうかだ。おそらく大半の客はその手の常連だろう。被害者が赤いTVRを転がしてる男に何度か拾ってもらったことを証言した売春婦も二人いる。ただし、その男の顔を見た者はだれもいない。それともうひとつ、どうやら被害者には女友だちがいたようだ。名前はモリー・ハガー、前に一緒に街に立ってたこともある——デニス、きみが写真を持ってるんだよな——だが彼女の姿も、ここ数週間目撃されてない」

おれは一瞬、鋭い恐怖に包まれた。モリー・ハガー。それがあの少女の名前だったのだ。しかも行方不明とは。

「被害者のフラットに、被害者と一緒に写っている彼女の写真がありました」おれはノックスにいった。「ごく最近撮られたものだと思います。このモリーに話を聞けば、なにかつかめるんじゃないでしょうか」

「それにはまず見つけないことにはな」

「住所はわかってるんですか？」おれは訊いた。

ノックスはうなずいた。

「だと思う。売春婦たちの一人が、友だちのほうは〈コールマン・ハウス〉にいるはずだといっていた。カムデン方向にある市営の児童養護施設で、まだそこの職員とは連絡をとってないが、きみとマリックで足を運んで、このモリーの居場所を突きとめてほしい。それと、その施設にいるほかの子どもたちにも、被害者についてなにか情報がないかどうか探ってほしいんだ」

「いいですよ」おれはうなずいた。

「被害者のポン引きをやっていた男も連行しなくちゃならない。名前はマーク・ウェルズと判明した。デニスは昨日短い時間だが、この男と会っている」ノックスはおれのほうを見てウィンクし、みんなのあいだに陽気などよめきが起こった。「ウェルズは暴力行為や女性への暴行など、挙げるネタに事欠かない。少なくとも、デニス・ミルン巡査部長をぶちのめした暴行容疑で連行できるはずだ」

どよめきが大きな笑い声に変わった。おれは強《こわ》ばった笑みを浮かべ、隣の警官と同じようにジョークを受け入れる余裕があるフリをするのが精一杯だった。笑い声をあげる気にはなれなかった。顔がまだ痛かったし、一晩寝て起きたあとは、右の頬骨の下あたりに黒々と痣《あざ》が浮かんでいる。

「ウェルズに対してはいま家宅捜索令状と逮捕状を申請中で、両方とも午前中にはおりるはずだ。とことん絞りあげてやれ。どうせクソ生意気なやつにちがいないが、被害者に関する有力情報を持ってるだろうから、そいつを引き出すことが先決だ。事件の容疑者でもある。いまのところ、性的暴行の唯一《ゆいいつ》の証拠は陰部への刺し傷だけだ。ということは、犯人は性的暴行に見せかけただけで、本当の動機はほかにあるということも考えられる。ただしその仮説を有力視しているわけじゃなく、いまはただの仮説の段階にすぎない。だがそういう見方もあるんだということを頭に入れといてくれ。要はマーク・ウェルズをとことん調べろということだ」

ノックスはそこでまた間をおいて、紅茶をひとくちすすった。

「ここから半径五キロの範囲内で、ここ二年のあいだに売春斡旋《あっせん》で挙げられたやつの名前が必要だな。とくに暴力行為や性的暴行で逮捕歴のあるやつだ。そいつらを片っ端から事情聴取しろ」数人が呻き、ノックスは訳知り顔で微笑《ほほえ》んだ。「この件は一筋縄じゃいかないぞ。もともとそういうものなんだ。だがおれたちはあらゆる可能性を探らなくちゃならない。ということはつまり、こういう凶行をやってのけても不思議じゃない連中、売春婦に対して暴力的なことで知られている連中から話を聞くということだ。犯人探しをはじめてすでに二十四時間が経過している。死体はまだ温かいが冷たくなるのはあっという間だから、やることはたくさんあるぞ。それも半端《はんぱ》な量じゃない。おれはこの犯人を裁きの場に引きずり出してやりたいと思ってるんだ。それを実現できるのはきみらしかいない」ノックスはそういって檄《げき》を飛ばしながら、手のひらで机をバンと叩《たた》いた。いかにもノックスらしい仕草だ。ときどきウォール街で働いているような幻想に浸っているにちがいない。

勇気ある言葉ともいえる。もっとも、いっただけの行動が伴うかどうかは、これからとくと拝見させてもらうとしよう。

会議の残りは、作業分担を割り当てることと質問とで十分間ほど費やされた。ウェランド警部補は、令状が届き次第マーク・ウェルズの家宅捜索《ガサいれ》の指揮をとることになった。これには少しムッときた。ウェルズに殴られたのはこのおれなのだから、ぜひともその家宅捜索チームに入れてほしかったのだ。しかし、モリーのことに関して探りたい気持ちもある。だが両方やるのは困難だ。

九時二十分、マリックとおれは署をあとにし、児童養護施設〈コールマン・ハウス〉

に向かった。ロンドン警視庁のわが部署は時節がら世間の風当たりが強く、予算も締めつけられている状況なので、おれたちは納税者の貴重な税金を節約するためバスに乗ることにした。しかし、歩いたほうが早かったにちがいない。ホロウェー通り《ロード》の事故で道路は渋滞となり、何時間にも感じられる長いあいだ、バスはのろのろ運転するはめになったのだ。

おれはマリックに、窓の外の過ぎ去ったり停まったりする景色をながめながら、今朝見た悪夢について話した。それほど心ざわつかせる夢だったのだ。

「バカみたいに聞こえるのはわかってるが、まるでなにかの前触れみたいなんだ」

マリックはこらえきれないといいたげに笑みを洩らした。

「なんですって？　レス・デニスが危険な目にあうとでも？」

「おれは真面目《まじめ》に話してるんだぜ、アシフ。こいつはいままで見た夢とはちがうんだ。おれのことはわかってるだろ。迷信なんか信じる男じゃないし、霊感やなにかとも縁がない。クリスチャンでさえない。だからおれの精神とはなんの関係もないんだ。あんまり鮮明な夢だったもんで、目覚めたときは、モリーって女の子は死んでしまったにちがいないと確信したくらいだ」

「その夢をもういっぺん聞かせてくださいよ」

おれはもう一度マリックに聞かせてやった。死んだ税関職員の部分は省き、ほかに乗車しているバアさんや外国人学生たちに聞こえないよう囁《ささや》き声で話した。頭のネジがはずれた哀れな男だとは思われたくない。

話し終えるまでにバスが前進した距離は、全部で三十メートルほどだった。

マリックは首を振り、複雑な顔をした。これほど浮世離れした上司から命令を受けなくちゃならないなんて不公平にもほどがある、そう思っているのがありありだ。

「巡査部長、おれだったらそんな心配しませんけどね。夢は夢なんですから。その少女はだいじょうぶですよ」

「だといいがな。数週間姿が見えないってのがどうも気にかかる」

「地元の売春婦たちが見てないってだけでしょう。生活が変わったのかもしれませんよ。売春や薬物中毒が人生の破滅につながるってことに気づいたのかも」

おれは声をあげて笑った。

「おまえ、本気でそう信じてるのか？」

「そりゃあ、はっきりとはいい切れませんが……」

「だよな」

「でも可能性はありますよ。それに、よそに移って街に立ってるだけかもしれない。むしろそのほうがずっと可能性があるんじゃないですか、どこかの側溝に死んで横たわってるよりも」

マリックは最後の「側溝に死んで横たわってる」というところで少し声をあげてしまったため、乗客の数人が訝《いぶか》しげな顔で振り向いた。

「わかった、わかったよ」おれはいった。「おまえの読みに賛成だ」

だがマリックの読みは、結局はずれだった。

いよいよバスが動かなくなったとき、おれたちはジャンクション通り《ロード》で降りて、地下鉄に乗り換えた。ありがたいことに、こっちはまだふつうに走っている。カムデン駅を出たのが十時二十分。だんだんと天気がよくなっていったので、駅からは歩くことにした。

目抜き通りから少しはずれたところにあるビクトリア朝風の大きな赤レンガ造りの建物、それが〈コールマン・ハウス〉だった。三階の窓のひとつが板でふさいであったが、それ以外は手入れが行き届いている。男女の子ども二人が入り口前の低い塀に腰かけ、いかにも小狡《こずる》そうな感じで煙草《たばこ》を吹かしていた。女の子のほうは分厚いだぶだぶの黒のトレーナーにかなり短かめのスカートという格好で、そこから細い脚がニョキッと出ているあたりは突然変異かと思うほどだ。近づいていくと、二人ともこっちを見て、男の子のほうが鼻で笑った。

「おまわりかい?」

「そうだ」おれは答えて、二人の前で立ちどまった。「ある殺人事件を捜査している」

「へえー、で、だれが殺されたの？」さも面白そうに訊《き》いてくる。気色悪いガキだ。

「まず、きみの名前から聞かせてくれないか」

「おれとなんの関係があるんだよ。おいらなんにもしてないぜ」

「彼、名前なんかしゃべらないわよ」少女のほうがおれの目をまっすぐ見つめて、自信たっぷりにいった。歳《とし》は十三ぐらいと見た。口のまわりの小さいニキビと塗りたくりすぎた安っぽい化粧さえなければ、けっこうかわいい子だ。だが十三にしてすでに小言《こごと》バアさんの風格がある。こういう施設にいるとだれでもこうなりそうな気がした。

「べつに無理に聞き出すつもりはないんだ」おれは少女のほうにいった。「いま話している相手がだれなのか、ちょっと興味があってね」

「彼と話したいんなら、しかるべき大人を同席させなくちゃだめよ」

「ほう、きみはいつロースクールを卒業したんだい、お嬢さん」

少女が気の利《き》いた答えを思いつく前に、別の声がさえぎった。

「なにかご用ですか」

声をかけてきたのは魅力的な白人女性で、四十代前半といったところか。背が高く、身長は百七十五センチほど。威厳のある声の感じからして、管理職にある人だろう。

おれは彼女のほうに向き直り、持てるかぎりの魅力のオーラを発しながら微笑んだ。

「これはありがたい。私はデニス・ミルン巡査部長、こっちは同僚のマリック巡査です。じつはある事件を捜査していて、聞き込みにうかがいました」

彼女は弱々しく微笑んだ。

「ほんとに？　どんな事件？」

「殺人です」

「まあ」面食らった様子だ。「それで、この二人から話を聞かなくちゃいけない理由でもあったの？」

「いいえ、自己紹介してただけですよ」

「嘘《うそ》ばっかり」少女がいった。「この人、あたしたちの身元を知りたがったのよ」

「アン、ここからはわたしが引き継ぐわ。あなたとジョンはアメリアと一緒にいるはずじゃなかったの？」

「ちょっと一服してただけじゃん」少女のほうが顔もあげずにいった。

「警察のお二人にはなかに入ってもらったほうがいいみたいね。話はそちらでうかがいましょう」

おれはうなずいた。

「わかりました。ところで、お名前は？」

「カーラ・グラハム。この〈コールマン・ハウス〉の所長よ」

「それじゃ、案内してください」おれはカーラのあとについて両開きの扉を抜け、なかに入った。

施設内は病院に似て、あまり訪問者を歓迎しない雰囲気だった。高い天井。リノリウムの床。壁にはポスターが貼《は》ってあり、注射器のまわし打ち、望まない妊娠など、幸福で充実した生活の妨げになるものは一切やめるよう訴えている。どこからか漂ってくる消毒薬のいやな臭《にお》い。イギリス各地にある有名な〈バーナードー孤児院〉では、こんな臭いはしない。

カーラ・グラハムのオフィスは施設の奥にあった。ゆったりした室内に通されたおれたちは、椅子《いす》に座って、大きな机越しに彼女と向きあった。ここにもまた、身の破滅に対して声高に警鐘を鳴らすポスターがあちこちに貼ってある。一枚は五歳にも満たない幼児を写した大きな写真で、全身痣だらけだ。上のキャプションには〝幼児虐待《ぎゃくたい》を踏みつぶせ〟、下のほうには〝子どもを踏みつぶすな〟とある。

「で、なにがあったの？」カーラは訊いた。「うちのクライアントには関係ないといいけど」

「クライアントって、子どもたちのことですか？」訊いたのはマリックだ。

「ええ」

「それが、実際のところはまだわかりません。だからここに来たんです」おれはそういって、昨日死体が発見された話を聞かせてやった。

「まあ、そんなことがあったなんて知らなかったわ。そのかわいそうな女の子はだれ?」

「名前はミリアム・フォックス」カーラの顔から思い当たるような表情は浮かんでこなかった。おれは続けた。「十八歳の家出少女で、売春婦です」

カーラは首を振って、ため息をついた。

「もったいないわね。そういうことが起こる可能性はいつだってあるから、ショックってわけじゃないけど。でも、本当にもったいないわ」

マリックがぐっと身を乗り出した。おれはすぐにピンと来た。どうやらマリックは、カーラ・グラハムがお気に召さないらしい。

「あなたは被害者をご存じなかった、ということですね」

「ええ。名前も知らないわ」

おれはミリアムがカメラに向かってポーズを取っている写真をスーツのポケットから取り出し、カーラに手渡した。

「これが被害者です。ごく最近の写真だと思われますが」

カーラは少しのあいだ見つめてから、写真を返してきた。受け取るとき、淑《しと》やかで気品のあるその手に思わず目を奪われた。爪《つめ》はマニキュアを塗ってないにもかかわらず、手入れが行き届いている。

「なんとなく見覚えのある顔ね。クライアントの一人と一緒にいるところを見たかもしれないけど、断言はできないわ」

「ミリアムと同じ界隈《かいわい》で働いていたほかの売春婦数人からの聞き込みによれば、被害者はとくにモリー・ハガーという少女と仲がよかったそうです。そのモリーがこのコールマン・ハウスに住んでいると聞きましたが」

「住んでいたといったほうが正確ね。何ヶ月かうちのクライアントだったけど、三週間前に出ていったきり、姿を見かけないわ」

「そのわりには、あまり心配してらっしゃらないようですが」マリックが指摘した。クライアントの一人が行方不明になったにもかかわらず平然としているカーラへの驚きを、かろうじて抑えている。

「マリックさん」カーラはマリックのほうを見やった。「コールマン・ハウスは十二歳から十六歳までの子どもたちを二十一人預かっているの。どの子もみな不幸な生い立ちを抱えていて、大なり小なり行動に問題があるわ。でも、行政の配慮でここに収容された彼らのためにわたしたちは最善を尽くしているけど、法律はわたしたちの味方じゃないの。子どもたちは、夜中に出かけたくなったら自由に出ていっていいのよ。わたしやほかの職員が外出をやめさせようとして子どもたちの肩に手を置いただけでも、子どもたちは暴行容疑やなにかでわたしたちを訴えることができるの。いいえ、誇張でもなんでもないわ。わかりやすくいえば、ここにいる子どもたちはやりたい放題やれるってこと。やりたいことは自由にやれるとわかっているから。半数は自分の名前もろくに書けないくせに、権利のことになると隅々まで知っているのよ。それに、残念ながらわたしたち職員に愛想を尽かしたというだけで出ていく子も多いわ。戻ってくる子もいるけど、戻らない子もいるの」

「探そうとしないんですか？」マリックはなおも食いさがった。

カーラがマリックを見る目は、とびきり出来の悪い生徒を見る先生のそれだった。

「それには職員の数が少なすぎるの。ここにいたいって子どもの心配までしてたら、ここにいたいって子の面倒を見ることもできなくなってしまうわ。それにだいいち、どこを探すの？　それこそ雲をつかむような話よ」

「行方不明になった子どもたちのことは警察に届けましたか？」おれは訊いた。

「カムデン・ソーシャルサービスに伝えてあるわ。向こうで警察に伝えてくれたと思うけど、こっちでは届け出てないの。必要性も感じなかったし」

「モリー・ハガーは何歳でした？」

「十三よ」

おれは首を振っていった。

「街に立つには若すぎますね」そう、あまりに若すぎる。

カーラは今度はおれのほうに顔を向けた。

「お名前は……?」

「ミルンです」

「ミルンさん、モリーが出ていったのによく平気でいられるもんだと思ってるんでしょう。お二人の気持ちはよくわかります。でも、わたしの立場に立って考えてみて。ソーシャルワーカーをやってもう長いわ。何人もの子どもたちを支え続け、自分でちゃんと自立し生活していけるようにこれまで手を尽くしてきた。でも年を取るにつれて、それがだんだんむずかしくなってきたの。子どもたちは支援されるのを煙たがるときのほうが多いわ。これでも子どもたちにはいろんな可能性を与えているのよ。でもほとんどの子が、手っ取り早く生きたがるの。ドラッグをやったり、酒を飲んだりして。たしかにだれにも頼らないけど、自立の方向がまちがってるわ。どんな権威にも反抗するくせに、自分の面倒ひとつみることができない場合も多い。もちろんみんながみんなそうじゃないわよ。なかにはちゃんと人の話を聞いて学習したいという子どもも何人かいるの。わたしががんばれるのも、そういう子どもたちがいるから。でも、いくらこっちが力になろうとしても、向こうがこっちの差し出す手に見向きもしなかったら、最終的にはわたしのほうで手を引くしかないのよ」

「それで、モリー・ハガーはそういう子どもだったんですか？　支援に見向きもしない連中の一人だったと？」

「モリーにはとても不幸な生い立ちがあるの。四歳のころから実の母親とその男友だちに性的虐待を受けてたのよ。八歳のときに親もとから引き取られて、それからずっとここで暮らしてたの」

写真のなかの少女の姿を思い浮かべて、かすかに気分がむかついてきた。

「そりゃひどい……」

「たいていの人が想像するよりも、はるかに当たり前に起こっていることよ。警察の方ならご存じのはずでしょう、ミルンさん」

「だからって、そういう話に慣れているというわけじゃありません」

「たしかにね。でもあなたの質問への答えだけど、じつをいうとモリーは扱いのむずかしい子じゃなかったわ。何人かのクライアントとちがって、世話をする職員を毛嫌いしてなかったから。でもあの子、人生観がふつうと全然ちがってたの。おそらく幼児期のつらい経験から導き出されたものだと思うけど」

「どういう意味です？」

「セックスに関しては大人顔負けで、とても気軽に考えているの。幼いころから男女両方のセックスパートナーを持っていたせいで、十歳のころから客を取って身体《からだ》を売ってたわ」

「以前もこの施設を飛び出したことは？」

「出ていったきりしばらく戻ってこなかったことは数え切れないわね。最近で一番印象に残っているのが、一年前、年配の男とつきあったときかしら。しまいには同棲《どうせい》までしたけど、何ヶ月後かには飽きられて捨てられ、ここに舞い戻ってきたわ」

「今回も似たような状況かもしれないと思いますか？」

「モリーのことだから、たぶんそういうシナリオが一番考えられるんじゃないかしら」

おれはうなずいて、楽観的な気分になった。もしかすると、モリーはまだ生きているかもしれない。

「ええと、ほかのクライアントからも話を聞きたいんですが。それにほかの職員の方々からも。だれかミリアム・フォックスを知らないか、少しでも関連情報を教えてくれる人がいないか、そういったことを知りたいんです」

「クライアントの大多数はいまここにいないわ。ほとんどが地元の学校に通っているから。登校したふりだけしている可能性もあるけど。いま施設内にいるのは、特別学習の必要性があってマンツーマンで教えてもらっている子どもたちだけよ。あの子たちはたいして力になれないんじゃないかしら」

たしかにそうだった。施設内にいたのは全部で七人。おれたちはカーラ・グラハムのオフィスで、カーラ同席のもとに一人ずつ事情聴取をした。二人は「はい」「いいえ」以外の答えを拒み、あとの五人のうち一人は、ミリアム・フォックスという名前を聞いたことがあると答えた。施設に来て真っ先に出会った法律の専門家、アン・テイラーだ。アンはモリーを「少しだけ」知っているといい、ミリアムのほうが年上だけど、モリーとミリアムは仲よしだったと教えてくれた。夜、外でモリーがミリアムと一緒にいるところを何度か見かけたこともあるみたいだが（二人が売春をしていたことは知らないと否定した）、挨拶《あいさつ》程度の言葉を交わす以外にミリアムと話をしたことはないという。「彼女、少しお高くとまってる感じだった」アンはいった。「自分はみんなよりえらいんだって思ってたみたい」

それだけだった。カーラはなんとか子どもたちにしゃべらせようとしたが、勝ち目のない闘いだった。子どもたちはおれたち警察にほとんどしゃべろうとしなかった。できれば関わりになりたくない、というわけだ。

そのあと、カーラ以外の職員の事情聴取をした。いたのは全部で四人。うち二人が写真を見てミリアムを認識し、モリーの友だちだと証言したが、二人ともミリアムとは実質的に接触がなかったので、つけ加える情報もなかった。

「どれくらい役に立ったかしら」おれたちが仕事を終えると、カーラはいった。

「むずかしい質問ですね」おれはいった。「殺人事件の事情聴取はそこが問題なんです。

長い時間をかけてゆっくりと解決に向かうことが多く、必然的に大勢の人から話を聞かなくちゃいけなくなる。しかもたいていの場合、重要な情報など耳に入ってきません。でも、ごくたまに得られるんです。話を聞いた当初は気づかなくても」

「うまく解決するといいわね。人を無造作に殺してしまう殺人鬼がまだ野放しになってるなんて、考えるだけでも不安だから」

「犯人は私たちが捕まえてみせます、かならず」おれは立ちあがり、マリックも続いて立った。「それじゃ、朝からお時間を割いていただいてありがとうございました。ご協力に感謝します」

「外まで送るわ」カーラはそういって立ちあがり、おれたちをオフィスの外へ出した。

玄関の両開き扉のところでおれはカーラと握手し、マリックは短く会釈《えしゃく》した。おれはコールマン・ハウスを出る前に、カーラに声をかけた。

「そのうちまたお伺いして、ほかのクライアントから話を聞かせてもらうことになると思います」

「けっこうですわ。でも、おいでになるときは事前に電話していただけるかしら。わたしも立ち会いたいから」

カーラはきれいな目の持ち主だった。深みのある茶色の瞳《ひとみ》、目のまわりの笑い皺《じわ》。また来るときはカーラがいるのを確かめてからにしよう、そう思った。

「そうします。それも近いうちに。まんべんなく事情聴取するのが大事ですから」

　そのとき廊下の向こうの部屋から、ヒステリックなわめき声や叫び声が聞こえてきた。どうやら女性クライアントの一人が、顧客としての不満を募らせているらしい。その答えとして、一人のソーシャルワーカーの落ち着いた穏やかな声がかすかに聞こえてきたが、別の罵詈《ばり》雑言が返ってきただけだった。聞く耳持たずとはこのことだ。

　カーラ・グラハムは諦《あきら》めたようにため息をついた。

「様子を見てきたほうがいいみたい」

「きっと大変なんでしょうね、ここでの仕事は」おれはいった。

「仕事が大変なのはみんな同じよ」カーラはそう答えると、唇に寂しげな笑みを浮かべて踵《きびす》を返し、戻っていった。

　外に出て、先に出ていたマリックに合流すると、たちまちひやかされた。

「巡査部長、彼女に気がありますね」

　おれはにやりとした。

「魅力的な女であることはたしかだ」

「けど、ちょっと年増でしょう」

「おまえにはそうかもしれない。だがおれはそうでもないぜ」

「でもソーシャルワーカーですよ。とてもじゃないけど、おれたち警察とはソリがあわない。考え方がまるっきりちがうんだから」

「まあな。おれもうまくいくとは思ってないよ」だが妙なことに内心は、うまくいってくれたらと願っていた。人生にはロマンスも必要だ。

じきに一時になるので、二人で近くのマクドナルドに行き、お昼にありついた。マリックはチキン・マックナゲットを、おれはビッグマック、フライドポテト、ホットアップルパイを買い、レギュラーサイズのコーラで流しこんだ。新たにダイエットをはじめたにしては、理想的な食事とはいいがたい。

「あの女、どうも気に入らないですね」マックナゲットをくちゃくちゃ噛《か》みながら、マリックはいった。

「だと思ったよ」

マリックはごくりと飲みこんだ。

「なんか冷たくなかったですか？　動じることなどなにもないって感じで」

「おれたちだって似たようなもんさ。殻を作って自分を守る。そうせざるをえないんだ。考えてもみろよ。ああいうクソガキどもを相手に仕事するのが楽しいと思うか？」

「たしかに躾《しつけ》がまるでなってない。ああなると厄介ですよね」マリックはフォークでまたひとつマックナゲットを取った。「あそこの子どもたち、なにか知ってると思いますか？」

「興味を引くような事実か？　まずないだろうな。嘘《うそ》をついてるやつがいたとしたら、こっちも見抜いてただろう。たいして演技が達者だとは思えないからな」

「てことは、時間の無駄にすぎなかったわけですか」

「ま、おれはそうでもなかったけどな」おれはまたにやりとした。

マリックはそのコメントを無視し、話題を変えた。

「それにしても今朝の予備検査の結果、意外でしたね」

「性的暴行の形跡がなかったことか？」

マリックはうなずいた。

「おれも意外だった。となると、当然こういう疑問が生じてくる。なぜ被害者は殺害されたのか？」

マリックはうつむいて、最後のマックナゲットをフォークで刺した。

「だから例のポン引きに話を聞く必要があるんですよ」

ところがそのポン引きを捕まえるのには、昨日おれたちが苦労したように同僚たちも苦労していることがわかった。署に戻ってみると、キャッパー巡査部長ほか三名が数時間前にマーク・ウェルズの自宅に行ったところ、不在だったというのだ。ふだんハイベリーの女友だちのところに入り浸っているようだが、そちらにも姿を見せてないという。その女友だちも留守だった。ウェルズと女友だち両方の住まいは現在も張り込み中で、パトロール警官全員に、もしウェルズを見かけたらただちに連行するよう指示が出ている。だがこれまでのところ、見かけた者はいなかった。

おれは四時二十分で早退した。実在しない医者に診察の予約を入れてあるのだといって嘘をついてだ（マリックが心配そうな顔でだいじょうぶですかと訊《き》いてきたのには罪悪感を覚えてしまった）。捜査がはじまって三十六時間になろうとしていたが、いまだに手がかりらしい手がかりは得られてない。容疑者が一名いるものの物証は一切なく、確たる動機さえもつかんでない状態だった。

もちろんスポーツコメンテーターなら、まだレースは開始したばかりだというだろう。だがどこから見ても、スタートそのものが、もともと奮い立つようなものではなかったのだ。

9

キングズクロスでスーツケースを回収すると、それを自宅に持ち帰って中身を数え（ちゃんとあった）、丈夫な紙袋にダニーの分け前を詰めた。紙袋をテープでしっかり留め、小遣いの数百ポンド以外は寝室の金庫のなかにしまう。ずっと金庫のなかにしまっておくわけじゃない。ベイズウォーターのホテルに貸し金庫を持っていて、非合法に得た金はそこに貯《た》めてある。いつかそれがずっしりしたものになるはずだ。利息はつかないが、まちがいなく増え続けている。

ダニーとは知りあって八年ほどだ。ダニーの姉とは前につきあっていたことがある。名前はジーン・アシュクロフト。おれが警官になってから関係を持った、警察関係者じゃない唯一《ゆいいつ》の恋人だ。つきあった期間は一年ほどだが、当時はかなり真剣に考えていて、一時は同棲《どうせい》しようかと二人で部屋探しをしたこともあるほどだ。それまで女とつきあいはしても、そこまで深く考えたことはなかった。愛していたといっても過言じゃないし、セックスに関してもいままでのどの女より相性がよかった。だがそれを、ダニーがぶち壊してしまったのだ。もちろん意図的ではないが、ダニーのせいであることに変わりはない。当時のダニーは小悪党だった。頭がよくて家庭環境もまともだったくせに、定職に就いていなかった。というより就きたがらず、もっぱらヤクの売買に励んでいた。そっちのほうが手軽に金が稼げるからである。だが家族には、法を犯していることをうまく隠していて、姉のジーンさえ知らなかった。だから、情けないほどチンケな取引のひとつが大事《おおごと》になってダニーが無惨《むざん》にぶちのめされたときは、家族にとって大変なショックだった。

中流家庭で育った者にはありがちなことだが、ダニーは世間知らずだった。自分としては接触者に売るつもりで半ポンドのスピードを持っていたのだが、接触者のほうは買うよりも盗んだほうが手っ取り早いと考え、ダニーをハメたのだ。指定されたフラットに行く途中、ダニーは階段で接触者の仲間である三人の男に待ち伏せされた。ところがダニーは、仕入れ先にまだ代金を払ってなかったこともあって、素直に渡そうとしなかった。たちまち一方的な暴行がはじまった。ダニーは顎骨《がっこつ》と頰骨を骨折したうえに激しい脳震盪《のうしんとう》を起こし、肋骨《ろっこつ》も何本折れたか知れず、しかも肝心のスピードまで失うことになった。正確には指の骨を折られ、こじ開けるようにして奪われたのだが。

ダニーは三週間も入院するはめになってしまった。すぐに患者を放り出すしみったれた国民健康保険制度ですら三週間もかかったことを考えれば、怪我《けが》のひどさがわかるだろう。しかもそれが面倒を引き起こすことになってしまった。ダニーの父親はこう考えたらしい。おれたちの管轄《かんかつ》内で起こったからには、おれはダニーの活動について知っていたはずで、それをやめさせるべきだった、あるいは少なくともやめるように説得すべきだった、というのだ。父親は怒りの矛先をおれに向けた。自分の意見を持てない人間である母親は、父親に追従した。こっちはそういうことに慣れていたから、二人とも好きになれなかったものの、それ自体はなんの問題もなかった。むしろ問題はダニーのほうだった。病院を退院すると、自分をハメた男に復讐《ふくしゅう》したがったのだ。それに、スピードの仕入れ先から支払いの催促が来ることも心配していた。実際、ダニーには多くの助けが必要であり、それを与えてくれる唯一の知りあいがおれだった。おれはいつだってダニーとうまくやってきた。クスリの売買を警官のおれに悟られないようにできたためしがなかったが、それでもおれは心底ダニーが好きだったのだ。

だから協力してくれと頼まれたとき、できるだけのことはしてやろうと約束した。ダニーにスピードを売りつけた男はケチなチンピラで、訴えられたらただじゃすまないぞと手短かに脅しただけで、尻尾《しっぽ》を巻いて逃げていった。むしろ厄介だったのは復讐のほうだ。ダニーは、自分をハメた男に目にもの見せてやりたいから手伝ってくれ、といった。もっとも、手伝いという言葉は適切じゃない。どう見てもおれが中心的役割を果たすことになりそうだったからだ。ダニーは身長が一メートル六十七しかなく、中肉で、とうてい〝役に立ちそうな仲間〟じゃなかった。自分が待ち伏せされたのと同じように待ち伏せし、同じように蹴《け》り返してやることがダニーの望みだったが、それは思いとどまらせた。どうして手を貸すことを決めたのか、自分でもよくわからない。ブツを取られたことは諦めて、仕入れ先から代金の請求が来ないだけでもありがたいと思えよ、ということもできたが、そうはしなかった。ひょっとして、プライドの問題だったのだろうか。ダニーに尊敬してもらいたかったのかもしれないが、自分でもよくわからない。

とにかくおれは、妥協案を考えついた。数ヶ月前、別件の容疑者宅を捜索していたときにエクスタシー約五十粒を発見してあった。その容疑者はほかの十二件の容疑についてすでに現行犯で逮捕済みだったので、のちのち役に立つかもしれないと考え、おれはその錠剤を自分のポケットにこっそり滑りこませたのだ。他人に売りさばくためではない。そのころでさえまだエクスタシーの効果には賛否両論があって、錠剤を売りつけた相手がぽっくり逝《い》ってしまうのはごめんだったからだ。しかし、なかなか尻尾を出さない犯罪者たちを刑務所にぶちこむための小道具として利用することはできる。それまでそうやってだれかをハメたことはなかったが、耳にしたいくつかの件から、この手がたいていうまくいくのはわかっていた。もちろん、適切に実行されればの話である。

そこがむずかしいところだった。ダレン・フレニックという名前のこの男は、たまに取引があるとき以外、フラットからほとんど出ることがなかった。復讐を遂げるには、だれからも邪魔されない必要がある。おれたちは数週間、知恵を絞りに絞ってなかに入る方法を考え、やがて単純ながらも確実な計画を思いついた。フレニックは不細工なやつだが、若さゆえに健康なセックス衝動を持っている。さいわいおれには、プロのエスコートサービスの女のなかに、むずかしい仕事を安心して任せられる知りあいがいた。そこでこんなふうに実行したのである。まずダニー持ちでその女にたっぷり金を払い、エクスタシーの錠剤を持たせ、フレニックのフラットに行かせた。女はドアをノックし、フレニックが出たとき、今夜はあなたのエスコートサービスをするようにいわれたの、と告げた。フレニックは、そんな話は聞いてねえと断わりかけたが、あまりに美人だったし、人の好意を無にしたくなかったので、女を部屋のなかに招き入れ、そのとき部屋にいた数人の仲間を追い出した。

予想したとおり、フレニックは女をどこへもエスコートする気などなく、単刀直入にことに及ぶほうを選んだ。だが下心丸出しで迫ったとき、女から、あたしはそんなんじゃないわ、エスコートをしに来ただけよ、と突き放された。フレニックが、いってえどういうつもりだといいながらなおも迫り続けると、女はたちまちカンフーの技を繰り出した。拳《こぶし》と蹴りの連続技で、フレニックはあっさり床に伸びてしまった。そこで女はすばやくピンセットを取り出し、エクスタシーの錠剤の入った袋をハンドバッグから取り出した。フレニックの指を軽く押し当ててから、その袋をベッドの下に放り投げる。そのころにはフレニックが意識を取り戻しかけていたので、女は叫んだり悲鳴をあげたりしながら部屋を飛び出し、すぐさま携帯電話で警察に電話して、男がクスリを飲ませてレイプしようとしたのよ、と訴えた。住所と男のファーストネームを伝えると、それを聞いた警官は銃弾のように飛んできた。もちろんそのころには女は消えている、という寸法だ。

五分後、女はまた警察に電話した。あいつの犯罪行為を立証するようなことには関わりたくないけど、あの男がクスリをベッドの下に隠すのは見たわ。通信係はこの情報を、フラットのなかにいた現場の警官に伝えた。おかげでダレン・フレニックは、まだ血塗《ちまみ》れで目眩《めまい》もしているにもかかわらず、逮捕され、身柄を拘束された。そして最終的に、上物のドラッグを売りさばいた罪で九ヶ月のクサい飯を食らうことになった。それでもダニーは肚《はら》の虫がおさまらなかったみたいだが、おれはダニーに、これくらいで良しとしておけといった。

そこで終わってくれればよかったのだが、そうはならなかった。ジーンが一部始終を知ったとは思わないが、彼女はおれがエスコートサービスを使ってフレニックをハメたことを嗅《か》ぎつけたのだ。その結果彼女は、いままで見たことのないおれの側面を知り、嫌悪感《けんおかん》をあらわにするようになった。以後は関係もぎくしゃくしてしまい、ジーンはおれに売春婦たちと寝たことがあるかどうかしつこく訊いては、そのたびにおれが否定しても信じようとしなかった。まもなく同棲の話は立ち消えとなり、数ヶ月後には、関係そのものが消滅してしまった。

ふつうなら、結婚まで行きそうだったチャンスをフイにされたことで許してやらないところだが、ダニーが心からおれに感謝し、これも自分が引き起こしたことと神妙にしているので、おれはダニーを恨むことができなかった。そのとき以来、ジーンとは会っていない。やがてジーンは北部出身の測量技師と出会って、一緒にリーズに引っ越していったが、ダニーとおれは連絡を取り続けた。ときにはビジネスもした。一度ダニーに、数キロのヤクを売ってやったことがある。悪いやつからぶんどったものだ。ダニーはそれを売りさばこうとしたものの、皮肉なことに相手が麻薬取締班の覆面捜査官で、儲《もう》けるどころか捕まってしまった。警察はダニーを厳しく絞りあげ、出所を吐かせようとしたが、ダレン・フレニックとの取引でぶちのめされた経験がダニーを強くしていた。刑務所への恐怖はあっても——怖くないやつがどこにいるだろう?——ダニーは口を割らなかった。協力すれば刑を軽くするといわれても貫きとおした。結局ダニーはそれで、クサい飯を十八ヶ月食らうことになった。

ダニーは決して世界一幸運な男とはいえないし、犯罪用語でいう〝一流のプロ〟でもない。だがおれは、この一件で完全にダニーを信用した。そう断言できる仲間などそういない。だからこそおれは、三人殺しの件にダニーを連れて行ったのだ。口が堅いことを知っていたからだ。

ダニーはハイゲートに地下のフラットを借りている。墓地からそう遠くないところで、おれがダニーの部屋の呼び鈴を鳴らしたのは午後六時二十分前だった。ダニーはチェーンをかけたままゆっくりドアを開け、顔を突き出した。顔が青ざめて、目の下に隈《くま》ができている。悩み事をしこたま抱えた男の顔だ。

「遅かったじゃないか、デニス」

「警察の仕事がありすぎてな。時間どおりに行動するのはとうてい無理なんだ。文句があるなら政府の連中にいってくれ。犯罪者を野放しにしてるのはあいつらなんだから」

ダニーはチェーンをはずしてなかに入れてくれた。あとについてキッチンに入る。ダニーは裸足《はだし》で、シャツがズボンの後ろからはみ出ていた。ずいぶんと無精な格好だ。丸一日、フラットから一歩も外に出なかったらしい。

「紅茶かなにか飲むかい？」ダニーはそういって、やかんを火にかけた。

「ありがたい。紅茶か、もらうよ」おれはダニーの分け前が入った袋をカウンターの上に置いて、ガスレンジに寄りかかった。「金を持ってきたぜ」

棚のひとつからカップを二客取り出しながら、ダニーはうなずいた。

「ありがとう」

「煙草《たばこ》を吸ってもいいか？」

「いつもは訊かないくせに」

「おまえがひどく繊細な気分みたいだから、いちおう訊いておこうと思ってさ」

ダニーはおれのほうに顔を向けた。その顔に、かすかに嫌悪が滲《にじ》んでいる。

「今回の件、なんとも思ってないのか?」

おれは煙草に火をつけた。

「そりゃいろいろ考えてるさ。けど起こったことはしょうがないだろ。次回はもっと慎重にやればいい。後悔したところで後の祭りだ」

「後悔するしないの問題じゃないよ。こいつはハメられたんだ。それにデニス、警察は絶対諦《あきら》めやしない。だれかを捕まえるまではね。そのだれかってのはおれたちさ」

おれはいいあう気分になれず、煙草をひとくち吸った。一度、配管工見習いになりかけたことがある。そのままそっちの方面に進んでいれば、いまよりずっと楽ができて、はるかにいい給料がもらえたにちがいない。なんでそっちの道に行かなかったのだろうと、後悔の念に駆られた。

「ダニー、警察の仕事に関して知っておいてほしいことがひとつある。手がかりだ。犯罪を犯して手がかりを残した場合——たいていは残すんだが——警察はそれをたどって、やがて犯人を見つけ出す」

「えらそうに講釈を垂れるのはやめてくれ。そんなの聞きたくないよ」

「だが手がかりを一切残さなければ、たどりようがない。警察はレンガの壁にぶち当たるだけだ」

ダニーはため息をつき、踵《きびす》を返して紅茶を注いだ。ティーバッグをスプーンで叩《たた》いている。怒っているのだ。それもひどく。どうやらやつの神経を過大評価していたらしい。おれは深々と煙草を吸った。煙草をうまいと思ったことはほとんどない。喫煙者の大半はそう感じているのではないか。口に煙草をくわえるのは、そうしないと煙草のことばかり考えて、つぎに煙草を吸う瞬間まで、つぎはいつ吸おうかということが頭から離れないからだ。だがこの煙草はちがう。本当にうまい。

「デニス、あんたが吸ってるのを見てると、なんだかこっちも吸いたくなってしまうな」

「一本ほしいか?」

「おれが吸わないのはわかってるだろ。まったく、なんてことにおれを巻きこんでくれたんだよ、デニス。しかもあんた警察官じゃないか……」

ダニーは紅茶の入ったカップを渡してくれた。たいしてうまくはない。蒸らしが足りないし、ミルクも入れすぎだ。

「あの仕事《ヤマ》についちゃすまないと思ってる。ほんとだ。まさか税関職員だとは知らなかったんだ。知ってたら絶対関わりあいにならなかったんだが」

「それじゃ、もともとどういう話だったんだよ？」

「おれがいわれてたのは、三人の麻薬ディーラーだってことだ。依頼人によれば、彼の友人数名の縄張りに強引に入りこもうとしてたんだ」

「で、その依頼人ってのはだれだ？」

ダニーはレイモンドに会ったこともないし、おれの知っているかぎりでは、名前を聞いたことすらないだろう。レイモンド・キーンのことや、おれとレイモンドの関係は、できれば秘密にしておきたかった。理由ははっきりしている。

「おまえは知らなくていい。知ったところでどうなるものでもないからな」

ダニーは数秒のあいだ考えこんで、話題を変えた。

「で、三人があの駐車場に行くのはどうやって知ったんだ？　あのトラベラーズ・レストに」

「あれか？　あれは依頼人がお膳立《ぜんだ》てしたのさ。仲間と屋外で密会するといってな。おれは三人が到着したら殺《や》ればいいという手筈《てはず》だった」

ダニーは首を振ってため息をつき、こうつぶやいた。

「おれ、一日じゅうこのことを考えてたんだ。三人を殺ってからずっと。もしあいつらが本当に税関職員だとしたら……考えてもみろよ。あの三人がほんとに税関職員だとしたら、あの三人があの場所に行くことをあんたの仲間はどうやって知ったんだ？」

「仲間の話だと、あの三人は腐った連中で、ゆすりをしていたとしか聞いていない。どうせ汚職役人だろう。関わっちゃいけないことに関わってたのさ」

「それが本当なら、なぜ警察は手がかりを見つけられないと断言できるんだ？」

「おれたちが尻尾を出さないからさ」

「だが警察が、あんたの依頼人に通じる手がかりを見つけたとしたら？　あの三人が汚職役人なら、警察だって見つけるはずだろ？　しかも、あの三人があんたを雇った男となんらかの方法で関わりがあるとしたら、その線をたどってその男に行き着くことだってできるじゃないか」

「そんなことはないさ。なにもかも慎重に計画したうえでのことだ」

「ところが、悪いことはそれだけじゃない」おれの言葉を無視して、ダニーは続けた。

おれはダニーを見やった。

「ほんとか？」

「もしそいつらが汚職役人でもなんでもないとしたらどうする？」

おれはこんな議論に飽き飽きしはじめていた。

「いいか、ダニー。おれの依頼人はここ何年かでがっぽり儲けた中年の実業家だ。てことは、かなり頭が切れるやつだってことさ。クソの山に自分から突っこんでしまうようなまねはしない」おれは煙草を吸って紅茶を飲み干し、吸い差しをカップに放りこんだ。

ダニーはため息をついて、こういった。

「だからこそ一日じゅう考えてたのさ。ひょっとして今回のことにはまだまだ裏があるんじゃないかって。おれたちが想像する以上にでかい陰謀があるんだよ。もしあの税関職員たちが汚職なんかしてないとしたら、考えられるのはただひとつ、あいつらはなにか際《きわ》どいヤマを捜査してて、そのために命を落としたんだ」ダニーは最後の言葉を、一ヶ所に集めた容疑者たちを前に推理を披露するペーパーバックの探偵風に強調した。

「だとすると、あんたの依頼人はその陰謀に深く関わってるばかりか、こういう陰謀をお膳立てしてやるほどの上得意を自分でも抱えているってことだ」

「それが真相だとしたら、よけいな心配はいらないさ。おれたちに捜査が及ぶ可能性はほとんどないんだから。そうだろ？」

「かもしれない。けど引っかかるのは……」

「なんだ？　なにが引っかかるって？」

ダニーはまたため息をついた。慎重に言葉を選んでいる。しばらくして、ようやく先を継いだ。

「そいつらがおれたちを生かしておいてなんの得があるのかってことさ。なにしろ実行犯だろ。しかもやったのはとんでもなくヤバイことだ。そいつを依頼どおりにやり遂げた以上、おれたちはもう……」ダニーは最後までいわず、尻切《しりき》れトンボで言葉が消えていった。

「おいおいダニー、もっとましなことを考えたらどうだ。テレビの見すぎだよ。こいつはマフィアの映画でもなんでもないんだ。おれたちが口を閉ざしてなんにもなかったようにふだんどおりの生活をしていれば、きっとだいじょうぶさ。あの夜もそういったじゃないか。あれからなにも変わってないだろ」

「あんたのいうとおりだといいんだが」

口ではそういうものの、まだ納得がいかない様子だ。おれはダニーが哀れに思えてきた。

「もちろんおれのいうとおりさ。そう心配するな」一歩前に出て、肩を叩いてやる。年長者ぶった態度ではなく、男と男としてだ。「くよくよ考えないようにしろ。あと何日か辛抱すればなにもなかったように通りすぎていくんだから」

「そりゃ頭ではわかってるさ。でもむずかしいんだよ、一日じゅう部屋でじっとしてると」

「だったらパブクイズに行かないか」

「え？」

「パブクイズだよ。火曜の夜に、時間があるとおれが行く店があるんだ。一チーム四人で、ふだん一緒に行く仲間が二人いるんだが、四人めが見つからないことがしょっちゅうなのさ」

ダニーは呆然《ぼうぜん》とした顔でおれを見た。いつもは細いブルーの目が、小さなスプリングでもついているかのように飛び出して、まん丸になっている。

「本気でいってるのかよ。なんてこった、よく平気でいられるな」

「どういう意味だ。それより、パブクイズに行くのか?」

「いってることはわかるだろ」

「さっきもいったように、ふだんどおりの生活をしなくちゃだめなんだ。パブクイズ以上にふだんらしいものがあるか?」

「姉貴があんたと結婚しようと思ったわけだ」

「ああ、おまけに運のいいことに、だれかさんがやってきてなにもかもぶちこわしにしてくれたのさ。そうだろ?」

すると予想どおり、ダニーは申し訳なさそうな目を向けてきた。ずいぶん前のことを蒸し返して後悔させるのは、けっこう残酷なものである。

おれはただのジョークだよというかわりにニヤリと笑い、もう一度男同士の対等な関係を強調するように肩を叩いた。

「いいじゃないか。楽しいぞ。こんなとこに閉じこもって爪《つめ》を噛《か》みながらテレビをぼんやりながめては、自分の人相書きがあらわれるのを待っているよりはるかにましだ」

「デニス、二度と関わるのはいやだぜ。あんなことがあるんじゃ」

「わかった。約束する」おれはそういって、じっとダニーを見つめた。「で、一緒に行くか？」

「場所はどこだい？」

「〈チャイナマン〉ってパブだ。シティロードを少しはずれたところにある」

ダニーは一瞬考えた。そういう気晴らしをやるだけの精神的ゆとりがあるかどうか推し量っているらしい。そして結局は、こうなったらどうとでもなれと肚《はら》をくったようだ。数時間くらい羽目をはずすのもいいと考えるだけの余裕が出てきたのだ。

「ええい、いっちょう行くか」分け前の入った紙袋をつかんで、ダニーはいった。「少なくとも飲み代《しろ》には不自由しないんだしな」

10

「三人めの男は会計士でした」サンドイッチをぱくつきながら、マリックはいった。

「友だちから聞いたのか」

マリックはうなずいて、口のなかのサンドイッチを呑《の》みこんだ。「ええ、昨日の夜。あいつ、昼も夜もなく働きづめですよ」

「だろうな」

ダニーと会った翌日の午後三時二十分、おれはマリックと一緒に署の食堂にいた。午前中はとりたてて収穫もなく、自分たちやほかの捜査員がこれまで聴取して得た供述を突きあわせ、手がかりを探すことに費やされたが、これまでなにひとつ出てきていない。唯一《ゆいいつ》の容疑者候補であるポン引きもいまだに見つからず、どこを探したらいいのかも見当がつかない状態だった。

「どうやってつかんだんだ」

「だいたい想像がつくでしょう。おれの友だちはあんまり詳しく話してくれませんが、向こうじゃ手がかりが山ほどあるらしいです。聞いたところでは、会計士の周囲を集中的に調べて、二人の税関職員となにをしてたのか突き止めようとしているみたいですね」

「〝税関職員二人と会計士〟か。なんだか下手な映画のタイトルみたいだな」

「面白い取りあわせであることはたしかです」

おれは注文したシーザーサラダを食べ終え、皿を遠ざけた。頭のなかは、早くも食後の煙草《たばこ》のことでいっぱいだ。

「おまえの友だちはどう考えてるんだ」

「あいつがいうには、警察はすでに会計士に関する情報を相当つかんでいて、悪人であることを示すものはなにもなかったそうです。前科もなにもないんですよ」

瞼《まぶた》に会計士の顔が浮かんできた。おれに向けられた銃口を食い入るように見つめ、ショックをあらわにした顔。おれは煙草に火をつけた。

「それで、会計士は税関職員たちとなにをしてたんだ」

「そこが大きな疑問なんですよ。友だちがいうには、三人が会う表向きの理由があったんだそうです。それがなにか、具体的にはいおうとしませんでしたが、おれが聞いた範囲だと、税関職員二人にとってきわめて役に立つ情報を会計士が握ってたみたいですね」

「つまり、警察は税関職員がなんらかの捜査に関わっていたと確信してるってことか？」

マリックはゆっくりうなずいた。

「そういう印象を受けました。友だちは明確にはいいませんでしたが、それが向こうの警察の見解でしょう」

「となると、三人があの時間あの場所にいることを犯人が知る唯一の方法は――」

「内部の人間による手引き、そう思うのが妥当ですね。いやなもんですよ、法と秩序を守るべき捜査権力がそこまで腐敗しているなんて」

「だれかが犯人に情報を洩《も》らしたと思ってるのか？」

マリックは肩をすくめた。

「少なくともそう見えます。ほかに考えようがありますか？」

マリックの情報がまちがいであることをおれは願った。もちろん、その可能性もないわけじゃない。大きな事件に多くの捜査員が関わる時間が長いと、矛盾する説が噴き出してくるものなのだ。おれにしてみれば、三人の被害者はレイモンドがいったように人間のクズだったと信じるほうがずっと楽だった。そのほうが実行犯であるおれの気持ちははるかに軽くなるし、捜査員たちも結果を出しにくい気がするからだ。だがもし内部の手引きがあったとすると、あの三人がいつあのホテルの駐車場に行くかを知る立場にある人間の数はきわめて限られてくる。

しかし、いずれもいまはまだ憶測にすぎない。レイモンドからもっと情報を仕入れる必要がある。と同時に、その方法については慎重を期さなければ。レイモンドのことを脅威の対象と見なしたことはいままでなかったが、おれを消したくなるような口実をやつに与えたくはない。ふとそう思ったのは、昨日のダニーの言葉にあながち無視できない重みが感じられてきたからだった。

「ずいぶん考えこんでいるみたいですね、巡査部長。昨日は医者に行ってなんともなかったんでしょう?」

「ん? ああ、なんともなかったよ。べつに考えこんでるわけでもない。例の児童養護施設に行ってあのガキどもに事情聴取しなくちゃならないかと思うと気が重くてさ。どうせなにも出てきやしないんだ」

おれたちはまだ三分の二の子どもたちからしか供述を取っていなかった。魅力的なカーラ・グラハムに会えるのは楽しみだが、自分たちの人生がかかっているかもしれないのに協力しようとしないクソ生意気なガキどもと話をすることで、無駄に時間を費やしたくはない。ノックスにはすでに、あの子どもたちに話を聞いたところでなにも出てきませんよ、と進言してあった。だがノックスは、どうしても行ってこいという。あらゆる角度から徹底的に捜査したがる背景にあるのは、目に見える結果を出さないと苛立《いらだ》つ上役たちから、ケツを蹴《け》り飛ばされないようにするための保身以外のなにものでもない。

「おれが警官になりたてのころ、教えてくれましたよね。警察の仕事は五パーセントしか報われないが、いつだって百パーセントの取り組みが必要なんだと」

おれはにやりとした。

「ほんとにそんなことといったか？　大昔の話だろう」

「つい二年前ですよ」

「きっと口から出任せだったのさ」

「だったら本当のところはどうなんです？　警察の仕事をやっていくうえでの秘訣《ひけつ》は？」

そんなこと気にしないで警察をやめたときの稼ぎを確保しておけよ、といおうとしたとき、ハンスドン巡査が入ってきた。ハンスドンは上機嫌だった。食堂には十人ほどがいるだけで、しかもほとんどが制服警官だ。刑事部《CID》の連中はいつも群れたがるので、ハンスドンはおれたちのほうにやってきた。

ハンスドンはそばに来ると立ちどまり、にやにやしながらテーブルに両手をついて、身を乗り出してきた。

「なにかいいたくてしかたないって感じだな」おれはいってやった。

「捕まえましたよ、例のポン引きを」まるで事件を解決したといわんばかりの口ぶりだ。

おめでたいやつである。

「本当か？　どこにいた？」

ハンスドンは椅子《いす》に座って煙草に火をつけた。

「自分から出頭してきたんです。十分前、弁護士を連れて」

「取り調べはだれが担当するんだ」マリックが訊《き》いた。

「ノックスがキャッパーと一緒にやることになってます。徹底的に絞りあげるみたいですよ」

ハンスドンはしゃべりながらも、マリックを見ようとしなかった。署の若い連中の大半はマリックを嫌っているが、ハンスドンもそうだった。マリックが大卒だからということもあるだろうが、アジア系だからという理由もある。エスニックな生い立ちだからこそ特別扱いされるんだ、という雰囲気が署内にはあった。おまけに管理職連中からペットのようにかわいがられるため、その雰囲気はますます強くなるばかりだった。不当ではかげたやっかみ以外のなにものでもないが、おいそれと消えるものでもない。それに対してマリックは一言も愚痴をこぼしたことがないのだから、たいしたものである。

「そのポン引きが犯人だと思うか？」

ハンスドンは肩をすくめた。

「ほかに容疑者がいますか？」

「そいつだと断定する決め手がないだろう」

「そりゃそうですが、状況証拠はありますよ。被害者は性的暴行を受けてなかったが、性的暴行に見せかけるように攻撃されました。だからおそらく、変態野郎の仕業じゃありません。それに、あのポン引きは事件の直後に被害者のフラットに行ったところを見られ、尋問しようとしたあなたを殴り倒している。それだけじゃ足りなければ、暴力の前科がしこたまあります。被害者に暴行を加えたことだってある。数ヶ月前に肋骨《ろっこつ》を折って脳震盪《のうしんとう》を起こさせ、病院送りにしてるんですよ」

「たしかにそうかもしれないが、だからって、耳から耳まで喉《のど》を切り裂いて、おまけに陰部をナイフでえぐるようなことを平気でやるやつとはいい切れないだろう」

「あいつしかいません。どっからみても、あいつの仕業です」ハンスドンは最後の言葉をきっぱりといい、これ以上議論しても埒《らち》があかないといいたげだった。

たしかに埒はあかない。しかし、正しいかどうかはべつとして、ひとまずおれたちの仕事が減るのは確実だった。

「携帯電話の通信記録のほうはどこまで進んでる？　ミリアムは自分の名前で登録してたか？」

ハンスドンはうなずいた。

「ええ、登録してました。まったく、見つけるのにあちこち電話して苦労しましたよ。

電話会社のほうから、被害者がここ一ヶ月間に電話をかけた相手、電話を受けた相手のリストを送ってくれるそうです」

「そこからなにか出てくるかもな」

「ま、楽しみではありますね」ハンスドンは口ではそういったが、さほど興味はなさそうだった。頭のなかではもう決めつけているのだ。おれたちは犯人を捕まえたぞ、と。

11

その日の午後、マリックと一緒に児童養護施設に行ったが、予想どおり、まだ話を聞いてないクライアントたちを探すだけで長いことかかってしまった。ようやく何人かつかまえることができたが、ろくに役に立たない子どもばかりだった。正直、時間の無駄だということがわかったにすぎない。カーラが不在だというのも、おれにはがっかりだった。エセックスで会合があって五時まで戻らないというし、おれたちはおれたちで、五時にはもう事情聴取に飽き飽きしていた。ウェランド警部補に電話して、残りの事情聴取は制服警官を寄こしてやらせてください、おれたちが出るまでもありませんから、と頼むと、ウェランドはあっさり同意してくれた。

その夜はマリックが早退する番だった。義母の家に子どもたちを迎えに行かなければならないという。なんでも売れっ子会計士である女房が、セミナーに参加するためにモンテカルロかどこか知らないが、遠い異国に出かけているらしい。そういえば、おれが最後に参加したセミナーはイングランドのスウィンドンだった。テーマは〈二十一世紀イギリスにおける警察の役割〉。車のサビを見るのが面白くてためになるというやつには、さぞ興味深くて有益だったにちがいない。だがおれには場ちがいなだけだった。コールマン・ハウスを出てマリックと別れたあと、おれは地下鉄に乗ってキングズクロスに行った。署に戻って必要な仕事を片づけることも考えてみたが、結局は一杯やるほうに落ち着いた。ウェランド警部補はさっきの電話で、ポン引きの取り調べはまだ続いている、これまでのところめぼしい供述は得られてない、と教えてくれたが、おれはそれほど驚かなかった。容疑者が弁護士を引き連れて出頭するのは、そもそもしゃべりたくないからだ。

署の近くのユーストン通り《ロード》に、薄汚さもほどほどのパブがあった。おれはそこに入り、バーのスツールに腰かけた。バーテンは髪をポニーテールに縛った若いオーストラリア人で、片方の眉《まゆ》に銀輪のピアスをしていた。店内には客が数人しかいなかったので、バーテンは世間話につきあってくれた。気さくなやつで、オージーによくいるタイプだ。日射《ひざ》しがさんさんと降り注ぐ快適な気候で育ったからだろう。そのバーテンにオーストラリアの犯罪事情を尋ねると、よくないね、という答えが返ってきた。

「向こうもひどくなる一方さ」とバーテンはいう。「銃があちこちに蔓延《まんえん》しているし、人間、持てば使いたくなるだろ」おれは、どこも同じだな、といった。「そりゃそうだよ。とくにここはだめだね。ロンドンは安全な場所だと思ってたのに」

「来るのが五十年遅かったのさ」おれはそういい、話はそこで終わった。

そのパブを出たのは七時をまわってすぐだったが、おれは歩いて帰ることにし、途中でミリアム・フォックスとその年下の友だち、モリー・ハガーが立っていた売春地区をのぞいてみることにした。

キングズクロスは、人々が抱いている売春地区のイメージとは大ちがいだ。大通りの片側にはふたつの鉄道駅が、隣りあっているといっていいほどの距離で並んでいる。キングズクロス駅とセントパンクラス駅だ。駅の向かい側には怪しげなファーストフード店やゲームセンターがごちゃごちゃ建っている。そのなかに年代がかったセックスショップが二軒ほどあり、お定まりの黒い窓にド派手な照明というその佇《たたず》まいがなければ、この界隈《かいわい》が性を求めて人々が集まる地域だとはとても思えないだろう。しかしそのセックスショップさえも、周囲から浮いたどこか場ちがいな印象がある。キングズクロスは、アムステルダムやハンブルグとはまるでちがうのだ。本通りではあからさまな客引き行為は行なわれておらず、それは暗くなってからも変わらない。売春婦はいるかもしれないが、ふつうの人はほとんどそれと気づかないだろう。ユーストン通り《ロード》はロンドンの東西を結んでいるため界隈はかなりの賑《にぎ》わいで、いつも人であふれ返っている。おかげで匿名性《とくめいせい》を買い求めに来る客にとって、望んでも得られないものがひとつだけあった。匿名性である。

だが明るい街路から一歩退いて暗闇《くらやみ》に入ると、そこには薄暗い裏路地と別世界が待っている。幽霊のようにふらふらと見え隠れするのは、淫売《いんばい》とクラックのディーラーたちだ。ときにはその姿が見えないこともある。肉体から離れた声だけが戸口や路地から聞こえてきて、繰り出される問いかけはいつも同じだ。〝アレしたくない？〟〝一発どうだ？〟ときには彼らの鋭い視線を感じることもあるかもしれない。人間を見きわめ、腕力を推し量り、強奪するに値するものを持っているかどうか値踏みするのだ。また、通りすぎるどの車も、あたりをそれとなくうかがっている。見ると乗っているのはたいてい一人の中年男で、決してこちらと目をあわせようとしない。いつも顔をそむける。この手の連中は、だいたいが一夜のスリルを求めている女房持ちのビジネスマンだ。そのなかには、ふだん欲求が満たされず、手短かなファックで束《つか》の間《ま》の満足感を得ようとする男もいれば、女房や恋人が決して応じてくれない行為をやりたがっている変態男もいる。おれやふつうの一般市民にはとても考えられないことだ。そしてそういう連中のなかに、異常者《サイコパス》、レイプ魔、殺人鬼がいて、絶えず獲物を狙《ねら》って界隈を渉猟《しょうりょう》している。この別世界は、キングズクロス駅からほんの五十メートルほどのところにたしかに存在しているのだが、探そうとしないかぎり見えてこない。そして見えてこないかぎり、この別世界を動かしている病《やまい》を理解することもできないのだ。

寒くはなかったが、風の強い夜だった。レインコートのポケットのなかで、おれは重りの入った小さな棍棒《こんぼう》を握り締めていた。緊急事態に備えて、ときどき持ち歩くのだ。長さは三十センチもなく、冬は簡単に隠し持つことができる。いままでカッとなって振りまわしたことはないし、仕事で使おうと思ったこともない。だいいち、こんなものを使うような危険な仕事はしていない。だがいまは、これを持っていると安心だった。

すると年増の売春婦二人が暗闇からあらわれて、目の前に立った。顔の皺《しわ》が古びた皮みたいに深く刻まれ、スカートは滑稽《こっけい》なほど短く、化粧はさながらパントマイム役者だ。

「楽しいことしない？」下卑た流し目で一人がいった。「おねえさんと」

「おれはおまわりだ」できるだけ穏やかに女を押しのけた。

「だからなにさ。おまわりだってお楽しみが必要だろ」女の声が追いかけるように飛んできたが、おまわりを客にする気はとうに失《う》せたらしい。

おれは返事をしなかった。だいいち、なんて答えればいいのだ？

その年増の売春婦が哀れでならなかった。二人ともだ。この件を担当しているほかの捜査員たちによれば、彼女たちは、ミリアム・フォックスやモリー・ハガーといった若い売春婦たちと張りあわなければならないことを苦々しく思っているという。無理もない。より新しくてすぐれたものが出てくれば、旧勢力の戦いはむずかしくなってくるものだ。おまけに新勢力のほうが値段が安いとくれば、状況はますます不利となる。この競争意識の結果、年配の売春婦による若い売春婦への暴力沙汰《ざた》が頻繁に起こるようになり、なかには若い売春婦を界隈から締め出そうとして、未成年売春だと警察に通報する者もいた。いま両勢力は距離を置くようになっているが、商売が圧倒的に順調なのは若いほうである。

静かな夜だった。明らかに事件の捜査による影響だが、じきに活気は戻ってくるだろう。結局、資本主義を脅《おびや》かすものなどなにもないのである。おれがいつも頭に来るのはそこだ。どうせイギリス人はセックスを金で買おうとするのだ。売春は非倫理的なことだのなんだのと騒ぎ立てたところで、売春行為そのものをやめさせることなどできやしないし、減らすことすらできないだろう。それならいっそのこと、売春を合法化してやったほうがはるかにいい。売春婦たちを罪に問うことはせず、ポン引きによる搾取《さくしゅ》から解放し、職業の安全を保証してやるのだ。そうなれば売春地区は立派な観光スポットになり、いまおれが歩いている、ドラッグに汚染された禁断の地ではなくなるだろう。おそらくミリアム・フォックスも、アムステルダムやバルセロナといった自然の法則に逆らわないだけの分別を持った環境で働いていれば、いまも元気に生きていたにちがいない。

そのとき、背後から悲鳴が聞こえてきた。

はじめは気に留めなかった。こういう通りでは悲鳴のひとつくらい聞こえてきてもおかしくない。すると、もう一度。最初より声が大きく、より切迫した感じだ。若い女、それも十代だろうか。よくはわからないが、とにかく助けを求めている。その声が次第にヒステリックになってきて、こいつはただごとじゃないと直感した。

すぐさま振り返ると、一台の車が道の真ん中に停まっていた。三十メートルほど先のところでヘッドライトをつけ、エンジンをアイドリングさせている。運転している男は顔がよく見えなかったが、激しく抵抗する女を車内に引きずりこもうと、助手席側に身を乗り出しているのはわかった。周囲にはだれもいない。

おれのなかには、関わりあいになりたくないと思う部分があった。前方には、明るくて治安もいいグレイズイン通り《ロード》も見える。たしかにおれは警察官かもしれないが、いまは非番でプライベートな時間だし、二人のあいだに割って入るのは大きなリスクを背負いこむことになりかねない。単なる痴話喧嘩《げんか》だとしたら、女に感謝されることもないだろう。経験からいってもそれは断言できる。下手に同情したせいでお返しにナイフで腹を刺されたり、銃で胸を撃たれたりしないともかぎらない。

だがありがたいことに、そんなふうに思う部分はおれのなかではまだわずかだった。ポケットから棍棒を取り出すと、おれは路上に飛び出し、車に向かって猛然と走った。女の身体《からだ》はなかば車内に引きずりこまれている。このままでは誘拐されてしまうと思ってか、悲鳴はますます大きくなった。だが剝《む》き出《だ》しの細い脚を激しくばたつかせながらも、身体は少しずつ車のなかに呑《の》みこまれていく。車はすでにゆっくりと発進しはじめていた。

運転席の男におれの気配が聞こえたかどうかはわからない。しかし、とくに騒ぎ立てたわけではなかったものの――必要がないかぎり、自分の存在は知らせるものじゃない――アスファルトを叩《たた》くおれの靴音はそれなりに大きかったようだ。あと少しというところで車が猛然と走り出したので、なんとか女の脚だけはつかみ、力任せに引っぱった。だが運転していた男は手を離そうとせず、一瞬おれは、アスファルトの上を引きずられるんじゃないかと気が気じゃなかった。つまずいて転びそうになりながらも、必死に女の脚にしがみつき、なんとか走り続ける。どうやらそれが決め手になったらしい。男は獲物を手に入れるのを諦《あきら》め、つかんでいた手を離した。とたんに女の身体は車の窓から引き抜かれ、道路に転がってうずくまった。おれも反動で後ろに転び、タイヤを軋《きし》ませながら猛スピードで角を曲がって消えていく車を見ているしかなかった。ナンバーを確かめる間もなかった。

おれは棍棒をしまいながら立ちあがり、女を助け起こした。

「だいじょうぶかい？」

女がはじめておれを見た。すぐにわかった。アン・テイラー、昨日コールマン・ハウスに行ったときに外にいた少女だ。あれほど自信に満ちあふれていたのが、いまは見る影もない。目もとは涙でぐしゃぐしゃ、化粧も流れ落ちている。顔全体にはショックの色がありありだ。

アンはゆっくりうなずいて、スカートや上着が擦り切れたりしていないか確かめた。

「だいじょうぶみたい……うん、なんともないわ」

おれはアンの腕を取って、歩道のほうまで連れて行った。

「知りあいだったのか？」

「どこかの変態野郎よ、たぶん」アンは顔もあげずに答えた。「会ったこともないわ」

「人相は？」

今度は顔をあげた。

「ちょっと、あたしは告訴なんて考えてないからね」アンはそういって、おれの腕をふりほどいた。

「あのなあ、お礼の一言くらいあってもいいだろう。こっちはきみを困った状況から助け出してやったんだ。でなかったら、いまごろなにが起こってたか」

「自分の面倒くらい自分で見れるわ」

「よくいうぜ、まったく」おれは煙草《たばこ》を取り出して、アンにも一本分けてやった。ついでに火をつけてやり、その火で自分の煙草もつけた。

「じゃあいうわ。ありがとう、助けてくれて」いかにも不承不承といった感じだが、なにもいわないよりましかもしれない。それにしても、最近のガキは何様のつもりだ？

マナーがまるでなってない。

「そこでコーヒーでも一杯どうだ？　少しは落ち着くだろう」

「ううん、平気。だいじょうぶだから」

「そんなこというなよ。おごるからさ」

ちょっと座って温かい物を飲むのもいいかも、と考えているのがよくわかった。ただ問題は、一緒に飲む相手だ。

「座ったとたん、ああだこうだと説教されたり根ほり葉ほり訊《き》かれたりするのはいやよ。こう見えても、そんなヒマはないんだから」

「いいや、煙草を吸ってコーヒーを飲むだけさ。おれも喉《のど》が渇いてね。さっきみたいなエクササイズには慣れてないんだ」

「みたいね」素っ気ない顔つきで、アンはいった。

おれたちはグレイズイン通り《ロード》に行き、クズやろくでなしがなるべく少なそうなカフェを見つけた。それからコーヒーをふたつ買い、店の奥にあるボックス席に座った。

「しかし驚いたな。あんな事件があったばかりなのに、きみが街に出ているなんて」それとなく水を向けてみる。

「お説教はしない約束でしょ？　どんなにありがたいごたくでも、聞く気なんかないわよ。こっちはもう自分の力で金を稼げるんだから」

「しかし、いまごろあの男の車のトランクに詰めこまれ、縛られて猿ぐつわを嚙《か》まされていたかもしれないんだぞ――」

「そんな話するんだったら、もういいわ……」アンは椅子《いす》から腰を浮かせかけた。

「わかった、わかったよ。お説教はやめだ。ついきみの身の安全が心配でね。それだけさ」アンはふたたび腰をおろした。「けど今夜逃げ切ることができたのはたまたまだ。それを忘れるんじゃない」

「あたしの心配なんかいらないわ。自分の面倒ぐらい自分で見れるんだから」

「ああ、そいつはさっきも聞いたよ。きっとミリアム・フォックスも同じことを考えてただろうな」

「ああいう変態はいつだっているのよ。それって、職業上のリスクのひとつじゃない？」

「きみがそういうなら、きっとそうなんだろう。ところで昨日話をしたとき、きみはミリアム・フォックスが売春婦だとは知らないと答えたね。あれは嘘《うそ》なんだろう？　きみは知ってたんだ」

「警官てのは融通がきかない人種ね。尋問癖が抜けないんだから」

おれは笑った。

「いいかい、この会話はあくまでも非公式のものだ。つまり、きみがここで話すことは絶対に法廷に出たりすることはない。それだけはわかってくれ。おれはただミリアムを殺した犯人を探し出して、この街からつまみ出したいだけなんだ。二度とあんなマネができないように」おれは煙草をもう二本取り出して、もう一度アンの分も火をつけた。「どちらかといえば、そうなったほうがいいのは、むしろきみたちのほうじゃないのか」

アンは一瞬そのことを考えた。彼女の利己心が、法と秩序を守る捜査権力への嫌悪感《けんおかん》とせめぎあっているのが手に取るようにわかる。おれは自分の煙草を吸って、返事を待った。急ぐ必要はない。

「ええ、ミリアムのことは知ってたわ」とうとうアンは打ち明けた。「知ってたけど、つきあいはほとんどなかった。あの牝《めす》犬、マジでいけ好かなかったから」

「どうして？」

「とにかく高慢ちきで、あたしたちを見くだしてたの。まるでボロかカスでも見るみたいに。おまけにずる賢かったし。いつもだれかの陰口をいって、人を仲たがいさせてたのよ。前から虫が好かなかったから、近づかないようにしてたわ」

「ミリアムのポン引きはマーク・ウェルズだったんだろ？」

アンはうなずいた。

「ええ。あたしはあいつとはなんの関係もないけど」

「どうして？」

「あいつ、頭がいかれてるのよ。機嫌が悪いと、ちょっとのことですぐ殴る蹴《け》るだもん」

「ミリアムを殺したのはウェルズだと思うかい?」

「あれは変態の仕業よ」

「かもしれないが、いまの段階では断定はできない。つまり、変態じゃない可能性もあるんだ。たとえば顔見知りの犯行とかね。マーク・ウェルズのようなやつだよ」

「さあ、どうかしら」アンは肩をすくめた。

「ウェルズにああいう人殺しができると思うかい?」

「ちょっと、尋問はしないはずでしょ。そういう質問に答えるのはいやなの」

「アン、きみがここでしゃべることは、このテーブルより外に洩《も》れることはないし、きみの名前も絶対に洩らさない。おれはただ事件の真相を知りたいだけなんだ」

「名前をしゃべったことがマーク・ウェルズに知れたら、あたし、あいつに殺されちゃう」

ウェルズの身柄はすでに拘束されている。そのことを話そうかとも考えたが、思いとどまった。アンにこれ以上の判断材料を与えたくはない。そうでなくてもすでに与えてあるのだ。

「ウェルズの耳には入らない。約束する。だれの耳にも入れない」

「あいつは根っからの悪人よ。ブチ切れて人を半殺しにしたなんて話はしょっちゅう聞くわ。なにかで金を借りた相手をナイフで刺したって話も聞いたことがあるし。けど、あいつがミリアムを殺す理由はどこにあるの？　ミリアムは稼ぎのいい上玉だったのよ」

なかなかいい指摘だ。そのあたりは探る必要がある。

「そうでなくても――」アンは続けた。「女の数が不足してたっていうのに」

「どういう意味だ？」

「じつはモリーもあいつの抱えてる女のひとりだったんだけど、いなくなったの」

脳裏にまたあの悪夢が甦《よみがえ》ってきた。

「モリーはどこへ行ったか、心当たりはないか？　彼女を探し出して、ミリアムのことで二、三訊きたいんだ。二人は仲のいい友だちだったんだろ？」

アンはうなずいた。

「ええ、仲よしだったわ。あたしには気が知れないけど。たぶんモリーぐらいじゃないかしら、ミリアムを慕ってたのは」

「どこに行ったと思う？」

アンはテーブルに目を落とし、残り少なくなった煙草をせわしなく吸った。話の内容は大人の話題だったし、ある意味アンは、実年齢より大人びているといってもいい。だがこの瞬間、彼女は幼い年齢そのままに見えた。大人の世界に迷いこんでしまった子どもそのままに。

アンはそんな感じで、長いこと黙りこくっていた。おれは椅子に寄りかかり、もしかして気を悪くさせてしまったかとも思ったが、表情からは読み取れなかった。ようやく口を開いたとき、アンは顔をあげず、声も小さかった。

「どこにも行ってないと思うわ」

ちゃんと聞き取れた自信がなかった。

「なんだって？　いまなんていった？」

今度はまっすぐおれの目を見つめている。その目に涙がこみあげるのが見えた気がした。

「こういったのよ。モリーはどこにも行ってないと思うって」

12

「だったら、モリーになにが起こったと思うんだい?」おれは小声で訊いた。

「わかんない」アンは目をそらした。

「そんなことないだろう。そう思うからには理由があるはずだ」

「いい加減にしてよ。質問ばっかりしていじめて」

おれは黙りこみ、ガキ相手の仕事に就かなかったことを喜んだ。とくに十代はごめんだ。

「どっかに行ったとは思わないだけよ。確信があるといってもいいわ」今度は質問を挟まなかったが、興味は大いに引かれた。「モリーがマークのそばを離れるはずないんだから。あたしにはわかるの」

「マークというと、マーク・ウェルズか?」

「そう。モリーはあの男を愛してたの。あの男のためだったらなんでもしちゃうってくらい。あいつのほうはモリーのことなんかほとんど相手にしてなかったけどね。女はほかにもいたから、モリーがいなくても不自由しなかったのよ。もちろんあいつはモリーをファックしたわ。でもそれだけの関係よ。マークにとってモリーは、ただの飯のタネにすぎなかったってわけ」

おれはスピード写真のなかのモリーの笑顔を思い出していた。あのあどけなさの裏に、そういうややこしい事情があったとは。

「ウェルズと喧嘩《けんか》して飛び出したとは考えられないかい？　聞くところによると、モリーは前にもコールマン・ハウスを出て姿を消したことがあるそうだが」

「その可能性はないと思うわ。この前モリーが施設を出たときだって、前の男と一緒だったのよ。結局長続きしなかったけど。とにかく、ひとりでどこかへ行くなんて考えられないの。マークが一緒でなきゃ。それほど首っ丈だったのよ。口を開けばマークの話をしてたんだから」

「モリーはきみとは仲がよかったのかい？」昨日も同じ質問をして否定的な答えを返されたが、今度は真実を話してくれるのではないかという期待があった。

「まあね。あたしにはかなり打ち解けて話してくれたと思うわ。あれこれいろんなことを。でもほとんどはマーク・ウェルズの話よ。いつもマークの話ばっかり」

「ミリアムはマークのことをどう思ってたのかな。知ってるかい？」

アンは肩をすくめた。

「前はファックしてたこともあったわ。でもそれだけ。ミリアムはマークを愛しちゃいなかったの。モリーとちがって」

「きみが最後にモリーを見たのは……いつだい？　三週間前？」

アンはまた肩をすくめた。

「だいたいそのあたりよ」

「モリーが姿を消したのもそのころかい？」

「コールマン・ハウスで一度見かけたけど、その日の夜に出ていったのを境にだれも見てないわ」

「最後にモリーを見たとき、どんな感じだった？　陽気だったとか、それともなにかに腹を立ててたとか？」

「ふつうだったわよ。いつもとおんなじ」

「出ていくとかなんとかいってなかったかい？」

「いいえ、なんにも」

ということは、いったいどういうことになるのだ？　おれはモリー・ハガーの失踪《しっそう》について捜査すらしていないのに、ここにモリーを知っていて、ミリアムとも知りあいだった少女がいる。しかも全体になにやら怪しげなことが起こっているという。またあの悪夢が脳裏に甦ってきた。暗闇《くらやみ》のなかで汗をかきながら恐怖に怯《おび》えて目覚めたときと鮮明さは変わらなかったが、不吉な前兆としての禍々《まがまが》しさはもうなくなっている。果たしてアンの話に信憑性《しんぴょうせい》はあるのだろうか？　それとも十代の奔放な想像力のなせる業《わざ》にすぎないのか？　アンはモリーとさほど親密じゃなかったというから、モリーがアンにもなにも告げずに出ていった可能性は十分ある。アンがいうほど、モリーはマーク・ウェルズに首っ丈じゃなかったのかもしれない。なにしろモリーはまだほんの十三なのだ。十三の少女がこと愛になると気まぐれなのは、このおれだってわかる。

「あたしの話、信じてないでしょ」

「いいや、信じてるさ。だがどこにも行ってないとしたら、モリーはいまどこにいるんだ」

「わかんない」アンは肩をすくめて、子どもらしからぬ目でおれを見た。「死んだのかも」

「そう思うのか？　モリーが死んだと？」

アンはゆっくりと、自信ありげにうなずいた。

「ええ、そう思うわ」

おれはコホンと咳払《せきばら》いした。重苦しい気分になってきたのがたまらなかったのだ。

「ミリアムを殺した犯人が、モリーも殺したと思うのかい？」

「ありうるわ」

「今夜きみを襲った男だが……いったいなにがあったんだ？」

「いつもの場所に立ってたら、あいつが車を停めたの。ふつうならあたしはシャーリーンと二人一緒のはずなんだけど、彼女、今夜はお休みだったもんであたし一人だったのよ。そしたらあの男、みんながよくやるように、あたしを手招きするわけ。でも近づいてみたら、見た感じがどうも気に入らなくて」

「どこが引っかかったんだい？」

「なんかふつうじゃないのよ。わかる？　笑った顔は不気味だし、どっかヘンなの。ぞっとしたわ」

「続けてくれ」

「とにかくあいつは、助手席側のドアを開けてシートをぽんと叩《たた》いたの。どこかのスケベオヤジみたいに流し目なんかしちゃって、乗れっていってね。でもあたし、この男はマジで変態だと思った。だって、見た感じがそのものなんだもん。ああいうやつは女を静かな場所に連れて行って、徹底的にいたぶるタイプよ。だからお断わりといって離れかけたの。ところがあいつ、あたしをつかまえて車のなかに引きずりこもうとするじゃない。心配するな、傷つけたりしないからっていいながら。そのくせあいつ、手荒い扱いをしてあたしの髪の毛を力任せに引っぱるんだから……」アンはひと呼吸おいて続けた。「そこへあなたのご登場ってわけ」

「見た目はどんな感じだった？」

「図体《ずうたい》がでかかったわ。あとはデブ、禿《は》げ、ぽっちゃりの丸顔ってとこね」

「年齢は？」

「わかんない。五十くらいかしら」ということは、実際には三十歳あたりか。

「はじめて見る顔なんだな」

アンはうなずいた。

「でもなんか引っかかるのよね。ふつう客に対してそんなふうに感じることはないんだけど。つまり、どいつもこいつも醜いクソオヤジばかりってことよ、ほとんどが。でもこいつはそうじゃなかった。なんかヤバイ感じがしたの」

おれは男が運転していた車のタイプを思い出そうとした。たしかメルセデスのセダンで、さほど新しくない型だ。色はライトブラウンかベージュ。ミリアムを拾った車のような暗い色ではない。それ以外にはなにも思い出せなかった。

「そのあたり、供述してくれるといいんだが」

「なんで？　どんなやつだったか話してあげたじゃない。もしかして、あの男がミリアムを殺した犯人じゃないかとにらんでるわけ？」その考えがたったいま浮かんだかのように、アンは訊《き》いてきた。

「わからない。まったくわからないが、可能性がないわけじゃない」

アンは身震いした。

「そんな、脅かさないでよ――」

「アン、きみなら街に立つよりはるかにましな仕事がやれるはずだ」

「だって、お金が要るんだもん」

誤った人生から抜け出すようアンを説得することも考えたが、無意味なのはわかっていた。変化は内側から起こるものである。つまり、自分の行ないの過《あやま》ちに気づいて、みずからやめようと決意しないかぎりありえないのだ。アンがそうは考えないのはわかっていた。

「ともかく、コールマン・ハウスまで送ってやろう」

アンは鼻でせせら笑った。

「ほっといてよ。仕事をはじめて十分しか経《た》ってないのにあんたが来たもんだから、今日はまだ稼ぎが全然ないの」

「今夜は休めばいい」

「勝手に休んだら、男に怒られるわ」

「男の名前は？」

「バカね。おまわりのあんたにしゃべると思う？」

「少なくともマーク・ウェルズよりましな男であることを願うよ」そういう善良なポン

引きがこの世にいればの話だ。

「もちろんましに決まってるでしょ」

「だったら休みぐらい理解してくれるさ。そうだろ?」

アンは笑い出した。十三歳にしては冷笑的な笑いだ。

「あたしが稼がなかったら快く思わないわ」

なんとも紳士的なポン引きである。

「わかった。それじゃこうしよう。きみが今夜コールマン・ハウスに帰ってくれるなら、四十ポンド出す」バカげた提案だ。どうせその金はアンのポン引きか地元のクラック・ディーラーの懐《ふところ》に入るに決まっているし、おそらくはポン引きとクラック・ディーラーが同一人物である可能性が高い。あるいはアンが街に立って自分の身を危険にさらすほうを選んだとしても、おれにはどうしようもないことだ。かりに今夜はいうとおりにしてくれたところで、明日にはまたアンは街に舞い戻っているにちがいない。だが今夜こうして出会った以上、このまま放っておきたくはなかった。

「四十ポンド。それでなにをしてほしいの?」

「なにもしてもらわなくていい。きみはただコールマン・ハウスに戻って、一晩大人しくしてるんだ」

「少ないわ、四十じゃ。あたしはその十倍は稼げるのよ」

「四十以上は出せない。だがきみはただでもらえるんだ」

アンは一瞬考えこみ、こういった。

「五十にして。そしたらいうとおりにする」

「やっぱりきみはこの仕事に向いてないな。交渉するときはもっとしたたかでなきゃだめだ」

念のため、コールマン・ハウスまでアンを送り届けることにした。とても一人で素直に帰るとは思えなかったからだ。黒いタクシーを停めると、運転手はおれがアンの手を引っぱっているのを見て、蔑《さげす》むような視線を向けてきた。仕方なくおれは、交通手段に困った変態中年などではないことをわかってもらうため、警察の身分証を見せることにした。

タクシーのなかでは、二人ともろくに口をきかなかった。到着すると、アンは五十ポンドをつかんで礼もいわずに飛び出し、コールマン・ハウスのなかに消えた。おれはそのまま帰宅してもよかったが、来たついでに、カーラ・グラハムがいたら顔を見ていきたいと思った。マリックのいうとおり、カーラは理想のタイプとはいえないが、おれの人生にそうそう美人はいない。だからチャンスがあるものなら可能なかぎり生かしたかった。おしゃべりするだけでもよかった。

なかに入るには、チャイムを鳴らす必要があった。女の声がインターホンから聞こえてくる。Rの発音ができないところをみると、おそらく昨日事情聴取した職員の一人だろう。名前はたしかカティーアだったか、とにかくKではじまる変わった名前だ。警察官はみな少数民族をぶちのめしたがるナチの突撃隊員だと見なしているかのような、革命的な目つきをした若い女である。おれは名を名乗り、カーラ・グラハムと話ができそうかどうか訊いてみた。

「いまウォバーツ先生と面会中だと思います。ちょっと訊いてきますわ」

「都合が悪いようだったら、明日の朝一番に来ると伝えてくれませんか」朝一番に会うくらいならいま会ったほうがましだと考えてくれるだろう、そう見越してのことだ。

三十秒後、ドアが開いた。〝カティーア〟が立っていた。体脂肪が分厚く溜《た》まった女で、疲れもだいぶ溜まっている様子だ。

「オフィスにいらっしゃいますので」カティーアはそういいながら、まるでおれが彼女の片方の乳首をつねったかのような目でにらみつけてくる。

おれはうなずいて、彼女の横をすり抜けた。施設のなかは静かで、子どもたちはどこにいるのかと思わず訝《いぶか》ったほどだ。おおかたよからぬことでもしているのだろう。アンも十分後にはまた飛び出して、こっちが自腹を切ってまで守ってやろうとしたことも、ただの時間の無駄となり果ててしまうにちがいない。予想したこととはいえ、その徒労感は大きかった。

カーラのオフィスのドアをノックし、返事を待たずになかに入る。カーラ・グラハムは机の横に立って、三つ揃《ぞろ》いを着た背の低い中年男と話をしていた。明るいグレイのスラックスに白のブラウス姿で、白い首を飾っているのはシンプルな真珠のネックレスだ。カーラはおれに微笑《ほほえ》みかけてくれたが、作り笑いであることはありありだった。そういう笑顔には慣れているものの――警察官にとって必然だ――いざ目の前にすると気落ちしてしまう。

「ミルン巡査部長。勤務時間外もお仕事に励んでらっしゃるのね」

おれは微笑み返して、机のほうに近づいた。

「あいにく警察の仕事は、勤務時間どおりというわけにはいかないもので。会う時間を作ってくれて感謝します」

「ちょうどよかったわ。こちらロバーツ先生。わたしたちの同僚の一人よ。児童心理学者なの」

おれはロバーツと握手を交わした。

「ここに常勤でいるわけじゃなくてね」ロバーツは女性的とも思えるきれいな声で、歌うようにいった。「ロンドンのこの自治区《バラ》にある養護施設を巡回しているんだ」

「となると、けっこうお忙しいでしょうね」

「特別なケアの必要な子どもたちばかりだが、じつにやりがいのある仕事だよ」

「そう思います」もちろん口先だけで、本心じゃない。

「殺人事件を捜査しているそうじゃないか」そういっておれを見るロバーツの顔には、あからさまな好奇心があった。この手の学者にはめずらしい陽気な表情で、正直驚いた。心理学者はたいてい、肥溜めに頭を突っこむような人生を送っているものだ。人を救うことにかけては昔もいまも失敗率が高いくせに、自分たちの仕事を本気で高く評価しているから始末に負えない。

「ええ」おれは答えた。「殺されたのは、あなたが面倒をみてくれている少女たちとさほど年齢のちがわない若い女です。名前はミリアム・フォックス。家出少女でした」

ロバーツはやれやれと首を振った。

「悲劇だよ、巡査部長。私はいつも思うんだ。幼いうちに私たちがしかるべき影響を与えてやることができたら、彼女たちも道を踏み誤ってこんな結果になったりしなかっただろうに、とね」

あんたたちはいつだってそうするチャンスがあるくせにしくじってるじゃないか、といいたかったが、口にはしなかった。ロバーツは線が細そうなタイプだし、変に突っかかって動揺させるのはかわいそうだ。なんとなくこの男がいいやつに見えてきて、昔教わったことのある風変わりな音楽教師を思い出した。決まって明るい色の蝶《ちょう》ネクタイをしていて、熱心な教師だった。学校の音楽は好きだったためしがなく、いまとなってはまるで無意味な科目のひとつだが、その教師の授業だけはいつも好きだった。

「やりきれないですよね」

「で、捜査のほうは?」

「こういうものは時間がかかるのですが、結果を出す自信はあります」

「容疑者が逮捕されたと聞いたが」

おれは好奇心をそそられて、ロバーツを見た。

「ええ。どうしてそれを?」

ロバーツはにっこりした。

「私はニュース中毒でね。ノートパソコンでインターネットにつないで、いつもニュースをチェックしてるんだ。地元のニュースによると、容疑者が今日警察に出頭してきたそうじゃないか」

「たしかにそうですが、それに関しては私の口からそれ以上コメントはできません。わかっていただけると思いますが」

「もちろんだとも。私の詮索《せんさく》好きを許してくれたまえ、巡査部長。いまなにが起きているのか、いつも知っておきたいだけでね」

「みなさんそうだと思いますよ」おれはいってやった。

長めの間があったのは、ほかの質問を探していたからだろう。しかし、おれから情報を引き出すのは簡単じゃないと悟ったのか、それ以上は訊いてこなかった。

「では、野次馬は退散するとしよう。事件が首尾よく解決するよう、幸運を祈っているよ」ロバーツがそういって差し出した手を、おれは握りしめた。

ロバーツがさよならといってオフィスをあとにすると、おれはカーラのほうを振り返った。昨日より一段ときれいだ。思わず頭のなかで、服を脱いだカーラの裸体を想像してしまった。

「ミルンさん、わたし、今夜はもう帰るところなの。働きづめの長い一日だったから」

「お時間を取らせて申し訳ないです、グラハムさん。その、近くにパブはありますか？どうせならあまり肩の凝らない場所で話をしましょう。そのほうがよければですが」なんてことだ、すらすら出てくる。

カーラは片方の眉《まゆ》をくいっとあげ、一瞬怪訝《けげん》な顔をした。いきなりで強引すぎたかもしれないが、宝くじだって、宝くじ券を買わなくちゃ当たらないのだ。

「一杯飲もうと誘っているわけ？」その声にはまんざらでもなさそうな、おどけた感じがあった。

「まあ、ありていにいえばそうなりますね」おれは笑顔で答えた。「でもそうすることがあなたの市民としての義務だなんて思わないでください。話はここでもできますから」

カーラはため息をついた。

「角を曲がったところに一軒あるわ。悪くない店だし、よければそこで話をしましょう。でも長居はできないわよ。くたくたに疲れてるし、明日もやることがたくさんあるから」

コールマン・ハウスから歩いて二百メートルほどのところ、施設のクライアントたちと絶対に顔をあわせることのない絶妙な距離に、そのパブはあった。大きな二階建ての店で、どうやら学生好みの店らしい。客で混みあっていたが、十分な広さがあるのでゆったりできそうだし、テーブルもまだいくつか空いている。

バーカウンターに行ったとき、カーラは知りあい二人に声をかけた。どちらも男でおれより若く、少なからず嫉妬《しっと》を覚えた。おれは気取ってウォッカオレンジを注文し、カーラにはウォッカトニックを注文した。

「警察の人って、勤務中にお酒は飲まないと思ったけど」ほかの客からある程度離れたテーブルを隅のほうに見つけて座ると、カーラはいった。

「正確には、勤務中ってわけじゃないんです」

カーラは今度は両方の眉を釣りあげた。

「まあ、捜査のことでわたしに会いに来たんじゃなかったの」

「もちろん捜査に関係することですよ。でも今回は、オフレコでいろいろとうかがいたいんです。じつをいうと、自分の独断で来たもので」

カーラは興味を引かれたらしく、おれは少し戸惑った。正直な気持ちに照らしあわせれば、ここに来た目的はただひとつ、彼女に会うことであり、それ以外の理由はこじつけにすぎない。アンから聞いた話が気にかかってはいるが、それをどう説明すべきかは迷うところだ。

「聞かせて」

おれをじっと見つめている。いつのまにかこっちも見つめ返していた。吸いこまれてしまいそうなほど澄みきった茶色の目。こんな美人が、よりによって養護施設で人生をすり減らしているとは。もったいない気持ちがまたしても湧《わ》きあがってきた。

「ついさっきキングズクロスで、あなたのクライアントの一人とばったり出くわしました。アンです。客の一人にさらわれそうになってたんです」

カーラは本心から心配そうな顔をした。

「それで、アンはだいじょうぶなの？」

「ええ、もうだいじょうぶです。しかし、彼女はたまたま運がよかっただけなんですよ。私が居合わせなかったらいまごろどうなってたことか。おそらくハッピーエンドでは終わらなかったでしょう」

「あの子たちったら……」カーラはゆっくりと首を振った。「いくらいってもきかないのよ。まるで〝死の願望〟があるみたい」

「正直、かなえられない願望じゃありませんね」

「わかってるわ。なかでも残念なのは、アンがとても頭のいい子だってこと。人の話にきちんと耳を傾けることができれば、きっとすばらしい人生を送れるはずなのよ。で、いまどこに？」

「コールマン・ハウスに連れ戻しました。それで、ついでにあなたにお会いしようと思ったわけなんです」

「いってくれればよかったのに」

「そうするまでもありませんでした。彼女、いい子でしたよ。素直にいうことを聞いてくれましたから。それと、二人でしばらく話をしたんですが、アンはかなり心配しているみたいですね。モリー・ハガーが失踪《しっそう》したことです。単なる家出とはちがうと思っているらしくて――」

「それでアンは、モリーの身になにが起こったと？」

「はっきりとはいいませんでしたが、なにか不測の事態が起こったと考えているらしい」おれはアンが話してくれた内容を、マーク・ウェルズという名前を出さずにかいつまんで説明した。話し終えたとき、この話に説得力がないことをあらためて思い知った。

カーラはハンドバッグからシルクカットの箱を取り出し、一本口にくわえた。それからおれに煙草《たばこ》を勧めてなかったことに気づき、慌《あわ》てて箱を差し出してきた。

おれは断わった。

「私の喉《のど》にはもっと強いやつがいいんですよ」おれはそういって、シャツのポケットからベンソン&ヘッジズの箱を取り出した。

カーラはおれの煙草に火をつけてくれた。身を乗り出すと、かすかだが香《かぐわ》しい香水の匂《にお》いがした。

「例の少女殺害事件でだれかを逮捕したといってたわよね」

「ええ。いまじっくり締めあげているところですが、まだ犯人と断定するわけにはいきません。ひょっとしてモリー・ハガー殺害にも関与しているかもしれないし、逆にどの事件にも関与してない可能性もある」

カーラは煙草を優雅に吸った。

「モリーはもうこの世にいないと思っているの?」

「わかりません。モリー・ハガーは一人じゃどこへも行きっこないとアンは断言してますが、単なる思いこみということもあります」そこで間をおいてから、さりげなく鎌《かま》をかけてみた。「ここ数ヶ月で、いなくなるはずのない少女が消えてしまったということはほかにありませんか?」

するとカーラは、聞き捨てならないといった顔つきでこういった。

「ミルンさん、あなたの心配は理解できるし、わたしも同じ気持ちよ。たしかに女の子たちになにかあったら、それを明らかにすることは必要だわ。でもいわせてもらえば、コールマン・ハウスの女性クライアントは、みんながみんな十代の売春婦とはかぎらないの。なかにはそういうことに関わっている子もたしかにいるけど、実際にはごく少数でしかないし、キングズクロスに立っている未成年の女の子が全部うちのクライアントというわけじゃないのよ。ここから半径五キロ以内にわたしたちと同じ悩みを抱えている施設はいくつもあるわ。なのに、うちのクライアントだけがどこかの見知らぬ殺人者によって一人ずつ殺されているみたいだと、本気で思ってるわけ？」

「いえいえ、もちろんそうじゃありません。そんなふうに聞こえてしまったら謝ります。いろんな線を考えているもんですから」おれはそこで自分のカクテルをひとくちすすった。見るとカーラのほうは、グラスの底のほうに少ししかカクテルが残ってない。まだ帰したくはなかったが、雲行きからして、とうていカーラを引き留められそうな気がしなかった。「ただ、ひとつだけお願いがあるんですが、聞いてもらえますか？」

「なあに？」

「もしあなたのクライアントが施設を逃げ出したり、不審な状況で行方不明になったりしたら、私に知らせてくれませんか？ お願いです。絶対だれにも洩《も》らしませんから」

カーラはうなずいた。

「わかったわ。でもその程度のことはしょっちゅうよ、昨日もあなたやあなたの同僚の方にいったけど。ふだんからそんな感じで、あの子たち、よく逃げ出すの。外のほうがよく見えるのね。どこの施設も同じ悩みを抱えてるわ。とくにロンドンみたいな大都会では」

「でしょうね。まさにそこが問題なんです。たとえばもし殺人鬼が絶対捕まりたくないと考えているとしたら、彼女たちこそ打ってつけの獲物だ。跡形もなく消えたとしても、たいして心配する人がいないんだから」

「でもわたし、心配はしているのよ。職員みんなそう。だって、街のいたるところにあの子たちを待ちかまえている落とし穴があるのはわかってるんですもの。ところがわたしたちにはそれを防ぐ手だてもなければ、権力だってない……」

「ええ、わかります。たしかになにもできやしない」

「そうでしょう。でも、わかったわ。だれかがいなくなったらあなたに知らせるわね」

「ありがとうございます」おれは煙草をひとくち吸った。カーラを引き留めるためには、会話が弾むようにしなければならない。「それにしてもバカげてますよね、あの子たちがなんでもやりたい放題やれるというのは。まだ人生に対してなんの備えもないのに」

「この仕事に携わっている人間のあいだでも、いつも議論になっていることよ」カーラはいった。「権威を振りかざしたくないって人がほとんどだけど、わたしはときどき感じるわ。権威主義も必要じゃないかって。あの子たちは脆《もろ》くて傷つきやすいくせに、その自覚がまるでないんだもの」

「変な話ですが――」この楽しい瞬間《ひととき》を逃がしたくなくて、おれは続けた。「子どものころお袋がよくいってたもんです。この世はなんて残酷なんだろうって、それこそ口癖のように。若いうちになんでも楽しみなさい、でも覚悟しておくのよ、大人になったら世の中には悪いやつらがうじゃうじゃいるんだからって。それで私はどうしたと思います？　お袋の話をてんで信じちゃいなかった」

「でもいまは信じているの？」

「ええ、いまは信じてます。というか、まさかそこまでお袋の言葉どおりだったとは、お袋自身も思ってなかったかもしれない」

「あなたが感受性の豊かな人に見えてきたわ、ミルン巡査部長」

「それは褒め言葉と受け取っていいんでしょうか」

カーラは一瞬考えこみ、グラス越しにおれのほうを見た。

「けっこうよ。そういう意味だから」

「警察の人間はみんながみんな野蛮なファシストってわけじゃありません。じつはとても人がいいというのもなかにはいて、非番のときは輪をかけて人がよくなります」

「もちろん信じないわけじゃないわ。こういう仕事をしているからって、警察官はみな野蛮なファシストだと決めつけるつもりはないの」

「でもあなたのご同僚のなかには、そうじゃない人もいます」

「たしかに若い職員のなかにはそういう人たちもいるわ。はじめてソーシャルサービスの仕事についたころのわたしだって、法と秩序に関してはいまよりずっと白黒はっきりつけて考えていたもの。でも、もう大昔の話」

「大昔だなんて、つい最近のことじゃないですか」

おれが年齢への紳士的な気づかいをしたことに、カーラは微笑《ほほえ》んだ。

「それは褒め言葉として受け取っておくわね」

「けっこうです。そういう意味ですから」

カーラは腕時計に目を落とし、その目をおれに向けた。

「もう帰らなくちゃ。もう遅いし、それに車なの」

「それじゃ、もう一杯だけつきあってくれませんか。じつはどのパブでも最低二杯は飲むことにしてるんですよ。一杯だけじゃあまりにもせわしないんで」

「面白いルールね。いいわ、それじゃもう一杯だけ。でもわたしのおごりよ」カーラはそういって、椅子《いす》から立ちあがった。「同じのでいい？」

「ええ」

バーのほうに向かうカーラの後ろ姿を、おれはじっと見つめた。黒のハイヒールブーツで、淑《しと》やかに歩いていく。ファッションモデルのような華麗な身ごなしだ。そう思うのはおれだけだろうか。カーラと寝たいのはやまやまだったし、彼女のほうもおれの下心に気づいたことだろう。しかし、こうして彼女の後ろ姿を見つめていると、自分がどれほど彼女の服を引きちぎり、その場で犯したいと切望しているか思い知った。一番最近のセックスが半年ほど前だったから、きっとすぐ果ててしまうにちがいない。その半年前のセックスのときも、たいしてうまくいかなかった。あのときの相手は同じ署内の女性巡査で、しかも二人ともしたたかに酔っぱらっていたから、もともとうまくいくはずがなかったのである。彼女は公訴局の検事と婚約中だった。おれはくたくたに疲れていたので、オーガズムに達したふりをした。それも二度もだ。もっとも向こうはよかったらしく、あとでまた会いたいといわれたが。

今回はセックスへの欲求もさることながら、それ以上のなにかがあった。おれはカーラに惚《ほ》れている。こんな気持ちは久しぶりだった。前にこんな気分になったのはジーンとつきあいはじめのころで、考えてみるとずいぶん昔の話だ。

それからさらに二十分ほど、カーラはつきあってくれた。じつはおしゃべりのあいだじゅう尿意をもよおしていたのだが、帰るといい出すきっかけを与えたくなかったので我慢した。おかげでいろいろとおしゃべりできた。おたがいの仕事の話が中心だったが、カーラは聡明で話も面白かった。しかもありがたいことに独身だという。子どものいないバツ一で、「仕事と結婚しているようなものね」というので、「その気持ち、わかるよ」と答えた。

もう一度会えないだろうかと切り出すチャンスを待っていたが、その瞬間はとうとうやって来なかった。というより、カーラの雰囲気に気圧《けお》されたといったほうが正しい。彼女のほうは仕事に打ちこむ真面目《まじめ》なキャリアウーマンで、ソーシャルサービスより政治の世界のほうが似つかわしいほどの威厳があった。なのにおれときたら、三十七の歴《れっき》とした大人どころか、初恋にのぼせあがる十七の高校生といってもよかった。

カクテルを飲み終えると、カーラは立ちあがって、右手を差し出した。

「そろそろほんとに帰らないと。ミルンさん、とっても楽しかったわ。こうしてお近づきになれたきっかけが痛ましい事件だなんて、皮肉なものね」

おれも立ちあがり、カーラの手を固く握りしめた。

「そういうこともあるものです。グラハムさん、あなたと話ができてよかった」

「カーラでいいわ」

「こっちもデニスでいいですから」自分の名前を口にするたび、ひどい名前だと思う。ウェインやエリックと同じで、あか抜けた感じがしない。どうしてもっとましな名前に変えることを思いつかなかったのかと、いまさらながら悔やまれる。ジークのほうがまだいいくらいだ。

カーラの顔がほころんだ。

「それじゃデニス、捜査がうまくいくといいわね」

そこが切り出すチャンスともいえたが、かわりにおれはこういっていた。

「きっとうまく行きますよ。ほかに必要なことがあったらまた連絡します。それと、さっきいったように――」

「女の子がいなくなったらすぐに知らせる、でしょ。でもさっきもいったけど、そういうことはしょっちゅうあるのよ。しかもたいていはたわいもない理由で。たわいもないという言葉がふさわしいかどうかはまた別の問題だけど」

「もちろんわかりますよ」おれはカクテルを飲み終えた。「車まで送りましょう」

「その必要はないわ。角を曲がったところに駐《と》めてあるの。こっちこそ送ってあげたいところだけど、今朝はほんとに早かったから」

「いいえ、気にしないでください」少なくともおれの膀胱《ぼうこう》は感謝するだろう。

おれはまた椅子に座った。すると、カーラは店を出ていきかけて、また戻ってきた。

「ひとつだけ訊《き》いていいかしら。どうやってアンを連れ戻したの？」

「買収したんですよ」

「なにで？」

自分のしたことを認めるのはバツが悪かったが、結局は白状した。

「お金で。街に立って稼いだのと変わらないように、金を渡してやったんです」

そのことがカーラを喜ばせたか喜ばせなかったのかはわからない。おそらくは後者だろう。だが意外なことに、おれを見るカーラの目には尊敬の色があった。

「デニス、あなたってほんとに人がいいのね」カーラはにっこりした。「たぶん無駄だったんじゃないかしら。アンみたいな子どもは急には更生してくれないから。でも、あなたの気づかいには感謝するわ」

「ありがとう」おれはそういって、店をあとにするカーラの後ろ姿を見つめた。

時刻は九時十分で、疲れていた。自宅は遠かったし、小便もしたかった。今夜の出来事のおかげで、少なくともあの少女たちが住んでいる世界や、彼女たちを狙《ねら》う男たちの姿を垣間見《かいまみ》ることはできたと思う。しかし、それが捜査の進展に役立ったかどうかはわからなかった。

13

「例のポン引き、いよいよ起訴することになりましたよ」興奮した様子でマリックがいった。あくる朝八時四十五分に、特別捜査本部に入ったときのことだ。

室内はざわついていた。結果が出たときはいつもこうだ。担当捜査員たちのほとんどは、椅子に座って満足げな表情を浮かべている。だがウェランド警部補の姿はどこにも見えないし、ノックス警部もオフィスにいなかった。マーク・ウェルズを起訴することと有罪に持ちこむことはもちろん別問題だが、どうやら楽観的な見方が優勢らしい。明らかにここ数時間で、重要な突破口とおぼしきものが出てきたようだ。

「デニス、おいしいところを聞き逃したな」キャッパー巡査部長が声を張りあげた。

「いったいどこにいたんだ?」キャッパーは仲間の巡査二人と同じ机に座っていた。巡査の一人は、おれが半年ほど前に関係を持った女だ。もっとも、オーガズムのふりを二度したことが〝関係〟のうちに入るとすればだが。

おれはキャッパーたちの前に立った。

「なにがあったんだ？　ウェルズが自白したのか？」

「そいつはまだだが、時間の問題だな。あいつが殺しをやったときに着てたシャツが出てきたのさ。被害者の血がべっとりついたやつだよ」

この男の悦に入った顔つきはどうしても好きになれなかった。キャッパーがスランプに陥っているときは話しかけるのもひと苦労だし、逆に乗りに乗っているときは話しかけること自体が不可能に近い。おれは部屋にいたみんなに聞こえるように「そいつはい知らせだな」と答え、おまえのナニはほんとにでかいなと褒められたかのように余裕の笑みをつくろって、席についた。マリックがあとに続いて向かいに座った。

おれは驚きをあらわにして、マリックを見やった。

「なんてことだ、やけに速い展開じゃないか。いつ聞いたんだ？」

「おれは今朝一番にテレテキストで見て、まっすぐここに来たんです。二時間ほど前ですよ」

「シャツを見つけたのはだれだ」

「密告《タレコミ》があったんです。ウェルズの女の一人と思われる人物から昨夜《ゆうべ》通報があって、ウェルズがミリアム・フォックスを殺して服を近くに捨てたと。警察で現場をもう一度捜索したところ、シャツが見つかりました。今朝早いうちに科学捜査班のほうにまわされまして、予備検査によれば、シャツの血痕《けっこん》とミリアム・フォックスの血液が完全に一致したそうです」

「ずいぶん手早いことだな」

「時間がないですからね。ウェルズの身柄の拘束が午後二時で二十四時間になるので」

「しかし、それで決着がついたわけじゃないんだろ？」

「ええ。でもそうなりそうですよ。シャツは犯人のものにまちがいないし、それがウェルズのものであるという調べもついてます」

「通報してきたのはだれだ。女は名前を告げたか？」

マリックは首を振った。

「いいえ。しかし通報者を責めることはできませんよ。素性を知られたくないでしょうから」

おれはゆっくりうなずいて、煙草《たばこ》に火をつけた。たしかにもっともな話だ。

「どうしました？　なんだか信じられないって顔してますけど」

おれは欠伸《あくび》をひとつした。

「いいや、疲れてるだけさ。昨日はよく眠れなかったんだ」少し二日酔いでもある。カーラが帰ったあとおれもじきに店を出たのだが、自宅に戻る途中で〈チャイナマン〉に立ち寄り、また一杯飲んだのだ。その一杯が結局、三杯になってしまった。「悪いんだが、年寄りの頼みをひとつ聞いてくれないか」

「年寄りって、巡査部長のことですか？」

「ああ」

「どんな頼みです？」

「ベーコンサンドイッチとうまい紅茶を一杯」とたんにマリックは、軽蔑《けいべつ》の眼差《まなざ》しを向けてきた。「アシフ、頼むよ。緊急でなかったらおまえに頼んだりしないんだ」

「ちゃんとした食事をとったほうがいいですよ。ジャンクフードしか食べないじゃないですか」

「だったらリンゴも一個買ってきてくれ」おれはスーツのポケットから、二ポンド分の小銭を取り出した。「頼む。友だちじゃないか。これっきりだから、約束する」

マリックはしぶしぶその小銭を取って、だれも見ていないことを確認すると、立ちあがった。

「ほんとにこれっきりですよ。いいですね。巡査部長があんまりひどい顔してるから引き受けるんですよ」

「いつかこの礼はするから」おれは心にもないことをいった。

マリックが行ってしまうと、この新たな展開について思いめぐらしてみた。昨夜眠れなかったのは、アンから聞いた話をもとに、未成年売春婦を狙った連続殺人鬼の可能性について考えていたからだ。たしかに突拍子もない仮説かもしれない。連続殺人鬼は小説に登場する悪役としては理想的だし、実録ものの素材としても尽きないが、現実には恐竜の糞《ふん》にも匹敵するほど稀《まれ》な存在だからだ。六千万近い国民が暮らすこの国で一度に二人の連続殺人鬼が出てきたとしたら、おれはきっと腰が抜けるほど驚くにちがいない。とはいえ、連続殺人鬼自体はときどき起こるものである。もし今回の事件が連続殺人鬼の仕業だとしたら、犯人は正体を隠し通すため、しかるべき被害者としかるべき殺害場所を選んだはずだ。だとすると唯一《ゆいいつ》問題になってくるのが、もしモリー・ハガーが――あるいはほかの数人の少女たちが――すでにこの連続殺人鬼の餌食《えじき》になっているのだとしたら、死体はどこに消えたのか？　なぜミリアム・フォックスの死体だけ、あれほど人目につく場所に置き去りにされたのか？

ベストの体調で仕事するには七時間近い睡眠が必要なのに、その疑問のおかげで寝不足になってしまったのだ。頭に浮かんだ考えやいくつかの説に、カーラ・グラハムを当てはめることさえ試してみた。なかでも都合のいい筋書きは、このおれが真相を暴き、連続殺人鬼を見つけ出して（新たな犠牲者が出そうになる寸前に犯人を捕まえることまでやってのけてしまう）みごと昇進、ついにはカーラをファックしまくる、というものだった。

もちろん夢のまた夢だ。だが少なくとも男は、夢を見ることができる。

それはともかく、ベーコンサンドイッチはうまかった。腹が減っていたので、リンゴも芯《しん》まで食べた。

九時十五分、ノックス警部が特別捜査本部に入ってきた。やけに疲れた様子のウェランド警部補も一緒だ。ウェランドはもう限界だといわんばかりに、すぐさま椅子《いす》に腰をおろした。ノックスのほうは、おれたちにこう切り出した。

「たったいまマーク・ウェルズに最新の捜査状況を聞かせてやったところだが、向こうは断固として関与を否定している。しかし、使い古した言いまわしをさせてもらえば、やつはもう口を割ったも同然だ。とたんに不安げな顔つきになったからな。みんなも知ってのとおり、あいつは本来クソ生意気な野郎だが、いまじゃ見る影もない。午前中にシャツに関する最終報告が出ることになっているから、ウェルズのものかどうかはっきりするだろう。もっともあの様子からして、おれはやつのものにまちがいないと思っている」

「ということは、もうじきシャンペンで乾杯できるってことですか?」そう訊《き》いたのはキャッパーだ。

ノックスは笑みを浮かべた。

「祝杯のことを考えるのはまだ気が早すぎるぞ。たしかにおれたちはよくやったし、チームが一丸となってがんばったと思う。だがはっきりした結論が出るまでは、いつもどおり捜査を続けてくれ」

ノックスはそれだけいうとさっさとオフィスのなかに消えてしまい、椅子に座っていたウェランドは置き去りにされた形になった。女性巡査の一人が、だいじょうぶですかと声をかけた。

「ああ、だいじょうぶだ。少し具合が悪いだけだよ」とウェランド。別のだれかが、今日は早退したほうがいいんじゃないですかと勧めても、いいや、ここにいてウェルズが起訴されるのを待っている、といってきかない。「あのウジ虫野郎がのた打ちまわるところを見たいんだ」いかにも快活そうにいうが、おれには空元気《から》としか思えなかった。

「ずいぶんつらそうですね」マリックがおれのほうを見て静かにいった。

「たしかにな。二、三日休んだほうがいいんだ。身体《からだ》が休息を必要としてるのさ。納税者だって文句はいわないよ。いままでさんざん社会に貢献してきたんだから」

にもかかわらず、ウェランドに感謝の言葉を述べた人間は一人としていない。そのことはおれたち警察官にも当てはまる。すべての警察官が賞賛に値する英雄だというつもりはないが、警察官といえばいつも悪人扱いするのはフェアじゃない。ところがテレビでおれたち警察官のことが取りあげられるときは、たいてい後者の見方に偏《かたよ》っているのが現実だ。そんななかでも、ウェランドは本当にいい警察官の一人だった。自分のすべてを警察の仕事に打ちこんできた。だからなんらかの見返りがあってもいいはずなのだ。

「もしおれがウェランドだったら、早期退職しますね」マリックがいった。

「もしおれがウェランドだったら、十年前にそうしているよ」

マリックはにやりとした。とても信じられないといいたげな顔だ。

「まさか。巡査部長は、警察の仕事が楽しくてしょうがないってクチじゃないですか」

「いえてるな」

そのとき、おれの机の電話が鳴った。カーラだったらいいのにと思ったとたん、アドレナリンが全身を駆けめぐった。ところが、いま一番声を聞きたい相手がカーラだとしたら、実際に電話をかけてきたのは、一番声を聞きたくない女だった。

「ミルン巡査部長、ジーン・アシュクロフトさんからです」民間人の受付係がそう告げた。

くそ、いったいなんの用だ？

「ありがとう。つないでくれないか」ややおいて、彼女が出た。「やあ、ジーン、久しぶりだね」

「こんにちは、デニス。仕事中にごめんなさい……」緊張しているのか、やけにあらたまった口ぶりだ。

「いいんだ、気にしないでくれ。どうしたんだい？」

「じつはダニーのことなの。トラブルに巻きこまれてるみたいなのよ」

「どうしてそう思うんだい？」

「昨日の夜、あたしのところに電話してきたの。ふだんは電話なんか寄こしたことないのに。なにかおかしいって、すぐにピンと来たわ。声もいつものダニーらしくないの。すごく変だった。お酒を飲んでたかなにか吸ってたかしてるらしくて、ちっとも呂律《ろれつ》がまわってなかったわ。おまけに話の内容も、おれは生き方を変えるだとか、なにかちがうことをする、生まれ変わるのはいましかないんだとか……お金を貯《た》めてあるともいってたわ。それもかなりの額を」

「べつに考えられないことじゃないだろう」

「だって、仕事もしてないのよ。大金を稼ぐなんて、とてもじゃないけどできっこないわ」ジーンはそこで洟《はな》をすすった。「ひょっとして、なにかに関わってるんじゃないかしら。なにか犯罪に絡《から》んだことに。あたしが心配してるのはそこなの。ダニーのことはあなたもよく知ってるでしょ。またなにかあったらママが悲しむわ。前にもあんなことがあったんだし、パパはもう死んじゃってこの世にいないし」

「きみが弟のことで心配しているのはよくわかるよ。当然のことさ。それに、一時期ダニーが法にそむくことをしてたのも知ってる。しかし、もうダニーは長いことトラブルに関わってないんだ」マリックが怪訝《けげん》な顔で見ていたが、おまえには関係ないというかわりに手ぶりで追い払った。少なくとも警察には関係ないことだ。マリックは立ちあがって、席を離れた。「酔って電話を寄こした程度で心配することはないさ。だいじょうぶだよ、ジーン」

「あなたはいまでもときどきダニーと会ってるんでしょ?」

「ああ、たまにね。だがそれほど頻繁てわけじゃない」

「あたしもダニーとはそんなに頻繁に話をするほうじゃないけど、ダニーがあなたの話をしないときはないわ。あなたのこと、尊敬してるみたい。ねえ、頼みを聞いてくれる? お願い。あたしが心配しすぎなのはわかったけど、ちょっとダニーのフラットに行ってみてほしいの、様子を見るために。だいじょうぶかどうか確認してくれるだけでいいのよ」

やっぱりそう来たか。やれやれだ。

「それが心配しすぎなんだと思うよ。ダニーだってバカじゃない。同じまちがいを二度とやらかすもんか」

「お願い、デニス。忙しいでしょうけど、あなたに様子を見てもらいたいの」

「しょうがない。やれるだけやってみよう。なんともないと思うけど」

「ありがとう。助かるわ」本心からそういっているようだった。

おれはリーズにいるジーンの電話番号を書き留め、数日後にこちらからかけ直すことを伝えた。それから少し世間話をしたが、会話ははずむどころか、ぎこちないだけだった。二人のあいだには距離や歳月以上の隔たりが確実に感じられ、電話を切ったときは心底ほっとした。ジーン・アシュクロフト。昔はきれいな女で、一緒にいて楽しいときもあったが、いまでは記憶の彼方《かなた》になかば埋没した存在にすぎない。それにしてもダニーのやつ、ジーンにしゃべるとはとんでもないことをしてくれたものだ。一緒にパブクイズに行った夜はだいじょうぶそうだったのに。あのときは二、三杯引っかけて何度か大笑いし、クイズにももう少しで優勝しそうになったほどで、別れ際《ぎわ》もなんの心配もなさそうだった。決して喜びに満ちあふれていたとはいえないものの、なんとか持ちこたえられそうだったのだ。しかし、自宅に一人閉じこもっているせいで深刻なパラノイアになりつつあるのはたしからしい。まずいことになった。これでもしあいつに捜査の手が及んだりしたら、なにをしでかすかわかったものじゃない。じっくり話して聞かせる必要がある。正気を取り戻して、気持ちを静めるようにさせるのだ。

アメリカの大統領がかつてなんといったか？　〝われわれが唯一怖《おそ》れなければならないのは、怖れを持つことだ〟　ダニーは恐怖を怖れている。ダニーのやつ、どうやら目の上のタンコブになりはじめているらしい。

14

午前十一時五十五分、鑑識からの報告が戻ってきて、シャツに見つかった毛髪のサンプルがマーク・ウェルズのものと断定され、シャツの持主もほぼウェルズにまちがいないとされた。

十二時十分、ノックス警部とウェランド警部補によるマーク・ウェルズの取り調べが再開した。容疑者ウェルズはあいかわらず犯行への関与を否定し、新たな証拠を突きつけられたときはヒステリックになって、ノックスとウェランドの二人に殴りかかりそうになったほどだ。そこで仕方なく拘束具で拘束することにし、取り調べが続けられた。やがて弁護士が、新たな展開について話しあうため依頼人と二人きりにしてほしいと要求、受け入れられた。

十二時三十五分、ふたたび取り調べが再開された。ウェルズの弁護士は、ミリアム・フォックス殺害に依頼人は一切関係ないという主張を繰り返した。しかし弁護士もウェルズも、なぜ殺人現場のすぐ近くで被害者の血痕《けっこん》が付着したウェルズのシャツが見つかったのか、なんら現実的な説明ができなかった。ウェルズは、盗まれたんだというだけだった。

一時五分、マーク・ジェイソン・ウェルズ二十七歳は、ミリアム・アン・フォックス十八歳を殺害した容疑で正式に起訴された。取り調べ官への暴行を防ぐため、ウェルズはまたしても拘束具で拘束されることになった。ところがその是非で揉《も》めている最中、弁護士が偶然ウェルズに顔を殴られ、鼻血が出たため、治療が必要になった。キャッパーはのちにこのことについて、「被告チームのオウンゴールってわけだ」などと、めずらしく気の利《き》いたことをいった。

二時二十五分、食堂でラザニヤと野菜サラダを食べて少し眠くなっていたところ、ノックスのオフィスに呼ばれた。

染《し》みひとつない机の向こうに座っていたノックスが真顔だったのが、少し意外だった。

「やあ、デニス。来てくれてありがとう。かけてくれ」ノックスは手ぶりで椅子を勧めた。「ニュースは聞いただろ？」

「ウェルズを起訴したことですか？　ええ、ウェランド警部補から聞きました」

「そのウェランドだが、どうやら帰宅させたほうがいいみたいだ」

「たしかに見たところ、具合が悪そうですね」

「実際、よくないんだ。じつをいうと、ここしばらく体調を崩していてな」おれがなにも答えなかったので、ノックスは続けた。「二週間前、あいつは検査をいくつか受けたんだ。その結果が今朝届いたのさ」かすかな胸騒ぎがした。ノックスは大きなため息をついて続けた。「ウェルズを起訴したあとになって、あいつはやっと私に教えてくれた。残念ながらウェランド警部補は、前立腺癌《ぜんりつせんがん》だ。午後のうちに正式な発表があるだろう」

「まさか」なんてことだ。「どこか具合が悪いのは知ってましたが、まさかそこまで深刻だとは。どれくらいひどいんですか？」

「かなりの悪性だ。致命的なものかどうかはまだわからない。医者もわからないそうだ。本人がどんな治療に応じるかとか、治療に向かう姿勢とかによってだいぶちがってくるだろう」

「その点は心配ないですよ。警部補はファイターですから」

おれはふと泣き出したい気になった。こんな気持ちになったのはずいぶん久しぶりといっていい。あまりに不公平すぎる。正しいことをしようとこれまで三十年間がんばってきたにもかかわらず、その見返りが致命的な病気だなんて。しかも世間には一方で、同じ三十年間、もっぱら私腹を肥やし続けてきた犯罪者や政治家どもが、いまも生まれたての赤ん坊のように健康でのさばっているのだ。そのやり切れない気分がおさまったとき、おれはノックスに、煙草《たばこ》を吸ってもいいですかと尋ねた。

「本来ならここは禁煙なんだ。しかも状況が状況だしな。だが好きにしろ」ノックスはおれが火をつけるのを見て、煙草はやめたほうがいいと忠告してきた。「身体《からだ》によくないぞ」といかめしい顔つきでいう。当たり前すぎる、いわずもがなの警告だ。それをいってしまうのが健康ファシストたちの病んだところである。ほかの人間だってその程度の知識くらい持っていることを、彼らは理解しないのだ。

「男には快楽が必要ですよ」と答えておいた。この手の自己弁護をするときのおれの常《じょう》套《とう》句だ。

「かもしれないな。話が脇《わき》にそれてしまったが、きみをここに呼んだのは、身に染《し》みついた悪癖について議論するためじゃない。じつをいうとウェランド警部補は、少なくとも三ヶ月の病気療養が必要だそうだ。おそらく実際にはもっと長引くだろう。復職のめどすら立たないかもしれない。そこで、一時的にポストに空きが生じるわけだ」

唐突に訪れた、ささやかな転機の予感。なにかいわなければいけない気がしたが、なにも言葉が思い浮かばず、おれは口を閉ざしたままだった。だが興味は湧《わ》きはじめていた。警部補のポスト。たとえ暫定《ざんてい》的なものだろうと、立派にこなせる自信はある。

「もちろん署の刑事部から昇進させたいと思っている。そのほうが引き継ぎもスムーズにいくし、かりにウェランドが復帰できるものなら、復職のチャンスを与えてやれるしな」

「わかります」

「そんなわけで、警部補代理はキャッパー巡査部長で行くことに決定した」

キャッパー？

どうやらおれはおめでたかったらしい。上司はおれよりも、キャッパーみたいなおべっか使いの薄バカ野郎がいいのだ。必死で落胆ぶりを顔に出さないようにしたが、むずかしかった。

「正式に発表する前にきみに話しておきたかったんだ。理由を説明しておきたくてな」

「どんな理由です？」

いかにも管理職らしい形ばかりの常套句だった。いわく、私服としての経験はキャッパーのほうが長いし（たった二ヶ月ほどのちがいだ）、訓練も積んでいる（たしかにやつのほうが訓練コースにいた期間が長いが、その大半は吹雪のときの日焼け止めクリームほどに役立たない）、それに仕事のいろんな面で（ご機嫌取りも含めて）積極的だ、云々《うんぬん》。

そんなバカげた話に対して、なにをいえというのか？

「デニス、決してきみのことを腕の悪い警官だといってるわけじゃないんだ。事実、そんなことはないんだから。きみはチームにとってきわめて価値ある人材だと思っている。それだけはわかってくれ」

「わかりました」とりあえずそう答えれば、無意味なおべんちゃらはやめてくれるだろうと思ったのだ。

「きみは何年もいい仕事をしてくれた」

「ありがとうございます」

「さぞがっかりしたことだろう」

「平気ですよ」

「気持ちはわかるが、ぜひ前向きにがんばってくれ」

「もちろんです」

「ついては、ミリアム・フォックス殺害事件を片づけるために、経験と技術を要する仕事があるんだが」

「なんでもいってください」

「彼女の両親を訪ねて、捜査の進捗《しんちょく》状況を伝えてきてほしいんだ。ちょうど地元の担当警官が病気で休んでいるから、行けば署《うち》のピーアールになるし、両親に最新の情報を伝えてやることもできる。両親は地元の警察から、身柄拘束中の容疑者が起訴されたことは聞いているはずだがな」

「しかし、それだけ知らせれば十分でしょう?」

「ベテラン警察官が直接訪問したほうが両親も喜ぶだろうというのが、警視正と私の共通の見解でね。だからきみに、明朝マリック巡査を引き連れて両親のもとへ行ってもらいたいんだ」おれはそのとき、露骨にいやそうな顔をしたにちがいない。ノックスが険しい目でにらみつけてきたからだ。「いいか、デニス。きみも知ってのとおり、ロンドン警視庁のあら探しをしている連中は山ほどいるんだ。今回殺害されたミリアム・フォックスの父親は、絶大な影響力を持つ労働党の地元議員でもある。ああいう人物は味方につけておくにかぎるのさ」

議論したところではじまらない。すでに決定されたことであって、変更はきかないのだ。わかったというかわりに、こっくりうなずいた。

「話はそれだけですか」

「ああ、それだけだ。理解してくれてありがとう、デニス。きみならわかってくれると思ってたよ」

おれは立ちあがった。

「ウェランド警部補のことは本当に残念です。できれば警部補の見舞いに行きたいんですが、治療はいつからはじまるんですか？」

「月曜だ。病院についての詳細は、連絡があり次第きみに教えてやろう」

「そうしてもらえるとありがたいです。どうも」煙草を最後にひとくち吸い、灰皿を探す。ひとつもなかったので、ノックスが四分の一ほどコーヒーの残っているカップを手渡してくれた。横に〈パパは世界一〉と書かれた有名なカップだ。だとしたら、父親は管理職よりすぐれていることになる。おれはそのなかに吸い殻を放りこみ、カップを机の上に戻した。「ひとまず、ウェルズのことはよかったですね」

　ノックスはうなずいた。

「そうだな。これほど早く結論が出てくれると気分がいいもんだ」

「ウェルズがミリアムを拾ったときに運転していた車は？」

「科学捜査班のほうでいまやつの車を調べているところだ」

「色の暗いセダンでしたか？」

「栗色《くりいろ》のBMWだ。いい線いってるだろう。夜の薄暗い通りだと、そういう色でも黒っぽく見えるもんさ。しかし、どうしてそんなことを？　なにか問題でもあるか？」

　おれは肩をすくめた。

「いえ、べつに。ただ、マリックとおれがミリアム・フォックスのフラットでやっと鉢あわせになったとき、あいつはおれたちを見てかなりびっくりしてたんです。それも見せかけじゃなくて、本気でたまげてました。あいつがミリアムを殺したんなら、彼女の部屋に警察がいることくらい予想できたはずです。なのに、いったいどうしてあの部屋にのこのこやってきたんでしょう？」

「回収しておきたい不利な証拠でもあったんだろう」

「そういう類《たぐい》のものはありませんでした。あの部屋はみんなで徹底的に調べましたから」

ノックスはため息をついた。

「デニス、いったいどうしてほしいんだ？　私たちはポン引きをひとり捕まえた。女に対する暴力でわんさと前科を持っているそのポン引きは、ここ数週間で被害者にも暴行してたことがわかっているし、そいつのシャツは被害者の血痕が付着した状態で殺害現場から百メートルと離れてないところで発見されている。しかもそいつはこれまでのところ、確たるアリバイが一切ない。そんなやつをいまさら逃がせると思うか？」

「しかし、あの男が犯人だとはかぎらないんじゃないですか。タレコミ情報によってシャツを見つけただけでしょう。あの男と殺人事件を結びつけるものは、あれしかないんですよね？」

「たしかにあれだけだが、それで十分じゃないか。あのシャツがあいつの物であることは確かなんだ。あいつの毛髪が繊維についてたんだからな」明らかに苛立《いらだ》ちはじめている。ノックスは自分が状況を掌握していたいタイプの男だ。自説のあら探しをされるのはいやなのだ。

おれはゆっくりとうなずいた。

「たしかにそうですが、手がかりがあれひとつしかないことに変わりはありません。それにまだ動機の問題が残っています。つまり、なぜウェルズはミリアムを殺害したのか」

「デニス、いったいどうしたというんだ？　ほかの説でも披露したいのか？　そうじゃないんなら、これまでみんながやった仕事にケチをつけるのはやめろ」

そのときおれは、モリー・ハガーの失踪《しっそう》と、ポン引きと淫売《いんばい》の諍《いさか》い以上に複雑な裏がある可能性について聞かせてやろうかと思った。だがやめておいた。ある意味、恥ずかしくていい出せなかったのだ。確たる根拠もなければ説得力もなく、昔からよくある、なにかがちがうという直感でしかなかったからである。

「べつにそんなつもりはありません。本当に犯人を捕まえたのかどうかはっきりさせたいだけです。あとあと無罪になって、でっちあげだのなんだのと訴えられるのだけはいやですから」

「きみの心配はうれしいよ。それだけ打ちこんでいる証拠だからな。だが私を信じてくれ。マーク・ウェルズこそ探し求めている犯人だ。確信がなかったら、いまごろやつを起訴したりしない。そうだろ？」

「わかりました」

「それとデニス、これだけは頭に入れておいてくれ」

「なんでしょう」

「南東部全体で、このミリアム・フォックス殺しのような手口の売春婦殺害事件はこれまで一件もなかった。ということは、一回こっきりの事件と考えていい。どういうことかわかるな？」

「はい」

「問題を複雑に考えようとするな。大半は単純なものなんだから。さてと、もうひとつ頼みたいんだが、キャッパー巡査部長を呼んできてくれないか？」

話はそれでおしまいだった。おれはよけいな口をきかずにノックスのオフィスをあとにした。いったい状況はどこまで悪化していくのだろうと思いながら。

キャッパーはコピー機の前でハンスドンと話をしていた。ノックスが呼んでいることを伝えると、小狡《こずる》い笑みを浮かべて出ていった。キャッパーがいなくなったあと、おれはハンスドンに向き直った。

「電話の通話記録、手に入ったか？」

「ええ、今朝ファックスで送られてきました。どこかにあるはずですが」ハンスドンは未決書類の入ったトレイから書類束を取り出して、すばやく探しはじめた。

「役に立ちそうなものはあったかい？」

「あんまり」ハンスドンはA4用紙二枚を差し出した。

それを受け取って、最初の紙にざっと目を通す。被害者が自分からかけた発信記録で、しめて九十七件。殺人事件が起こった日までの四週間分だ。左手の列にはそれぞれの日付と時間が書いてあり、右手の列には先方の番号もある。二枚めの紙は着信記録で、こちらは五十六件だった。

「電話番号には名前がないんだな」おれはハンスドンを見あげた。

「ええ、だからろくに役に立たないんですよ」

「この番号で登録している人間を特定できないのか?」

「時間がかかるみたいですね。あちこちの会社が関わってますから。データベースとの照合確認だのなんだのいろいろあって、いまやってくれているはずです。もうじきリストができてきますよ」

おれは二枚の紙をコピー機に置いてコピーし、原本をハンスドンに返した。

「電話会社の担当者の名前を教えてくれないか。おれのほうでも当たってみるから」

ハンスドンはおれを胡乱《うろん》な目で見た。

「どうして? 向こうに訊《き》いたってなんにも出てきませんよ。被害者がウェルズに電話をして、ウェルズが被害者に電話した。それだけです」

「いいから頼む」

「向こうの担当者はジョン・クレアってやつです。机に戻ればやつの電話番号がありますが」

「なら一緒に机に戻って、そいつをもらうとしよう」

しぶしぶハンスドンは机に戻り、その電話番号を探し出した。ミリアムの通話記録に関する情報をあまり熱心に集めたがってない様子で、いかにもハンスドンらしい。いろんな意味で悪い警官じゃないが、怠け者なのだ。決まった仕事をこなす腕もいいとはいえず、たいして意味がないと思いこむと、その仕事ぶりは格段に落ちてしまう。おれが電話番号を書き留めると、ハンスドンはまた、そいつに当たってなんになるんです、と訊いてきた。

なかなかいい質問だ。おかげでその瞬間、はっきりわかった気がした。どうやらおれは、ノックスやキャッパーの鼻をあかして、二人の顔からあの薄笑いを消し去りたいと願っているらしい。たしかにウェルズはミリアム殺害の犯人かもしれないが、おれにはみんなが考えているほどしっくりこないのだ。電話をいくつかかけるだけでみんながまちがっていることを証明できたら、きっと溜飲《りゅういん》も下がることだろう。

15

ミリアム・フォックスの携帯電話が通話を三回以上行なった相手先は七件あった。その七件と、ミリアムが殺される前の三日間に通話したすべての番号に絞って、持主を探すことにした。それでもなにも出てこない可能性はあるし、かりに出てきたにせよ、ウェルズを起訴した以上、ノックスに捜査の続行を許可させるのはきわめてむずかしい。しかし、やってみるだけの価値はある。

自分のデスクからジョン・クレアに電話をかけた。あいにく話し中だった。煙草《たばこ》を一本つけ、短くなるまで吸ってから、もう一度かける。あいかわらずつながらない。どうやらジョン・クレアは仕事熱心な男らしい。五分だけ待ってもう一度かけ直したが、今度もだめだった。そうこうするうち、別件の指示があった。署から八百メートルと離れてない裏路地にある新聞販売スタンドがナイフ強盗に襲われるという事件が起こり、店主やほかの目撃者たちの証言を取ってくるよう命じられたのだ。さっそくマリックを引き連れて現場に向かい、店主の妻を落ち着かせながら、一時間ほど事情を聴いた。この妻はほんの十三ほどの少年から喉《のど》もとにナイフを突きつけられ、そのあいだに少年の友だち五人が、笑いながら店から金品を略奪したのだという。卸売業者のところに出かけていて留守だった店主は、すっかり取り乱した様子でおれたちに悪態をついた。おまえら警察や社会が、暴力を使うことをなんとも思わないガキを生み出してるんじゃないか。おれたちはあえて逆らわなかった。店主のいうとおりだからだ。おれは店主とその妻に、犯人逮捕に全力を尽くしますといい、二人の協力に感謝の言葉を述べた。それから医者に診せるために店主の妻をパトカーに乗せて病院まで送り、署に戻って報告書を書いた。

五時十分、もう一度ジョン・クレアの番号にかけてみる。今度はすぐにつながった。名前を名乗って、電話の理由を説明した。

「はい、連絡を受けたのはぼくです。たしかそちらの方の名前は……」

「ハンスドン巡査」

「そうです。その人に頼まれて情報を集めてました。電話の通話記録ですね」

「ああ、それだ。どこまで進んでる？　すぐにほしいんだが」

「それだったらもう送りましたよ」ジョン・クレアは意外そうな声でいった。「今朝Eメールでハンスドンさんに」

「いや、電話番号は手もとにあるんだが、こっちの知りたいのはその持主なんだ。登録されている持主だよ」

「ええ、ですからそれをメールで送ったんです。電話番号のリストは昨日のうちに渡してあったんですが、持主を調べるほうは少し手間取ったもので。わかり次第送りますからということで、それが今朝になったというわけです」

ということは、ハンスドンはまだメールをチェックしていないのだ。おれは煙草に火をつけた。

「今日は署のネットワークがダウンかなにかしているみたいなんだ。もう一度送ってくれないか？」

「いいですよ」

「念のため、二ヶ所に頼む」おれは自分の仕事用のアドレスと自宅のアドレスを伝え、ジョン・クレアが書き取るのを待った。「すぐに送ってくれるかい？」

「ええ」声が少し緊張気味だ。「かまいませんけど」

おれは礼をいって、電話を切った。

十分後、そのメールがまだ届かないうちに、キャッパーが電話をしてきた。少し話したいことがあるからウェランドのオフィスに来てくれという。なかに入ると、机の向こうのウェランドの椅子《いす》に、ゆったりとくつろいだ顔で座っている。

「ニュースは耳に入ってると思うが」はしゃぎすぎないように形ばかりの努力をしながら、キャッパーはいった。

「聞いたよ。おめでとう」

キャッパーは模造皮革張りの椅子ごと、身体《からだ》をゆっくり左右に振っていた。

「ありがとう。まあそういうわけで、デニス、おまえとは協力してやっていきたいと思ってるんだ。いままではかならずしも意見が同じとはかぎらなくて、いろいろとあったが、これからは同じ方向で力をあわせていくことが必要になってくる」

「おれもそう思う」そう思います、という卑屈な敬語はあえて使わなかった。

「で、午後の新聞販売スタンドのナイフ強盗の件はどうなった？　犯人の目星はついたか？」

「まだはっきりしたことはいえないが、ナイフを持った少年はたぶんジェーミー・デリーだろう」

ジェーミー・デリーは、家族全員が素行の悪いケチな犯罪者という一家に生まれた四人兄弟の末っ子だ。最初に挙げられたのは八つのときで、容疑は学校への放火未遂だった。その十年前、おれはジェーミーの母親を万引きの現行犯で捕まえようとしたことがあったが、そのとき母親は、ニュージーランド産の冷凍ラム肉の脚でおれに殴りかかってきた。

「あのクソガキか。しかし、やることが少しませすぎてやしないか？」

「あいつも成長してるってことさ。万引きだのガキの弁当代をカツあげだのは卒業したんだ」

「たしかあいつの母親は――」

「ああ、例の冷凍ラム肉の脚の……」

「あのときはラム肉を食らわされなくてよかったな」キャッパーはにやりとして、ヤニで黄色くなった歯並びの悪い歯を見せた。そのジョークを何十回となく聞かされたあとでなければ、おれも笑っていただろう。「そのクソガキを引っぱれそうか？」キャッパーは真顔に戻った。

「たぶんだいじょうぶだろう。店主の女房が面通しであいつを指さしてくれれば」

「それじゃ、すぐにかかってくれるかな」まるで、いい子だ、と子ども扱いするような口ぶりだ。おれはうなずいてわかったと答え、誘いに乗って腹を立てたりしなかった。だが内心では思っていた。いったいこの男が上司であることに、いつまで耐えられるだろうか。「それと、最後にもうひとつ。おまえはミリアム・フォックスの件でハンスドンの仕事を引き継ごうとしているようだな。電話の通話記録に関する情報をおまえのほうで当たってみると、ハンスドンに伝えたそうじゃないか。そうだろ？」

「手がかりになりそうなものが見つかるような気がしたんだ」

「ハンスドン巡査にはとてもじゃないが任せられない、ということか？」キャッパーはおれをじっと見つめた。

「なにが出てくるか見てみたかっただけさ。ハンスドンはあちこち電話するんで忙しそうだったから、代わりにやってやろうと申し出たまでだ」

「デニス、もう容疑者は起訴したんだぞ。それで終わり、カタがついたんだよ。こっちには終わったことを蒸し返すほど部下の数に余裕はないし、時間もない。おまえがなんらかの理由で忙しくないっていうんなら、いつだって仕事を増やしてやる。やることは山ほどあるんだ」

「オーケー、わかった」

「通話記録の件だが、もう当たったのか？」

おれは直感的に、キャッパーには黙っていようと決めた。

「いいや、まだだが」

「よし、そっちは手を引け。自分が担当している案件に専念しろ、わかったな？　おれに手伝えることがあったら知らせてくれ。最初にいったように、これからは協力してやっていきたいからな」

話はそれだけかと訊くと、それだけだ、という答えが返ってきた。

「だったら仕事に戻らせてもらうよ」

おれはそういったが、実際にはそうしなかった。コートをつかみ、マリックに明日の朝会おうと伝えると、署をあとにしたのだ。

16

パブ〈さすらいの狼《おおかみ》〉に立ち寄って一杯ひっかけたあと、ラッシュアワーの渋滞のなかをバスに乗ってフラットに帰った。玄関ドアを抜けたときは六時半で、ドアを閉めてすぐ、ダニーの自宅に電話をかけた。

呼び出し音が三回鳴ったあとで、ダニーが出た。

「あのな」おれは前置きもなしに切り出した。「いまからいうとおりにしろ。一番近くにある電話ボックスに行って、そこの番号を電話でおれに知らせるんだ。あとはそのまま電話ボックスで、おれからの電話を待て」ダニーはどういうことだいといいかけたが、かまわず電話を切った。

五分後、ダニーは指示どおりに電話をかけてきて、電話番号をいった。おれはそれを書き留め、レイモンド用の携帯電話から電話した。

「ちきしょう、いったいなんだってんだ」電話を取るなり、ダニーは訊いてきた。「なんでこんなにコソコソしなくちゃならないんだよ?」

「このほうが気兼ねなくしゃべれるからさ。ダニー、今朝電話があったぞ。おまえの姉さんから」

「ゲッ、嘘《うそ》だろ」

「おれも思ったよ。〝嘘だろ〟ってな。そこで聞かせてくれ。おまえ、なんであいつに電話なんかしたんだ？　じっと静かにして、ほとぼりが冷めるまで待ってろといっただろう」

「もちろんわかってるさ。でも耐えられないんだよ、デニス。わかるだろ。どうしてもあの夜のことが頭から離れないんだ。夢にさえ見るんだぜ。昨日の夜パブに行ったときだって、あの一件はホルツ・ファミリーと関係があるなんて話も出てたんだ。その話、知ってるか？」

はじめて聞く人のために説明すると、ホルツ・ファミリーはロンドン北部に暗躍する犯罪組織であり、その実態を知る者はほとんどいない。そのせいか、いわゆる暗黒街の犯罪でありながら容疑者が出てこない場合、人々の口にはよくその名前がのぼってくる。だがおれはこの命を賭《か》けてもいい。レイモンドはホルツ・ファミリーとは会ったことさえないはずだ。したがって、レイモンドが連中から殺人の依頼を受けることもありえない。

「バカも休み休みいえ」おれはダニーを叱《しか》りつけた。「おれがあんなヤバイ連中と関わると思ってるのか？　ホルツ・ファミリーが身内でもない人間に、ああいう仕事を下請けに出すと本気で信じてるのか？　向こうはその手の人材があり余ってるに決まってるだろうが。そういうふざけたことをいい触らしてるのはどこのどいつだ？」

「そのパブにスティーブ・フェアリーってやつがいて、そいつがいってたんだ。ほかのやつがいってたんなら、おれだってそんなに気にしなかったさ。でもあいつは裏の世界の顔役《プレーヤー》で、ああいうことに詳しいんだ。だから心配なんだよ」

スティーブ・フェアリーなら知っている。トムボーイから以前聞いたことがあった。あいつが裏の世界の顔役《プレーヤー》なら、おれはいまごろプロサッカーの選手《プレーヤー》になっていてもおかしくない。

「それでおまえは、ホルツ・ファミリーが意を決してスティーブ・フェアリーに真相を打ち明けたと思ってるのか？　自分たちがやりましたと、できるだけ多くの人間に吹聴《ふいちょう》してもらうために？」

「そりゃ、バカげた話だとは思うよ――」

「わかってるじゃないか。そのとおりだよ」

ダニーはため息をついた。

「とにかく、気になってしょうがないんだ。それだけさ」

「しかし、あの姉貴に話すことはないだろう。ダニー、あいつがおまえを苦境から救い出すためになにをしでかすと思う？　姉貴の性格を教えてやろうか？　あいつはおれに連絡してきていったんだ。弟がトラブルに巻きこまれているらしい、会いに行って確かめ、様子を知らせてくれ、とな。こうなったのもおまえのせいだぞ、ダニー」

「すまない。ほんとにすまない。もう二度としないよ」

「当たり前だ」そういう噂《うわさ》話が身の破滅につながるんだぞ、とつけ加えそうになったが、やめておいた。ただでさえビビっているダニーをこれ以上追いつめてもしょうがない。

「姉貴にはヤバイ話は一切してない。ほんとだ」

「金を貯《た》めた話をしただろう。あれじゃ怪しんでくださいというようなもんだ」

「たしかにそのことは話したよ。けど、まさか姉貴が例の事件に結びつけるなんてありえないだろ」

「もちろんそうさ。しかし、おまえがそうやって酒をくらうたびにペラペラしゃべってたら、そのうちうっかり口を滑らせて、おれたちの手が後ろにまわってしまうことをしゃべらないともかぎらない。そんなことで捕まったら洒落《しゃれ》にならないぜ。いいか、一日二日と過ぎていくごとに、おれたちが捕まる可能性も低くなっていくんだ。向こうは手詰まりになるからだよ。とにかく前からいってるように、じっと静かにしているんだ。それでなにもかもうまくいく。なんだったらもうひとつ安心材料を教えてやろうか。おまえが関わっているのを知ってる人間はおれだけだ。おれはあの件についてだれにもしやべるつもりはない。つまり、おまえに危害が及ぶこともありえない。わかったか？」

「ああ、わかったよ。これからはもう黙ってる。どうせもう引き返せないんだし」

「そうだ。金も貯まったわけだし、ちょっとした休暇旅行でも楽しんできたらどうだ？何週間かロンドンを離れるんだよ。ああだこうだくよくよ考えて閉じこもってるよりはましだろう」

「そうだな。あんたのいうとおりかも」

「この前旅行したのはいつだ？」

「くそ、思い出せない。ずいぶん昔だ」

「だったら行ってこいよ。自分へのご褒美《ほうび》だ。こっちの天気は犬のクソみたいなもんだから、懐《なつ》かしくなることもない。戻ってくるころにはほとぼりもすっかり冷めて、世間はほかの凶悪犯罪の話で持ちきりになってるさ」

「そうかもな。わかった、そうするよ」そのあと長い間があって、ふたたびダニーの声が聞こえてきた。「すまない、デニス。ほんとにすまない。二度と臆病風《おくびょうかぜ》を吹かしたりしないから」

「わかってるって。おまえはそんなバカじゃないもんな」

「ジーンにはどういうつもりだい？」

おれは少し考えて、こういった。

「おまえと話をして、おまえが人生の再出発をしたことがわかったというよ。昔は犯罪を手伝ったりそそのかしてたりしてたが、いまじゃ犯罪者を鉄格子《てつごうし》のなかにぶちこむ仕事をしている、となる。そうだ、警察の密告屋《タレコミ》になったことにしよう。金もそれで稼いだものだから心配いらない、ただし人に知られると台なしになってしまうから一切口外しないでくれ、そう頼む。それならジーンも、おまえのことを放っといてくれるだろう。どう思う？」

「かなわないな、あんたの悪賢さには」

「旅行に行けよ。きっとだぞ」

「ああ、そうするよ」

「近々また連絡する」

電話を切って居間に行き、煙草《たばこ》を持ってソファに座った。果たしておれは心配事リストからダニーを消し去ることができただろうか？　あいつをなだめすかすことに成功したのだろうか？　いい質問だった。ダニーに話したことはじつにもっともな内容だと思うが、正直、なにからなにまで真実というわけじゃない。じつをいうと、あのトラベラーズ・レストの三人殺しにダニーが関わっていることを知る人間は、おれ以外にもいるのだ。ダニーを同行する許可をレイモンドから得るとき、あらかじめダニーに関して説明しなければならなかったのである。レイモンドがもしダニーを見つけ出したいと本気で思ったら、おれがそのときしゃべった情報をもとにして、おそらくはダニーを見つけ出すだろう。だがそんなことをダニーに話したところではじまらない。それに、うまくすればダニーはおれの忠告を素直に聞き入れ、しばらくイギリスを離れてくれるだろう。そうなればこっちはうんとしのぎやすくなる。本音をいうと、ダニーは急速に邪魔者になりつつあった。このおれがダニーを排除し、あいつの不安を永久に取り除いたとしたら、関係者全員にとってプラスになるだろう、そんな考えがはじめて頭をよぎった。もっとも、銃口をダニーに向けて引き金を引くことなどできやしない。あいつとは切っても切れない腐れ縁だからだ。しかし、このおれがもっと非情に徹することができたら、ここまでうじうじ悩んだりしなかったかもしれない。つまりはおれ自身、それほど不安を抱えているということだ。

煙草を吸い終え、すでに吸い殻であふれかえっている灰皿でにじり消す。そういえば、ジョン・クレアが自宅にもEメールを送ってくれているはずだ。立ちあがって寝室に行き、パソコンのスイッチを入れる。ソフトが立ちあがるまでのあいだ、寝室を出て冷蔵庫のビールを一本取り、今夜は自宅にいることを喜んだ。少なくとも世間の厄介事から数時間は隔離される。

クレアのEメールは五時三十一分に入っていた。少なくともあの男は約束を守ってくれたのだ。添付ファイルを開くと、送ってくれたのはオリジナル文書のコピーだったが、三列めが各電話番号の持主の名前であることがわかった。

リストの一番最初の名前に見覚えはなかった。男で、おおかたミリアムの客だろう。ふたつめの名前も男で、この名前にも心当たりはなかった。三つめの番号には個人名がない。おそらくはプリペイド式の携帯電話だろう。モリー・ハガーのものという可能性もありうる。電話をかけて確かめるのもいいかもしれない。四つめの番号にあった名前は、当然ながらコールマン・ハウスだった。

その下の五つめの名前は目に入らなかった。六つめの名前も。

七つめの名前に釘《くぎ》づけになっていたからだ。

なぜカーラ・グラハムは、ミリアムを知らないと嘘《うそ》をついたのだろう?

17

果たしてなにが期待できるのか自分でもわからないまま、おれはミリアム・フォックスの実家の前の、砂利でできた短い車寄せに車を入れていた。建物はL字型をしたゆったりめの瀟洒《しょうしゃ》な二階建てで、屋根は茅葺《かやぶ》き、窓はラティスになっていて、周囲に庭が広がり、敷地全体が垣根で囲まれている。オックスフォードの数キロ西にある小さな村の端に位置していて、むしろグロースターシャーに近い。そんなわけで、おれとマリックにとってはけっこうな長距離ドライブだった。いつもの渋滞を抜け、二時間十五分ほどかかって到着したときには十一時をまわっていた。

「この時間だと、うまい紅茶にありつけそうだな」玄関前にパトカーを駐《と》めて、おれはいった。

マリックは少し緊張した面持ちだった。今回の訪問になにが期待できるのか、マリックもわからないのだろう。おまけに簡単には行きそうにない。この夫婦はほんの四日前に、自分たちの娘が殺されたことを知ったばかりなのだ。三年近く娘の顔を見ていなかったとはいえ、いまだにショックが覚めやらないにちがいない。ふつうの生活を取り戻すには数年かかるだろうし、永久に取り戻せない可能性だってある。

正直、おれの心はここにあらずだった。なぜミリアム・フォックスが人生最後の二週間にカーラ・グラハムに三度も電話していたのか？　それも二度はカーラの携帯電話にだ。カーラのほうからミリアムに二度かけている理由も知りたかった。しかも最後はミリアムが殺されるほんの四日前である。それだけ頻繁なやりとりが偶然なはずはない。あの二人はおたがいを知っている。そしてカーラが二人の関係についておれたち警察になにも話さなかった理由として考えられるのはただひとつ、隠したいことがあったからだ。もっともそれがなんなのか、見当もつかなかった。おれは昨夜《ゆうべ》、すぐにコールマン・ハウスに電話を入れ、表向きにはマーク・ウェルズを起訴したことを知らせるふりをしながら、その件について尋ねるために会いたいと申し入れたが、あいにくカーラは出かける用事があった。今朝、署を出てくる前にもう一度電話したが、今度は会議中だという。わざわざ留守電にメッセージを入れることはしなかった。こっちが探りを入れていることを悟られては要らぬ警戒を招いてしまう。いまはまだ慌《あわ》てることはない。

おれはネクタイをまっすぐに直し、ばかでかい真鍮《しんちゅう》製のドアノッカーを叩《たた》いた。

ほとんど同時にドアが開き、セーターにロングスカート姿の大柄な中年女性があらわれた。目の下が大きくたるんで疲れた顔をしているが、なんとか気持ちはしっかり持っているらしい。軽く化粧をして、笑顔で挨拶《あいさつ》してくれた。

「ミルン巡査部長？」

「フォックス夫人ですね」握手を交わす。「こちらは同僚のマリック巡査です」

マリックも握手を交わし、夫人は横にどいて、おれたちを招き入れた。

「さあ、なかへどうぞ」

おれたちは夫人のあとについて廊下を進み、広々した薄暗い居間に入った。赤々と燃える暖炉に向きあうようにして椅子《いす》に座っているのは、眼鏡をかけて顎《あご》ひげをたくわえた、背の低い男だった。男はこちらを見るなりゆっくりと立ちあがって、マーティン・フォックスだと自己紹介した。フォックス夫人が気丈に振る舞って見える一方、夫はまるで正反対だった。腸《はらわた》を抜き取られたみたいにがっくりと肩を落とし、話し方もゆっくりで、無理矢理言葉を絞り出すかのようだ。おまけに全身から陰気臭さが、伝染性を持つ靄《もや》のように滲《にじ》み出している。この男の半径一メートル半以内に近づくだけで、こっちまで陰気になってしまいそうだ。

ソファに座ると、フォックス夫人は飲み物を勧めてくれた。おれたちは紅茶を所望し、夫人はキッチンに消えた。

夫人が席を離れたところで、マリックはフォックスに遺憾の意を伝えた。真心のこもった口ぶりだ。

だがフォックスは椅子に頭をもたせかけたまま、こっちを見ようとしない。

「娘は、苦しんだのか」慎重に言葉を選ぶかのように、ゆっくりと訊《き》いてくる。「死ぬ瞬間、娘は苦しんだのか。正直に答えてくれ」

マリックはすがるような目でおれを見た。

「ほとんど即死状態でした」おれは代わりに答えた。「ですから苦しまなかったんです。たしかですよ」

「新聞には、刺されたとしか書いてなかったが」

「メディアにはそこまでしか情報を流していません」おれは続けた。「それ以上のことを知らせる必要はありませんから」

「何回も刺されたのか？」

「最初のひと刺しで亡《な》くなりました」陰部へのメッタ刺しについては触れなかった。

「それにしても、なぜうちの娘が？」投げかけられたその質問は、宙に浮いたまま長いこと漂っていた。「こういう残虐《ざんぎゃく》な犯罪を犯したやつらはわかってるのか？　残された遺族に連中がもたらした苦痛を」

無性に煙草を吸いたかったが、この家が禁煙であることは訊かなくてもわかった。

「おそらくほとんどが、ご遺族にもたらす苦しみを理解できないでしょう。理解できるものなら、大半は事前に犯行を思いとどまるはずですから」

「きみはこの男が……ミリアムを殺した男が、自分のやっていることをわかっていたと思うか？」

そのときふと、税関職員たちと会計士の家族のことが思い浮かんできた。おれは自分のやっていることがわかっていた。いつもちゃんとわかっていた。

「私にはなんともいえません。突発的な犯行の可能性もあります」

「まあ、そんなことはどうでもいい。肝心なのは、あんなことをした人間は力でねじ伏せるしかないということだ。犬畜生のようにな」フォックスの言葉にも一理あるかもしれない。「私はいままで死刑には賛成じゃなかった。どんな犯罪であれ、社会が市民を殺すのは野蛮だと思っていた。しかしいまは……いまは……」まだ横顔しか見えていないが、それでもその顔が激しい苦悶《くもん》に歪《ゆが》むのはわかった。「できるものなら、私がこの手で引き金を引きたいくらいだ」

ふつうならここで警官らしく、お気持ちはわかりますが、そんなことをしてもなんにもなりませんよ、とお定まりの助言で諭すところだが、ありがたいことにフォックス夫人が、紅茶を持って戻って来てくれた。フォックスは押し黙ってしまった。おそらくこの一週間、似たような口ぶりで、夫人を相手に恨み辛《つら》みを吐き出していたにちがいない。夫人は夫の向かいに座って、陶器のポットから紅茶を注いでくれた。

「今日の用件は」と切り出してはみたものの、そのじつ自分でも、なんの用なのかまるでわかっていなかった。「捜査に関する最新情報と今後の見通しについてお知らせするためです。容疑者も起訴したことですし」

「起訴されたのはだれ？」フォックス夫人が訊いた。

おれは夫人にウェルズのことを話し、ミリアムとウェルズとの関係について、細部には触れないように注意しながら説明した。まだ裁判がはじまらないうちは、容疑者の公正な審理を歪めかねない情報をうっかり洩《も》らしたりしないよう、警察は自分たちの発言に気をつけなければならないのだ。

「その男が犯人だと思うの？」説明を聞き終えて、夫人が訊いてきた。

「クソったれめ」フォックスが激しい口調で吐き捨てるようにつけ加えた。夫人は夫をたしなめるような顔をしたが、気持ちは同じにちがいない。

いい質問だった。おれとしてはせいぜい五十パーセント程度の確信しかない。マリックのほうは、道中で交わしたやりとりからすると、八十パーセント近い確信を持っているだろう。ノックスと同じで、ほかに有力な説が見当たらないため、安易に結論に飛びついているのだ。

答えたのはマリックだった。

「フォックス夫人、われわれはかなりの確信を持っています。これ以上の確信はないといっても過言ではありません。容疑者と犯行現場を結びつける物的証拠がありますから」

「それはよかったわ。あとで無罪になったりしたら、ほんとにやり切れないから」

「ですがフォックス夫人、まだ断言はできません」おれはつけ加えた。「今後どうなるか、あるいはどんな評決が下るかわからないので。とにかくわれわれとしてはベストを尽くす以外にありません。しかし、勝ち目はあると思います」

「クソッたれめ」フォックスはまた吐き捨てた。あいかわらずこっちを見ようとしない。おそらくウェルズのことをいっているのだと思うが、おれたちのことをいっているとも取れる。

「マーク・ウェルズがもし有罪と決まれば、やつは人生の大半を刑務所で送るはめになりますよ、フォックスさん」マリックがいった。「われわれも、そうなるように全力を尽くします」

「それだけじゃ十分じゃない。塀のなかに何年ぶちこまれようが足りるもんか。それくらい取り返しのつかないことをしたんだ」

労働党議員のように社会的にリベラルな人間が、犯罪の被害を直接被《こうむ》ったとたん犯罪に対する考えをここまですばやく変えてしまったのは驚きだった。その瞬間、フォックスがチャールズ・ブロンソンばりの闇《やみ》の処刑人と五十歩百歩に見えた。もっともフォックスに、銃や脅迫はない。そんなエネルギーすらなさそうだ。

フォックス夫人は夫を見やって、勇気ある笑みを送った。

「よしましょう、マーティン、愚痴をこぼすのはもうやめにしなくちゃ。そんなことをしてもしかたないことよ」

フォックスは黙りこんだ。おれは紅茶をひとくちすすり、できるだけ早くこの訪問を切りあげようとした。だが、裁判までにはまだ時間がかかりますとか、そのあいだ折に触れて連絡を取りあいましょうといった社交辞令をいおうとしたとき、出し抜けにフォックス夫人が泣き崩れてしまった。

マリックとおれは神妙に座っていた。フォックスは十分前とまったく同じ姿勢で座ったまま、遠い目をしてぼんやり宙を見つめている。どうやらいまはなにをいっても耳に入らないらしい。深いトラウマにとらわれているのはわかるが、ときには人間、強くならなければならないこともある。

「ごめんなさい」フォックス夫人がいって、ハンカチで目を押さえた。「気持ちが不安定なもので……」

おれは控えめな笑みで答えた。

「お気持ちはわかります。大切な娘さんを失ったのですから。思い切りぶちまけたほうがいいですよ」

「ええ。カウンセラーもそういってるわ」

「われわれのことはご心配なさらずに」マリックもいった。

「だって」夫人はまだ信じられないといいたげな目で、おれたち二人を見た。「これほどもったいないことってないでしょう。それがたまらなくつらいのよ。あの子の人生の可能性をつい考えてしまうの。この家に一緒に住んでたら、あの子を愛している家族と一緒に暮らしてたら、いったいあの子はどんなことを成し遂げられただろうって。なのにあの子は、あんなにも孤独で残酷な死に方をしてしまった。なぜ？」その問いかけは、今朝二度めの質問だった。「なぜあの子は家出して、わたしたちから去らなくちゃいけなかったの？」

「ダイアン！　もうよさないか！」フォックスがぴしゃりといった。椅子に座ったまま身体《からだ》を回転させ、怒りに満ちた眼差《まなざ》しで夫人をにらみつけている。マリックとおれは、フォックスの剣幕にびっくりした。すると、表情がわずかに和らいだ。「もうやめろ。何度蒸し返したってしょうがないんだ」

　だがフォックス夫人は、胸に溜《た》まっていることがいくつかあるようだった。

「知ってる？　家出していたこの三年間、あの子は一度もわたしたちと連絡を取ろうとしなかったのよ。ただの一度も。元気だという電話さえかけてこなかった。一切連絡がなかったの。おかげで母親のわたしがどんな気持ちだったか、あなたたちにわかる？」

「検死によると、ミリアムは強い薬物を大量に摂取していたと思われます」おれはいった。「薬物はときに人の人生を狂わせ、物事の優先順位をわからなくさせてしまうことがある。おそらく彼女の場合もそういう感じだったのではないでしょうか。彼女がまったくご両親のことを気にしなかったということではありません。薬物の誘惑のほうが少しばかり強かった、それだけですよ」

「でも、電話の一本ぐらいかけることはできたはずでしょう。わたしたちのためじゃないにしても、妹のために。ミリアムが出ていったとき、クロエはまだ十二だった。クロエに連絡することくらいできたはずだわ」

「ダイアン、もうやめてくれ、お願いだ」

「いやよ、マーティン。わたしだってあなたと同じくらい苦しんできたのよ。少しはいわせてちょうだい」フォックス夫人はおれたちに向き直った。「わたし、ミリアムがいなくなってほんとにつらかった。あの子がこのうちのドアを出ていった日から、ずっと。あの子を愛してたのよ。言葉じゃ説明できないくらい。でも、だからってあの子がしたことはそう簡単に許せるものじゃないわ。わたしたちを、家族みんなを、あの子は三年のあいだ生き地獄に突き落としたんだから。それって……それってあんまりにも身勝手すぎると思わない？　わたしはミリアムを愛してた。それは本心よ。でもあの子は決していい子じゃなかったの。ほんとはそんなこといいたくないんだけど、でもそれが本当なのよ。マーティン、それが真実なの。あの子は、いい子じゃなかった――」

「黙れ！　なんてことを！」フォックスの怒声が部屋じゅうに響き渡った。たるんだ虚《うつ》ろな顔が、いまにも火を噴きそうなほど怒りで赤く染まっている。

「落ち着いてください、フォックスさん」おれはきっぱりといった。「奥さんの話も聞いてあげないと」

「そんな話をしてどうなる。こいつは自分がなにをいってるのかわかってないんだ。かりにも私たちの娘だぞ……」だがその声は尻《しり》すぼみになり、フォックスは両手に顔をうずめて、大声ですすり泣きはじめた。

フォックス夫人はしばらく夫を見つめていた。下唇を慄《ふる》わせながら、懸命に感情をコントロールしようとしている。その目に一瞬軽蔑《けいべつ》の色が見て取れた気がしたが、たしかなところはわからない。室内は張りつめた緊張感に包まれ、マリックの額に汗が浮かぶのが見えた。なんとも厄介な数分間だった。しかし、これこそがおれたちの仕事なのである。このおかげで、防音断熱用のペアガラスのセールスマンより少ないながらも、おれたちは給料をもらえるのだ。

おれは沈黙を破り、今後数ヶ月で予想される状況を簡単に説明した。今日は治安判事が決定、裁判前の準備手続きに入り、裁判そのものの延期も考えられる、云々《うんぬん》。だがおれには、夫妻の耳に入っているとは思えなかった。二人ともすっかり打ちひしがれ、魂の抜け殻といった様子だ。フォックスは両手から顔をあげていたが、またおれたちのほうを見ようとしない。結局おれは空になった紅茶のカップをテーブルに置いて、ほかに質問はありませんかと尋ねた。

　長い間があった。

「もうないと思うわ、ミルンさん」フォックス夫人がようやく口を開いた。「二人とも、来てくださってありがとう」

おれたちは立ちあがった。フォックスもだ。いつ倒れてもおかしくない顔つきだ。

「ほかに必要なことはありませんか」おれは二人に訊いた。

「いいえ。家族やお友だちや地元警察の方がずいぶん力になってくれているし、カウンセリングも受けてるから」

「それはよかった。素直な気持ちを人に話すのは大事なことです」おれはいいながらフォックスを見やったが、フォックスは顔をそむけた。「気が楽になりますから」もちろんただの気休めにすぎない。実際にはそんなことなどないからだ。精神が癒《い》えるのはあくまでも当人の内面からであって、他人にそんな力はない。

　二人はこくりとうなずき、おれたちは別れの握手を交わした。フォックス夫人はいったん玄関ドアのほうへ行きかけたが、すぐにおれたちのほうに向き直った。

「ひとつだけ訊かせて。あなたたちは触れなかったけど、その男はなぜ……ミリアムを殺したの」

マリックが先に答えを思いついた。おそらくそれが最善の答えだっただろう。

「ミルン巡査部長がいったとおり、容疑者がまだ否認している状態ですので、私たちにも完全な確信はありません。しかし、性的暴行を加えた形跡は見られませんから、おそらくは二人で口論になったあげくの犯行だと思われます。おおかた金か麻薬のことで揉《も》めたんでしょう」

夫人は首を振った。

「考えられないわ。たったそれだけのことで人の命が奪われるなんて。夢に見た未来が、打ち砕かれるなんて」

「もともと殺人には正当な理由などありません」マリックは続けた。「そして、だれにでも等しく苦しみを残すんです」

夫人は弱々しく微笑《ほほえ》んだ。

「たぶんあなたのいうとおりね」夫人はおれたちを玄関まで送ってくれ、ドアの前でふと立ちどまった。「二人とも、来てくれてありがとう。感謝しているわ。ほんとよ。そんなふうに見えなかったかもしれないけど。ごめんなさいね、つい感情的になってしまって。気持ちを落ち着けることがなかなかできなくて……」

おれたちはもう一度夫人に、お気持ちはよくわかります、といった。それからドアを開け、外に出た。

数キロ先にパブがあったので、一杯飲みながら早めの昼食を取ることにした。店内はガラガラで、退屈そうな顔をした店主から飲み物を受け取ったあと、隅にあるテーブルに座った。

「さっきの、どう思いました？」マリックがオレンジジュースを飲みながら訊いてきた。

おれにはマリックのいいたいことがわかった。

「一種独特な雰囲気だったな。父親のほうになにやら罪悪感めいたものを感じたが」

「ええ。おれもそんな気がしました。父親とミリアムのあいだになにかあったと思いますか？」

「考えられないことじゃない。意外と多くの家庭であるんだ、金持ちも貧乏人も関係なく。だとすると、いろいろ説明もついてくる。そもそもなぜミリアムは家出したのか、なぜ平気で未成年売春をやれたのか、なぜ両親に一切連絡をしなかったのか。しかし、深読みしすぎということだってありうる。いずれにしても、ミリアムは一筋縄じゃいかない娘だったらしい。アン・テイラーはミリアムの話をするとき、あの牝犬《めす》と吐き捨てたくらいだしな。しかも母親や妹にこの三年間なんの連絡もしなかったとなると……」

「だったら、これでウェルズの動機がわかったようなもんじゃないですか。ミリアムがそこまで扱いのむずかしい女だとしたら——実際そうだったみたいですけど——些細《ささい》なことですぐウェルズと大げんかになるでしょう」

「ありうるな」

「性犯罪に見せかけようとして悪知恵を働かせたつもりだったのかもしれません」

「現実味のある説であることはたしかだ」

「でも、なんだかまだ釈然としないみたいですね」

「完全にはな」おれはため息をついた。

「証拠はどんどん固まりつつあるじゃないですか」

「そりゃそうだが、まだ答えの出てない疑問もある。そこが引っかかるのさ。たとえば、なぜウェルズはあのフラットに戻ってきたのか」

「間抜けだっただけでしょう。犯罪者の大半はそうですから」

　おれはマリックに、通話記録のことも聞かせてやった。

「ミリアムとカーラは、ミリアムが死ぬ前の数週間に少なくとも五回は電話でやりとりしたらしい。おれがどうしても理解できないのは、明らかにカーラはミリアムを知っているはずなのに、なぜ知らないと嘘《うそ》をついたのかだ。なにか隠しておかなくちゃいけないことがあるとしか考えられない」

「それがミリアム殺しとなにか関係あるかもしれないと思ってるんですか？」

「それはわからない」おれは肩をすくめた。「わかっているのは、答えのない疑問があるのが気にくわないってことだけさ。どこか臭《にお》うんだ」

「おれもいいましたよね、カーラは狡猾《こうかつ》な感じがすると。会ってすぐそう思いました。で、どうするつもりです？　ノックスはもう捜査を継続したがりませんよ。だって、ウェルズを起訴してるんですから」

「カーラに会ってくるつもりだ。適当に口実を作って話をしたいといい、その場で彼女に切り出してみる」

「ほんとにそれだけですか、彼女に会いたい理由は？」

おれはマリックを思い切りにらみつけた。

「それが一番重要な理由に決まってるだろう」

「なにかわかったら教えてください。もっともおれは、それでもウェルズがやったんだと思いますけどね」

そこへ注文した料理がやって来た。おれにはくたびれた感じのハムサラダ、マリックにはドッグフードといっても通りそうなチリコンカーンだ。店主はぶっきらぼうな物言いで食事を楽しめよと命じたが、その命令に従わなくてもさしたる危険はなさそうだった。

「このカーラ・グラハムの件、みんなには内緒にしといてくれ」黴臭《かび》いパンをかじりながら、おれはマリックにいった。「キャッパーはおれがハンスドンから通話記録を受け取ったことを聞きつけて、手を引けと釘《くぎ》を刺してきた。これ以上あいつに、おれをクビにする口実を与えたくないんだ。かりにもいまは上司だからな」

「心配しないでください。だれにも口外しませんから」マリックはチリコンカーンをスプーンで何度か口に運んでから、真顔でおれを見た。「おれとしては、あいつが警部補代理だなんて釈然としません。巡査部長のほうがはるかに適任です」

「すべては政治力学というゲームなんだ。そのゲームのプレーヤーになれば、しかるべきポジションに行ける、それだけのことさ」

「だったら巡査部長もゲームに加わればいいじゃないですか。こんない方をするのもなんですが、いまのままじゃもったいなさすぎる。巡査部長は殺人捜査の陣頭指揮をとってもおかしくない人ですよ。組織の小さな歯車におさまっていい人じゃない」

おれは脂《あぶら》ぎったハムの固まりをなんとか呑《の》みこんで、皿を脇《わき》に押しやった。一週間なにも食ってなかったとしても、うまいとは思わなかっただろう。

「おれだってゲームに参加してるさ」そういって煙草《たばこ》に火をつける。「ただ、前のような熱心さがなくなっただけだ。ルールがころころ変わるもんでね」

「昔にこだわってちゃだめですよ。世の中は変わるし、ロンドン警視庁だって変わる。要は順応することです。一緒になって変わり、新しいルールも覚えていけばいい。そうすれば、あなたにもまだ出世の道はありますよ」

「そういうおまえは、巡査部長に昇進したんだろ？　キャッパーの後釜《あとがま》として」

マリックはびっくりした顔をした。

「どうして知ってるんです？　ノックスから電話で連絡があったのは昨日の夜で、今日の午後まで公表はしないことになってたはずなのに」

「べつにノックスがしゃべったわけじゃないさ。少なくともこのおれは聞いてない。だが今朝のおまえは、ここに来るまでの道中なにか考えているふうで、いつもより無口だった。ピンときたよ。それにキャッパーの後釜といえば、おまえくらいしかいないだろ」

「そう思いますか？」

「ああ、もちろんさ。おまえはどの巡査とくらべてもダントツに優秀だ。いい巡査部長になれる。で、正式にはいつからだ？」

「月曜です、とくになにもなければ」おれは煙草をひとくち吸ったが、なにも答えなかった。「怒ってないですよね？」

おれはマリックを見やって、微笑んだ。

「もちろんさ。昇進したのがほかのだれかじゃなくておまえであることを喜んでるよ。おめでとう。おまえは昇進にふさわしい。キャッパーとちがってな」

「月並みないい方かもしれませんが、おれは巡査部長と一緒に仕事することでたくさん学びました。いろいろ叩《たた》きこんでもらって感謝してます」

「無理するなって。おまえが話してるのはおれだぜ。警部じゃない」だがおれは内心うれしかった。所詮《しょせん》ほかの人間と同じで、たとえ本心からじゃないとわかっていても、お世辞が好きなのだ。

「無理なんかしてませんよ。本心からいってるんです」

それからマリックはチリコンカーンに戻り、おれは煙草に戻って、発癌《はつがん》性の煙を古い梁《はり》を渡した天井に向かって吐き出した。

「ありがとう。そういってくれるとおれもうれしいよ」

十分後、おれたちは車に戻り、帰宅の途についた。

18

五時近くなっても、おれたちはイズリントンに戻れなかった。M40号線で起こった事故が大渋滞を引き起こし、二人とも抜け道を知らなかったため、何千人もの苛《いら》ついたドライバーたちと一緒に何時間ものあいだ、とろくさいカメのようにのろのろと進むことを余儀なくされたのだ。

おれはマリックに自宅近くで降ろしてもらった。署に戻る気にはなれなかった。どうせ署内は昇進や癌の話で持ちきりに決まっているし、なんだか急に、いままで感じたことのないほどの疎外感《そがいかん》に襲われていたのだ。ウェランドはずっと仲間であり、おれの味方をしてくれたことも少なくない。なのにそのウェランドが署を去り、その後釜がキャッパーときた。よくメディアのコメンテーターがいう〝悪夢のシナリオ〟とは、まさにこのことだ。

フラットに入って、真っ先に留守電のメッセージをチェックする。自宅の電話にはメッセージが入ってなかったが、携帯電話にはレイモンドからひとつ来ていた。すぐに会いたいからといって電話番号を告げ、そこに折り返しかけるようにという。最後は、緊急の用件だが、さほど心配することはないと結んであった。いったいどういうことだ？とくに重要なことでもないかぎり、レイモンドがメッセージを残すことはない。すぐにいわれた番号にかけたが、こちらも留守番電話サービスだった。そこでおれは、差し障《さわ》りがなければ明日の午後二時、いつもの場所で会おう、と伝えた。どうせこっちも会いたかったのだ。話したいことが山ほどあるといっても過言じゃない。

そのあとコールマン・ハウスのカーラ・グラハムに電話をしたが、あいにく今日はもう帰ったという。彼女の携帯電話にかけるような危険は犯さなかった。どこでその番号を知ったのかと怪しまれる可能性があるからだ。おれは電話を取った女性職員に、警察ですが、カーラはいつ出勤しますかと尋ねた。週末勤務になるので、明日の朝はいるだろうという答えが返ってきた。ではそのときにまた、といって電話を切った。

外は雨が降っていたが、散歩がてらどこかで一杯引っかけたくなり、角をまがって〈ハインズ・ヘッド〉に行った。行きつけの、こぢんまりした静かな店だ。

店内に客は一人もおらず、見慣れない顔のバーテンが一人いるだけで、おれが入ったときは新聞を読んでいた。おれはバーカウンターに座り、フォスターズを一パイント注文して煙草に火をつけ、濡《ぬ》れたコートを脱いだ。

隣の席のカウンター上に、かすかに皺《しわ》が入った新聞〈スタンダード〉が放ってある。

バーテンはあまりおしゃべり好きに見えず、ほかにしゃべる相手もいなかったので、手を伸ばしてその新聞を取った。

そのとたん、眉間《みけん》に特急列車が突っこんだかのように衝撃が走った。

大文字の見出しが紙面の半分を占めている。〝**税関職員殺しの犯人のコンピューター顔写真**〟その紙面の下半分には、詳細な似顔絵があった。三十五から四十歳ほどの痩《や》せ顔、短い黒髪、やや寄り気味の黒い目。

おれが画家に似顔絵を一枚描いてくれと頼んだとしても、これ以上の出来は望めないだろう。それほどよく似ている。

まるで全世界が崩れ落ちてきたかのようだった。いま目の前にある写真の持つ意味あいが、決壊したダムの鉄砲水のように、一気に頭のなかに押し寄せてきた。

かつて経験したことのない本当の危険が迫っている。これからは警官だけじゃない、見たこともない赤の他人までが、このおれを探すのだ。

だが、おれを知っているやつもいる。おれを生かしておくより始末したほうがはるかにましだと、いまごろ考えなおしている連中だ。

レイモンドのいうとおりだった。あのときあの娘を撃ち殺しておけばよかったのだ。

第三章　進展

19

翌日午後十二時五十五分、おれは〈最近家族を亡《な》くされた方々のためのR・M・キーン葬儀場〉に到着した。なんとも長ったらしい名前である。緑が生い茂って洒落《しやれ》た雰囲気を持つマスウェルヒルという町の、道路からやや奥まったところにあって、自分の遺体が煙となって消える前はそこに安置されたい、そう思わせる葬儀場だ。ブナの木が柔らかな天蓋《てんがい》を作る形で目隠しになっていて道路からは見えないが、建物自体は十九世紀の礼拝堂を改築したもので、古めかしいラティスの窓に当時の面影が色濃く残っている。オークの木でできた扉の両側には石の花瓶があって新鮮な切り花が活《い》けられ、もしかして司祭の妻が出迎えてくれるかと、なかば期待したほどだ。砂利を敷いた駐車場が正面にあり、駐《と》まっていたのが霊柩車《れいきゅうしゃ》数台、ほかの車が何台か、それとレイモンドのロイヤルブルーのベントレーだ。少なくともレイモンドがいることだけはわかった。

ドアには鍵《かぎ》がかかっていた。ドアにかけられた案内板に、近いうちにお客さんになりそうな人はインターホンを押して待つようにという内容が書いてあったので、おれはそうした。数秒後、ホラー映画の名優ビンセント・プライスとたいしてちがわない中年男の重々しい声が、ようこそいらっしゃいましたといい、お力になれることがありましたらなんなりと、と訊《き》いてきた。ここは適当に雰囲気を装《よそお》って調子をあわせたいところだが、この男に冗談は通じない気がする。

「レイモンド・キーンさんに会いに来たんだ」とできるだけ重々しい声でいった。

「お約束は？」

「してあるよ」

「お名前は？」

「ミルン。デニス・ミルンだ」

「応対できるかどうか訊いてまいりますので」

もちろんレイモンドとの約束はあと一時間後であり、待ちあわせ場所もまったく別のところだが、そんなところに呑気《のんき》に姿をあらわすような危険はもはや冒せない。コンピューターが描いた新聞の似顔絵のせいで怖《お》じ気《け》づいたおれは、だれも信用できなくなりはじめていた。レイモンドはおれが警察の網にかかることを望んでいないし、必要とあらば、万一そうなっても安心できるように先手を打つにちがいない。だがおれにとって唯一《ゆいいつ》好都合だったのは、あの夜路上の検問で停められたとき若い警官にこっちの身分を明かしたことを、レイモンドは知らないことだ。少なくとも知らないと思いたい。いまとなっては、レイモンドが捜査課内部に内通者を抱えていることがわかったとしてもそれほど驚かないだろうが。

ビンセント・プライスがインターホンに戻ってきた。

「キーンさんがお会いになるそうです。入ってください」

おれはドアを開け、玄関ロビーに入った。壁にはオークの板が張られている。ビンセントは大きくて端正な机の後ろに座っていた。もっとも顔つきは、ビンセント・プライスというより歌手のビンス・ヒルに近い。

男はお定まりの陰気な顔でおれを見た。

「廊下を進んで、右手一番奥がキーンさんのオフィスになります」男が薄暗い廊下の奥のほうを指さすので、おれはそちらへ進んでいった。右手一番奥のドアに着いたときは、ノックもしなかった。

レイモンドは太い葉巻を吸いながら、目の前に広げた数々のファイルに熱心に見入っていた。なかになにが書かれているかは知るよしもない。おそらくなんでもありだろう。消費税の受領書、損益勘定、人が命を賭《か》けてもほしがる貴重な情報……。

なかに入ると、レイモンドは顔をあげ、満面に笑みを浮かべた。

「やあ、デニス、こいつはめずらしい。まさか来てくれるとはな。さあ、かけたまえ」

勧められた革張りの快適なハイバックチェアに、腰をおろす。おれの給料一ヶ月分はする椅子《いす》にちがいない。

「急に訪ねたりして悪かったな、レイモンド。じつは、ここで会ったほうが話が早いと思ったのさ」

「ほほう。で、用件は？」あいかわらず笑みを絶やさない。

おれはレイモンドの視線を真っ向から受けとめて、こう答えた。

「いまは少し神経質になっているとだけいっておこう」

「なるほど、だろうな。しかし、あのコンピューターの似顔絵はきみによく似ていたよ。恐ろしいほどだった。問題は、どう対処するかだ」

「おれたちにできることはなにもないさ。じっとして、やりすごすだけだよ。おれを知っているやつだって、まさかこのおれがやったとは思わないはずだ」

「そうあってほしいな。かりに似ていると思われたところで、きみが結びつけられることはないんだろう？」

おれは煙草《たばこ》に火をつけた。現場近くでおれが警察の検問に引っかかったことを、やはりレイモンドは知らないらしい。

「そんなことより、会いたいといってきたのはそっちのほうだぜ、レイモンド。用件はなんだ？」

「あの一件については、あまりに多くの人間が知りすぎたと思っている。運転手役だったきみの相棒もその一人だ……」

「あいつならだいじょうぶだよ。しゃべったりしない」

「なぜそういい切れる？」

いい質問だった。そういい切れるのは、おそらくダニーが国を出たからだ。昨日の夜、おれの似顔絵が出たあとも、ダニーからはなんの連絡もない。ということはおそらく、希望的観測だが、あいつはおれの忠告を聞いてくれたのだ。

「おれがあいつを現場に同行したのは、あいつがパニクったりしないと信用できるやつだからさ」

「その後、その相棒と話をしたか？」

「ああ、分け前をやったときにね。ターゲットの情報が嘘《うそ》だったことに腹を立ててたよ。もっとも、そいつはおれも同じだが……しかし、あいつはべつに動揺してない。これからもだいじょうぶさ」

「きみの似顔絵が新聞に出たあとも、その相棒からはなんの連絡もないのか？」

「ああ。だがあいつはこの前いってたんだ。何週間かカリブにでも遊びに行って、ちょっと金を使ってくるとね」

「なるほど、賢明な行動だな」レイモンドはそういって、机の上の書類をいくつか動かした。「それできみは、その相棒がカリブに行ったと思ってるのか？」

「まあ、おれが気づいたかぎりではそんなとこだ。いったいなにがいいたいんだ?」

「確認したかっただけさ。その相棒が心配のあまり警察に駆けこんだとは思いたくないからな」

「そんなことをするようなやつじゃない」

レイモンドはおれをじっとにらみつけた。

「それじゃきみは、その相棒については保証するわけだな」

「あいつは問題を起こしたりしないよ。さっきもいったように、だからおれはあいつを同行したんだ」

「そうか、よし」レイモンドはゆっくりとうなずいた。「私ももう一人のやつにそういえたらどんなにいいか」

「もう一人のやつって?」

「こっちの部下だよ。あの夜現場にいて、ホテルの前で三人の到着を待っていた男だ。きみに用件といったのはそのことさ」

「いったいどういうことだ?」寝耳に水だ。

「誤解しないでほしいんだが、なかなかいいやつでね。つらい決断だよ。とくに母親をよく知っているだけにな。だが……」レイモンドはため息をついて、同情を誘うような目でおれを見た。「生かしておくとまずいことになる。やはり始末しなくちゃならないだろう」

レイモンドがいうその男に直接会ったことは一度もない。例の三人のターゲットの到着を無線で知らせてきた男だが、声の感じは若かった。せいぜい二十五といったところか。口ぶりこそタフガイぶっていたが、あの夜は相当びくついていた。いくら隠してもわかるものはわかる。必死で恐怖をコントロールしようとしてもできない人間は、声がかすかに震えるのだ。だが、あのときはたいして不安材料があったわけじゃない。チェロキーに気をつけて、その車があらわれたときにおれに知らせる、それだけでよかったはずだ。危険な役目はこのおれが引き受けたのだから。おかげでいまじゃその危険に、おれはどっぷりはまりこみつつあるようだが。

「それで、なんでおれにそんな話をするんだ？」

「いわなくてもわかるだろう。デニス、きみは私が一番信頼している男だ。こういうむずかしい仕事は、プロの仕上げが必要になってくる。駆け出しの素人《しろうと》には無理だよ」

おれは煙草の吸い差しを強く吸って、首を振った。

「バカいうなよ。こいつはもう手に負えなくなってきてるんだ。これ以上人殺しができるもんか」

「この男が最後だ、デニス。賭けてもいい」

「似たような言葉は五日前にも聞かされたぜ。正確にはあんたはこういったんだ。〝昨夜かぎりのことだ。もうないよ〃。それが月曜だ。今日は土曜。来週はいったいなにがお望みだ？ローマ教皇のジイさんでも暗殺するか？」

「いいか、私はまさかきみを見た小娘が、写真なみの記憶力を持っていたとは思わなかったんだ。だから撃ち殺しておけばよかったのさ。実際、あのコンピューターの似顔絵のおかげでみんな神経が張りつめている。ピリピリしてるんだよ」

「そいつは別問題だろう、レイモンド。あんたが仕事をしてるそのみんなってのは、いったいだれなんだ？ニュースで聞いたが、おれが殺したなかに会計士が一人いて、経歴がクリーンなのはだれもが認めるところだそうじゃないか。教えてくれよ。あんたの仲間ってのはだれだ。そいつらはなんでこの会計士を殺したがったんだ？」

「デニス、知れば知るほど、きみにとってはまずいことになる。それくらいわかってるだろう。よく考えろ」

おれはため息をついた。

「もしおれがその若いのを始末したら、つぎにおれが狙《ねら》われないという保証はなんだ？」

「デニス、現時点では、きみはなんの心配もない。きみが警察に行って取引したりしないのはわかっているからな。みんなもそう思ってる。きみはあまりに深く関わりすぎているからだよ。きみの両手には夥《おびただ》しい血がついていて、カーペットに滴《したた》り落ちるほどだ」

「褒めてくれるとは、ありがたいね」

「きみを安心させたいんだ。それだけさ」レイモンドはニカッと笑った。どうやらおれの気持ちをわかっていることを示したいらしい。葉巻でおれのほうを指し示して、こう続けた。「それに、あの一件の背後にある理由についてきみがなにも知らなければ、きみはだれにとっても脅威じゃない。脅威じゃないということは、きみを始末する理由もないということだ。だからきみが死ぬことはない。それが望みだろう？」

「それじゃ、ダニーはどうなんだ」

「きみの相棒か？　そうだな。きみが心配ないといえば、心配ないさ」

おれはため息をついた。

「どうも状況の進み方が気に入らなくてね。だんだん手に負えなくなってきてる。おれの経験では、こういうときがなにもかもおかしくなりはじめる時期なんだ」

「いいか、デニス、私だってこんなことはやりたくないんだ。だがどうしてもやらなくちゃならないときもある。男の名前はバリー・フィン。ここ何日か、まるでいまにもだれかにキンタマを鋏《はさみ》でちょん切られそうな感じで歩きまわっててな。だれの目にもわかるくらいビビりまくっている。これ以上放っておくわけにはいかないんだよ」

「それで、いくら出してくれるんだ？」

レイモンドは両方の眉《まゆ》を吊《つ》りあげた。

「デニス、こいつは私たちの自由を保障するためのものだ。あぶく銭を稼ぐための仕事じゃない。冗談はよしてくれ」

「知るか。こいつは最初から金が絡《から》んだ話だろうが。そうでないフリをするのはやめろ。そいつを殺してほしければ金を払ってもらう。危険を犯すのはおれなんだからな」

「始末しないことのほうが大きな危険につながるんだ。そこをまちがえるな」その声には、はじめて脅しの匂《にお》いがした。

おれはニコチンの染《し》みついた天井を見あげた。打ち捨てられて埃《ほこり》をかぶったちゃちな蜘蛛《くも》の巣に焦点をあわせる。その蜘蛛の巣の主を探してみたものの、いなくなって久しいらしい。

「で、いつ始末してほしいんだ」おれは力なく尋ねた。ほかに選択肢がないことが身に染みてわかったのだ。

「できるだけ早く。この週末のうちがいい。遅くとも月曜日までには」

「そうあっさりとはいかないぞ。あんたがいうようにビビりまくってるんだったら、いつ撃たれるかと警戒してるだろうからな」

「あの夜、やつはきみの顔を見たか？」

おれはかぶりを振った。

「いいや、無線で話しただけだ。おれはそいつの人相も知らない」

「それがきみを使いたい理由のひとつでもあるんだ。やつは私の下で長いこと仕事をしていたから、私の部下はほとんど顔が知られている」

「始末したら、おれはこれで足を洗うぞ。いいな？」

レイモンドはうなずいた。

「ああ、それでいい」

レイモンドの携帯電話が鳴った。無視してやりすごすかに見えたが、大事な電話かもしれないと思い直したらしく、レイモンドは電話を取った。

そのあいだにおれはもう一本煙草に火をつけた。レイモンドは電話の主の話にじっと耳を傾け、だいぶ時間がたったあと、その件でじっくり話をしたいから葬儀社にすぐ来るように伝え、携帯電話をポケットにしまった。こっちの話はもう片づいたかのようだ。

「そいつに関する詳細を教えてくれなくちゃ困るぜ」おれはいった。「写真、住所、そのほかの関連情報だ」

レイモンドは微笑《ほほえ》んだ。

「その必要はない」

「どういう意味だ？」

レイモンドは携帯電話をしまったジャケットをぽんと叩《たた》いた。

「いまのがその当人だったんだ。もうじきここにやってくる」

20

「まさに飛んで火に入る夏の虫、願ってもないチャンスだ」レイモンドは揉《も》み手《で》をしながらいった。

「まさかここでやれっていうんじゃないだろうな」

「いいじゃないか。お誂《あつら》え向きだよ。こんな理想的な場所はないくらいだ。持ってるか？」

持っていた。六発入りの二二口径。トムボーイから何年か前に買った緊急用の銃だ。いまがかぎりなく緊急事態に近いことを憂慮し、みずからの自由と生命《いのち》を守るためならいつでも使う覚悟だった。しかし、直接的な脅威になりえない人間にそれを向けるのは避けたい。

「そりゃ持ってるさ。だができればこいつは仕事で汚したくない。あくまでも護身用だからな。かりにこいつを使わざるをえないにしても、アシがつく心配だけはしたくない」

「それなら心配いらないさ。死体が見つかることはないからな」

「どうして断言できる?」

「私の言葉を信じろ。見つかりはしない。サイレンサーはあるか?」

「あるわけないだろ。今日は使う予定なんかなかったんだから」

レイモンドは肩をすくめた。

「まあいいか。この建物は壁が分厚いからな。物が長持ちするように作られてた時代の産物だ。だれにも聞こえやしないだろう」

「無茶いうなよ、レイモンド。こういうことはあらかじめ計画ってもんが必要だ。成り行きで人一人殺すなんてできるもんじゃない。十分前にいきなりいわれたって無理だ」

レイモンドは立ちあがって、凄《すご》んだ目でおれを見すえた。

「いいや、できるとも。プラス思考で考えろ。きみの悪いところは物事をなんでもかんでもマイナス思考でとらえすぎることだ」レイモンドはさっと腕時計に目を落とした。カルティエか、あるいはロレックスだろう。派手好きなやつだ。「さて、ぐずぐずしちゃいられないぞ。やつの住まいはそう遠くないところだから、もうじきやってくるはずだ」

おれが口を開くよりも早く、レイモンドは机の後ろから出てきてかたわらを通りすぎ、ドアに向かった。こうなったらついていくよりほかない。レイモンドは決然とした足取りで廊下を進み、受付まで行った。ビンセントはまだそこにいた。

「フランク、片づけたい問題がひとつあるから、いまから店を閉めるぞ。荷物が来る予定はないな?」

「はい、キーンさん、今日はございません」いかにも葬儀屋らしい間延びした口ぶりで、男は答えた。

「それじゃすまないが、席をはずしてくれないか」

それだけいえば十分だった。おそらく前に、出し抜けに用事をいいつけてこっぴどく叱《しか》りつけたことがあるのだろう。レイモンドを見る男の目つきも気にくわなかった。表情に怯《おび》えがある。レイモンドに関して知りたくなかった部分まで知ってしまった、そんな顔だ。男はうなずくと、コートを取り、黙って外へ出ていった。

「それじゃ、どうやってやる?」助言を求めるような口ぶりで、レイモンドはいった。その雰囲気を一言でいいあらわすなら、「興奮している」だ。これから人を殺すという期待感で、極度に興奮しているらしい。「さあデニス、力を貸してくれ」

説得して諦《あきら》めさせることも考えてはみたが、とても無理なのはわかっていた。レイモンドに任せてさっさと帰ってしまうという手もあったが、それではおれの立場が危うくなってしまう。どのみちレイモンドの部下は死ぬ運命にあるのだ。その瞬間、おれは肚《はら》を決めた。男の殺害に協力することは、おれ自身を助けることにもなるかもしれない、と。

「一番いいのは、おれが出迎えることだ。そいつがやって来たらおれがドアを開けてなかに入れ、あんたのオフィスに行くように伝える。そいつがオフィスに入ってきたらあんたは話をはじめ、そこへおれが行ってノックする。そいつがオフィスに入っていい、おれはオフィスに入る。コーヒーカップをふたつ持っていこう。おれがそれを置き、あんたは話し続け、そいつがおれに背中を向けたところで、おれが撃つ」

「ちょっと待ってくれ。オフィスでやるのは気が進まないな。ここでどうだ？」

「どうやって？」

「やつがドアを開けた瞬間か、きみがやつをなかに入れたときに。廊下を歩かせておいてきみが背中をズドンでもいい」

おれは首を振った。

「それじゃうまくいきっこない」

「どうして？」

「危険すぎる。そいつがあんたのいうようにピリピリしてるなら、そういうこともあるんじゃないかと疑ってかかるはずだ。オフィスに歩いていくときだって後ろにはちゃんと気をつけてるだろうから、おれがなにか仕かけようとしても失敗する可能性が高い。なかに入ってきたときに撃とうとしても同じだ。失敗の可能性が高すぎる。そいつが逃げられないようなドアの閉まる部屋でなきゃだめだ」

おれの言葉を噛《か》みしめるように、レイモンドはゆっくりとうなずいた。いくら土曜とはいえ、弔いの家の仕事に携わる者にしてはあまりにカジュアルすぎる」そういって廊下のはずれにある別の部屋に消えたかと思うと、数秒後、レイモンドはシャツと黒ネクタイを手にしてあらわれた。「なんとかこれで間にあわせよう。ジーンズのほうはしかたない。バリーがそれに気づいたときは、どうせ頭にどでかい風穴が空く寸前だろう」

おれは革ジャケットのポケットから銃を取り出し、ジャケットとその下に着ていたスウェットシャツを脱いで、受付デスクの後ろの見えないところに放り投げた。急いでシャツを着て黒ネクタイを締め、ジーンズの腰の後ろに銃をしまう。シャツはやや小さめで、一番上のボタンが留まらなかったが――留めたら首が絞まって息ができない――バリーにそんな些細《ささい》なことまで観察する余裕があるとは思えない。

「話し方も丁寧でないとだめだぞ。お客さまあっての商売だ。決して早口にならないようにして、言葉に真心をこめるんだ」

「なんとかやってみるさ」

おれは受付の後ろに座って、煙草《たばこ》に火をつけた。

「おいおいデニス、そこでくわえ煙草はないだろう。雰囲気にあわないぞ。あくまでも丁重にだ。そいつを忘れるんじゃないぜ」

「今日は土曜だし、お客さんも来ないんだろ？　時間外労働のささやかな役得ってことにしてくれよ」

レイモンドはむっとした様子でやれやれと首を振り、無理強いはしなかった。

「いいだろう。もう一度確認だ。きみがやつを私のオフィスまで寄こす。私とやつは話をはじめて――」

「あんたはバリーにコーヒーを勧める。自分が飲みたいからといってな。で、受付にいるおれに電話し、おれがオフィスに行ってバリーを片づける。ところで、コーヒーを淹《い》れる道具はどこにあるんだ？」

「きみの後ろのドアを開ければそこがキッチンだ。必要なものはそこに全部揃《そろ》ってる」

「よし。おれがコーヒーを持っていったら、実行に移すぞ」

こんな急ごしらえの殺人計画に関わるなんて、なんだかとんでもないまちがいをしでかそうとしているような気がしてならなかった。どうやら近いうちにおれの運が尽きるのは避けられそうもない。

レイモンドはそんなおれの不安を見透かしたらしかった。

「デニス、この件はじきにカタがつく。そしたらまた金儲《もう》けできるさ」

おれはうなずいて、煙草をひとくち吸った。

「じつをいうと……こいつを片づけたら、おれも相棒と同じように休暇を取ろうかと思ってるんだ。遠くへ旅行に行くのさ。もう戻ってこないかもしれない」

「きみがいないと、犯罪者の数が増えてしまうな」

おれはしらけた笑みを浮かべた。

「そんなことはないさ」

そのとき外で砂利を踏むタイヤの音がして、おれの物思いはさえぎられた。

「お出ましだ」レイモンドはラティスの窓から外を見た。「私はオフィスに行ってる」

おれはネクタイをまっすぐ伸ばし、初出勤する新人サラリーマンのような気分で煙草をにじり消した。

まもなくチャイムが鳴り、おれはインターホンに身を乗り出して、できるだけ厳かな声でどなたですかと訊《き》いた。これでも物まねは下手なほうじゃない。かなりそれらしく聞こえたはずだ。

苛《いら》ついた声が、レイモンドを出せといった。

「あいにく本日は営業しておりませんが」おれは答えた。

「会う約束をしてるんだ。バリー・フィンだよ」

おれはキーンさんに確認するまでお待ちくださいと伝えて、しばらく放っておいた。

それからインターホンに戻った。

「お入りください」

インターホンの小さな赤いボタンを押す。おそらくそれがドアロックを解錠するボタンだろうと思ったからだが、実際にちゃんとドアが開いてくれたのがうれしかった。おれがドアを開けることすらできなかったら、せっかくの準備も台なしになったかもしれない。

バリー・フィンは、思ったより少し年かさだった。三十くらいだろうか。身長は一メートル七十そこそこで、髪はくすんだブロンド。ケチなチンピラらしい困窮した生活ぶりが顔に出ていて、あちこちきょろきょろしている。そのあたり、レン・ラニオンにそっくりだ。細い肩にのしかかる荷の重さに耐えきれない男。すぐにおれは、レイモンドがこの男を消したくなる気持ちがわかった。しかし、そもそもこんな男を雇ったレイモンドの判断力にも問題がないわけじゃない。そういうおれも、えらそうに人のことはいえないが。

おれは校長先生のような厳《いか》めしい表情で、レイモンドのオフィスを指さして見せた。バリーは一言もいわずに廊下を進んでいく。不思議な気分だった。この男にはあと数分の命しか残されてないのだ。しかもその貴重な数分が、いまさら意味のない心配をすることに費やされるのだと思うと、少し哀れな気もした。

あとは待っているだけだった。だがレイモンドは時間をかけなかった。ものの二分で電話を寄こし、「コーヒーを」とつっけんどんな声でいう。「持ってきてくれ」ともいわない。そのときおれは、レイモンドのフルタイムの部下じゃなかったことを心から喜んだ。部下に対するああいう横柄《おうへい》な態度が、資本主義の評判を落とすのである。

おれは座っているあいだにもう一度銃を確認し、安全装置を解除してから、ジーンズの腰の後ろに戻した。キッチンに入り、やかんをかける。お湯が沸くのを待つあいだ、もう一度周囲を見渡してみた。いままで葬儀屋のキッチンになど入ったことはなかったから、なにがあるのか予想もつかなかった。ひょっとして、従業員が死体と一緒にポーズを取っているジョーク写真とか、棺《ひつぎ》の形をした冷蔵庫のマグネットとかあるのだろうか。だが、そんなものはなかった。がっかりするほどなにもかもありきたりで、おまけに清潔で整頓されている。壁に点々と貼《は》ってあるのは、海外から届いたいろんな絵葉書だ。なかにはバングラデシュのダッカからのものもあるが、休暇を過ごす土地としては妙な感じがした。写真のなかで、リキシャの歯なしのおやじがカメラに向かって微笑《ほほえ》んでいる。おれはそいつを壁からはがした。差出人はレイモンドで、こっちは暑い、国に戻るのを楽しみにしている、などと書いてある。バングラデシュの観光産業が提供できる最高の旅がこの絵葉書に写っている程度のものだとすれば、レイモンドの気持ちもわからないでもない。

やかんのお湯が沸いたので、おれはレイモンドのコーヒーを淹れ、あいつが注文した

「砂糖ふたつ」のかわりに塩をぶちこんでやった。これでおれがあいつの下女じゃないことを思い知るだろう。薄汚れたダイアナ妃チャールズ皇太子結婚記念のティートレイを見つけて、カップをそれに載せ、廊下を歩いていく。

事前の打ちあわせどおりドアをノックし、呼ばれるまで待った。ほんの一秒ほどだった。

なかに入ると、レイモンドがおれに笑顔を向け、バリーもすばやく振り返った。おかしなことがないかどうか確かめているのだ。

「いやあ、ありがとう。そいつが飲みたかったんだ。バリー、きみはほんとにいらないのか？」

バリーは首を振ったが、言葉は発しなかった。

おれがそばに行くと、レイモンドはトレイからカップを取り、もう一度短くありがとうといった。それからバリーに顔を戻して、こういった。

「だから心配するな。なんの不都合も起こるはずはないんだ」

おれはダイアナ妃チャールズ皇太子結婚記念のティートレイを持ったまま、腰の後ろに手を伸ばして銃を引き抜いた。

しかし、おれがオフィスから出ていかないことに、バリーは気づいたにちがいない。レイモンドがあることないことしゃべり続けていると、ふとこっちを振り向いた。おれはまだ銃を構えかけたところで、距離はほんの一メートルほどしかなかったものの、銃口は明後日《あさって》の方向を向いていた。

　バリーは目を剝《む》いて、放心したように口を開けている。その口がなにかいい出したりしないうちに、おれは引き金を引いた。できるだけ早くこの状況を終わらせたかった。だがなにも起こらない。引き金が動かないのだ。強く引き絞っても、引っかかってしまってびくともしない。

「う、撃つな！　頼むから殺さないでくれ！」

　その言葉は、恐怖に怯えた悲鳴そのものだった。命乞《いのちご》いをされたのはこれがはじめてだ。ショックだった。こうなると、自分のなかに疑問が生じてしまう。一人の人間を面と向かって冷血に殺すだけの強さがこのおれにあるのかどうかという疑問だ。バリーは両手を降参の形で上にあげ、熱帯魚みたいに口をパクパクさせて、わけのわからない命乞いの言葉を慄《ふる》え声で絞り出している。おれは凍りついてしまった。まったく動けなかった。おれはいまなにをしてるんだ？　なにができるんだ？

「なにをもたもたしてる！　こいつを撃つんだ！」とレイモンド。

　おれは反射的に引き金を引いた。またしてもなにも起こらない。そのときおれは思い出した。五秒ほどおかないとこの銃は引き金の引っかかりがはずれず、まったく役に立たないのだ。

「早くしろ！」レイモンドが叫ぶ。顔は焦《あせ》りで真っ赤《まっか》だ。

バリーは銃口をうかがいながらも、ボスであるレイモンドのほうになかば向き直った。

「キーンさん……レイモンド……いったいどういうことだよ？　おれは絶対しゃべらないって——」

「さっさとやれ！」とレイモンド。

「そんなこといったって、引き金が引っかかってるんだ！」

「ええい、くそ！」

レイモンドは意外なほど迅速な身ごなしで手を伸ばすと、机の端にあったスイングしているゴルファーの像をつかみ、それでバリーの頭をぶん殴った。像は壊れ、ゴルファーの頭と胴体はどこかへ飛んでいった。バリーは痛みに悲鳴をあげたが、それだけだった。まだぴんぴんしている。

むしろレイモンドの一撃は、バリーを行動へ駆り立てるきっかけになったらしい。事件の真相を闇に葬《ほうむ》ることに手間取っているおれたちの醜態を見て、バリーは逃げようと立ちあがった。だがおれはその顔にティートレイを叩《たた》きつけ、椅子《いす》に押し戻した。バリーは蹴《け》りつけようとして足をばたつかせたが、おれは横へ飛びのき、銃床で殴りかかった。しかし、ガードされたために腕に当たっただけで、逆に反対の手でキドニーパンチを食らってしまった。今度はこっちが悲鳴をあげる番だった。おれは思わず後ろによろめき、一瞬、バリーの前をさえぎるものがなくなった。罠《わな》から逃れたグレイハウンドのように椅子から立ちあがると、バリーはドアに向かって駆け出した。

その瞬間おれの脳裏に、小児性愛者どもや密告屋《タレコミ》と並んで独房に入れられ、余生を鉄《てつ》格子《ごうし》のなかで過ごす自分の姿がよぎった。おかげでバリー・フィンを逃がすことをかろうじて思いとどまった。レイモンドがなにか叫んでいたが、耳に入らない。バリーがドアに手をかける寸前でおれはその背中に飛びかかり、両手で引き戻そうとして、銃を落とした。

だがバリーはなにがなんでも逃げ出す気だから、そう簡単に諦《あきら》めようとしない。おれはやれるだけやって、バリーの目玉をえぐり取ろうとさえしたが、それでもバリーはドアを開け、おれに背中にしがみつかれたまま、じりじりと廊下を進みはじめた。四歩ほど歩いたところで、後ろから来たレイモンドが前にまわった。アドレナリンと怒りが充満した形相だ。

「よおしバリー、おとなしくするんだ」

しかし、バリーにおとなしくするつもりなどない。抵抗できるあいだは抵抗しようというわけだ。必死になってレイモンドの脇《わき》をすり抜けようとするが、手足が虚《むな》しく宙を搔《か》く姿は、さながらパントマイムの馬のようだ。

レイモンドは両足を踏んばり、バリーの腹部に拳《こぶし》を叩きこんだ。

バリーは肺のなかが空《から》になって、長々と呻《うめ》いた。それから膝《ひざ》をついてくずおれ、一秒ほどうずくまったかと思うと、肩から前のめりに倒れた。おれはバリーの背中から飛びのいた。レイモンドがとどめのパンチを繰り出すと思ったからだ。ところがレイモンドの右手には、血塗《ちまみ》れのナイフが握られている。

「立たせろ、しっかりつかまえてるんだ」興奮した声で、レイモンドは命じた。

バリーはうつ伏せたまま床を這《は》っていた。身体《からだ》の下から血が滲《にじ》み出ている。レイモンドはバリーの脇腹をしたたか蹴った。そんな必要があるとは思えなかったが、レイモンドの顔つきはまさにサディストそのものだった。こういう顔つきは何度も見たことがある。やつらはときどきこんな感じでブチ切れてしまうのだ。

「立たせるんだ。デニス、早く」

バリーは咳《せ》きこんでなにかいおうとしたが、血を吐いただけだった。おれは胸がむかむかしてきた。銃で殺すときとはまるでちがう。はるかに仕事が汚いし、ある意味、はるかに残虐《ざんぎゃく》だ。

おれは背後に立ち、バリーの両腕をつかんで上体を起こした。バリーの身体が血溜《ちだ》まりから引き離される瞬間、びちゃりといやな音がして、吐きそうになるのをこらえた。

レイモンドは顔を歪《ゆが》めて狂喜の笑みを浮かべ、目をかっと見開いた。まるで殺人の瞬間を心ゆくまで堪能するかのようだ。バリーはまたなにかいおうとしたが、すでに遅かった。ナイフを握りしめた手が突き出され、柔らかな肉に鋭利な刃先がめりこむ音がする。バリーは大きくため息を洩らした。レイモンドはなおも刺した。もう一度。顔を残虐に輝かせ、殺人の喜びにわれを忘れてのめりこみ、壊れたピストンのように右手を何度も繰り出している。バリーは抵抗しようとしたが、そんな力はとうに残っておらず、わずかな気力さえも、ナイフのひと突きごとに洩れ出て行くようだ。多量の血が床に滴《したた》り落ち、おれは血溜まりにわずかに足を取られながらも、バリーの身体を懸命に支えていた。

「頼む《プリーズ》」バリーが歯のあいだからそういったように聞こえたが、もしかすると、空気が洩れた音でしかなかったのかもしれない。

いずれにしろ、終わったのだ。バリーの身体から完全に力が抜け、おれの両腕に全体重がかかってきた。刺された回数は十二回をくだらないだろう。

レイモンドは肩で息をつきながら後ろにさがり、自分の仕事ぶりを満足げにながめた。糊《のり》の効いた白いシャツが、返り血に染まっている。

「よし、これで終わったな。降ろしていいぞ」

おれはバリーの身体をそっと床に降ろして、一歩さがった。一面血の海だ。ありがたいことに、黒っぽい木の床が生々しさを弱めてくれている。

レイモンドはナイフを持ったまま、額の汗を拭《ぬぐ》った。

「まさかこんな死に方をさせることになるとはな。バリーのことはずっと気に入ってたんだ。それにしても、いったいどうしたんだ、きみの銃は？」

「引き金が引っかかったのさ。たまにあることだ」

「しかし汚れてしまったな。こうなったのもその銃のせいだから、デニス、後片づけはきみにやってもらうぞ」

「死体はどうする？」ことの成り行きにまだ呆然《ぼうぜん》としながら、おれは訊《き》いた。これほど夥《おびただ》しい血は生まれてこのかた見たことがない。バリーの身体の血を全部ぶちまけたかに見える血溜まりが、おれとレイモンドのあいだに大きく広がっている。ときおりバリーの身体が激しく痙攣《けいれん》した。澱《よど》んだ空気のなかに、排泄物《はいせつぶつ》の臭《にお》いが、かすかだが静かに広がっていく。

「もう臭いはじめてるようだから、早いとこ片づけてしまおう。とりあえず、棺《ひつぎ》のひとつに放りこむんだ」

レイモンドはそういうと、ナイフを死体の脇に置き、身振りでついてこいと指示した。あとについて廊下を進んでいくと、レイモンドはオフィスの少し先の向かい側にあるドアを開けた。一方の壁が棚になっていて、棺が整然と並べてある。形はどれも似たり寄ったりだが、大小の差はあった。

レイモンドはすばやく目を走らせ、適当な棺を見つけて引きずり出した。ほとんど白に近いクリーム色で、鉄製の取っ手がついた、いかにも安っぽそうなタイプだ。当然だろう。バリーの死体を丁重に葬ったところでなんの儲《もう》けにもならないのだから。おれは一方を持ち、二人で廊下へ出して、まだ血のついてない床に降ろしてから、血塗れのバリーの死体を持ちあげてなかに入れた。ジーンズに血がつかないように神経を使ったが、数滴ついてしまった。せっかくのジーンズなのに、捨てなくちゃならない。レイモンドは棺に蓋《ふた》をかぶせ、あとは二人で残った血溜まりをできるだけ拭《ふ》き取った。たっぷり二十分はかかっただろう。しかもモップがけはほとんどおれ一人でやり、レイモンドは監督役のようなものだった。

　終わると、おれは水を飲みにキッチンに行った。コップに注いですばやく飲み干し、もう一杯注いで、それも飲んだ。まだ胸のむかむかが治まらず、おれはゆっくりと深呼吸し、絵葉書の一枚をじっと見つめた。今度はインドからの絵葉書で、ムンバイーとかいうところから届いたものだ。そんな地名、聞いたこともない。休暇にそんなところへ行く酔狂なやつはだれだと一瞬思ったが、確かめようとは思わなかった。

　気分が少しよくなったところで、廊下に戻った。

「だいじょうぶか？」レイモンドが訊いてきた。棺のかたわらにひざまずき、葉巻を吸いながら釘《くぎ》を打っている。見た目は去勢されたかのように打って変わっておとなしいが、あくまでもそれは見た目にすぎない。知らない人間は、それがたったいま自分の部下をナイフで刺し殺した男だとはだれも想像がつかないだろう。

「こんなこと、二度とやらないからな」おれはいった。

「しょうがなかったんだよ。ときには避けて通れないこともある」

「稼ぐためなら、ほかに方法はいくらでもあるさ」おれは鼻で笑った。

「たしかにそうだな。私もこれを片づけたら、自分の本業に戻って専念するとしよう。じつはうまい儲け話があるんだ。しかもマーケットは安定している。これだよ」レイモンドはそういって、ハンマーで棺を叩いた。「こいつを工場から単価三十七ポンドで買いつける。三十七ポンドだ。ところがなんと、私がそれを客に売りつけるときの値段は、一番安いやつで四百ポンドなんだ。利幅が仕入れ値の千パーセントというわけさ。しかもこの商売のいいところは、だれも文句ひとついわないことだ。自分の身内や最愛の人の葬儀費用を、値引き交渉しようとするやつがいるか？　そんなことを考えるのは心ない人間のクズだけさ。そしてありがたいことに、そういうクズはほとんどいない」

開いた口が塞《ふさ》がらないとはこのことだ。

「で、この死体はどうするつもりだ？」

「うちにある霊柩車《れいきゆうしや》の後部に積みこんで、知りあいの業者のところに持っていく」そこでおれが疑わしげに眉《まゆ》をくいっとあげたのを見て、レイモンドはつけ加えた。「デニス、向こうはプロだ。心配するな。人の消し方は心得たものさ」

「ほんとに信頼できるのか？　こいつは死体であって、そこらのポルノビデオのケースとちがうんだぜ」

「前にもそうしてやってきたから信頼できる、そういえば納得してくれるか？」

「こいつの始末に関しても信用できるんだろうな」

　レイモンドは立ちあがって微笑《ほほえ》んだ。

「デニス、きみなら知っているはずだ。人を消したいと本気で思ったら、バーンッ——」レイモンドはそこで引き金を引く格好をして見せた。「それだけで消えてなくなるのさ。二度と姿が見られることはない」

　モリー・ハガーのことが頭をよぎって、思わず身震いした。

「反対側を持ってくれ」

　おれはいわれたとおりにし、レイモンドと二人で霊柩車の後部に棺を積みこんだ。名もない弔いの家への最後の旅路に、死体を送り出すために。

21

電話を取ってコールマン・ハウスにかけたのは、三時二十分だった。おれは帰宅し、コーヒーと煙草《たばこ》を手にソファに座っていた。

聞き覚えのない声が出たので、ミス・グラハムにつないでくれと伝えた。心臓の鼓動がやけに激しい。それがついさっき経験した忌《い》まわしい出来事によるショックのせいなのか、単に好きな女を口説いて会ってもらおうとしているがゆえに緊張しているからなのか、どちらともつかなかった。

バリー・フィンの姿が脳裏に甦《よみがえ》ってきた。レイモンドが刺したときにバリーが発したおぞましい呻き声が耳について離れない。まるで肺気腫《はいきしゅ》を患《わずら》った老人のようだった。

「もしもし、ミルンさん――デニス」

「やあカーラ、電話してすまない」心臓の鼓動がますます高まる。一瞬、電話を放り出してフラットから飛び出し、走るかなにかしたい気分になったほどだ。「ミリアム・フォックス殺害事件で、容疑者が起訴されたことは聞いたかい？」

「例のポン引きでしょ？　ええ、新聞で見たわ」

「昨日きみに電話しようとしたんだが、留守だったし、メッセージを残すのもなんだと思って」

「知らせてくれてありがとう。となると、あなたはもうここに来なくてすむんでしょ？」

「そういうことになるかな」一瞬間《ま》をおいて、どう切り出したものか思案した。

「でも、いくつかきみに確認したいことがあってね」

「どんなこと？」カーラの声音に変化はなかった。

「べつにたいしたことじゃないんだ。ちょっとした裏づけが必要なだけだよ。でも、電話じゃ話さないほうがいいから、どこかで会えないかな」

「緊急なの？」

警戒はさせたくなかった。

「そういうわけでもないんだが、早いとこ片づけたほうがいいだろうと思う」

「ええと、ここの予定は……」それほど心配していない口ぶりだ。「今日は午後までぎっしり仕事が詰まってるわね」

「今夜はどうだい？」思い切って切り出した。

カーラは考えてから、こう答えた。

「明日の夜はどう？　そのほうがいいわ。わたしのフラットに来ない？　ケンティッシュタウンにあるの」

聞きまちがいじゃないとしたら、こいつは紛れもなく誘いの言葉だ。

「もちろんいいよ。こっちはだいじょうぶだ。住所は？」

カーラは教えてくれ、おれは手帳に書き留めた。

「それじゃ探して行くから。時間は？」

「七時ごろはたいてい夕食なの。そのあとに来て。八時ごろとか」

なんだかデートの約束を交わしたような感じだが、ある意味本当にそうなのかもしれない。

「だったら八時ということで。それじゃあ」

さよならをいって電話を切ったが、素直に喜んでいいものかどうかわからなかった。とはいえ、たとえこっちから切り出す話が必ずしも彼女の心を引き寄せることにはならないにしても、また会えるのはうれしかった。彼女がどんな答え方をするかも興味がある。現時点ではカーラがミリアム殺害に関与しているとは思わないが、彼女とミリアムのあいだになにかがあったことはたしかであり、それがなんなのか知りたいのだ。

その可能性をあれこれ思いめぐらしてみたものの、なかなか考えに集中できなかった。まだバリー・フィンのことが頭から離れないのだ。ふだんなら、不都合な考えは頭から排除できるし、いやしくも同じ人間の生命の終息を生業の一部にしているなら、それくらいはできなければならない。だがバリー殺害のショックは、ほかの人間を殺害したときよりはるかに重くのしかかってきた。あれは人間の尊厳もへったくれもない。きっといまごろバリーは、どこかのガレージのなかで防水シートの上に横たわり、ゆっくりと慎重に解体されていることだろう。まるで脂《あぶら》臭い肉を解体するかのように。

　必死に状況を理解しようとしている男を冷血にナイフで刺し殺し、そのうえ死体を消し去ることによって、男が存在していた痕跡《こんせき》を完全に排除し、男の家族や親戚《しんせき》たちに何年もの苦痛を味わわせる。モリー・ハガーの場合だって例外とは思えない。ほかにもそうやって消された人間が何人いることだろう。どう見ても、恥ずべきやり方である。

　コーヒーカップをテーブルから取り、お代わりをしに行ったが、もっと強い飲み物がほしくなった。外は灰色の雲におおわれ、雨が降りはじめている。食器棚にレミーのハーフボトルが一本あったので、ツーフィンガー分注いだ。冷蔵庫から缶のハイネケンも取り出し、パイントグラスになみなみと注ぐ。半端《はんぱ》な飲み方をしてもしかたなさそうだし、どのみち今日はほかに行くところもない。

　ブランデーを一気に飲み干し、煙草に火をつけてビールをぐいっと喉《のど》に流しこみ、一本吸い終わったころにビールも飲み終えた。さらにブランデーを注ぎ、それも飲み干して、もう一本火をつける。だが少しもいい気分にならなかった。バリー・フィンの姿があいかわらず脳裏に甦ってくる。バリーが死ぬときに発した音も耳に焼きついていた。パンクした肺で必死に息を吸おうとしたときの、あのおぞましい喘《あえ》ぎ声。無意味な、あまりに無意味なあがき。一方レイモンドは、ずいぶんとお楽しみの様子だった。はじめてプレステのゲームに触った子どもみたいなはしゃぎようといってもいい。いままでレイモンドのことをサディストだと思ったことはないが、これからはあの男の残虐嗜好《ざんぎゃくしこう》を見くびらないようにしなければ。もしおれを殺すことになったら、またあんな顔をするのだろうか？　きっとそうだ。ひょっとして、いまごろおれの抹殺を計画しているところかもしれない。死体を消し去ることに熟達した、謎《なぞ》めいた部下たちと一緒に。

それにしても、捜査の手はどこまでおれに近づいているのだろう？　あの検問のときの若い警官は、事件の捜査担当におれのことを報告しただろうか？　警察はおれのことを調べ、容疑者候補と見なしているのだろうか？　あるいはもっと先まで捜査を進めているのか？　こうしてグラスを重ねているあいだも、おれは監視されているのか？

とたんに病的な妄想が、とめどなく押し寄せてきた。しかも妄想の生み出す圧倒的な恐怖感は、さながら地下鉄内を走る蒸気機関車の煙のように逃げ道がなく、ますます濃くなっていくばかりだ。いままでこれほどのパニックに襲われたことはないが、それがいま確実に来ている。

ブランデーのお代わりをグラスに注ぎ、冷蔵庫からもう一本ハイネケンを持ってきた。

ブランデーを飲み、ビールをあおる。ナイフで腹部を刺されるときの感触を想像してみた。前にどこかで読んだことがあるが、感触はクリケットのバットで殴られたみたいな感じに近いものの、気分の悪さは倍だという。おれの印象だと、倍どころではない気がする。とくにはじめて出会ったやつに後ろからしがみつかれ、自分の信頼する上司に前から刺される場合はなおさらだろう。ああ、自分がいやになってきた。一瞬、本当にいやになった。こう見えても自分の行動をなんとも思わないような人でなしじゃない。罪の意識だってある。おれはまちがったことをしてしまった。心からそう思った。その自覚が、おれを苛《さいな》んだ。

そうこうするうち、酒がガツンと効いてきた。まるでクリケットのバットで殴られたかのようだ。ひどく疲れている。横になって休まなければ。ある意味ほっとした。ソファに仰向けになって横たわり、疲労感に身を任せることで、ようやくおれの精神は悪魔から解放された。

どれくらい眠っていただろう。かれこれ二時間くらいか。長さはともかく、おれには睡眠が必要だったのだ。

電話の音で目が覚めた。部屋のなかは真っ暗で、外は雨の音がする。口はからからに乾いて、頭痛がした。昼間からブランデーを飲むことに慣れてないせいだ。また目を閉じて、電話が留守電に切りかわるのを待った。

マリックだった。メッセージを入れはじめる前に、おれは受話器を取った。

「ずいぶんひどい声ですね」癪《しゃく》に障《さわ》るほど陽気な声だ。

「寝てたんだよ。おまえに起こされたのさ」

マリックは謝りかけたが、気にするな、とさえぎった。

「どのみち起きなくちゃいけなかったんだ」おれはあくびをした。「どこからかけてる？」

「署です」

「なんだってそんなところにいるんだ。今日は非番だろう」

「ちょっとした残業ってとこですね」

「なんとも見あげた心がけじゃないか」それに世渡り上手でもある。なにしろ昇進を目前に控えているのだ。熱意があるうちは、その熱意をせいぜいアピールしたほうがいい。

「で、このクソ寒い雨の夜に、おれになんの用だ？」

「マーク・ウェルズの件で、凶器を発見しました」

「ほんとか？　どこで？」がぜん興味が湧《わ》いてきた。

「ウェルズのフラットからそう遠くない公園です。藪《やぶ》のなかにありました。サッカーボールを探していた子どもが見つけたんです」

「指紋は？」

「ありませんが、どのみち証拠が全部揃《そろ》うなんてありえないでしょう？　ミリアム殺害に使用された凶器であることにまちがいありません。刃渡り二十五センチの肉切りナイフで、ミリアムの血痕《けっこん》が付着しています」

「それがウェルズのものだと、なぜわかる？」

「ウェルズはこれとそっくりのナイフで人を脅しています。殺人が行なわれる前の何週間かに、二度ほど。だからあれはやつのナイフですよ。絶対にそうです」

「くそ、そうだったか」口ではそういいながらも、内心はまだ信じていなかった。

「ほかの検査も山ほどやってるところです。ウェルズがＤＮＡの痕跡をどこかに残している可能性があるので」

「やれやれ、あいつも年貢の納め時ってわけだ。こうなったのもおれを殴ったせいだと、そのうち後悔するだろうさ」

「それだけじゃありません。ウェルズの弁護士が今日来ました」

「あの弁護士、怪我《けが》は治ったのか？」

「いいえ、そっちとはちがうやつです。ウェルズは別の弁護士を雇ったんですよ。とにかくその弁護士が来ていうには、ウェルズはシャツのことをずっと考えてて、おれたちが発見したシャツと似たようなシャツをたしかに持っていた、だがずっと前に人にやった、と話してるらしいんです」

「シャツを人にやっただと？　そんなことをするやつがいるのか？」

「まったくですよね。で、こういってるんです。そのシャツは女にくれてやった、と」

「どの女だ？」

「じつはそこが問題でして。あいつはモリー・ハガーにやったといってるんです」

おれとマリックは、この程度の供述でマーク・ウェルズを法廷で追いつめるのはむずかしいということで、意見が一致した。とりわけウェルズにとって都合のいいことに、シャツを受け取ったとされる人物は謎の失踪《しっそう》中だ。新たにもたらされたこの情報が果たしてウェルズへの決定打となるかどうか、おれにはいまひとつわからなかった。まだ目覚めたばかりで、ボトル半分のブランデーと数本のビールを飲んで間もないせいもある。

「カーラ・グラハムにはもう会いましたか？」マリックが訊《き》いてきた。

「いいや、まだだ」会う約束を取りつけたことをしゃべりたかったが、こらえた。「あっちはもういいだろう。犯人がウェルズであることにほぼまちがいなさそうだし、事件と関係ないところをほじくってもはじまらないからな」

「彼女が嘘《うそ》をついた理由は、ぜひ確かめてみたい気がしますけどね」

「まあな。今度なにかのときに会ったら訊いてみるさ」

そこから先は別の話題に移った。どれもみな酷《ひど》い話だ。マリックによると、おれたちはまた殺人絡《がら》みの捜査を担当することになったらしい。八十一のバアさんが、引ったくりの少年グループにハンドバッグを盗《と》られまいとしがみつき、揉《も》みあっているうちに頭から転倒してしまったのだ。いまは集中治療室に収容され、おそらく持ちこたえられないのではないかと医師たちは語っている。また、昨夜《ゆうべ》パブで乱闘騒ぎがあって二人がグラスで殴られ、一人が片方の眼球を摘出することになった。逮捕者は一人で、別の暴行罪で保釈中の十九歳の少年だった。名前に心当たりはあったものの、顔は思い浮かばない。容疑者はほかに三人いるが、まだ逃走中だ。

おれはマリックに、トラベラーズ・レスト殺人事件について訊いてみた。またおまえの友だちに訊いてみたか？　マリックはまだですと答え、しかしあの犯人の似顔絵、巡査部長の顔にびっくりするくらい似てますね、といった。

「そう思うか？」

「なにいってるんですよ。似てないとでも思ってるんですか？」似ているのがわからないなんて信じられない、といいたげな口ぶりだ。

たしかに似ているところはあるが、としぶしぶ認めたものの、おれはあの件には関係ない、と断言した。

「だがもしおれが月曜になっても姿を見せなかったら、国を逃げ出したと思ってくれ」

「まったく冗談が好きですね、巡査部長は」

おれはいってやった。おまえだってもう巡査部長なんだから、おれのことを巡査部長と呼ぶ必要はない、と。

「なるほど、そうですよね。それじゃまた月曜に——デニス」

巡査部長と呼ばれるほうがまだましだった。

おれはじゃあなといって、電話を切った。もう六時近かったし、ほかにすることもなかった。友だちと呼べるやつはほとんどいないが、いなくてもどうってことはない。一人でも退屈しないほうだ。長時間の仕事で相棒がいなくても気にならない。しかし、今夜ばかりは落ち着かなかった。追いつめられた状況にいる自分の、話し相手になってくれるだれかがほしかった。とはいえ、なにを話せばいいのか見当もつかない。たとえば、おれは警官でありながら、パートタイムの殺し屋でもある、先週一週間で三人も人を殺した、禍々《まがまが》しい経歴を自慢する連続殺人鬼だって、それほど短期間にそこまでの数の人間を殺害したりしないだろう、しかも状況はますます手に負えなくなっていき、おれの命も危険にさらされてるんだ、とでもいえばいいのだろうか？　これではたいして同情してもらえそうにない。そもそもおれは、一切の同情に値しないのだ。

小エビのクリーミー・リゾットを買ってあったので、それを夕食にし、グラスに入れた炭酸入りミネラルウォーター二杯で喉に流しこんだ。それから長いシャワーを浴び、歯を磨いて、清潔な服に着がえた。

だが結局、どこにも出かけなかった。外が土砂降りだったからだ。もっとも天気予報では、じきにやむといっている。どうやらシベリアから寒気がやってくるらしい。いやな季節だ。スカイムービー・チャンネルで『ダイ・ハード2』をやっていたので、赤ワインをラッパ飲みしながらしばらく見ていたが、南米の邪悪な独裁者が自分のボディガードたちを殺害するあたりで眠ってしまった。

どうせ前に二度見た映画だから、先の筋はわかっている。独裁者は当然の報いを受け、ブルース・ウィリスが正義の鉄槌《てっつい》を下すのだ。真の警官ぶりを発揮し、山ほどある官僚的規則には従わず、でかいだけで効率の悪い組織のなかのクソみたいにちっぽけな歯車でいることには甘んじるが、法廷だの保護観察だの刑務所だのは——これらは真の罰を永遠に阻《はば》むものだ——すっ飛ばして、悪いやつらの頭を吹き飛ばす。もし自分に正直な人間なら思うだろう。そっちのほうがはるかにすぐれた方法だ、と。

22

夜中の十二時過ぎ、ダニーが電話をかけてきた。おれはキッチンのゴミ箱に煙草《たばこ》の吸い殻を捨てているところだった。留守番電話で受けておこうかとも思ったが、状況が状況だけに、話をする価値のある人間からだろうと思い直し、三回めの呼び出し音で受話器を取った。

それがダニーの声だとわかって、がっかりだった。しかもその声には明らかに怯《おび》えがある。

「デニス?」

「ダニーか。どうした、おれの忠告を聞いて旅行に行ったとばかり思ってたが」

「見たよ、写真――」

「ダニー、言葉に気をつけろよ」即座にさえぎった。「話をしたいんだったら、この前と同じ方法でなくちゃだめだ。わかったな」

「怖いんだよ、デニス。マジで怖いんだ。今度は理由《わけ》もなくビビッてるわけじゃないぜ。

飛行機のほうはちゃんと予約してある。あんたにいわれたとおり、明日旅に出るつもりだ。モンテゴ・ベイに、ガトウィック発十一時半の便で……」声が慄《ふる》えながら小さくなっていく。なにかとんでもないことをいい出しそうな予感がして、もう一度さえぎろうとしたが、ダニーは話をやめようとしなかった。「ところが、今夜一杯引っかけにパブに行って、さあ帰ろうってときに、二人組がおれのフラットの外に車を停めようとしてるのが見えたんだ。そいつらゆっくり車を停めて、おれを見ると、一人が下からなにか取り出した」

「なるほどな。で、いまどこにいる？」

「自宅だよ。あの二人組を見たとたん、おれは棒切れみたいにカチカチになって階段を駆け降りたんだ。ドアロックにキーを差してたとき、一人が階段の上にあらわれた。手になにか持ってたみたいだ。銃かなにかだろう。おれはキーをまわして部屋のなかに駆けこみ、慌《あわ》ててドアに二重ロックをかけたんだ」

「で、その男は消えたのか？」

「ああ、だと思う」

「それで、そいつの手にあったのが銃だと確信しているわけだな」だれかがこの電話を盗聴しているかもしれなかったが、もはやダニーを公衆電話に行かせることはできそうにない。

「そう見えたんだよ。ロングコートを着て、ポケットに片手を突っこんでいた。あれは銃を引っ張り出そうとしてたのさ。きっとそうだ」

「しかし、はっきり見たわけじゃないんだろ」

「そりゃそうだけど、おれは嘘なんかいってない。あいつはおれを追っていた。おれの命を狙《ねら》ってやがったんだ」

「まあ落ち着け。人相は？」

「それが、あまりよく見てないんだ。なにしろ暗かったし、こっちも逃げるので手一杯だったから。肌は黒くて——」

「アジア系か？」

「いや、地中海系とか、アラブ系って感じだった」

「前に見たことは？」

「ないよ、一度も」

「年は？」

「わからない。三十くらいかな」

おれは自分の記憶を探ってみた。

「わかった。じっとしてろ。ドアと窓にはひとつ残らず鍵《かぎ》をかけておくんだ」

「それだったらもうやってある」

「よし。どうせいつまでもうろついちゃいないさ。疑い出したらきりがないぞ。とにかく今夜はじっとしているんだ。そして明日その飛行機に飛び乗れ。フラットを出るときはくれぐれも気をつけろよ」

「デニス、あの二人、何者だと思う？　もしかして——」

「いっただろう、言葉に気をつけるんだ」おれはぴしゃりとさえぎった。「正直、だれでもありうるさ。犯罪者ってのはウジ虫みたいにどこにでもいるからな。ふつうの人間が出来心で強盗を働く気になった可能性もある」

「ちがうよ。あいつらはたしかにおれを追ってたんだ」

「いいか、そいつらが何者だろうと、おまえを狙ったりすることはない。だから気にするな。それよりもっと楽しいことを考えろ。明日の夜おまえはこのゴタゴタから遠く離れ、ビーチに座ってカクテルをすってるんだ。戻ってくるころにはだれもが忘れてる」

「なあデニス、こっちに来られないか？　だいじょうぶかどうか確認してくれるだけでいいから。なあ、頼むよ。一人じゃ心細いんだ」

おれはため息をついた。

「ダニー、もう十二時過ぎだし、おれは軍艦だって沈んじまうくらい酒を浴びてる。おまえのフラットまで行けるかどうかさえ——」

「タクシー代はおれが出すから、そっちは心配しないでくれ」

「なにをビクついてるんだ。心配ないといってるだろうが。その二人組だってもう消えてるさ。おれが保証する。不審な物音が聞こえたりだれかが押し入ろうとしてきたりしたら、九九九番に電話しろ。それで万事だいじょうぶだ」

今度はダニーがため息をつく番だった。

「ああ、わかった。そうするよ。どうせあんたに会ってもう一度詳しく説明したかっただけだし。ただ、おれが危険な状況にあるとしたら、あんただってそうだぜ。旅行を考えたほうがいいかもよ」

「ああ、そうだな。何日かしたらおれも、モンテゴ・ベイのビーチでおまえに合流するかもしれない。とにかく、注意だけは怠るなよ。戻ったらまた電話してくれ」

「わかった」それがダニーの最後の言葉だった。そしてもしかすると、ダニーの最期《さいご》の言葉になるかもしれなかった。

おれは電話を切って窓辺に行き、雨に洗われた静かな通りをながめた。動くものはなにひとつなく、人影もない。おれのなかには、ダニーに会いに行かなかったことで罪の意識を感じる自分もいたが、行ってどうなると思う自分もいた。おれにできるのは、あいつにしてやった忠告くらいがせいぜいだ。それに、あいつがいま危険な状況にあるとはとても思えない。フラットのなかにいるかぎり安全なはずだ。

しかしながら同時に、今夜あいつの身に起こったことが単なる路上強盗ではないこともわかっていた気がする。自分でそう認めたくなかっただけにすぎない。ダニーが指摘したように、もしその二人組がダニーを狙っていたとすれば――レイモンドはそんなことはないといっていたが――それはもうひとつの事実をほぼ確実に示しているからだ。

つぎに狙われるのはこのおれだ。

23

翌朝十時半、ダニーに電話すると、留守電につながった。メッセージは入れなかった。携帯電話のほうにも電話してみたが、電源が切られている。一時間後、両方の番号をもう一度試してみたが、今度も応答がない。状況からして、ダニーは予定どおり出発し、いまは陽光あふれるカリブ海に向かう大西洋上空三万フィートにいるのだろう。

十一時四十五分、外出してカレドニアン通り《ロード》にあるカフェに行き、山ほどある厄介事を頭から振り払いながら、遅い朝食を食べた。

道の両側にびっしり路上駐車してある狭い袋小路に、エドワード七世時代の洒落《しゃれ》たタウンハウスがあった。白いレンガ造りで、その最上階がカーラ・グラハムの住まいである。むすっとした顔つきのタクシー運転手に二十ポンド札を一枚渡したが、釣りはどうしますかとも訊《き》かれなかったので請求しないことにし、そこで降りて、玄関ドアに向かう階段をあがった。

七時五十五分、夜は冷たく澄み、吹きすさぶ寒風が骨に染《し》みる。備わっているのは、最新式らしいビデオカメラシステムだ。二四のCの部屋番号のブザーを鳴らすと、数秒後、カーラの声がインターホンから聞こえてきた。

「いらっしゃい、デニス」おれが来たことをいやがっている声じゃない。

おれはカメラに向かって微笑《ほほえ》み、こんばんはと告げた。カーラは、階段で三階まであがってきてちょうだいといった。荘重な雰囲気の玄関ドアがカチャッと鳴って開き、おれはありがたくなかに入った。玄関ドアがおれの背後で、ふたたび自動的にロックする。

階段をのぼりきると、カーラはドアを開けて待っていてくれた。黒のスウェットシャツに短パンというラフな格好だが、それでも目を瞠《みは》るほど美しい。どこか気品があるのだ。自然な美しさといってもいい。自然だから、午前六時に美しく見えるものは午後六時にもそう見える。髪は洗い立てらしく、握手のときに香水の匂《にお》いがほのかにした。こんな美人が、ほとんど報われることのないソーシャルワークの陰鬱《いんうつ》な世界になぜ埋没しているかは、いまだに謎《なぞ》だ。

「どうぞ」カーラは笑顔でなかに招き入れてくれ、廊下を抜けて居間に入った。「座って」お好きなところにどうぞと、手ぶりで示している。

部屋の造りは凝っていて、高い天井と大きな出窓のせいか、今夜みたいに寒い冬の夜でも、心地よい風が通っているかのような雰囲気だ。床は艶《つや》のある木のフローリングで、ところどころに分厚いペルシャ絨毯《じゅうたん》が敷かれている。どの家具も高価そうだが趣味がよく、壁は本来なら似合わない明るめのパステルグリーンに塗ってあって、それがどういうわけかよく似合っていた。ふだんはこういうことにまったくといっていいほど無頓着なおれだが、この部屋は目を引いた。

「こいつはすごいや」おれはいった。「もしかして、インテリアデザイナーになったほうがよかったんじゃないかい」

「ただの趣味よ。勉強は大変だったしお金も少しかかったけど、それだけの価値はあったわ。さあ、なにを飲みたい？」

コーヒーテーブルの上には、高級そうなワインの瓶と、半分ほどグラスに入った赤ワインがあった。灰皿には火のついた煙草《たばこ》がある。

「そうだな。よかったら、そのワインをいただきたいんだけど」

「グラスを持ってくるわね」カーラは居間を出ていった。

おれはコートを脱ぎ、少なからずぎこちなさを覚えながら、心地よさそうな椅子《いす》のひとつに座った。なんだか不思議な気分だった。一方でカーラ・グラハムに強く惹《ひ》かれながら、一方で彼女に疑いを持ち、最低でも殺人捜査における情報を隠している人物と見なし、最悪の場合は容疑者だと見なしている。カーラをファックしたいのか逮捕したいのか、どっちなのか自分でもわからない。どっちかひとつをしたいと思っているのはたしかだった。

　カーラはグラスを手に戻ってきてワインを注ぎ、そのグラスを手渡してくれた。香水の匂いがまた鼻をくすぐる。とたんに股間《こかん》が固くなりはじめて、内心慌てた。

　カーラは向かいのソファに座り、灰皿から火のついた煙草を取ると、こっちをじっと見つめた。その目が、なぜおれがここに来たのかわからないといっている。

「それで、用件はなんなの、デニス？　電話では、裏づけの必要なことがあるっていってたけど」

　おれはコホンと咳払《せきばら》いした。

「それなんだが、じつは警察で起訴したポン引きのマーク・ウェルズが、シャツのひとつを――ダークグリーンで中くらいの襟がついたやつだ――モリー・ハガーにくれてやったというんだよ。数ヶ月前のことらしいんだが、モリーには大きすぎるはずだ。彼女がそういうぶかぶかのシャツを持ってたのを見たことはないかい？」

　カーラは眉《まゆ》をひそめて、数秒間考えた。

「いいえ、覚えがないわ。でも、どうしてその男がモリーにシャツなんか」

「それはぼくにもわからない。ウェルズはモリーにやったとしかいわないんだ。嘘《うそ》をついている可能性もある」

「どうしてそれが事件と関係あるの？」

「ないかもしれない。ちょっと確認したかっただけさ」カーラは困惑した表情でおれを見た。「それよりもっと関係ありそうなのが――」煙草に火をつけながら、おれは切り出した。「はじめてきみに事情聴取をしたとき、きみがミリアム・フォックスのことを知っていながら、知らないと否定したことだ」

おれの言葉がショックだったとしても、カーラは顔に出さなかった。ただ怒ったような顔をしただけだ。なにしろこっちは「きみは嘘つきだ」と責めているようなものだし、おまけに彼女の心地よい椅子に座りながら、彼女の高級ワインを堪能しているのだから。実際そのワインは、じつにうまかった。

「いったいなんの話かしら、ミルン巡査部長」とたんにデニスと呼ばれなくなった。

「ミリアム・フォックスなんて知らないわ」

おれはカーラの目をまっすぐ見つめ、そのまま視線をそらさなかったが、カーラも目をそらそうとしなかった。

「カーラ……いや、ミス・グラハム。否定してもはじまらないよ。こっちはミリアムの携帯電話の通話記録を見たんだ。五回の通話が記録されている。三回は彼女からで、二回はきみからだ」

カーラは首を振った。身に覚えのないことだといいたげな顔だ。

「なにかのまちがいよ」

「まちがいじゃない。確認もしてある。それも二回もだ。きみはミリアムと、彼女が死ぬ前の数週間で五回も電話で話している。その前も何回か電話したんだろう。さあ、いったいどんな会話を交わしたのか、なぜそれを隠しておきたがったのか、聞かせてくれ」

「そんな質問に答える必要はないわ。これ以上続けるなら、弁護士の同席を要求します」

「本気か？　ほんとにそれでいいのかい？」

「ええ。本気よ。だってあなたはわたしの部屋で、まるでわたしを人殺しみたいに責めるんですもの――」

「きみを責めるつもりはないよ。ただ、不可思議なことへの説明がほしいだけさ。いまのところ、ぼくらは単におしゃべりしている二人の人間にすぎない。だからきみが話すことは、法廷では一切証拠として扱われることはないんだ」

「だったら、わたしがあなたにそのことを話したほうがいい理由は？」

「もし話してくれなければ、ぼくは上司のところに戻って、通話記録の件を報告しなくちゃいけなくなる。いまの時点では、そのことについて知ってるのは警察内部でもぼくだけだ。きみが殺人のことなんか知らないと説明してくれて、ぼくがそれに満足すれば、この情報が表に出ることはない。でも、きみが十分な説明をしてくれなかったら、上司に報告することになるだろう。つまりこれが、きみがほかのだれにも知られずにぼくに事情を説明する唯一《ゆいいつ》のチャンスなんだ」

「それじゃあなたは、独断でここに来ているの？　前回と同じように？」

「むしろ中間的な立場で来ているといったほうが近いね。つまり、状況次第で独断にも正式にもなれるってことさ。さあ、ミリアムとの通話内容はどんなものだったんだい？」

もはや避けられないと悟ってか、カーラはため息をついた。

「そんな予感もあったのよね。あなたが来るのはそのことじゃないかって」

カーラは煙草を吸い終え、すぐにまた一本つけると、深々と吸った。おれは座ったまま彼女を無表情で見つめながら、考えた。いったいどんな話を聞かされるのだろう。それを聞いたら、おれはどうするのだろうか。

「ミリアムはわたしを、脅迫してたの」

「なんのことで？」

「私生活のことよ」

「続けてくれ」

「わたしには秘密にしておきたいことがあったの。でもあの子は、それを嗅《か》ぎつけてつけこんできた。そういう子だったのよ」

「ミリアムのその評判はよく聞くけど、きみが秘密にしておきたいことっていうのは……なんだったんだい？」

　カーラはおれの目をじっと見すえた。

「ミルン巡査部長、わたしは俗にいう〝夜の女〟なの。相手は中流階級の中年男たちがほとんどで、金で雇われてエスコートするのよ。ときにはファックもするわ」そう話す彼女の顔には、ふてぶてしさがあった。批判するならしてごらんなさいといわんばかりだ。

　その手には乗らなかった。もっと深刻な告白はいくらでも聞いたことがあるからだ。思いがけない彼女の告白に意表を突かれたことはたしかだが。

「なるほど、それで腑《ふ》に落ちたよ。公務員の給料じゃ、これだけ豪華な家具を揃《そろ》えるなんて無理だからね」

「ショックじゃない？　わたしのような立場の人間が、そんなことをしてると聞いて」

　おれは微笑み、なんて非現実的な一時《ひととき》なんだろうと思いながら、ワインをひとくち飲んだ。

「その手のことは、きみよりもっと立派な立場の人間だってやってるさ。もっともそいつらは、サービスを提供する側というより提供される側だけどね。だからショックじゃないよ。そのエスコートの仕事、しょっちゅうやってたのかい？」

カーラはうなずいた。

「ええ、だと思うわ。たいてい週に二回で、もっと多いときもあるから」

「昨日の夜も、それを？」

「あなたには関係ないことよ」

「ミリアムみたいな低級娼婦《しょうふ》が、どうしてきみの課外活動を知ることになったんだい？同じシマじゃなかっただろうに」

「とにかくばれたのよ」

「きみがここの所長であることを、ミリアムはどうして知ったんだ？」

「二、三年前、彼女がはじめて家出してきたとき、売春で逮捕されて、結局コールマン・ハウスに来ることになったの。でも、ここには二週間くらいしかいなかった。扱いのとてもむずかしい子で、権威という権威に対して激しい憎悪《ぞうお》を抱いてるみたいだったわ。ああいう性格が形成されたのも、家庭にいろいろ問題があったからでしょうね。でもそのことについて、彼女は一切話そうとしなかった。というより、口を開けば出てくるのは悪口雑言だけだったわ。わたしも含めた職員とぶつかりあうことはしょっちゅうで、ある日彼女は、うんざりして出ていったの。ほかの多くの女の子たちと同じように」

「ぼくらが最初に事情聴取したとき、ミリアムを知らないといい切るのは少し危険だと思わなかったかい？」

カーラはお尻《しり》をずらして、片脚をソファにあげた。かすかに挑発的なポーズだが、当人は気づいていないらしい。

「それほどでも。だって、いまの職員にミリアムがいたときのことを知ってる人はだれもいないし、もともと彼女がうちに来たときも偽名だったから。確認するのはむずかしかったはずだし、ふつうはそこまでしないでしょ？」

なるほど、一理ある。

「で、つぎにミリアムに会ったのは？」

「それからは二度と会ってないわ」

「でもきみはいまいったじゃないか、彼女から脅迫を受けていたと」

「たしかにそうよ。でもわたし、詳しい話はしたくないの、ミルンさん」

「気持ちはわかるが、話してもらわないことにはこっちも困るんだ」

「わたしが真実を話しているかどうか確かめたいから？」

「基本的には、そうだ」おれはうなずいた。

カーラは自分のワインを取り、景気づけのようにごくりと飲んだ。

「わかった。あなたには正直に話すわ。ミリアムがどうやって嗅ぎつけたかは、実際には知らないの。推測はできるけど、それだけ」おれは黙って、続きを待った。「まず、仕事の中身から話すわね。わたしの客はほとんどが実業家なの。お金があり余ってしょうがない男たち。一緒にどこかへ夕食を食べに行き、そのあとホテルか彼らの自宅に行って休憩するのが通常の手順よ。その手順をしっかり守って、不必要に厄介なことになったりしないように自己防衛してるの」

「だろうね」

「ところが数週間前、常連客の一人が――ここ何年かつきあってる一流弁護士よ――キングズクロスを車で売春婦《おんな》漁《あさ》りしていて捕まったの。聞いたことあると思うけど」

おれはうなずいた。その件はおぼろげながら覚えている。もっとも、当事者となったその客の名前は覚えてない。車での売春婦漁りもこのごろは、たとえ金持ち弁護士みたいに耳目を引きやすいケースでも、たいしたニュースではなくなったのだ。

「どうもそれが二度めだったらしいの。彼は何年か前にパディントンでも同じことをして捕まったのよ」カーラはそこで首を振った。信頼できない男と関わったことを後悔している様子だった。「不安だったわ。そういう厄介事は願いさげだった。下手をするとわたしのことがばれてしまうから。あとになって彼に訊《き》いたの。何回そういうことがあったのって。彼はその二回だけだと答えた。見るからに恥じ入ってたわ。でもそれが嘘だった。あんなに運の悪い人もいないわね。わたし、施設の女の子たち数人に彼のことを知らないかって訊いてみたの。彼がそのうちのだれかと関係してないかと、別件のふりをしてさりげなく。簡単だったわ。その事件は地元新聞で大きな見出しになったから、みんな楽しそうに話してくれた」

「それで？」

「それで、年長の女の子たち数人が、彼と関係あったことがわかったの。なかにはハムステッドヒースにある彼の自宅まで行った子もいたわ。わたしが何度か行ったところよ。どうやら彼、コンドームをしないセックスも好きだったみたい。街娼を利用する魅力のひとつはどうもそれらしいのよ。彼女たちはそういうことを面倒くさがるから。それでわたし、この彼との関係をただちに終わりにしたの。平気で嘘をついたり、セックスの衛生面にいい加減だったりする人とは関係を持ちたくなかったから。彼にはっきりそのことを伝えてやってから二、三日したとき、コールマン・ハウスに一本の電話がかかってきたわ。それがミリアム・フォックスだった。わたしがその弁護士と会って金をもらってたことを知ってるというの」カーラはそこでため息をついた。「さっきもいったようにあの子がどうやってそのことを嗅ぎつけたのか、はっきりしたことはわからないわ。おおかたその弁護士が、ミリアムのサービスも何回か利用したんでしょうね。それで彼女、彼の自宅に一度や二度は行ったことがあるのよ。そのときに、わたしがそこに行った証拠を見つけたかなにかしたのかも」

「たとえば？」

「何度もいうように、わからないの。もしかしてミリアムは、わたしが彼の自宅に行った夜に、ちょうど彼の自宅を出てくるところだったのかもしれない。どこかにいて、わたしが来るのを見てたのかもしれないわ。街娼がどういう人種か、あなたなら知ってるはずよ。そういう場所に行ったら、客がどれだけ高価な物を持ってるか、あとでポン引きたちに教えるの。そして強盗を計画するわけ。ミリアムも自分のポン引きのために、その弁護士の自宅を嗅ぎまわってたにちがいないわ。そこでわたしを見つけたのよ」カーラは投げやりに肩をすくめた。「とにかく、ミリアムはわたしの秘密を知ってしまったの。わたしにいえるのはそれだけ」

「ミリアムはきみになにを要求したんだ？」

「脅迫といえば相場は決まってるでしょ。金よ。五千ポンド払わなかったら、地元警察と新聞にばらすといってきたの」

「ショックだったろうね」

「ええ、一瞬自分の耳を疑ったわ。あまりの……不運に」

「それできみは、ミリアムになんていったんだい？」

「そのときは周りに人がいたから、詳しいことはいえなかったの。彼女から電話番号を教えてもらって、折り返しかけるからと伝えたわ。かけなおすと、ミリアムは同じ要求を繰り返してきた。そんな大金はないといったら、少し口論になったわ。でも結局ミリアムのほうが二千ポンドで折れてくれたの。ひとまずってことで。ひとまずって、あの子がいったのよ。それでも時間が必要だというと、一週間で用意しろっていうの」

「で、要求どおり金を渡したのかい？」

「実際には会ってもいないわ。あの子、一週間後にわたしの携帯電話にかけてきて——番号は教えてあったから——わたしはまた時間稼ぎをしたの。いくらか掻《か》き集めたけど、まだ足りないって。もう一週間ちょうだいって頼んだわ。正直、どうすればいいかわからなかった。一度払って、これでおしまいってわけにはいかないでしょ。向こうはしつこくまたやってきて、もっと要求するに決まってる。絞れるだけ絞るまで、何度でも来るわ。あの子は薬物中毒だし、きっぱり薬物をやめるなんてありえない。それにあの子は警察に通報しかねなかった。わたしへの腹いせをするためだけに」

「もう一週間が過ぎたあとはどうなった？」

「あの子の携帯電話に電話して、メッセージを残したの。あなたにお金を払う気は全然なくなった、好きなようになさいって」

「なかなか勇気ある行動じゃないか」

カーラは肩をすくめた。

「リスクは計算のうえよ。考えに考え抜いたわ。おそらくミリアムはわたしのことをばらすにちがいないけど、どうせ警察も新聞も、ヤク中の家出少女の言葉なんか信じやしないだろうと踏んだの。たとえ警察が捜査に乗り出したとしても尻尾《しっぽ》をつかまれないだけの自信はあったから、なにも見つからないと思ってたわ。それはともかく、ミリアムは翌日また電話してきて、後悔することになるわよと揺さぶりをかけてきたの。わたしがこけ脅しなんかに屈するもんですかというと怒り出して、同時に悲痛な声になった。たぶんだれかに金を借りてたのね。ポン引きあたりに。そしたら、なんだかあの子がかわいそうになって」カーラはいいながらかすかに微笑《ほほえ》み、ワインをひとくちすすった。胸の内を一気に吐き出したせいか、少し余裕が出てきたらしい。「それから何分か話をするうち、ミリアムはヒステリックになってわたしのことを雌犬と罵《ののし》り、よくもコケにしてくれたわね、きっと後悔させてやるからと捨てゼリフを吐いたの。わたしはそこで電話を切ったわ。それが本当に最後だった。あの子と話をした、本当の最後。それから数日して、ミリアムは殺されたのよ」カーラは煙草《たばこ》をもう一本つけた。両手が少し震えている。「まずいわよね。わたしを脅迫してた人間が、つぎには他殺体で発見されるんだから」おれはなにもいわなかった。ただ座って、カーラの話に耳を傾けていた。「だからあなたに話さなかったのよ。理由はそれだけじゃないかもしれないけど。とにかく、なにもかも話したわ。これからどうするつもり？　上司に報告する？」

「そうだな、ミリアム殺害の動機がきみにあることは否定できないだろう……しかし、だとしたらもっと可能性を広げなくちゃならないのもたしかだ。彼女が敵を作りやすいタイプなのははっきりしてるんだから。きみが彼女を殺したのかい？」

カーラはおれの目を見あげた。

「まさか。そんなことするもんですか。動機はあったかもしれないけど、たいして強い動機じゃないの。だれかがミリアムの話を信じたとしても、わたしには失うものがほとんどないわ。コールマン・ハウスでの仕事にもうんざりしてたところだし。本気で更正させるつもりで子どもたちに接しても、なんにもなってない気がするのよ。それに最近は収入も、わたしの稼ぎ全体の三分の一になるかどうかも怪しいくらい。そんなことで人を殺したりはしないわ」カーラはワインを飲み終え、瓶に残った最後の数滴を、二人のグラスに半分ずつ注ぎ入れた。それぞれひとくち以上あるかないかだ。「信じてくれる、ミルンさん？」

いい質問だった。結局のところ、おれは信じた。カーラの話は説得力があった。偶然的要因はあるものの、いかにもありそうな話だ。それ以上に説得力のある説明はおれにも考えつかない。それに、カーラがミリアム殺害の実行犯じゃないことはほぼ確信している。カーラは背が高くしなやかではあるが、ミリアムを殺したのは相当に腕力のある男にちがいない。だとすれば、かりにカーラがミリアム殺害をくわだてたとしても、第三者を引き入れる必要が出てきて、私生活の秘密を守るという本来の目的をみずから損ねる愚を犯すことになってしまう。それに、カーラのいうとおりだ。たかが非行児童のための施設の所長という職にしがみつくだけで、そこまでするだろうか？　そうは思えない。

おれはため息をついた。

「その話はだれにも報告せずに、ここだけのことにしておくよ」

「でも、信じてくれないんでしょ？」

「正直、わからない。かなり奇妙な話なのはきみも認めるだろう。養護施設の所長を務めるほど立派なソーシャルワーカーが、じつはスケベなオヤジ相手の高級娼婦でもあるというんだから」

「ずいぶん下卑たいい方がおじょうずね」

おれはワインをひとくち流しこんだ。

「そうかい？　金で買える女ならだれでもいい中年男に、金ほしさにファックされるんだろ？　役に立つ充実した仕事だとは、とても思えないな」

「弁解するつもりはないわ。でもわたしが提供するサービスはだれも傷つかないし、ときには……ときには充実したひとときもあるわ。そのうえお金がもらえるなら……それに越したことはないでしょ？」

「どうかな。ほんとにそう思ってるのかい？」

「だったらミルンさん——デニス、あなたはお金を払ってセックスしたことないの？」

おれは微笑んだ。

「どうしてそんなことを？　ひょっとして、ぼくを誘ってるのかい？」

カーラは微笑み返した。

「こう見えても、寝る相手にはうるさいのよ」

「なるほど。どうやらぼくは眼中にないみたいだな。詮索《せんさく》好きで皮肉屋のおまわりじゃ、上客にはしてもらえないわけだ」

カーラはなにもいわず、一瞬沈黙が降りた。自分たちの表向きの立場と裏の顔について、おれもカーラも思いめぐらしていたのだろう。その瞬間おれは、二人ともそれほどちがわないことに気づいた。おれもカーラも、人には知られたくない後ろ暗い二重生活を送っている。ちがうのは、おれが自分の秘密を守るために人を殺すことだ。少なくともそこはちがうと思いたい。

「なにか飲む？」カーラはようやく訊いてきた。

まだいてほしくてそういっているのか、それとも単なる社交辞令なのかわからず、おれは彼女を見やった。すると疲れたような笑みが返ってきた。おれはその笑みを、「いてほしい」の意味に解釈した。

「きみも飲むかい」

「もちろん」

カーラはうなずくと、座ったまま後ろを向いて、ソファの後ろの食器棚からブランデーの瓶を取り出した。お尻の形がたまらなくそそる。

「これでいい？」

「願ってもないね」カーラはテーブルに新しいグラスをふたつ出して、なみなみと注いだ。

自分の煙草を一本勧めたが、彼女はシルクカットのほうを選んだ。おれは煙草に火をつけ、椅子《いす》にもたれかかって、さっきの彼女の話を聞いて下半身がうずいている自分に気づいた。真面目《まじめ》そうで評判のいい女性所長が、夜になると淫売《いんばい》に早変わり。世の多くの男たちが抱く妄想であり、その点はおれも例外ではないのだ。

「しかし、きみのような立派な女性がなぜ……エスコートの仕事なんかに？」

カーラはブランデーを口に運び、ストレートの蒸留酒にむせるかのように、わずかに顔をしかめた。

「話せば長いわ」

「長い話は好きなんだ」

「前に結婚してたことがあるの、本気で愛した男と。けっこう続いたわ。わたしと同じソーシャルワーカーだった。大学で出会って恋に落ち、そうなったわけ。ほんとはどっちも結婚なんてする気なかったけど、おたがい相手を思っていることを形に示したかったんだと思う。自分たちのしていることは正しいって、二人とも信じ切ってたわ。若いときはみんなそういうものでしょ？　お金はなかったけど、そんなことどうでもよかった。カムデンに寝室ふたつの洒落《しゃれ》た小さなフラットを借りて、けっこううまくいってたわ。愛を感じているときの気分はあなたにもわかるでしょ。自分の運命に満足してるの」

おれはうなずいて理解を示したが、本当にわかっている自信はなかった。

「ところがある日、いきなり彼が打ち明けてきたの。ある人とつきあってるって。同じ仕事をしている女よ。たいして悪びれるふうもなく、よくあることさ、しょうがないよとでもいうように、さらりといわれたわ。結婚して八年も一緒に暮らしたけど、二人の関係は……そこであっさり幕をおろしたってわけ」そのときカーラがおれに向けた目は、同情ではなく理解を求めていた。その顔には悲しみと怒りがないまぜになっていた。

「翌日彼は出ていって、ヨークへの転勤を申請しに行ったわ。それが女の出身地だったの。どうやら女は妊娠していて、実家の近くに住みたがっているみたいだった。ときどき考えることがあるわ。彼がその女に走ったのはそのせいじゃないかって。その女は子どもをほしがってて、わたしはまだほしがらなかったから」

「ずいぶんつらかっただろうね」おれはありふれた慰めの言葉を口にした。

「ええ。久しぶりに味わう孤独だった。しかも悪いことに、スティーブなしにはフラットの家賃が払えなかったの。だからフラットも出なくちゃいけなくなって、それがほんとにつらかったわ。だって、住みやすくするために一生懸命工夫して、時間もうんとかけて気に入るようにしてきたのに、結局すべてが無駄になったんですもの。おかげでわたしは、金もなければ夫もなく、元気もなくなっていった。仕事さえうまくいってない気がしたわ。昇進はしていたけど、期待してたほどのペースじゃなかった。それに仕事のフラストレーションも大きかったの。どれほど手間暇かけて更生させようとしても、子どもたちはヘロインやバルビツールに走るか、こっちのいうことを聞かなくなるかのどっちかだった。おまけに行政はあれこれ口出ししてくるし。あんなにつらかった時期はないわ。最悪といってもいい。いつだったか、なにもかもいやになって、いっそこの世からいなくなってしまおうかと思ったことも……」カーラはそこで口ごもった。「どうにか持ち直して死なずにすんだけど、性格はがらりと変わってしまったわ。理想はなくしたし、前より頑《かたく》なで打算的になった。そこへある日、昼間パートタイムのコールガールをやっている主婦のことをなにかの記事で読んだの。彼女の目的はお金じゃなかった。きっと冒険がしたかったんだと思うわ。それにたぶん、セックスが。でも結果的にうまくいって満足しているようだったし、当時のわたしはほんとに生活に困ってたの。で、もしかしたらわたしもやれるんじゃないだろうかって。女としての魅力はあると思うし、男のご機嫌取りはお手のものよ。それに寂しかったから、男の目を引きたかったの。たとえそれがふつうならつきあうはずのない相手だったとしても。それで思い切ってはじめたわけ」

「はじめてからしばらくたつのかい？」

「じゃないかしら。あんまり考えたことなくて。それくらい、いまじゃ生活の一部になってるわ」

「まだ信じられない」おれはひとくちブランデーをすすった。「最初に会ったときは想像もつかなかったからね、まさかきみがそういうことをしてるなんて。べつに責めてるわけじゃないんだ。いささかショックだっただけさ」

カーラは肩をすくめた。

「で、その仕事は楽しいかい？」

カーラは一瞬考えこんだふうだった。

「ときどき。いつもじゃないわ。ほとんどは楽しめないといってもいいくらい。でもたまに楽しいときもあるわよ。あなたのほうは？　子どものころから警官になりたいと思ってた？　それともたまたまなっただけ？」

おれは深々と煙草を吸った。

「ずっと警官になりたいと思ってたよ。大人になる前は、正義ってものに本気で憧《あこが》れてた。いじめが嫌いだったし、悪いことをしておきながら罰を逃れるやつがいたりすると許せなかった。そういうことが起こるのを未然に防ぎ、起こったときには犯人に罰を与えることができる、そんな仕事がやれたらどんなにいいだろうと思ったものさ。それに、ちょっとした冒険も味わえるし」

「実際そうだった？」

数秒考えてから、おれは答えた。

「まあ、そういう機会もなくはなかったけど、正直なところ、滅多になかったね。ふだんはいつ終わるとも知れない書類仕事に追われまくってるし、立ち向かう悪漢どもにしても、つまらない理由でたがいにクソみたいなことをやりあってクソみたいな人生を送ってる連中ばかりだ。おまけにそれを未然に防ぐことはほとんど無理ときてる」

「それが人間の性《さが》なのよ。たいていの人間はそんなものなの。なんの価値観も持たないまま大人になって、周囲の社会から疎外《そがい》されていく。彼らをいきなり現代的な市民にしようとしてもできっこないわ」

「しかし、善悪の区別だけはみんなに教えなくちゃならないんだ。メディアを通してだろうと、学校教育を通してだろうとね……ただ、大半の連中は興味を持たない。だから、悪を行なうことになんの恐怖も感じないんだ。そこが問題なのさ。悪を阻止するはずのぼくら警官に、連中がなんの敬意も抱いてないからだと思う。いっそみんなに聞いてほしいくらいだ、ぼくらが毎日どれだけ無意味なことに耐えているか」

カーラは微笑んだ。

「それって、わたしたちソーシャルワーカーにも共通していえることかも」

「だったら、なんでぼくらはこんな仕事をしてるんだ?」

「根が世話好きなのよ」それがカーラの答えだった。おそらくそれ以上にうまい理由はないだろう。もっともおれの問題は、犯罪者の世話を焼くのをずいぶん前にやめたことだ。ある意味カーラにもそれはいえる。

ブランデーを飲み終えると、カーラがふたつのグラスにお代わりを注いでくれた。それからカーラは、自分のグラスを乾杯の形に掲げた。

「世の世話好きに」

「世話好きに」

グラスをカチンとあわせた拍子に、また香水のいい匂《にお》いがした。おれはすっかりくつろいだ気分になり、心の平静を取り戻しつつあった。飲みながらの話し相手が、おれの両肩から不安という重荷を取り除きはじめていたのだ。

おれたちは長いこと話しこんだ。一時間……二時間……それ以上かもしれないが、正直覚えてない。とにかくブランデーを一本空けるくらいの時間だ。とくに話さなければならないことがあるわけではなく、とりとめのないおしゃべりだった。

そうこうするうち、おれはカーラの滑らかな素足を撫《な》ではじめていた。口ではおしゃべりを続けながらも、頭のなかはアルコールと欲望と自信が激しく渦巻いている。カーラの足の爪《つめ》はきれいなプラム色に塗ってあった。おれはかがみこんでその爪にひとつずつキスをし、爪先《つまさき》を口に含んで、舐《な》めたりしゃぶったりした。カーラの口からかすかに喘《あえ》ぎ声が洩《も》れたとき、おれは思った。とうとうこの女を攻め落とした。待ちに待った瞬間。ここ何日も夜ごと空想でしか弄《もてあそ》ぶことのできなかった女と、これから愛しあうのだ。いままで雲の上の存在にすぎなかった女が、こうしておれの前で、ありのままのか弱い姿をさらけ出している。ずっと思い続けてきただけに、この喜びはとても言葉でいい尽くせるものじゃない。

24

目覚めた瞬間、自分がどこにいるのかわからない感覚に陥ってしまうことがある。目が覚めたとき、ちょうどそんな感じだった。おれは明かりが消えた部屋の、きれいなキングサイズベッドの上にいた。右手にある長い深紅のカーテンは、冬の朝のぼんやりした薄明かりに縁取られている。ベッドにはおれ一人だったが、あたりにはかすかに香水の匂いが漂い、寝室のドアの外には人の物音がした。

三秒ほどかかって状況を理解し、昨夜《ゆうべ》の出来事を思い出した。カーラとのセックスは驚くほど激しいものだった。彼女がよほどの演技達者だったか（彼女のような状況にあればたいていの女はそうなるはずだ）本当に楽しんだかのどちらかだ。おれとしては後者だと思いたいし、自分のがんばりにも満足だった。もっともついていくのが精一杯で、ほとんどリードを奪われっぱなしだったが。やはり彼女のほうがはるかに経験を積んでいるらしい。

ベッドに起きあがり、腕時計を見る。七時二十分。頭痛がした。月曜の朝、新しい週のはじまりだ。しかし、署に出勤しようという気が湧《わ》いてこない。なにもかも投げ出してしまおうかという考えがまたしても頭をよぎった。行動に移すだけの金はある。あとはおれにそれだけの度胸があるかどうかだ。

ドアが開いて、カーラがあらわれた。キモノスタイルの薄い黒のドレッシングガウンをはおり、コーヒーカップをふたつ持っている。思ったとおり、朝のカーラもきれいだ。

「あら、目が覚めたのね」カーラはカップをひとつ渡してくれた。「バケツで水をかけないと起きないかと思ったけど」

「ふだんからよく眠るほうでね。昨日はたっぷり運動したから、午後までだって眠れそうだ」

カーラはにっこり笑っただけでなにもいわず、チェストの上にカップを置いて、部屋の明かりをつけた。ドレッシングガウンをさらりと脱ぎ、熟れた裸体をさらけ出す。おれが舐めるように見つめる前で、彼女はゆっくりと服を着た。手はじめは高価な黒の下着からだ。

「恨めしいね、きみに早朝ミーティングがあるのが」

「わたしも」カーラはおれのほうを振り返らずにいった。「ひどい二日酔い。うちで飲むといつもこうなの」

「また会えるかい」むしゃぶりつきたい気持ちをこらえて、おれは切り出した。

カーラはタイツをはいた。

「デニス、わたし、せっかちはいやなの。昨日の夜は昨日の夜。先のことはわからないわ」

「ほんとにそれでいいのか？」

カーラはベッドのほうにやってきて腰かけ、おれを見た。

「あなたがここに来た理由を思い出して。わたしを殺人事件の容疑者扱いして尋問するため、そうでしょ？　しかもあなたはまだ、わたしを容疑者からはずしたともいってくれない。たしかに昨日の夜は一緒に寝たけど、あれはふたりとも酔っぱらったからよ。おつきあいをはじめるにしては、理想的な方法とはいえないわ。でしょ？」

「なにも結婚を申しこんでるわけじゃない。また会いたいと思っただけだ」

「自分がなにをしようとしてるかわかってるの？　わたしにはほかにも男がいるのよ。彼らとのつきあいを今夜かぎりでやめるつもりはないし、あなたがそれをすんなり受け入れてくれるとはとても思えないけど」

「こう見えてもリベラルなんだぜ」

「でも警官でしょ」

「リベラルな警官さ。それに昨日の夜は楽しかった。きみもそうだったと思う。またあの楽しさを二人で味わいたい、それだけなんだ。なんだったら、金を払ってもいい」とたんにカーラの険しい視線が飛んできた。「ジョークだよ」と弁解した。

「デニス、あなたを突き放すつもりはないわ。でもわたしの人生は複雑なのよ。前の恋人はわたしの生活を変えさせようとしたけど、わたし、人に指図されるのが好きじゃないの。なにより自立を大切にしている女なのよ。離婚を経験してからは、お金も大切にしているわ。浅はかと思われるかもしれないけど」

おれは身を乗り出してカーラの膝《ひざ》を撫で、その手を置いたままにした。しかし残念ながら、彼女にその気はなさそうだ。

「わかった。でも一回くらいどこかで酒を飲むくらいはいいだろ」

カーラは立ちあがって、おれの額に軽くキスをした。

「いいわよ、それくらいなら。適当なときに電話して」

おれは彼女をベッドに引き戻すのを諦《あきら》め、起きあがって、くしゃくしゃの服を着はじめた。出勤するためだ。

あちこちに散らばった服を掻《か》き集めて全部着るころには、カーラは鏡台の前で化粧を終えるところだった。おれはそのかたわらに立ち、かがみこんで彼女の頭にキスした。

カーラはおれの腰をぽんと叩《たた》いたが、まるで犬をあやすような叩き方だ。

おれの顔の皺《しわ》から落胆を読み取ったにちがいない。カーラはかすかに愛想笑いを浮かべた。

「ごめんなさい、デニス。わたし、寝起きが悪いほうなの。調子が出るまで時間がかかるのよ。いつもお昼くらいにならないとやる気が起きなくて」

「いいんだよ。それじゃまた電話する」

「そうしてちょうだい」

「じゃ、いい一日を」その言葉が口をついて出た。なにかいいことがあってほしいと、自分でも内心思っているからだ。

おれはカーラにウィンクし、寝室のドアを閉めて、外に向かいながら思った。おれはなにかヘマをしたんだろうか。おそらくそうにちがいない。もっともそれがなんであれ、おれにどうなるわけでもない。女とはそういうものだ。複雑で、予測できないもの。

そしておれの近い未来も、まさにそうなりはじめていた。

25

その日の仕事は退屈なものだった。引ったくり強盗にあったバアさんの件で朝一番にミーティング。なんとか週末は持ちこたえたようだが、意識がまだ戻らない。ノックス警部は怒りまくっていた。刑事部がなかなか成果をあげられず、暴力犯罪の検挙率が二十パーセント以下をさまよっているありさまだからだ。ノックスのいうとおりまったく受け入れがたい状況であり、全英検挙率順位表に載せたら、かなりみっともない順位になるだろう。

この汚名を返上するため、明朝、引ったくり強盗の容疑者全員に家宅捜索《ガサいれ》をかけることになった。対象者の年齢は十二歳から十六歳。そのうちの一人もしくは数人が、くだんのバアさんを襲った引ったくりに関与している可能性がある。家宅捜索をする家は全部で九軒。ということは、集められた警官全員がその任に当たるわけだ。

「いまこそやつらとの戦いのときだ」

ノックスは大声で締めくくったが、そのメッセージはおれの胸には響かなかった。

数ヶ月前にもノックスは、界隈《かいわい》のクラックディーラーたちに対してそっくり同じいいまわしを使ったことがある。あのときは全部で十四ヶ所を一斉家宅捜索した。ノックスが〈ストリート・ショック〉という絶妙なコードネームをつけた作戦だ。その結果、末端価格で二万五千ポンド以上ものドラッグを押収《おうしゅう》し、逮捕者は合計九名にものぼった。ところが、うち五人はのちに不起訴処分で釈放となり、さらに一人が保釈中に逃亡、以来行方をくらましている。また一人は有罪を認めたものの、罰金付きの執行猶予《ゆうよ》ですんだ。別の一人は、「そんなものが家にあるなんて知らなかった」という話を陪審が信じてくれ、無罪となった。最後の一人だけが、保釈中にもかかわらずドラッグを売りさばき、三週間のあいだに二度逮捕されたことで、拘留されて裁判を待っている。あれほどまでに金と時間を費やした作戦が、じつは犯罪の当事者に対しても地元犯罪統計に対しても悲しいほど効果がないことを知ったら、納税者たちはどれほどショックを受けることか。おれたち警察の検挙率がひどいのも決して不思議じゃない。ほとんどの場合、検挙しても無駄に終わってしまうのだ。

ミーティングが終わったあとマリックと少ししゃべったが、詳しい話をしているだけの時間は二人ともなかった。マリックはいまバアさんの引ったくり強盗事件に打ちこんでいて、上司の受けをよくしようと張り切っている。

そのあとおれはノックスの指示で、現在担当している事件すべてについて報告書を書かされ、それを仕上げるのに午前中を費やし、午後にもだいぶ食いこんでしまった。ノックスによれば、おれが担当している事件の進み具合をキャッパーが知りたがっているのだという。表向きは応援が必要かどうか見たいということだが、本心はおれのあら探《さが》しをしたいのだ。どうやらノックスもキャッパーも、とりわけ例のナイフ強盗の件の進《しん》捗《ちょく》状況を知りたがっているらしい。捜査が完全に行き詰まっているように見えるからだ。実際、たしかに行き詰まっている。だがこれ以上なにをすれば捜査を前進させられるのか、おれにもわからなかった。だれからも情報が得られず、犯人たちも有力な手がかりを残してないとすれば、捜査はおのずとかぎられてしまう。しかし、警視正がクルド人コミュニティの代表と面会し（襲われた新聞スタンド店主の妻とその客が、ともにクルド人だったのだ）、その代表が警視正に、犯人が逮捕されないことには安心して眠れないと訴えたことがわかった。彼らはまたロンドン警視庁の古参警官たちをひどく怖《おそ》れていて、捜査が遅れているのは人種差別が原因ではないかとまでいい出したらしい。それに対して警視正は、自分は異文化の橋渡し役だとクルド人コミュニティにアピールしたがっているようだし、この件に関してはほとんどおれが担当してきただけに、本腰を入れて取り組まないとおれ自身がまずい状況になってしまう。さらにノックスによると、近いうちにこのおれもクルド人コミュニティの〝代表たち〟の前で頭を下げて、彼らの訴えに耳を貸す必要が出てくるかもしれないらしい。まったく、これでまた辞めたくなる理由ができてしまった。

報告書の作成にはなかなか集中できなかった。頭のなかはカーラとのセックスのことでいっぱいだった。あれがもう一度味わえたらどんなにいいか。彼女の番号にダイヤルしたくてしかたなかったが、なんとか思いとどまった。電話をかけても疎《うと》まれるだけなのはわかっている。今日はだめだ。彼女は自分でいったように、自立が好きな女なのだ。それはそれでいい。このおれだって、いつもというわけじゃないにしろ、自立の好きな男なのだから。そんな具合で、おれは彼女とつきあえるかもしれない一縷《いちる》の望みにあいかわらずしがみついていた。

昼食時間をまわったころ、またジーン・アシュクロフトから電話があった。ダニーの様子を見てきてくれた、と訊《き》くので、行ってないけど電話はしたよ、なんともなかった、と答えた。するとジーンは、連絡を取ろうとしてるんだけど電話に出てくれないの、という。おれはジーンに、何週間か旅行に出かけたよ、と教えてやった。

「ダニーがどこからお金を手に入れてるかわかった？　とてもお金を持ってるようには思えないんだけど」

おれにもわからないと答え（警察の密告屋《タレコミ》という話はやめることにした。その話をするとますます詮索《せんさく》されそうな気がしたのだ）、それほど心配することじゃないだろうとつけ加えた。

「きみが想像するほど金を持ってないのかもしれない。いまはツアーも直前になるとただ同然だから、安い航空チケットでも手に入れたのさ。同僚と一緒にダニーの身辺をチェックしたけど、警察がいま捜査しているどの事件にもあいつは絡《から》んでないよ」

「でもダニーは、心配事についてなにか洩《も》らしてなかった?」

「べつに。きみの思いすごしさ。深刻な悩みがあるような様子はなかったし、なにか隠してたらぼくにはわかるしね。それが仕事だから」

「旅行に出かけたのは、昨日?」

「ああ、電話したときはそういってた」

「今朝ダニーの携帯電話にかけてみたけど、あいかわらず出てくれないの」

それはきっと電波の届かないところにあいつがいるからじゃないか、というと、なんとかパニックを起こさないように説得できた手応《てごた》えがあった。

「じきに戻ってくるさ、きっと」だが内心おれは、はじめて不吉な予感に襲われていた。機会を見てレイモンドに電話をかけ、やつにしても、気もそぞろなやつの仲間にしても、ダニーを探したりしてないことを確かめなければ。最後にジーンにさよならといって、おれは報告書の作成に戻った。

その日は五時半に仕事を終えて、憂鬱《ゆううつ》な気分で署をあとにした。今後キャッパーの下では、窓際《まどぎわ》に追いやられるだろう。署でのおれの時代は確実に終わりに近づきつつある。

無性に一杯飲《や》りたかった。口のなかの渇いた酸味《すみ》と、頭のなかに四六時中漂っている不安を取り除きたかった。だが、かわりに入院中のウェランド警部補を見舞いに行くことにした。義理を果たすためだ。病院に行くのは好きじゃない(だれだってそうだ)が、いまのウェランドには精神的な支えが要る。三年前、おれは逮捕をしくじって鉄棒で頭をしたたか殴打《おうだ》され、入院したことがあるが、そのときウェランドは六日で三度も見舞ってくれたのだ。そのお返しぐらいはしてやらなければ。

ウェランドが入院しているのはセントトマス病院であり、おれは六時五分に病院に到着した。ウェランドの好物であるワインガムの大箱と、アメリカの実録犯罪ものの雑誌二冊を抱えて。

病院には決まって人を辟易《へきえき》させる臭《にお》いがあるが、少なくともイギリスでは、その外観も人を辟易させる。仕事柄このおれも、病院に足を運ぶ機会は多かった。被害者の事情聴取に行くことはしょっちゅうで、ときには犯罪者の尋問に行くこともある。それ以外にも、おれ自身が勤務中の怪我《けが》で三度も治療を受けるはめになったことがあった。ひとつはさっきの鉄棒殴打事件であり、もうひとつは警察官になりたてでまだ研修期間中の身だったとき、プロサッカーチーム〈チェルシー〉の騒乱状態となったファンに、キック練習の格好のターゲットにされたためだ。あとひとつは、かなり前に人頭税導入に反対する住民が暴徒と化した事件で、気を失ったどこかのバアさんの意識を回復させようと躍起になっているところへ、いがぐり頭で図体《ずうたい》のでかいレズ女から4×4《フォーバイフォー》の角材で後頭部をぶん殴られたせいだ。おれを殴った女はその場で逮捕されたが、皮肉なことに、その女の仕事は看護婦であることがわかった。

ウェランドは病院の奥にある棟にいた。個室だった。ノックしてなかに入ると、パジャマ姿でベッドに起きあがり、〈イブニング・スタンダード〉を読んでいる。いつもより顔が青白く、まるで船酔いしたみたいだ。だが体重は減ったように見えない。全体には思ったほどひどい状態じゃなさそうだ。

ウェランドは顔をあげ、おれを見ると笑みを浮かべた。

「やあ、デニス」

「具合はどうです、ボス」

「いままで悪かったことはたしかだが、いまじゃいつ悪かったのか思い出せないくらいさ」

「たしかに元気そうですね。治療はもうはじめてるんですか？」

「いいや。明日に延期された。専門医が不足してるとか、そんなことらしい」

「国民健康保険制度はこれですからね。ロンドン警視庁がいかにも人員過剰みたいだ。これ、お見舞いです」おれはワインガムと雑誌をベッドの脇《わき》に置いた。ウェランドは礼をいい、手ぶりで椅子《いす》を勧めてくれた。

おれはウェランドの横で座面の擦り切れた椅子に座り、病気のわりにはずいぶん体調が良さそうに見えるというようなことをいった。こういうときには決まって口にしなければならない、ばかげた気休めだ。もちろんだれも本気で信じてなどいやしない。一度、元彼に酸をかけられて顔の一部がただれた若い女に、そのうちすっかりもとどおりになるさといったことがある。もちろん彼女の顔がもとどおりになることなどなかったし、ウェランドにしてもそれは同じだろう。

「デニス、来てくれてうれしいよ。ありがとう」ウェランドは疲れたらしく、枕《まくら》に頭を横たえた。話すときに少し息が切れる。

「おれもうれしいですといいたいところですが、病院てのはいつ来ても楽しい場所じゃないですね。でも、おれたちが警部補のことを忘れたりなんかしてないってことを知ってほしくて」

「仕事はどうだ？　おれは仕事がしたくてしょうがない。いままでそんな気がしたことなんかなかったのに、いまはほんとにそうなんだ」

「いつもとおんなじですよ。多すぎる犯罪者、不足している警官。山ほど仕事があって、あいもかわらず忙しい」

ウェランドは首を振った。

「ときには無意味なイタチごっこでしかないこともあるんだろ？」

「まったくです」おれは同意しながらも、話の方向が見えずにいた。

「あのなあ、デニス。おれはずっとおまえのことを腕のいい警官だと思ってきた。おまえは仕事がちゃんとわかってるし、酸いも甘いもかみ分けたやつだ」

ウェランドは顔をおれに振り向け、こっちが落ち着かなくなるくらいじっと見つめてきた。どうやら人生だの警官の仕事だのといった奥深い話になりそうだ。できればそれはごめんこうむりたい。

「おれはいつだって最善を尽くしてますよ」

「おれたちは長いつきあいだ。そうだろ?」

「ええ。警部補の下について八年になります」

「八年か……ほんとにそんなになるか? 時間ってのは速いもんだな。このおれも、未来ある警官の一人になったと思ったら、気がつけばいつのまにか……このざまだ。病院のベッドで、命を救ってくれる治療がはじまるのを待ってる」ウェランドはもうおれのほうを見ておらず、天井をじっと見あげていた。物思いに耽《ふけ》っているらしい。「おかしなもんだなあ」

「そうですよね」たしかにそうだ。「八年だなんて、信じられない」おれは首を振った。

「デニス、最近は警察にもずいぶん新顔が増えた。新しい考えを持った大卒連中だ。誤解しないようにいうが、そいつらの大半はいいやつだ。しっかりした女もいる。だがあいつらは、警察の仕事の基本てものがわかっちゃいない。おれやおまえとちがってな。

「おれたちは時代遅れなのさ。それがおれたちなんだ。過去の遺物だよ」

「おれたちは絶滅危惧《きぐ》種だと思いますよ。数年後には完全に絶滅してしまう運命なんです」

「だがな、あいつらはきっとおれたちがいなくなったら寂しがる。おれたちを嫌って古代の恐竜扱いしてるが、おれたちがいなくなればきっと寂しがるに決まってるんだ」

「人は亡《な》くなってはじめて評価される、そんなもんですよ」

「まったくだ。あの新しい連中には――学位を持った男も女も――警察の仕事ってもんが理解できないのさ。おれやおまえとちがってな。やっていくには、ときには規則を曲げることも必要だってことがわからないんだ」

内心激しく動揺した。だがおれはずっと、署内でこっそりやっていた不正にはウェランドを巻きこまないようにしてきた。気づいたかぎりでは、ウェランドは署内のおれの悪事については一切知らないはずだ。

「おれはいつだって公正にやろうとしてきました。ときにはあえて人に厳しくしたこともありますが、いつも規則にのっとってやってましたよ」

「ときにはそういうことも必要なんだ」ウェランドはあいかわらず天井を見つめながら、おれの話など聞こえなかったかのように続けた。「人々はおれたち警官がどんな仕事をやってるか知らないのさ。いつだっておれたちはカスみたいな連中を相手にしなくちゃならないのに、みんなそれを当たり前のように思ってる。あの内務大臣が訪ねてきたときのことを覚えてるか？」

よく覚えていた。二年前のことだ。笑顔に囲まれて自信たっぷりに歩きながら、左、右、中央で、盛んに握手に応えていた大臣。あの男はおれたちの前で断言した。警官の新規採用を増やすこと、そして、逮捕された犯罪者の有罪率があがるよう、また犯罪者たちが法の目をくぐり抜けにくくなるよう、政府と一体となってしかるべき法律を導入することを。だがそれは、いうまでもなく実現しなかった。そういえば、「犯罪者との戦い」という表現を使ったのはこの内務大臣だ。もしかしてノックスは、この表現をパクッたのかもしれない。

「忘れられるもんですか」

「内務大臣はおれたちに心から共感するといい、おれたちの仕事がどれほど大変なものかわかってるともいった。だが嘘《うそ》っぱちだった。あいつらはなにもわかっちゃいなかったのさ。もしわかってたら、おれたちをもっと自由にやらせて、給料だってあげてくれるはずだ。法を擁護するのは価値あることなんだと思わせてくれるはずだ」ウェランドはため息をついた。「ときには少しぐらい規則を曲げて、不足してる金をあちこちから掻《か》き集めなくちゃならないこともある。押収《おうしゅう》した証拠品がひとつくらいなくなったとしても、だれが気がつく？　どのみち焼却処分されるものだ。ちょっとくらい利用させてもらったって、どうってことはない」

ウェランドはまだこっちを見ようとしない。おれはこのひどく小さな病室に座って聞きたくもない話を聞かされることに、だんだん不快感を募らせていった。たわいのないぼやきを装《よそお》いながら、ウェランドの真意は別のところにある。

「いったいなにがいいたいんですか」

「わかってるだろう。おまえは過去に何度か規則を曲げてきた――」

「まさか、いつだって公正にやろうとしてましたよ」おれは繰り返したが、いまでは苦しい言い訳のようにしか聞こえない。「そんなことをした覚えは――」

今度はウェランドは首を振り向け、まっすぐおれを見た。

「デニス、おまえが過去にやっちゃいけないことをやってたのは知ってるんだ。気づいてないとでも思ったか？　押収品が頻繁になくなったとき――ときには麻薬までもだ――それを手に入れられるのはおまえだけだった」おれは口を開きかけたが、ウェランドは片手をあげて制した。最後まで話したいのだ。それを止めることはできない。「おまえは腕のいい警官だ。いままでずっとそうだった。だがおれの目は節穴じゃないし、この頭も空っぽじゃない。おまえを悪徳警官だと責めるつもりは毛頭ないが、おまえが不正な取引をして、手っ取り早く違法な金を手に入れてたことは知ってるんだ。いっとくが、おれは悪いと思っちゃいない。おまえは何年も一生懸命やってくれた。悪党どもを何人もムショにぶちこんでくれた。おまえの努力がなかったら、あいつらはいまも野放しになってただろう。ときには犯罪者を捕まえるために——なんというか——通常とは異なる手段を利用せざるをえなかったことも知っている。そのあたりのことを、おれはちゃんと察してたんだ。本当だ。法律はおれたちにとって束縛となってしまうことがあるからな。おれはそれをわかってたし、おまえもわきまえていた。おれたちは古いタイプだからだよ。新しい連中は、法律がどういうものかなんてまるでわかっちゃいない……」ウェランドはそこでまた目をそらした。どうやら胸のなかに溜《た》まっていたものをようやくぶちまけたらしい。

一瞬おれはそこに座ったまま、いうべき言葉を失っていた。なにもいえるはずがない。ウェランドがおれの不正を見抜いていたとは。絶対にばれないと思っていたのに。ひょっとしておれは、いい気になりすぎていたのかもしれない。ゆっくりと息を吐いた。無性に煙草《たばこ》が吸いたい。

「おれが警部補のどこを気に入ってるかわかりますか。歯に衣着《きぬ》せないところですよ」

「そうはいっても、こんなざまになっちゃな」

「医者はなんていってるんですか。その、ええと……」

「癌《がん》か？　遠慮せずにはっきりいっていいぞ」

「早期発見だったようですか」

「いいや、どうやら質《たち》が悪いらしい。治る可能性もないわけじゃないが、運はおれに向いてないようだ。おまえの運も、いまとなってはわからないぞ」

恐怖が全身を駆け抜けた。

「いったいどういう意味です？」

ウェランドはため息をつき、短い沈黙のあと、こう続けた。

「気をつけろという意味さ。デニス、おまえはずっとおれのお気に入りの部下だった。みんなの前で肩を持ったことだって何度もある。おまえの引き下がらないところがおれは好きだった。それに、最近はとんと見かけなくなった度胸ってやつを、おまえは持ってる」

「いったいなにがいいたいんです？」

ウェランドはまたおれのほうに顔を振り向けた。

「だから、後ろに気をつけろといってるのさ」

「どうしてそんなことを？」動揺を声に滲《にじ》ませないようにして、訊《き》き返した。「だれかがおれのことをなにかいってたんですか？」

「じつは今日、見舞客が来たんだ」そこで間があったが、おれは無言で待った。ウェランドはため息をついて続けた。「内務捜査局から二人」

ということは、いよいよ捜査の手が迫ってきたわけだ。ある意味、コンピューター写真の似顔絵が出てからはいつ来てもおかしくない状況だったが、やはりショックは抑えきれない。

「で、なんていってました？」

「質問していったよ、山ほど」

「たとえば？」

「おまえの履歴、勤務態度……いろいろだ。それから、おまえが警察官の分以上に金を持ってないかどうか、おまえに……汚職の兆候がないかどうか」ウェランドは間をおくことで、〝汚職〟という言葉を強調した。

「で、どう答えたんですか？」

「デニスはいい警官だ、と答えた。デニスに関しては悪い言葉は思い浮かばない、ときに犯人逮捕に熱心すぎるきらいはあるが、とな」

「ありがとうございます」

「いったいなにをしたか知らないが、気をつけろよ。あいつらはおまえを追っている」

じっと座っていると、ウェランドが聞かせてくれたことの重大さが身に染《し》みてわかってきた。しかしどうやらウェランドは、まだおれをあの似顔絵写真とは結びつけていないらしく、それだけが救いだった。尊敬する上司から憎まれることには耐えられない。

それほど世話になった恩人なのだ。

「心配しないでください。なんでもないですから」

「そうか、わかった」

また沈黙が降りてきたが、それを破ったのは今度はおれだった。おれは、そろそろ帰ります、と切り出した。

「いろいろと考える必要があるので」

「あまりはめをはずすなよ」ウェランドはいった。「しばらく大人しくしてたほうがいい」

「わかってます」

「デニス、おまえはいい警官だ」

「そうありたいですね」

「それに、来てくれてうれしかった。心から礼をいうよ」

おれは立ちあがって、ウェランドの腕をやさしく叩《たた》いた。

「水くさいことをいわないでください。いろいろ聞かせてくれてありがとうございました」

ウェランドはうなずき、おれはドアに向かった。

「しかし、今日来たあの二人――」ドアの前に立ったところで、ウェランドはいった。

おれは立ちどまって振り返った。

「なんです？」

「どういうわけか、おまえの射撃の腕前を知りたがってたぞ」

おれは顔色を変えないようにして、肩をすくめた。

「ご存じでしょうけど、そういうことも訊くのがあいつらの仕事なんですよ。ひょっとして、おれを過去の殺人事件と結びつけたがってるのかも」

弱々しい笑みを浮かべて、ウェランドはいった。

「内務捜査局の連中は、なにをたくらんでるかわかったもんじゃないからな」

おれはウェランドの視線から顔をそむけた。自分が訳《わけ》知り顔をしていることを願いながら。

26

進展していた。捜査は進展していたのだ。そのあまりの速さについていけないほどだ。一時間ごとに、おれの対処できる余地はかぎられていき、自由への門は閉ざされていく。しかるべき決断を速やかに下さなければ、おれの人生は事実上おしまいだ。鉄格子《てつごうし》の向こうにぶちこまれ、身の安全のためにほかの囚人たちから隔離されて、余生を過ごすはめになる。いったいそれは何年だろう。三十年？　少なく見積もってもそれくらいだ。三人殺しの、いや、下手をすると四人殺しの罪で、三十年ものあいだ、一切の自由を奪われるのだ。

その夜〈チャイナマン〉の隅のテーブルに一人座り、少しも動揺を静めてくれない酒を口に運びながら、おれは選択肢をじっくり比較検討してみた。警察は明らかにおれを容疑者と見なしている。それはもはや疑いようがない。あの検問のときの警官が、新聞に載った犯人の似顔絵を見て、このおれと結びつけたのだ。警察はすでにおれの最近の写真を入手したにちがいない。それをほかの写真と混ぜ、現場にいた唯一《ゆいいつ》の目撃者であるホテルの女従業員に見せたところ、おそらくあの女はおれの写真を指さしたのだ。問題は、それだけで容疑を決定づけるに足る証拠となるかどうかだ。おそらく警察は、まだ逮捕して起訴するような段階ではないと見なしていることだろう。それにはいくつか理由が考えられる。もっとも可能性のある理由は、おれを泳がせておいて、殺人を命じた黒幕を捕まえたいと思っていることだ。あるいは、おれに気づかれないうちにさらに証拠を集め、それから一気に捕まえる肚《はら》なのだろう。警察官として数々の武勇伝を残したおれに、協力と引きかえに刑を軽くするというニンジンをぶらさげたところでうまくいかないことはわかっているのだ。たしかにおれは、いくら絞りあげられようと口を割る気はない。向こうもそれを承知しているのだ。

しかもこれは、警察にとってじつに恥ずべき状況でもある。比較的上級職にあって、十七年のキャリアを誇る腕のいいベテラン警察官が、三人が殺害された事件の容疑者として逮捕されることになるのだ。当局のだれもがそんなシナリオなど望んでない。だから探している犯人がこのおれであるという百パーセントの確信が得られないかぎり、行動には出ないだろう。じつはそのことが、下手をすると捕まりかねないおれにとって、逃げのびるわずかなチャンスを残してくれているのだ。とはいえ、警察は四六時中監視しているにちがいない。向こうにしてみれば、おれを逮捕することより恥ずべきなのは、おれを逮捕しそこねることであり、監視下に置きながら網から逃がしたというニュースが洩《も》れることなのだから。

おれはスコッチの水割りを飲み終え、なにげなくパブを見渡した。場ちがいな人間がいないかどうか探すためだ。警察の監視チームは腕がいい。最高の腕を持つ連中はとくにそうだ。だがターゲットが勘づいている場合、監視はとたんに困難をきわめる。バーカウンターの隅に、安物の黒いスーツを着た中年男がいた。ネクタイが曲がっていて、シャツの一番上のボタンが留まってない。店主のジョアンに大仰な身ぶりで話をしていることから、どうやらジョークを聞かせているようだ。そいつをしばらく見つめてから、バーのほかの客に目を転じた。その中年男のいくつか隣に、顔見知りの二人の実業家タイプがいた。さらにその先のジュークボックスのまわりには、ついこのあいだまで十代だった若者たちのグループがいる。バーカウンターのすぐ前にあるテーブル席のほうには二組のカップルがいて、一組は見覚えがあり、もう一組は知らない顔だ。後者のカップルは退屈そうな顔で、ろくにおしゃべりもしてない。たぶん夫婦連れだろう。女房のほうが顔をあげ、おれの視線に気づいたが、見られていたことを気にするふうでもない。警察の人間じゃないのはたしかだ。むしろ見つめられていたことを喜んでいる様子で、おれに小さく笑みを投げかけてくる。亭主がそれに気づいた気配はなかったので、おれも微笑《ほほえ》み返してやって、目をそらした。

店内にはほかに十二人ほど客がいただろうか。テーブル席に散らばり、それぞれおしゃべりを楽しんでいる。特定のだれかをじっと見つめすぎるようなヘマはしなかった。監視チームに——もちろん、彼らがいるとすればの話だが——こっちが気づいていることを悟られるのだけはごめんだ。悟られればただちに身柄を拘束されるだろうし、捜査情報を洩らしてくれたのがウェランド警部補であることもばれてしまうかもしれない。ウェランドは連中からおれをかばってくれたうえに、捜査状況まで教えてくれた。連中がおれの射撃経験について尋ねてきたにもかかわらずだ。ふつうならその時点で、私情を捨てて洗いざらいしゃべってしまうだろうが、ウェランドはちがった。ウェランドは〝真相〟をわかっていた。というより、わかったつもりでいた。よくよく考えてみると、たしかにウェランドは怪訝《けげん》な顔つきをしていたような気がする。もしウェランドがおれのすべての犯罪を知っていたら、事態は別の方向に進んでいたことだろう。おれにとって好都合なのは、たいていの人間が、このおれに三人殺しなどできるはずがないと思ってくれることだ。たいして自慢にならないかもしれないが、少なくとも都合はいい。

煙草《たばこ》に火をつけながら、おれは考えた。逃げるのをためらう理由はどこにもない。いまとなっては、とうていやりすごせないところまで来てしまった。担当の捜査官たちは、必要な手がかりを得るまで執拗《しつよう》に嗅《か》ぎまわるだろう。そのうちなんらかの理由をつけておれを逮捕するはずだ。そしてジーン・アシュクロフトがおれの逮捕を知ったら、警官たちにダニーのことを話すにちがいない。となれば、あとは奈落が口を開けて待っているだけだ。

ダニー。病院を出てから、もう一度ダニーの携帯電話にかけてみた。あいつが電話を取り、いまビーチに座ってピニャコラダをすすってるところさというのを聞きたかった。ところがあいかわらず電源を切ったままだ。もう一度かけてみる。煙草を吸いながら、つながらない電話を待ち続けた。何度かけてもつながらないとなれば、あいつの身に怖《おそ》れていたことが起こったと考えざるをえないし、それはまた別の問題へとつながっていく。レイモンドとその仲間は、このおれも生かしてはおかないはずだ。おれが警察に追われていることを連中が聞きつけたとしたら、やつらはきっとおれを片づけに来る。ひょっとすると、もうそこまで迫っているのかもしれない。いずれにしろおれの未来は、手をこまねいているかぎりは暗澹《あんたん》たるものなのだ。

しかし、経歴も生活もなにもかも捨てて逃げるのは並大抵のことじゃない。それにカーラ・グラハムのことだってある。彼女はまだ本気になれないかもしれないが、いずれおれがその気持ちを変えてやることだってないわけじゃない。取り巻く状況がことごとく否定的となってしまったいま、彼女だけが唯一前向きに考えられる対象だった。

携帯電話を取って、カーラに電話してみようかと思った。怒らせるかもしれないのはわかっていたが、状況があまりに慌《あわ》ただしく動いている以上、呑気《のんき》に待ってなどいられない。だめでもともとだ。が、手にした電話を十秒ほど見つめたものの、結局はテープルに戻した。明日まで待とう。

おれは煙草を吸い終え、別の酒を頼むため、バーカウンターのほうに行った。ジョアンはまだ中年男とおしゃべりしている。二人とも懐《なつ》かしい友人同士のように笑いあっているが、ジョアンが会話から離れるときの様子からして、実際には知りあいでもなんでもないことがわかった。

「デニス、つぎはなに?」ジョアンはおれに訊《き》いて、中年男のほうに顔を戻した。「この人知ってる?」この人とはおれのことだ。「注文のたびにお酒を変えるのよ。だからつぎはなにを飲むか、まるで予測できないの。そうよね、デニス」

「男は意外性があったほうがいいのさ」おれはその言葉を裏づけるように、瓶のピルスを頼んだ。

ジョアンが振り返ってそのビールを取ろうとしたとき、おれは中年男に軽く笑みを送った。男はぎこちなく微笑み返して、顔をそらした。飲んでいるのはコーラだ。こういう場所でコーラを飲むのはいかにも怪しいが、そういう人間が絶対いないわけじゃない。

別の若いカップルが店に入ってきたので、おれの目は自然とその二人に移っていた。女のほうがバーカウンターに近いテーブルに座り、帽子とスカーフを取る。どうやらおれに気づいてないらしい。友だちにも同僚にも見える男のほうがバーカウンターに来たとき、おれは顔をそむけ、注意を引かないよう気をつけながら、飲み代を払った。するとジョアンが、あなたはおばあさんが引ったくりにあった事件を担当してるんでしょ、あのおばあさん、前にうちの常連客だった人のお母さんなの、と話しかけてきた。おれは、いいや、担当はしてないが、犯人はじきに逮捕されるはずだ、と答えた。

「やったのは子どもだよ。子どもはいつだって自分からばらす。口を閉じてることができないんだ」

「ほんと、ガキはいやよね。あいつら縛り首にしちゃえばいいんだわ」

おそらくそれが、八割がたの一般市民の素直な心情だろう。もっとも、縛り首にしたところで状況が変わるはずもない。ふつうならこの時点でおれは、自分と周囲の両方に向かって、犯人はいつかそれ相当の罰を受けるのさと警察官らしい気休めをいうのだが、今回はやめておいた。どうせ犯人たちは、罰をまぬがれるにちがいないからだ。

「ジョアン、法廷には正義を求めないほうがいい」おれはいってやった。「法廷は正義を行なうのが怖いのさ」そしてコーラを飲んでいる中年男に顔を向けた。「そうだろ？」

「おれは政治の話はしないんだ」男は答えた。が、おれの目を見ようとしない。「すぐいい争いになっちまうんでね」

「でも、だれかがなにかしなくちゃ」ジョアンはぼやいて、カウンターに来た客の応対に行った。

おれはテーブルへは戻らず、黙ってビールを飲んだ。早めに飲み終えてジョアンを探したが、奥のほうに姿を消している。おれはコーラの中年男にうなずき、曖昧《あいまい》にうなずき返す男を残して、店をあとにした。

外はシベリアからの寒気が本格的に到来していた。凍えるほど冷たい風が、狭い通りを吹き抜けていく。おれはコートの前を掻《か》きあわせ、ときおり後ろを振り返りながら歩きはじめた。道の両側にずらりと駐《と》めてある車には人気がなく、〈チャイナマン〉から出てくる人影もない。

五十メートルほど行ったところで脇道《わきみち》に入り、暗がりに潜んだ。寒さに震えながら、自分にいい聞かせる。おまえはバカだ。だれかが尾行してきたとわかったところで、悪い予感が裏づけられるだけではないか。事態がましになるわけじゃない。

しかし、それでもおれは身を潜めていた。五分が過ぎる。そして十分。車が一台、ゆっくりと走っていく。二人の男が乗っていたようだが、はっきりとは見えない。車は停まることなく走り、通りの端で加速して去っていった。

氷のように冷たい雨が降りはじめた。おれはようやく脇道から出ると、暗がりを選びながら帰途についた。フラットでだれが待ち伏せているかわかったものじゃない、そう思いながら。

27

フラットが近づいたとき、おれは静かな通りを注意深く見渡し、場ちがいな人間がいないか探してみた。しかし、寒さが人を屋内へと追い立てたらしい。本当に静かなのだとわかると、急ぎ足で階段をあがり、玄関ドアの鍵穴《かぎあな》にキーを差しこんだ。それでも頭の片隅では、暗闇《くらやみ》から不意に暗殺者があらわれたり、逮捕に来た武装警官たちのスタッカートの怒号が静寂を切り裂いたりするところを想像していた。

だが、なにも起こらない。なかに入ってドアを閉めたとき、ようやく胸を撫《な》でおろした。

フラットに入って最初にしたことは、病欠の電話をかけることだった。おれに対する捜査について署の連中がどの程度知っているかわからないが、いまだにノックスが知らされてないとは考えにくい。つぎにかけたのはレイモンドの携帯電話だが、応答がなかった。やつのボディガードであるルークも出ない。そこで、電話してくれ、二日ほどフラットを留守にする、とメッセージを残した。刺客を送られないようにするための備えだ。それからコーヒーを淹《い》れ、パニックを起こさないよう自分にいい聞かせた。まずい状況になったとはいえ、まだこっちに分がないわけじゃない。

十時ごろベッドに潜り、思いのほかすんなりと寝ついた。ひと晩じゅうぐっすり眠って、翌朝八時すぎに目覚めたときには、なかば生まれ変わったような爽快感《そうかいかん》を覚えた。

いまこそつぎの手を計画すべきときだ。このフラットでいたずらに日を重ねても、逮捕される可能性が高まることにしかならない。思い切った行動を迅速に取らなければ。なんとか監視を振り切って、ベイズウォーターの貸し金庫から金を引き出し、しばらく身を潜める必要がある。逃げはじめて、監視に気づいたことが追っ手にばれたら、もうだめだ。後戻りはできない。一生逃げ続けるしかないのだ。

外へ出て、新聞を買いに角を曲がった。できるだけさりげなさを装《よそお》い、不都合な人や物を探したりしなかった。戻ってきてトーストとコーヒーの軽い朝食を食べながら、新聞を読む。トラベラーズ・レスト殺人事件の捜査に触れた記事は、その新聞にはなかった。ミリアム・フォックス殺害事件についてもなにもない。容疑者が逮捕され起訴された以上、裁判開始まで記事にはならないだろうし、裁判がはじまったとしても扱いは小さいにちがいない。かわりにその新聞の紙面には、イギリスや外国のいつもの愚痴が書かれていた。農業危機、アフリカの新たな飢饉《ききん》、食の恐怖。そのなかに、殺人、暴力、耳寄りなファッション情報などの記事がリベラルにちりばめられている。

その日六本めの煙草を吸っていたとき、おれは肚《はら》を決めた。カーラ・グラハムに電話をしたところで、失うものはなにもないのだ。さっそくレイモンドからもらった携帯電話で、カーラのオフィスに電話した。フラットの電話は盗聴されている可能性があると思ったからだ。四回めの呼び出し音で、カーラは電話を取った。そばに人がいる気配がなくてほっとした。

「もしもし、カーラ」

「デニスなの？」

「ああ、ぼくだ。どうしてる？」

「いま忙しいわ。とっても」ため息が聞こえた。

「時間は取らせないから」

「どのみちわたしのほうから電話するつもりだったの」

「え？」

「あまり深刻に考えなくていいと思うんだけど、あなた、だれかいなくなったら連絡してほしいといってたわよね」不吉な予感が背中を這《は》いあがった。なかば埋没していた考えが、とたんにゾンビのように墓から甦《よみがえ》ってくる。「一人いなくなったの」

「だれが？」

「アン・テイラー」

アン。一緒にコーヒーを飲んでから一週間もたってない。さらわれそうになったところをおれが助けた少女だ。

「なんてこった。いったいいつのことだい？」

「最後に姿が見えたのは日曜の午後だけど——」おれの不安を感じ取ったらしい。「でもこれがはじめてじゃないわ。前にも何度かあったの。だからたいして心配するほどのこともないんじゃないかしら。例の殺人事件だって、容疑者が身柄を拘束されてるんだし」

「そりゃそうだが、あいつはまだはっきり犯人と断定されたわけじゃない。答えが出てない疑問は山ほどあるし、有罪と確定されないうちはだれもが無実なんだ。きみならそれくらいわかるだろうけど」

「でも、あんまり考えすぎることないと思うわ。アンはもともとそういうタイプの女の子なのよ」

「モリー・ハガーだってそうだったじゃないか。きみだって心配なはずだろう。アンがいなくなったのは、前回はいつだった？」

「一ヶ月ほど前よ」

「そのときはどれくらいで帰ってきた？」

「二晩ほど。今回も似たようなものよ。だからわたしたち、あんまり心配してないの。

前回あの子が無断外泊したのは、年上の女友だちと外で遊びまわってたからよ。それでラリったまま寝てしまって、二十四時間後に目覚めて帰ってきたの」

「その前は？　その前いなくなったのはいつだい？」

「覚えてないわ。何ヶ月か前よ。ねえデニス、こっちじゃなにかまずいことが起こったなんてだれも考えてないわよ」

「だったら、なぜぼくに電話しようと思ったんだ？」

「そうしてくれっていったのはあなたじゃない。わたしとしては、アンはいつもやってることをやってるだけだと思ってるわ。ふらりと出かけてはドラッグをやり、人の言葉に耳を貸すこともなくやりたい放題。それがあの子なの。あなたに知らせなくちゃと思ったのは、あなたが心配してるみたいだし、もし警察に知らせずに、アンがミリアムみたいに路地で喉《のど》を切られて死んだりするようなことになったら、一生後悔すると思ったからよ。ほとんどありえないと思うけど」

「なるほど、きみの話はわかった。そういう考え方はあまり好きになれないけどね」たしかに気に入らない。アンがいなくなったことで、おれの頭はますます疑問でふくれあがった。ひょっとすると、大方の読みに反してマーク・ウェルズは犯人じゃないかもしれない。もっとも、だからどうということはなかった。こっちはもっと大きな問題を抱えているのだ。ため息をひとつついて、おれは切り出した。「カーラ、悪いけど警察に通報してくれないか。いま聞かせてくれたことを警察に伝えてほしいんだ」

「警察はあなたでしょ、デニス」

「いまはもうちがう」

「え？　どういうこと？」

「辞めたのさ、昨日」正式にはまだだが、もう辞めたようなものだ。

「からかってるの？　だったらやめてちょうだい」

「からかってなんかいるもんか。正直にいってるんだよ。今日辞表を提出してきたんだ。ずっと前から考えてたのさ」

「だけど、これからどうする気？　ほかに仕事の経験はあるの？」

それならある。人を殺す仕事だ。

「いいや。けど少しばかり金を貯《た》めてあってね。しばらく外国にでも行ってこようかと思ってる。旅行だよ。いつかやってみたかったんだ」

「そう……うまくいくといいわね。幸運を祈るわ。で、いつ出発するの？」

「できるだけ早く。たぶん週末の前になるだろう」

「なんだかうらやましい」

「きみならいつだって歓迎するよ」

カーラの笑い声がした。

「無理よ。でもいつか、あなたに会いに行くかも」

「そんなこといわずに一緒に来ればいいじゃないか。なにが問題なんだい？」

「警察の人にそういわれても、なにもかもかなぐり捨てていくだけの勇気はないわ。なんともいえないわね。現状にそれほど不満があるわけでもないし」

「ほんとにそうかい？」

回線の向こう側に短い沈黙があって、カーラの声が戻ってきた。

「うまくいきっこないわ。わたしはあなたのことをよく知らないもの。ここで終わりにしたほうがいいと思う」

「わかったよ。でも行く前に、最後にもう一度会ってくれてもいいだろ？」いったそばから危険を顧みない無分別な行動だと思ったが、自分を抑えられそうになかった。

「ええ。いいけど、いつ会えるかわからないわよ」

「この前の夜、きみは詩が好きだといってただろ。現代詩の詩人たちが今夜朗読会を開くんだ。うちの近くにある〈ギャラン〉てクラブで。そこで待ちあわせて一杯飲まないか？ いい店だよ」

カーラは数分のあいだ「でもねえ」とか「うーん」などと逡巡《しゅんじゅん》していたが、結局は一時間程度ならと待ちあわせることに同意してくれた。場所の説明をしはじめたら、おぼろげながら知っていることもわかった。

「アンのこと、かならず警察に通報しといてくれ」おれは念を押した。「正式に届け出るんだ。なにが起こるかわからないし、あとで悔やむより無事でいてくれるほうがいいだろ」するとカーラはまた、心配することないわよと繰り返したが、強硬に頼むと、結局は折れてくれた。

　電話を切ったあと、コーヒーのお代わりを淹れ、七本めの煙草《たばこ》に火をつけた。アン・テイラーの件はおれが心配すべきことじゃない。かりにおれがまだ警官であり、ミリアム・フォックス殺人事件の捜査に関わっていたとしてもそうだ。マーク・ウェルズがミリアムを殺害した犯人であるのはほぼまちがいないのだから。しかし、考えずにはいられなかった。いったいモリー・ハガーの身になにが起こったのか？　アンはどこに行ったのか？　本来ならモリーはとっくに姿を見せていてもいいはずだ。親友であるミリアムが殺されたというのに、姿を見せてなにがあったのか確かめもしない。ウェルズが犯人だと思うなら警察と接触してきてもいいのに、それもしない。しかも、モリーが失踪《しっそう》してわずか数週間後、今度はアンがいなくなった。カーラがいうようにまったく合理的な説明も可能なのかもしれないが、偶然にしてはできすぎているとしかおれには思えない。先週アンが誘拐されそうになったことを考えあわせると、その疑いはますます深まるばかりだ。なにかを見落としている。おれもおれの元同僚たちも気づいてない、なにかがある。だがいくら考えても、その正体は見えてこなかった。それにいまの自分の追いつめられた状況を思えば、考えるだけ無駄な気がする。

しかし、どうしても頭から離れない場合があるものだ。そこでおれは受話器を取り、マリックの携帯電話にかけた。この電話は盗聴されようとかまわない。

十回の呼び出し音のあとで、マリックは出た。声の調子だけでは、おれからだとわかって喜んでいるかどうかわからない。一瞬思った。上司たちがおれの犯罪に勘づいたことを、マリックは知っているのだろうか。

具合はどうです、とマリックは訊《き》いてきた。おれが病欠の連絡を署に入れたことを聞きつけたのだろう。おれは答えた。ああ、だいじょうぶだ、ちょっとばかり体調がすぐれないだけさ。

「このところ熟睡できなくってな。休暇が必要だと思う」

「何週間か休んだらどうです？　休みを取って当然ですよ、それだけの実績があるんですから」

「そうだな。そうするかも」

「それはともかく、なんの用です、デニス」

デニス――マリックからそう呼ばれることに、おれは永遠に慣れないだろう。

「今朝の一斉家宅捜索《ガサいれ》はどうだった？　何件か起訴に持ちこめたか？」

「狙《ねら》った連中は全員逮捕しましたが、起訴はまだです。ああいうガキどもを相手にするときのことはわかるでしょう。まるで卵をつぶさずに殻の上に乗っかるようなものだ。連中を動揺させないようにするため、声を張りあげちゃいけないんです」

「そいつらの一人か数人が、あのバアさんに引ったくり強盗を働いたのはまちがいない」

「みんなもそう確信しています。問題はそれを証明することですよ。いうまでもないことですが」

「容体はどうだ？」

「あのバアさんですか？　一進一退ですね。おれの感触では、もう持たないんじゃないかと思います。ポックリ逝《い》くのが数週間後になるか数ヶ月後になるかわかりませんが、あのガキどものせいであることだけはたしかです」

　おれはマリックに同意した。

「ところで、電話したのはミリアム・フォックスの件なんだ」

「ああ、あれですか」たいして気のない返事だ。おれがカーラから聞いたアンの失踪の件を話すあいだ、マリックは耳を傾けて聞いていた。話し終えると、どうしてカーラと話したりしてるんです、とマリックは訊いてきた。「もう彼女には連絡を取らないといってたじゃないですか」

「向こうから電話があったのさ。だれかいなくなったら知らせてくれといってあったからな。これは偶然にしては頻繁すぎる。まだ十四の少女二人が、たった一ヶ月のあいだに同じ児童養護施設から姿を消してるんだ。おまけに消えた二人は殺害された女の知りあいであり、一人は親友だった。そのうえ三人とも、キングズクロスの同じ界隈《しま》で売春婦として働いていた。たしかに人が失踪するのはめずらしいことじゃない。マーク・ウェルズはすでに拘束してあるし、やつに不利な物証が出ているのも知っている。だが、なにかがおかしいんだ」

「あなたがいまいったように、人の失踪はめずらしいことじゃないですよ……」

「ああ、わかってるさ。失踪なんてごくありふれたことだ。とくに十代のクラック中毒者の場合はな。だがここまで頻繁か？　しかも一人は惨殺《ざんさつ》され、一人はほんの数日前に路上であやうく誘拐されかけたんだぞ。このおれが目撃証人だよ。しかも惨殺事件の容疑者に関して出てきた物証は——例のシャツだ——失踪した少女の一人とつながってる」

「デニス、そこまで深読みするのはどうかと思いますよ。失踪中で証言もできない少女にシャツをやったというのは、ウェルズの安直な逃げ口上でしょう」

「捜索はしたのか？」

「だれを？　モリー・ハガーですか？　おれの知るかぎりではないですね。でもそんなに気がかりなら、おれじゃなくて直接ノックス警部に話したほうがいいですよ。警部がどういうか、自分で確かめたらどうです?」

「ノックスのいいそうなことはわかってるさ。犯人はすでに拘束してある、これ以上取り調べを拡大する必要はない……」

「それも一理あると思いませんか? たしかにあなたのいうように、偶然にしてはできすぎてる部分もある。でもおれたちになにができるっていうんです? モリー・ハガーともう一人の少女については深刻なトラブルに巻きこまれた形跡があるわけじゃないし、あなたのいうように、失踪してもだれも不思議に思わないような子たちでしょう」

「それより、おまえの端的な考えを聞かせてくれないか」

「おれを思い出してくれてありがとうございます。おれだったらこういいますね。たしかに奇妙だけど、それ以上のものじゃない。じっと様子を見たほうがいいかもしれません。街娼《がいしょう》たちから話を聞いてみるのもいいでしょう。でもあまり心配はしません。そんなことより自分の心配をしてください。あの子たちのことは考えずにベッドで休んで、元気になったら早く署に戻ってきて、おれたちの力になってくださいよ」

しかし、おれにはもう署に戻ってマリックたちの力になる気などなかった。マリックに会えなくなるのは寂しい。たとえあいつがおれのことをデニスと呼んだり、気安く忠告したりすることにうんざり気味だったとしてもだ。あいつは腕のいい警官だ。あいつがそういう警官に育ったのも少しはおれのおかげかもしれないと思うと、悪い気がしなかった。すまないが、キングズクロスの淫売《いんばい》たちのあいだで関連した進展がないかどうか気をつけて見ていてくれ、と頼むと、マリックはわかりましたといった。おれは礼をいい、近いうちに会おう、いまからベッドに直行して休むことにするよと伝えて、電話を切った。

だがおれはベッドには行かなかった。かわりにいくつかの計画とその準備を、じっくり練りはじめた。何度かダニーの携帯電話に電話してみたが、やはりつながらない。ときおり窓から鈍色《にびいろ》の空をながめては、モリー・ハガーやアン・テイラーの運命について思いめぐらし、ミリアム・フォックスが墓場に持っていった秘密について考えた。

そのあいだじゅうなにかがずっと引っかかっていたが、正体は皆目わからなかった。なにかを見落としている。それがろうそくの火影《ほかげ》のように記憶の奥底で瞬《また》き、躍り、なんとも思わせぶりで苛立《いらだ》ってしまうのだが、消そうとしても消えてくれない。

警官としての最後の夜、闇《やみ》の帳《とばり》が降りてきて、天気予報のアナウンサーが予想した雨が西からやってきたとき、おれは思い知った。ミリアム・フォックスの身に本当はなにが起こったのか、自分にはまだなにもわかってない、彼女の血塗《ちまみ》れの死体をじっと見おろしたあの朝と同じく、なにひとつわかってないのだ、と。

28

小型タクシーを呼んでクラブ〈ギャラン〉に向かい、到着したのは七時四十五分ごろだった。あいかわらず雨は降りしきっていて、昨夜《ゆうべ》よりは寒くないものの、肌を刺すほどに風が冷たい。

自宅フラットから八百メートルほどの距離だが、〈ギャラン〉に入ったことは一度もない。しかし、前を通り過ぎたことは何度もあり、とりわけ昨日は外に黒板が出してあって、今夜〝現代詩人たちの夜〟が催されると書いてあった。おれの趣味じゃないが、どうせいつもパブでぶらぶらしているだけだから、たまには気分転換になっていい。〈チャイナマン〉のほうは今夜はパブクイズだった。おれが覚えているかぎりでは、仕事以外の理由でパブクイズに行かないのはこれがはじめてとなるはずだ。

店内はこぢんまりしていて、照明も薄暗い。一番奥にあったステージの上はがらんとして人気《ひとけ》がないが、フロアのほうは、どの丸テーブルも客でいっぱいだ。左手にあるバーは、カウンターの長さがちょうど壁の幅だけある。空いているテーブルはなく、カウンターにも小さな人だかりができていた。来ている客の大半は、たとえばメイデン・フェイス・アラーンガードとかいう名前を持つ男の詩の朗読会で見かけそうなタイプだ。長いコートを着て、繊細すぎるほどの手つきでビールを口に運ぶ青臭い顔の学生たち。過剰なまでのピアスをしてパントマイマーなみに派手な服を着た〝環境戦士〟グループ。あとは、的はずれな疑問から隠れた意味を探し出すことに、起きている時間のすべてを費やすかのような年輩の知性派オヤジがちらほら。

こういう客層になることをなかば予想して、自分もできるだけ場ちがいにならない格好をしてきたつもりだった。だが目論見《もくろみ》ははずれた。色褪《いろあ》せたジーンズと肘《ひじ》に穴の開いたスウェットシャツでは、この集団に溶けこむなんてとてもできやしない。もっとも、ここに覆面警官はいないと確信できたのはよかった。いるとすれば、おれと同じで二キロ先からでも目につくはずだ。

カーラはまだ来ていない。おれはバーカウンターに行き、バーテンにプライド・ビールを一パイント注文した。鼻にボルトを通し、三十センチ近い顎《あご》ひげをたくわえたバーテンだ。まるでおれが子ども向けドラマ『ドクター・フー』に出てくる悪役の格好をしてきたかのように、うさん臭そうな目でおれを一瞥《いちべつ》した。だが手際《てぎわ》はいい。昔もいまも、バーテンにはそれが一番重要だ。おれはビールの代金を払い、カーラが入ってきたらすぐわかるように、入り口近くに立った。

あまり居心地がいいとはいえなかったし、ある意味それは、カーラとのことについてもいえた。カーラはおれたちがうまく行きっこないことを知っている。それをなかなか受け入れられないのはおれのほうだ。しかし、いやでも受け入れなければならない。明日からおれは逃亡生活なのだから。レン・ラニオンの接触者の一人から、数ヶ月前に偽造パスポートを手に入れてあった。以前、署の元同僚二名に内務捜査局の捜査が及び、このおれもうかうかしてはいられないと思ったとき、保険がわりに入手したものだ。なかなかよくできている。パスポートの写真を撮るときには十日ほど顎ひげを伸ばし、眼鏡をかけた。おかげでまるで別人だった。だがまだこれは使えない。おれが逃げたら警察はただちに全港警戒態勢に入る。となれば、ほとぼりが冷めるまで数週間どこかに身を潜めなければならない。車でコーンウォールか、あるいはスコットランドまで行くのもいいだろう。どこか人里離れたところへ行くのだ。その日何度めかでおれは、不安のなかにも奇妙な高揚感を覚えていた。

最初にステージにあがった詩人を見て、思わずニヤリとさせられた。あのノーマン・〝ジーク〟・ドレイヤーだ。どうやら〝サマーズ・タウンの吟遊詩人〟と呼ばれているらしい。格好は、フェルトでできたような房飾りがついたリンカーングリーンのジャケット、クリケット用の白いズボン、膝丈《ひざたけ》の黒のブーツ。ありがたいことに、羽根のついた帽子はかぶってない。かぶっていれば、仮装パーティのロビンフッドだ。

ステージに躍りあがったノーマンは、丁重な拍手を受けたあと、すぐに自作の詩を朗読しはじめた。アニー・マックシルクという名のデカパイの田舎娘が、スケベな農夫たちを追い払うのにひと苦労するという猥褻《わいせつ》なバラッドだ。なかなかよくできていて、つい何度か大笑いしてしまった。だが少々長すぎた感はあったし、惜しいことにノーマンが朗読した詩のなかでは、それが一番の出来だった。つぎの三つは退屈な社会正義をテーマにした詩だったため、おれは二十秒ごとに入り口を見やってカーラの姿を探した。ノーマンが三方に芝居がかったお辞儀をしてステージから飛び降りるころには、拍手はおしゃべりの渦に紛れて消えていた。

おれは店内の客に嫉妬《しっと》を覚えた。恐れるもののない人々が羨《うらや》ましい。だれもが安全で小さな世界に包まれ、なんでもないことを、さも重要であるかのようにおしゃべりしている。

肩を叩《たた》かれて振り向くと、そこにカーラが立っていた。いつもより濃いめの化粧が、美しさを損ねることなく、逆にますます引き立てている。長い黒のコートに、その下はシンプルな白のブラウスとタイトなジーンズという格好だ。カーラは挨拶《あいさつ》がわりに頬に軽いキスをしてくれた。おれは、きれいだよ、といった。

「ありがとう。お世辞でもうれしいわ」カーラは含むように小さく笑った。

「飲み物はなんにする？」

「ウォッカオレンジにしようかしら」

合図を送ると、ウェイトレスがやってきて注文を取った。

「それで、ほんとに行っちゃうの？」ウェイトレスが行ったあと、カーラはいった。

「あなたにそんな度胸があるとは思わなかった」

「外見は人を騙《だま》すのさ」おれはいった。「アンのことでなにか進展は？」

「ないわ。でもほかの女の子の話だと、アンは新しい男とつきあってるらしいの。どうやらその男と出ていくって話をしてたみたい」

「ほんとかい？　そうであることを願いたいね。警察に報告は？」

カーラはうなずいた。

「したわ。あまり関心ないみたいだったけど」

「モリーのことは聞かせてやったかい？」カーラはまたうなずいた。「それでも警察は興味ないと？」

「あの子たちはしょせんストリートガールなのよ。この程度のことはめずらしくないわ。だけど、あなたはもう警察をやめたんでしょ？　この件をどう扱うつもりか知らないけど、あまりにも心配性すぎるんじゃない？」

「旅行に出ればこの心配性も治るさ。ここさえ離れたら、心配するネタも少なくなるんだし」

カーラは微笑《ほほえ》んだ。

「どうかしら。どうせ一ヶ月もしないうちに戻ってくるんでしょ?」

「いや、それはないと思う」

「連絡だけは取りあいましょうね。絵葉書でも送ってちょうだい。いろんなところから」

「ああ、そうするよ」おれはカーラを間近に見つめた。「カーラ、こんなことというと変に思われるかもしれないけど、きみが恋しくなるだろうな。一緒に来てくれれば、ぼくらはきっとうまくやれたはずなんだ」

「ほんとにそう思う?」カーラはおれを見つめ返した。「かもしれないけど、このあいだもいったように、いまは時期が悪いわ」

おれはうなずいた。

「しかたないね。だから今夜は精一杯楽しませてもらうとしよう」

「そうしてちょうだい」カーラはにっこり笑った。「わたしの時間は安くないわよ」

その言葉に対して、気の利《き》いた答えはあまり思いつかなかった。

バーカウンターから離れたところにあるテーブルがひとつ空いたので、そこに行って座ると、ステージ上につぎの朗読者があがった。ジーニー・オブライエンという、脚がひょろ長くて不細工な顔立ちをした女だ。抱えてきたスツールを置き、観客のほうを向いて腰かけた。

「あの女《ひと》、知ってる」カーラがいった。「前にもこういうところで見たことがあるの。けっこういけてるわよ」

たしかにこの女もうまかったが、おれはたいして聞いてはいなかった。だがあいにくカーラが熱心に聞いていたため、二人の会話は、もっぱらおれがしゃべる一方通行になりがちだった。おかげでビールが早めになくなったときには、少し後悔しはじめていた。なぜおれは計画をひと晩先延ばしにして、すべてを危険にさらすようなまねをしているのだろう？

「ほかになにか飲むかい？」

カーラは腕時計を見た。

「もう一杯だけ。そしたらもう行かないと」

二人分の飲み物を持ってテーブルに戻ろうとしたとき、例のサマーズタウンの吟遊詩人と鉢あわせになった。ノーマンはすぐにおれだとわかって、たちまち顔を強《こわ》ばらせた。

「あ、こ、こんばんは。ご機嫌いかがですか？」

おれはノーマンの前で立ちどまった。

「悪くないよ。さっきの、けっこういかしてたぜ、ノーマン」

「ええっ、見たんですか？　あんまり満足のいく出来じゃなかったですけどね。なにしてるんです、こんなところで？　もちろんぼくの知ったことじゃないですが、あなたみたいな人が来るところじゃないでしょう」

「たしかにな。だが連れの女が――」

「ああ、さっき一緒のところを見ました」

「彼女が詩に目がなくてね」

ノーマンは曖昧《あいまい》にうなずいた。

「そうですか。それはよかった」

おれはテーブルのほうを見やった。カーラは視線を宙に定め、優雅にシルクカットを吸っている。その超然とした姿は、まさに高級エスコートガールそのものだ。おれは思わずにいられなかった。彼女はおれになにがしかの感情を抱いているのだろうか。それともあの夜は、男と寝たかったときにたまたまおれがいただけなのだろうか。

「ミリアムの殺人事件でウェルズを逮捕したって聞きましたけど」

「ああ、そうだよ」

「あいつだと思いますか？」

その疑問は何度問いかけられたことだろう。みんなおれがノーと答えるのを期待しているかのようだ。

「証拠はその方向を差してる」と答えたものの、実際にはうわの空だった。ノーマンの肩越しにカーラを見ながら、頭のなかでついいろいろと考えてしまうのだ。

「でも、さっきあなたを見かけたとき思ったんですよ。変だなって」

「変？」おれはノーマンに視線を戻した。

「その、あなたの連れの女性が見覚えのある顔だったんです。それで、どこで見たのか思い出そうとして――」

「それで？　いつ見かけたんだ」

「そこが変なんですよ。彼女があなたと一緒のところを見なかったら、きっと思い出さなかったでしょうね」

「だから、どこで見たんだ」

「フラットの外の廊下ですよ」

「いつのことだ」切迫した口調にならないようにして、おれは訊《き》いた。

「二週間前です」

「ミリアムが殺される前か？」

「ええ、たしかそのはずです」

「先週おれたちが聞き込みに行ったときに、なんでそのことをいわなかった」

ノーマンはおれの不機嫌を感じ取った。

「だってあなたは、ミリアムの男の訪問者しか興味なかったみたいじゃないですか。それにあのときは、あの女性《ひと》がミリアムのフラットに入ったかどうかもわからなかったんです。ちらっと見てきれいな人だなと思っただけで、それっきり忘れてたんですよ、こうしてあなたが連れてくるまで。それのどこが悪いっていうんですか？」

おれは首を振った。頭のなかではほかの考えが激しく渦巻き、最後のピースを寄せ集めている。しばらくして、おれはいった。

「ああ、悪くないよ。おまえは悪くない」

「どうしたんです？　だいじょうぶですか？」

おれはゆっくりうなずいて、顔をそむけた。

「ああ、だいじょうぶだ。ちょっと疲れてるだけさ」

カーラはまたしても嘘《うそ》をついていた。彼女の嘘にある綻《ほころ》びをとっくに見破っていても不思議じゃなかったのだが、ほかに考えることがありすぎて、それに気づくだけの余裕がなかったのだ。もう一度カーラを見やると、今度は彼女も視線を返してきた。とたんにカーラは目を瞠《みは》った。おれの顔つきから、嘘がばれたのを読み取ったにちがいない。ノーマンがおれの視線の先に顔を向け、なにかいいかけたが、おれは無視した。するとカーラもノーマンに気づき、ますます大きく目を見開いた。

おれはノーマンを押しのけ、テーブルのほうに大股《おおまた》で歩いていき、乱暴に飲み物を置いた。

カーラはすっかり怯《おび》えた様子で立ちあがった。

「デニス、説明させて。あなたに知られたくなかったのよ、あの子にお金を払ったなんて――」おれはカーラの腕をわしづかみにし、ぐいっと引き寄せた。「デニス、痛いわ」

「痛くしてるのさ。よくもコケにしてくれたな」

「放して」カーラは眉根《まゆね》を寄せてヒステリックに叫んだ。「たしかに嘘をついてたわ。わたしはあの子に会った。でも――」

「会っただけじゃないだろう。きみはあの子を殺した。さもなきゃ殺した犯人を知ってるかだ」

「い、いったいなんのこと？」いかにも寝耳に水といった顔つきだが、二度と騙されはしない。

「今朝電話で話したとき、きみはこういってたじゃないか。アンがミリアムみたいに、路地で喉《のど》を切られて死んだりするようなことになるのはいやだと。たしかにきみはそういったんだ。覚えてるだろう？」

カーラは腕を振りほどこうとした。

「放してっていってるでしょ――」

「だがミリアムが喉を切られて死んだことを知ってるのは、警察関係者と犯人だけだ」

「そんな」カーラは激しく首を振った。「知らないわ。いったいなんの話だか。わたしが……わたしがあの子を殺しただなんて。よくもそんなことを！」最後の言葉が金切り声となって、店内の客がつぎつぎとこっちを振り返りはじめた。とたんにカーラは自由なほうの手でテーブルのグラスを取り、おれの顔に酒をぶちまけた。

アルコールが目に染《し》みて激しく瞬《まばた》きしたとき、一瞬カーラの腕を放してしまった。するとカーラは、こっちが体勢を立て直す間《ま》もなくおれを椅子《いす》に押し倒し、店の戸口に向かって駆け出した。

だが真相を知るまでは、そうやすやすと逃がすわけにいかない。おれはすぐさま立ちあがり、目に染みるアルコールを拭《ぬぐ》いながら追いかけた。ところが五歩しか走らないうちに、図体《ずうたい》のでかいレゲエ頭の男が目の前に立ちふさがった。

「もういいだろ、オッさん。放っといてやれよ」

「そこをどけ。おれは警察官だ！」威勢よくいったのはいいが、いったそばから後悔した。ここは資本主義制度を押しつける側に荷担していることを高らかに宣言すべき場ではなかったのだ。「ふん、警官なんかクソくらえだ」男の抑えた怒声が飛んできた直後、側頭部に拳《こぶし》が飛んできた。

思わずおれは後ろによろけた。男のほうは、ガリガリに痩《や》せた女友だちから腕をつかまれ、揉《も》めごとに関わっちゃだめよと諭されている。男は放してくれと女友だちにいいかけたが、男がいい終わるよりも早く、おれは手にした小さな棍棒《こんぼう》で、力任せに男の顔を殴りつけていた。男は鈍い音を立てて床に倒れ、女友だちは悲鳴をあげた。おれは頭をかがめ、ゆっくり戸口に向かった。立て続けに起こる予想外の展開に、またしても面食らいながら。

29

外に出ると、雨はさらに激しくなっていた。通りを左右に見渡したが、カーラの姿はどこにも見えない。今夜は静かだ。渋滞はなく、行き交う人影もほとんどない。五十メートルほど先に、横道への右折を待っている黒いタクシーがあった。あのなかにカーラは乗っているのだろうか。確かめに行こうとは思わなかった。行ったところで間にあわないのは目に見えている。かわりに煙草《たばこ》をもう一本出して火をつけ、立ちつくしたまま、さっき聞いた言葉を頭のなかで整理した。カーラにはまんまと騙《だま》された。てっきりたがいに引かれあっているとばかり思っていたのに、あの女の目的はただひとつ、おれの追及を自分からそらすことだったのだ。しかもそれがうまくいっていた。あまりにあっさりと。

道の向かいにバスの待合所があった。おれは小走りでそこに向かいながら、携帯電話をポケットから取り出した。待合所に着くと、マリックの自宅に電話した。二度の呼び出し音のあと、マリックの女房が出た。前にも一、二度会ったことがある。おれだとわかると、元気、と訊《き》いてきた。おれは、元気だよ、ちょっと緊急にマリックと話したいんだが、といった。「一緒に担当している事件のことなんだ」

「デニス、自宅にはあまり電話してほしくないの。そうでなくたって夫は仕事に追われてるのよ」

「わかってる。重要じゃなかったら電話なんかしないさ」

女房はしぶしぶといった感じでマリックを呼びに行き、数秒後、マリックが電話口に出た。

まわりくどい話は省いた。

「カーラ・グラハムだ。おまえのいうとおりだったよ。あの冷笑的で狡猾《こうかつ》な女は、ミリアム・フォックス殺害事件に関与している。動機や方法についてはまだわからないが、関与していることはたしかだ。たぶん脅迫されてたことと関係あるんだろう。おまえと一緒にミリアムのフラットへ行って聞き込みをしたとき、詩人のノーマン・ドレイヤーがいたじゃないか。あいつがカーラを見かけたのを覚えてたんだ――」

「ふう、デニス、落ち着いてくださいよ。いったいなんですか？　いつノーマンに会ったんです？」

ふと視野の隅に、二人の男がバス待合所に向かってやってくるのが見えた。どちらも頭を低くしているあたり、妙にうさん臭い。距離は十メートル。やけに決然とした足取りで歩いてくる。

「ついさっき。二分前だ」

八メートル。七メートル。二人ともロングコートのポケットに両手を突っこんでいる。耳もとでマリックがしゃべっていたが、おれの耳にはもうなにも入らなかった。

六メートル。一人が顔をあげ、おれと視線があって、すぐにピンと来た。こいつはおれを殺しに来たのだ。

恐怖で全身が凍りついた、といいたいところだが、そんな暇すらなかった。

おれはできるだけ顔色を変えないようにし、携帯電話を耳に押し当てたままゆっくりと向きを変えて、出し抜けに待合所を飛び出した。アドレナリンが全身を駆けめぐる。走りながらポケットに携帯電話を放りこみ、肩越しにすばやく後ろを振り返った。おれの咄嗟《とっさ》の行動に二人組は意表を突かれたようだったが、それも束《つか》の間《ま》のことだった。一人は銃身を切り詰めたショットガンを、もう一人はリボルバーを取り出した。それをおれのほうに向けて構えながら、あいかわらず決然とした歩調で歩き続け、大股になることもない。それでも距離はまだ数メートルしか離れていなかった。

おれはためらわなかった。ためらっている時間もなかった。反射的に右に向きを変え、通りを横断しはじめる。通りがかりの車が急ブレーキを踏んで停車し、雨に濡《ぬ》れたアスファルトにタイヤ痕《こん》が残った。運転していた男が怒鳴ったが、よく聞き取れなかった。

夜の無言《しじま》に一発の銃声が轟《とどろ》き、頭の横をヒュンと飛んでいくものがあった。おれは頭をかがめて逃げ続け、撃たれないようにジグザグで走った。さらに銃声。今度はリボルバーだ。かろうじて命中はまぬがれた。しかし、いつ肩胛骨《けんこうこつ》のあいだに銃弾を食らってもおかしくない。

二人組がすぐ後ろに迫っているのは音でわかった。通りを渡りながら追いかけてくる。おれは向かい側の歩道にあがり、路上駐車してある車を楯《たて》にして上体を低め、走り続けた。ショットガンがふたたび火を噴き、車のリアウィンドウが粉々になって飛び散った。あの二人から逃げ切ることはできないだろう。あの二人にはそれがわかっているし、おれもわかっている。おれにできるのは、とにかく走り続けることだけだ。頭をかがめ、前へ前へと身体《からだ》を駆り立て、脚が動くかぎり走り続ける。逃げようとしたところで無駄かもしれなかったが、そうせずにはいられなかった。

すると〈ギャラン〉のほうから、女の悲鳴が聞こえてきた。なにが起こっているのかわかって、すっかり怯えているのだ。一瞬、蜂《はち》の巣にされて横たわるおれをその女が見おろしているところを想像してしまい、たちまち小便をちびりそうなほど恐ろしくなった。

そのとき不意に、通りの向かいからスーツ姿の男が走ってくるのが見えた。おれと二人組のあいだに割って入ろうとしている。右手で掲げているのは身分証だ。おれを監視していた警官の一人にちがいない。

「警察だ！　銃を降ろせ！」

その警官は二人組よりも早く歩道に飛び乗り、前に立ちはだかった。おれの前方、通りの反対側には、その警官の相棒がいた。数歳年上の、背の低いずんぐりした男。すぐに思い当たった。昨夜《ゆうべ》〈チャイナマン〉のバーで、政治の話をしたがらず、コーラばかり飲んでいた男だ。おれを逮捕するため、通りを渡ろうと待ちかまえている。だが猛スピードで走ってくる車のおかげで、なかなか飛び出せずにいた。

「警察だ！　いますぐ銃を降ろせ！」

背の高いほうの警官がふたたび叫んだが、その声は絶望感に包まれていた。とうてい自分の手に負えるものじゃないことを悟ったのだ。おれは走り続けながらも、一瞬振り返った。十メートルほど後方にその警官がいて、二人組は警官の前で立ちどまっている。一人は警官越しにおれを見すえていた。決して獲物を逃がすまいという意気込みに燃えた目だ。

一瞬、不気味な静寂が降りてきた。直感的に足を遅めると、そのドラマは幕を開けた。路上では成り行きを見ようと数台の車が停車しはじめ、おかげでもう一人の警官も通りを横断できるようになった。おれのほうに走ってきながらも、同時に同僚の様子もうかがっている。いまや通り全体が、そちらに注意を向けているようだ。

そのときふたたびショットガンが火を噴いて、おれの処刑を阻止しようとした警官の身体が、後ろに弾《はじ》き飛ばされるようにして宙を舞った。一瞬そのまま華麗に宙を漂うかに見えたが、まるで見えざる手が取り落としたかのように、音を立ててアスファルトに落ちた。それっきり横たわったまま、ぴくりともしない。

もう一人の警官は通りの真ん中で凍りつき、口に手を当てた。目前の出来事にひどくショックを受けているのだ。混沌《こんとん》とした状況を収拾させるための言葉を必死に探していたが、なにも思いつかないらしい。

その警官が動き出すより早く、二人組はおれの追走を再開した。ショットガンの男は走りながら薬室に弾を送っている。その相棒であるリボルバーの男は恐ろしく足が速かった。大股《おおまた》で飛ぶように走ってくるその姿は、まるで『ジュラシック・パーク』に出てきた二本脚で走る恐竜だ。しかもその顔には狂気の笑みが張りついている。一瞬おれは、スローモーションの悪夢でも見ているような気分になり、なにをしようと、どれほど速く逃げようと、あの男に追いつかれてしまいそうな気がした。だがそれでも走り続けた。ほかに選択肢はないのだ。弾が飛んでくるため、振り返りもしなかった。肺と喉《のど》が痰《たん》で塞《ふさ》がって、息ができない。あと数秒ですべてが終わってしまう、そんな予感がした。

そのとき短い悲鳴と、だれかがスリップする音が聞こえた。肩越しに振り返ると、リボルバーの男が銃を持ったまま、雨に濡れたアスファルトで転倒するのが見えた。だからといって安心はできない。そのすぐ後ろからショットガンの男が走ってきていたし、その薬室にはつぎの弾がこめてある。男はジャンプして相棒をまたぐと、立ちどまってショットガンを肩の高さに構えた。距離は八メートル。おれはまだ走っていたが、このままではとても撃ち損じてくれそうにない。

するとと、左手に中華のテイクアウト店が見えてきた。これを逃したらチャンスはない。前に飛んで肩から歩道に転がるのと、ショットガンが火を噴いたのがほぼ同時だった。銃弾は甲高い音とともに頭上をかすめ、闇《やみ》に吸いこまれていった。おれはすぐさま立ちあがり、脱走した牡牛《おうし》さながらにテイクアウト店のドアに突進した。ショットガンの男はもう一発撃ってきたが、そのときにはおれは店のドアに体当たりし、開いたドアから店内に転がりこんでいた。タイルの床にもろに肘《ひじ》を打ちつけたが、腕に走る痛みを気にしてなどいられない。

そのまま数秒間じっと床に伏せて呼吸を整えたかったし、立ちあがるには膨大な意志の力が必要だったが、外の歩道から靴音が迫ってきていた。あと数秒で二人組に追いつかれてしまう。店内には客が一人立っていて――すっかり度を失ったチェックのシャツ姿の中年男だ――こっちを見て唖然《あぜん》としていた。カウンターの向こう側にはせいぜい十八にしか見えない若い中国人の店員がいて、この状況にすっかり狼狽《ろうばい》している様子だ。振り返ると、ショットガン男が戸口にあらわれた。客の中年男はショットガンを見たとたん、小さく毒づいて椅子《いす》にへたりこんだ。おれはすかさずカウンターに飛んだ。中国人の若い店員が、金切り声をあげて横へ逃げる。おれは突撃訓練場の障害物さながらにカウンターを乗り越え、反対側に落ちた。ショットガンがまた吠《ほ》えたかと思うと、頭上のメニューボードをおおっていたガラスが粉々に飛び散り、雪片のように頭に降り注いできた。おれはウジ虫のように床の上を這《は》った。

逃げ場は《従業員専用》と書かれたドアしかない。おれは頭突きでドアを開け、両手両膝《りょうひざ》で這いながら、死にもの狂いで戸口を通り抜けた。立ちあがり、小さな廊下を走って厨房《ちゅうぼう》に向かう。背後で叫び声がして、だれかがカウンターを乗り越える音がした。厨房に飛びこむと、白衣を着た六人ほどの中国人コックが忙しく立ち働いている。みんないっせいにおれを振り返り、一人が目の前に飛んできて立ちふさがった。

「だめだめ、客は入っちゃだめだ！」

おれは見渡して、必死に非常口を探した。これだけでも数秒のロスだ。

おれの胸ほどの背丈しかないコックは、おれのジャケットの襟をつかんで怒鳴った。

「だめだといってるだろう！　出ていけ！」

そのコックはおれを後ろへ押し戻しはじめ、もう一人の若いコックも、禍々《まがまが》しい肉切り包丁を持って中央作業台をまわってくる。見ると、彼らの背後の隅に裏口があった。厚紙を挟んで少しだけ開けてある。大きな安堵《あんど》を覚えると同時に、それと同じくらいのパニックに襲われた。

背後の廊下に走ってくる靴音がして、おれは自分でもわけのわからない叫び声をあげながら、目の前のコックを突き飛ばした。コックは山のような鍋《なべ》やフライパンに突っこんで、金切り声をあげた。もう一人の若いコックは、肉切り包丁を頭上に振りかざしている。おれは一瞬思った。こんなバカげた死に方があるもんか。プロの刺客から逃れる途中で、苛《いら》ついた厨房作業員に切り刻まれるなんてごめんだ。

ポケットから身分証を取り出す。こいつを使うのもこれが最後だろう。

「警察だ！　外に出たいだけなんだ！　そこをどけ！」おれがそういって押しのけると、若いコックは素直にどいてくれた。間髪を入れずあたりが騒然となり、パニックの悲鳴が飛び交った。二人組が厨房に入ってきたのだ。

すかさずドアを蹴《け》り開け、ゴミの散らかった裏庭に駆け出した。背後でドアがガチャンと閉まる。数メートル前方にガラクタを積みあげた壁があり、その向こうにテラスハウスの裏手が見えた。そこに向かって走ってもよかったが、下手をすると壁を登り切る前に二人組に風穴を開けられてしまいそうだ。厳しい選択の瞬間だった。

身体を折って胃のなかのものをぶちまけたい誘惑に抗《あらが》いながら、おれは横に飛び、厨房裏口のドアから死角となる壁に背中をぴたりと張りつけた。これで失敗したらおれはまちがいなく殺《や》られるだろう。だが怖《おそ》れているヒマなどない。すぐに厨房のなかから激しい物音が聞こえ、さらに悲鳴がし——ほとんどが外国語でなにをいっているかわからない——ドアがまた開いて、ショットガンの男が飛び出してきた。反射的に前方の壁を見つめている。

すぐさまおれは、自分でも意外なほどの敏捷《びんしょう》さで男に突進し、ショットガンに飛びついた。ショットガンを上に向け、全体重をかけて押しまくる。不意を突かれた男は後ずさり、ちょうど戸口を塞ぐ格好になった。そのとき、直感的にか反射的にか、男は引き金を引いてしまった。銃口が自分の顎《あご》の下にあることにも気づかないまま。

その銃声は、おれがいままで聞いたこともないような大音量だった。耳をつんざき、爪先《つまさき》まで痺《しび》れさせた。同時に薄汚れた生温かい糖蜜《とうみつ》のような血が、おれの顔に大量にかかった。男の頭部は完全に吹き飛び、中身はドア枠のはるか上のほうや窓にまで飛び散っている。死体が後ろに倒れるとき、おれはその手からショットガンをもぎ取った。

すぐ後ろにいた相棒は、死体が床に倒れたときに飛びのかざるをえなかった。完全に吹き飛んだ相棒の血塗《ちまみ》れの頭を見おろし、視線をおれに戻すと、その顔が怒りの形相に変わっている。

「この野郎！」

男はリボルバーを構えて撃ってきたが、おれは後ろに飛びすさってかわし、背中から敷石に着地した。もう一発飛んできて、頭から数センチのところをかすめた銃弾がコンクリートに跳ね返る。そのときにはおれはショットガンの銃口を振り向け、男に狙《ねら》いをつけていた。ようやくこっちが引き金を引かせてもらう番だ。

銃身をしっかり構えて狙いをつけたつもりだったが、いかんせん時間がなさすぎた。ショットガンはおれの手のなかで暴れ、男の左膝のすぐ上の肉がごそっと吹き飛んだ。左脚が萎《な》えた男はよろよろとくずおれ、リボルバーを取り落とした。残った力を振り絞り、吠えるように苦痛を訴えている。男がまだ上体をまっすぐ起こしているあいだに、おれは男の頭を照準におさめ、引き金を絞った。

ところが、弾がない。

戸口に集まってきた中国人たちは、恐怖とショックと病的な興奮の入り交じった顔で、この惨状を見おろしている。おれは肩で激しく息をつき、疲労も極度に達していたが、これで片づいたわけじゃない。鐘の音のような耳鳴りの向こうに、各方面から現場に集まってくるサイレンの音がするが、どこか遠くで鳴っているようにしか聞こえなかった。

おれは立ちあがり、中国人の野次馬コックたちにショットガンの銃口を振り向けた。彼らはそそくさと道を開けてくれ、前に進み出たおれは、左腿《もも》を吹き飛ばされた暗殺者の髪を引っぱって外に引きずり出し、リボルバーを取りあげてポケットに放りこんだ。

それからドアを閉め、男と向きあった。すでに男の吠え声は、深い絶望のため息と、歯《は》噛《が》みのあいだから洩《も》れる苦痛の呻《うめ》きに変わっている。脚の肉が吹き飛んだところを両手で押さえているが、吹き出す血を止めるのは虚《むな》しい努力だった。

おれは前にかがみこみ、荒い息の合間から問いつめた。

「だれの使いだ。だれに頼まれた」

男は地中海風の顔立ちをしていた。トルコ人あたりだろう。三十代前半といったところか。例のダニーを脅した男かもしれない。おそらくそうだ。あるいはダニーを殺した男だろうか。いまではダニーは死んだものとしか思えないからだ。

男は返事をしなかった。こっちを見ようともしない。遠くではサイレンの音がますます大きくなり、数も増えている。もはや時間がない。腿を押さえている男の手をショットガンの銃床で叩《たた》いて、手を放させた。男が手を放したすきに裂けた肉のなかに手を突っこみ、爪《つめ》で引っ掻《か》いてやる。ふつうの状況なら、男の悲鳴は耳をつんざくほどだっただろうが、このときのおれの耳は、なかば聴力がないも同然だった。

「だれの使いだ」

「英語、しゃべれない」男は首を振って、弱々しい声で訴えた。「英語、しゃべれない」

今度は銃床で傷口を叩いてやった。反射的に男が両手で押さえたとき、その手も一緒に叩いた。男が悲鳴をあげたので、黙らせるため、今度は顔を殴った。唇が切れ、顎に血が滴《したた》った。

「いったいだれに頼まれた！　いわないか！　さあ、だれだ！」おれはまた男の髪をつかみ、こっちの目をまっすぐ見るように顔を起こした。

おれの表情になんの慈悲もないことを読み取った男は、時間稼ぎをしてもはじまらない、四方から聞こえてくるサイレンの音に救いを求めたところでなにもならない、そう悟ったのだろう。

「メメト・イーラン」男はつぶやいた。

「だれだと?」

「メメト・イーラン」

「そいつは何者だ」

男が答える前に、厨房のなかからどかどか靴音がして、だれかが走ってくるのがわかった。おれは一歩下がり、ショットガンの銃身のほうを握り締め、野球のバットのように後ろに振りかぶって構えた。ドアが開いて、あらわれたのはさっきのもう一人の警官だった。息を切らし、暗闇に目を凝らしている。おあつらえ向きのストライクゾーンだ。中国人の一人が甲高いドラマチックな声で「気をつけろ!」と叫んだが、もう遅い。おれはフルスイングで警官の顔面に、ショットガンの銃床を叩きつけた。柔らかいファッジのように鼻が潰《つぶ》れ、両頰にわずかに血が飛び散った。警官は両膝をついてくずおれ、殴られた顔を両手でおおっている。これでもう戦意喪失しただろう。通りのほうからは、叫んだり命令を飛ばしたりしている数人の声が聞こえてくる。警官たちがもっとも得意とすることをしている声、状況を管理下に置こうとしている声だ。まだアドレナリンが充満していたおれは、ショットガンを放り出し、振り返って、壁のほうに駆け出していた。とても優雅とはいえないよじ登り方だったが、なんとか乗り越えた。反対側に飛び降りると、手前より大きなガラクタの山に着地した。そこは手入れの悪いだれかの庭だった。隣接する家の横に裏路地が見えたので、おれはふたつの庭を隔てているいまにも倒れそうな木の柵《さく》を乗り越え、裏路地をたどって隣の通りに出た。それをまっすぐ横断し、顔から血を拭《ふ》き取りながら、〈ギャラン〉とは反対方向に走る。

パトカーが背後から近づいてくるのが聞こえたので、別の横道に飛びこんで走り続けた。パトカーはおれを見失って走り去り、おれは現場からの距離をできるだけ稼ごうと走り続けた。

しかし、次第に疲労が耐えがたいものになってきた。右の脇腹《わきばら》が痛み出して、呼吸をするのもつらい。両脚はいつ萎えてもおかしくない状態だ。それでもおれを前に駆り立てるのはただひとつ、捕まることへの恐怖だ。

それに復讐《ふくしゅう》への欲求もある。おれを始末し亡《な》き者にしようとした連中に、どうにかして報復してやりたい。そう簡単に殺《や》られるおれではないことを見せつけてやりたい。

さらに百メートル、百五十メートルと走って、そこから先はもう一歩も進めなかった。走っているのかよろめいているのかわからないような状態で、学校の横にある薄暗い裏路地に入り、通りから目の届かない場所を見つけた。壁に寄りかかってへたりこみ、切れた息を必死に整えようとしたが、永久にもとに戻らないかと思うほどだった。頭上の雲が、街に雨を撒《ま》き散らしはじめている。サイレンの音がゆっくり遠のいていく。

復讐への欲求。おれに残ったのはそれだけだった。

第四章　死のビジネス

30

なにもかも放り出して逃げることもできた。地下に潜って数ヶ月待ち、それから国を出る。もともとはそうするつもりだったのだ。だが結局おれは、放り出すことができなかった。疑問に答えは必要だし、借りは返さなければならない。単純なことだ。だれもがおれをコケにした。職場の上司、レイモンド・キーン、そしていまではカーラ・グラハムさえもが。

カーラ・グラハム。彼女がミリアム・フォックス殺害に関係していることはもはや疑いようがない。ミリアムの喉《のど》をナイフで掻き切ったのは、傷の深さや大きさからいってカーラではないだろう。だがカーラは明らかに実行犯を知っている。そしてその理由も。おれが一番気になるのは、カーラが関与した動機だ。まるで想像がつかない。ミリアムによる脅迫の話は本当だろう。しかし、それだけで人を殺すとは考えられない。それに、マーク・ウェルズに不利な証拠はどう説明する？　ウェルズとカーラはぐるなのか？　ウェルズに不利な証拠が出ているからにはそうとしかいいようがないが、とてもそうは思えない。ミリアムが殺されたあと、なぜウェルズは彼女のフラットに行き、警察を見て本気で驚いたのか、そのわけもわからない。ウェルズが犯人なら、当然警察がいることを予測して近づかないはずだ。

あいかわらず真相は闇《やみ》のなかで、おれはそれが気に入らなかった。損失の少ないうちに手を引くべきだったのだが、なにもかも一気に下り坂を転げ落ちはじめたらしい。もはやどうなろうとかまうものか。まんまとおれを騙《だま》してくれた連中に、なんとしても借りを返してやる。

その夜、ようやく息を整えて顔の返り血を見苦しくない程度に拭き取ったあと、おれは裏路地を選んでフラットに急ぎ、新しい服に着がえ、シティロードでタクシーを停めて、リバプール通り駅に向かわせた。そこから地下鉄に乗り、セントラル線でランカスターゲートまで戻って、さらにバスと徒歩でベイズウォーターに行った。

十一時五分前、貸し金庫のあるホテルに到着。何度か来ているのでオーナーの顔はかすかに見覚えがあり、なかに入ると、狭いロビーのフロントにいた。やけに臭《にお》う煙草《たばこ》を吹かしながら、ポータブルテレビでサッカーを見ている。近づいたおれに、オーナーはうなずいた。部屋を借りたいと告げると、テレビから目を離さずに上体を後ろへそらし、壁に設置された番号付きのフックから鍵《かぎ》を取って、机の上に置いた。

「一泊二十ポンド」かなりの外国語訛《なま》りだ。「それと保証金が二十」

三泊したいといって、二十ポンド札四枚を数えた。オーナーは金を受け取るときも、テレビから目を離さなかった。

「階段をのぼって三階の右」一方のチームがゴールを決め、解説者がアラビア語かトルコ語で興奮したように叫んだ。だがオーナーは顔色ひとつ変えなかった。どうやらもう一方のチームを応援しているらしい。

部屋は小さく、壁の色は一九七〇年代風の恐ろしくけばけばしいオレンジと紫に塗られていたが、見たところ清潔そうで、おれには申し分なかった。それにひっそりしている。泊まっていても人目を引くことはないだろう。どうせほかの客はこの国に来たばかりの不法移民や亡命者にちがいないし、おそらくオーナーも、すすんで警察に通報したりするような男じゃないからだ。

服を脱ぎ捨ててベッドに横たわり、煙草に火をつけて、深呼吸をひとつした。いよいよ警察の追跡がはじまったわけだが、向こうはまだむずかしい状況にある。明日の新聞におれの手配写真が掲載されることはまずない。おれがトラベラーズ・レスト殺人事件に関与しているのは明白でも、おれに事件当夜のアリバイがないとまでは断定できないからだ。みんなが知らないだけで、おれにはクラベリングあたりで密会している情婦《おんな》がいるかもしれず、事件当夜、おれはその女と一緒だったとも考えられる。それに、殺人犯がたまたまおれに瓜《うり》ふたつだった可能性もないわけじゃない。明らかに犯罪者に有利なこの国の法律を作った連中に対して、おれは人生で最初にして最後の感謝をした。警察はおれを捕まえるだけの物証を必要としていて、おそらくはまだそれが十分に揃《そろ》ってないはずだ。おれを探そうと最大限の努力をするだろうが、片手は後ろに縛られたままといっていい。それがおれの、捕まらずに逃げおおせることに望みをつなぐ唯一《ゆいいつ》の拠《よ》り所《どころ》だ。

煙草を吸い終え、長いこと横になって、じっと天井を見つめながら思った。一年後にはどこにいるだろう？　実際には一週間後のことさえわからなかった。廊下のほうではドアがばたんと閉まり、外国語の怒鳴り声がした。男女の口論だ。二分ほど続いて、それからだれかが階段を駆け降りる音がした。おれは携帯電話を取り、ダニーにもう一度かけるだけの価値があるかどうか考えた。結局、ないと判断した。どうせつながらないに決まっている。

おれはため息をついた。いまごろレイモンド・キーンはどこかでゆったりくつろぎ、自分の成功に酔いしれていることだろう。だがじきに、おれの抹殺が不首尾に終わったと知り、こいつは厄介なことになったと慌《あわ》てるはめになる。

そして近いうちに気づくのだ。このおれを黙らせようとしたのは大きなまちがいだったと。

31

翌朝、昨夜《ゆうべ》と同じ服を着てホテルを八時すぎに出ると、ハイドパークに向かって歩いていった。爽《さわ》やかな朝で、太陽が薄い雲のおおいを押し破ろうとしている。朝食とコーヒーにありつこうと、ベイズウォーター通り《ロード》のカフェに立ち寄って、新聞を読んだ。

予想どおり、〈ギャラン〉と中華のテイクアウト店での銃撃事件が一面を飾っている。だが新聞が印刷された時点では、詳細はまだかぎられたものでしかなかった。死んだ警官はデビッド・カリック巡査、二十九歳。おれがショットガンで殴った警官のほうは名前が出てない。新聞はまだ突きとめてないのだろうか。記事は、第三の人物が現場で撃たれて怪我《けが》をし、病院に搬送され、現在警察が護衛している、と報じていた。かなりの重傷だが命に別状はないという。記事の内容は銃撃の展開がほとんどを占め、当然ながら目撃者たちの証言も添えてあったが、なぜ銃撃が起こったのかについてはまったくの謎《なぞ》だった。引用されていたロンドン警視庁の警察次長の言葉によれば、銃犯罪自体は増加傾向にあるが、ロンドンでは落ち着いているらしい。おれにいわせれば、多くの読者がそうは思わないだろう。社説は、この銃撃戦の背後にはドラッグが絡《から》んでいると推理し、政府は若者たちに蔓延《まんえん》するドラッグ中毒を少しでもなくすために抜本的対策を講じるべきだ、と主張している。実際に事件の背後にあるのがドラッグかどうかはまだわからないにしても、なかなか穿《うが》った意見だ。レイモンドとその仲間メメト・イーランが、結託してどんな稼業《かぎょう》をやっているかはまだわからない。確実にいえるのはただひとつ、それは非合法で、がっぽり儲《もう》かるということだ。となれば、真っ先に有力候補にあがるのはドラッグだろう。

朝食と新聞を終えると、ベイズウォーター通り《ロード》をマーブル・アーチに向かって歩き、大通りをはずれたところで電話ボックスを見つけた。マリックがおれの電話にどんな反応をするかわからないが——おそらく大騒ぎだろう——ミリアム・フォックスの件で動くとすれば、いまのおれよりあいつのほうが動きやすい立場にある。

一度の呼び出し音で、マリックは携帯電話に出た。

「マリック巡査部長です」

「アシフ、おれだ。いま話せるか?」

短い沈黙があった。

「昨日の夜おれが電話したことだが——」

「いったいどうなってるんですか、巡査部長。あなたがとんでもないことに関わってるって、もっぱらの噂《うわさ》ですよ。昨夜の銃撃事件と関係あるそうじゃないですか。警官が一人殺されて——」

「おまえを怒らせるつもりはないんだが、ちょっと厄介なことになってな。悪いやつらと関わって——」

「そんな、よりによって巡査部長が、いったいどうしたんですか？」本心から傷ついているらしい。

「おまえが考えるようなことじゃない」

「ほんとですか？　今朝話があって、あなたは例のトラベラーズ・レスト殺人事件の重要容疑者にもなってますよ。あの捜査の進捗《しんちょく》状況に関心を持ってたのは、だからですか？」

「バカいうんじゃない。だれに向かって話してると思ってるんだ。四年も一緒にやってきた仲間だろう。本気でおれが三人殺しの犯人だと思ってるのか」おそらく向こうではこの電話を盗聴していることだろう。いまごろ逆探知に躍起になっているはずだ。

「それじゃあの夜、あそこでなにをしてたんです？　現場近くの検問に引っかかったそうじゃないですか」

「たしかに検問に停められたよ。だがあのときはクラベリングから戻る途中だったんだ。向こうに女がいるのさ。ときどき会ってるんだ」

「初耳ですね」

「向こうは亭主持ちだ。おまえにしゃべったら反対されるに決まってるだろ。だがいま電話してるのはその件じゃない。信じる信じないはおまえの勝手だが、おれには身に覚えのないことだとしかいいようがないんだ。それより、おまえに頼みたいことがある。カーラ・グラハムを調べてくれ。あの女がミリアム・フォックス殺害に関わってることはまちがいない。この前おまえに話したほかの少女たちの失踪《しっそう》事件についても、おそらく関係あるはずだ」

「どうやって突きとめたんです？」おれに電話を切らせまいとしている。

「とにかくわかったんだ。当事者しか知りえないことをあの女は知っている。たしかだ。頼むからあの女を監視して、背後を洗ってくれ。それに絡んで、ウェルズをもっと絞りあげてもいい」

「無理ですよ。ウェルズは起訴されてますから」

おれは大きく息を吐いた。

「だったらあの女の背後を洗うだけでいい。それだけ頼む」

「わかりました。できるだけやってみましょう」短い間があった。「昨日の夜あなたを追っていた二人組は何者です？」

「じつは、大きな声じゃいえないことに関わってたんだが、ちょっとしくじってしまってな。連中はおれにその代償を払わせようとしてるのさ」

「まさかあなたが汚職してたなんて。巡査部長……デニス、このまま逃れられると思ってるんですか？」

その質問は無視した。

「すまない。心から悪いと思ってる」ほかにもなにかいいたかったが、言葉が思い浮かばなかったし、どのみち時間もなかった。マリックが同じ質問を繰り返しはじめたとき、おれは電話を切った。いまやマリックさえも敵にまわしてしまったのが悲しかったが、それほどショックは受けなかった。

小走りに通りを渡り、ハイドパークに入る。まるで社会からのけ者扱いされたような気分だ。逆探知されるほどの長電話はしなかったはずだが、それを確かめるためにうろついていてもはじまらない。そこでベイズウォーターにゆっくりと戻りながら、おれは考えた。つぎは服を買い、歯ブラシを買おう。

32

その日はずっと考えずにいられなかった。カーラ・グラハムは、ミリアム・フォックス殺害事件への関与を追及されずにすむのではないか。マリックがおれの話に関心を持った様子はないし、かりにあいつが信じたにせよ、ノックスやキャッパーたちが本腰を入れて取り組むとは思えない。だいいちどんな裏づけがある？　逃走中の汚職警官の言葉だけだ。

どうやらこのままでは正義は行なわれそうにない。もっとも、この世界では正義がなされるほうがまれであり、大半の人間は本来ふさわしいはずの悪報をまぬがれている、という人もいるだろう。だがそれは考えちがいというものだ。カーラ・グラハムがまちがったことをしたのはたしかだし、おれはあの女にその償いをさせてやりたい。それにあの女は、モリー・ハガーやアン・テイラーの失踪事件についても手がかりを与えてくれる可能性がある。いまではほぼ確信に近いが、おそらくモリーは死んでいるにちがいない。だからおれにとって重要なのは、その理由と手口を知ること、そして、殺した犯人を見つけることだ。それが、みずからの多くの罪を贖《あがな》うチャンスとなってくれるはずだ。たとえ、あの事件を解決して犯人を罰したのがおれであることをだれにも気づかれないとしても、少なくともおれ自身は贖罪《しょくざい》の満足感が得られる。そのほうが、なにもしないよりはるかにましだ。

しかし、カーラの口を割らせるのは一筋縄ではいきそうにない。それはわかっている。あの女のことだ、すでにミリアムが殺害された方法をどうやって知ったかについて嘘話《うそばなし》を――その分野においてはじつに創造力に富んだ女だ――でっちあげているにちがいないし、警察を辞めたばかりの男にひとこと口を滑らせたくらいでは犯罪を立証するまでには至らないと、高をくくっていることだろう。しかし、今度はなにがなんでもしゃべらせてやる。厳しい取り調べにも耐えられるタフな女だろうが、そうは問屋がおろさない。おれはすでに警察を離れたのだから、きわめて自由な立場であの女を訪ねてやるのだ。もはや失うものはなにもない。

その日の午後四時には、おれの計画は決まっていた。四時十分、ケンジントンで電話ボックスを見つけ、〈ノース・ロンドン・エコー〉に電話して、ロイ・シェリーと話がしたいと伝える。保留中に流れるマーヴィン・ゲイの〈悲しいうわさ〉を聞きながら待つこと一分、ロイが電話に出た。

「デニス・ミルン。ずいぶん久しぶりじゃないか。どうした？　また定期購読でもする気になったか？」

「いいや。じつはちょっとしたネタがあるんだ。新聞がこぞって買ってくれそうなやつさ」

「ほんとか？」

「だがその前に、おまえからネタを仕入れたいんだ」

「なんだよ、うまいことといっておれを利用しようってのか？　悪いが時間を無駄にしたくないんだ。いまじゃこっちでも人員削減の話が出てるし、真っ先にクビを切られるのはごめんだからな」

「それどころかロイ、このネタを記事にしたら、おまえのクビは永久に安泰だよ。でかいヤマだ。保証する。全国紙だって泣いて喜ぶようなやつだ」

電話の向こう側で、ロイの興味の歯車が音を立ててまわるのが聞こえるようだった。ロイ・シェリーとは長いつきあいだ。いわゆる古い世代の新聞記者で、おれの知っているどの警官よりも、すばやく情報を嗅《か》ぎわけることのできるやつだ。

「さわりを少し聞かせてくれるか？」ロイはいった。「おおまかにわかる程度でいいから」

「いいや、そいつはまだだ。だがおまえの想像をはるかに越えたとびきりのネタであることは請けあう。おまえの一世一代の記事になるかもな。だがさっきもいったように、まずはおれがおまえからネタを仕入れたいんだ」

「いってみろ」まだ疑っているような口ぶりだ。

「メト・イーランという名前に心当たりはないか?」

ロイは一瞬考えこんだ。

「ないな。そいつがどうかしたのか?」

「わからない。そいつのことを、できる範囲で調べてくれないか。おおかたトルコ人あたりだろう」

「ま、そこらあたりの名前だな」

「おそらく拠点はロンドン北部のどこかだ。うさん臭いことに関わっているのはまちがいない」

「うさん臭いことってのは、たとえば?」

「まだ百パーセントの確信はないんだ。だがおまえのほうで調べてくれれば、そいつのことを知ってる連中がきっと見つかるはずだ。ただし、くれぐれも慎重にやってくれよ」

「で、この男がおまえの持ってるネタに絡んでくるわけだな」

「ああ、絡んでくる。だが本筋じゃない。ほかにも脇筋《わきすじ》が山ほどあってね。こいつの情報はどれくらいで手に入る?」

「一日か、二日」

「かかりすぎだな。もっと早く集めてくれ。それが早ければ早いほど、おまえにこのネタをやるのも早まるんだ」

「デニス、おれはまだこいつが何者かも知らないんだぜ」

「ああ。だがおまえならできるさ。だからこうして電話してるんだ。おれはいま連絡を受けられない状況だが、明日の午前十時にもう一度電話する。そのときまでに情報を集めてもらえるとありがたい」

「ガセだったら承知しないからな」

「もちろんだ。約束する。それともうひとつ——」

「なんだ?」

「おれが電話したことだけはだれにもいわないでくれ。おれと連絡を取ろうともするな。理由はまだいえないが、じきになにもかも明らかになる」

「おいおい、どうしたってんだ。ロバート・ラドラムの小説でもあるまいし。いったいどういうことなのか、ちょっとくらい聞かせてくれたっていいだろう」

「できるものならしてるさ。だができないんだ。この一日、二日はな。とにかく辛抱してくれ。それだけの価値はある」

ロイがまたつぎの質問を投げかけてきたが、おれはじゃあなといって電話を切った。

そのあと別の電話をしたが、先方は不在だった。まあいい。焦《あせ》ることはない。電話ボックスを出て、通りがかりの黒いタクシーを停めた。アッパーストリートの途中で降ろしてもらい、運賃を払って、自分の車を取りに行く。フラットから二百メートルほどの通りに路上駐車してあったのだ。おれがバカ面《づら》さげて帰宅するというわずかな可能性に賭《か》けて警察が張り込んでいるのはわかっていた。だがフラットを見張っているのは二人だけだったし、おれの車はちょうど死角になるところに駐《と》めてある。一週間以上前と同じ場所に車を見つけたとき、さすがはロンドンだと、ほっと胸を撫《な》でおろした。エンジンも一発で始動した。もしかするとおれの運は、好転しつつあるのかもしれない。

最初に立ち寄ったのはカムデンタウンだった。長いこと探しまわったあと、住宅街の路上に車を駐め、コールマン・ハウスに向かう前に自分のいる場所を確認しようと、カムデン本通りに行った。ほんの一週間前、はじめてカーラと酒を飲んだパブの前を通りかかり、一瞬ためらってから、なかに入った。午後のこの時間、店内はまだ静かで、学生や偏屈なジイさん、失職者たちがぱらぱらといるだけだ。あと三十分もすればがらりと様変わりして、仕事帰りの客で混みあうにちがいない。

バーカウンターでプライド・ビールを一パイント注文し、公衆電話はどこだいとバーテンに訊《き》いた。バーテンは、トイレに続く廊下にあると教えてくれた。電話のところまで行くと、周囲にだれもいないことを確認して、コールマン・ハウスにダイヤルした。

「カーラ・グラハムをお願いします」できるだけ形式ばった口ぶりで告げた。

「あいにく留守にしています」電話の向こうで声がした。聞き覚えのない女の声だ。

「失礼ですが、どちらさまでしょう?」

「フランク・ブラックです。〈ブラック・オフィス・サプライ〉の。折り返し電話をいただきたいというので電話したんですが。商品の価格を知りたいということでしたので」

「でしたら、アシスタントのサラにつなぎましょうか」

「ミス・グラハムに直接お話ししたいのです。いつ戻るかわかりますか?」

「明日まで来ないと思います。午後はセミナーに出席してますので」

でしたらまたかけなおしますといって、電話を切った。そのあとレン・ラニオンの電話番号にまたかけたが、あいかわらず電話を取らない。

おれはバーのほうに戻り、スツールに腰かけて、入り口近くの壁を見つめながらビールを飲んだ。壁にはちょうど頭の高さで鏡が張ってあり、そこに映った陰気なおれが、じっとこっちを見つめ返している。ひどい顔だ。昨日からひげを剃《そ》ってないのが大きな理由だが、もちろんわざと剃らないのだ。パスポート写真にあわせるため、顎《あご》ひげも生えてきている。あとはもう少し太らなければ。少なくとも写真を撮ったときのおれは、いまより三キロは太っていたはずだ。万全を期すため、さらに三キロは太りたい。昼食にマクドナルドを食べたのは正解だったが、少しでも効果をあげるためには、夕食も似たような脂《あぶら》っこい食事をとらなければならないだろう。いまから当面は、脂ぎったジャンクフードを大量に食べるのだ。きっとおれは、デブになる逆ダイエットで幸せをつかむ世界初の人間になるにちがいない。

いまからやることに対しては、酒で度胸をつける必要がありそうだった。そこでビールをもう一パイント注文し、それを飲みながら、煙草《たばこ》を二本吸った。チーズオニオン・クリスプもひと袋食べた。食べたくはなかったが、無理して詰めこんだ。ビールを飲み終えたころ、予想どおり店内は仕事帰りの客で混みはじめ、バーカウンターも、息抜きにやってきた賑《にぎ》やかなスーツ姿の男や若い秘書たちが三重に並ぶほどになった。バーカウンターの上にある掛け時計の針は五時二十分を差している。

外ではとっくに夜の帳《とばり》が降りて、通りは仕事帰りの勤め人や気の早いクリスマスの買い物客で賑わっていた。あさっては十二月一日。毎年思うことながら、この一年はあっという間だった。だが今回ばかりは、早く過ぎてくれたのがありがたかった。その理由は決して褒められたものじゃないが、あとあと思い出深いものになってくれることだろう。

車に戻るころには雨が降りはじめていた。運転席に座り、ラッシュアワーの這《は》うような渋滞を進んでいく。カーラのフラットには彼女が帰る前に着きたかった。計画では、彼女が帰ってくるまで外で待ち伏せ、玄関で彼女をつかまえる、という予定だった。できればそのまま大人しく部屋に入れてもらう。騒ぎになって目立つのはごめんだ。しかし、もし彼女が素直にいうことを聞かなかったら、昨夜《ゆうべ》手に入れたリボルバーを抜くことになる。そうなればカーラも従うほかないだろう。あとはアドリブでやるまでだ。

だが渋滞は予想外にひどく、自分のいる位置さえわからなくなってしまった。結局、カーラの住まいがある袋小路に入ったころには、六時をだいぶまわっていた。彼女のフラットから二十メートルほど離れたところに駐車スペースを見つけ、なんとか車を押しこんでエンジンを切る。伸びすぎたブナの木のすかすかの枝振りの向こうに、カーラのフラットが見えた。明かりがついている。ということは、すでに帰宅しているのだ。

おれは内心、呪詛《じゅそ》の言葉をつぶやいた。ビールで時間をつぶしたりせずに、さっさと来ればよかったのだ。こうなると、なかに入るのはむずかしい。煙草に火をつけ、いくつかある選択肢を天秤《てんびん》にかけた。チャイムを鳴らしたとしても、なかには入れてもらえないだろう。前回のデートはとても気持ちよく別れたとはいえないし、向こうにはおれと話をする理由がないからだ。だいいちなんて切り出せばいい？　おれが来たのはきみを殺人罪で訴えたいからだ、とか？　押し入るのもひとつの手だが、かなり凝った警備システムだったはずだ。玄関ドアは新しいし、鍵《かぎ》も厳重ときている。おれの持つ侵入技術では、それなりの装備がなければ無理だ。

ということは、チャンスが到来するまで待つしかない。おれは煙草を吸い終え、買ってきた瓶のコーラをぐいっと飲むと、もう一本煙草をつけて考えた。もしカーラが殺人への関与を認めたら、どうしてやろう。一般市民を逮捕することはできない。いまのおれの立場では無理だ。冷血に彼女を殺すだけの度胸が自分にあるとも思えない。となると、おのずと選択肢は狭まってくる。しかし、それでもおれの気持ちは変わらなかった。ここに来たのは正しかったのだ。真相を突きとめないことには、つぎの人生に進めない。

十分ほどそうしていただろうか。あるいはそれほどたってなかったかもしれない。一台の車が袋小路に入ってきて、駐車スペースを探しはじめた。おれは見つからないように、尻《しり》をずらして上半身をシートに沈めた。やがて車は通りすぎたが、突き当たりでゆっくりとUターンし、バックで駐まった。一分後、運転していた男の姿が見えた。中年のビジネスマン風だ。カーラのフラットがある側を歩いている。カーラのフラットの前にくると立ちどまり、ポケットから鍵を取り出した。

おれは車から出て、できるだけさりげなさを装《よそお》いながら通りを渡り、玄関前の階段をのぼりはじめた男の背後に立った。おれの靴音を聞いて、男は振り返った。顔には反射的な恐怖が刻まれている。都会生活者が経験する、夜間に背後から忍び寄られたときの恐怖だ。シャツとネクタイ姿のおれを見た瞬間、その表情はわずかに和らいだが、あいかわらず疑り深そうな顔をしている。

「なにかご用ですか?」

おれは警察の身分証を取り出して、男に見せた。

「じつはミス・カーラ・グラハムに会いに来たんです」おれは男の目を見つめながら、いかにも当局者らしい声でいった。「このフラットの最上階に住んでますよね」

男は玄関扉に鍵を差しこんだ。

「ええ。でしたらチャイムで呼び出せば——」

「じつをいうと、こちらの正体を知られたくないのです。われわれと話をしたがるかどうか確信が持てないもので」

男はおれをじろじろながめまわしたが、結局はおれの言葉を信じて、鍵をまわした。

「じゃあ、部屋はおわかりですね」

「もちろん。ありがとう」おれはあとについてなかに入った。

「疑ったようで申し訳ないですけど、わかってくれますよね」

「当然ですよ。このご時世ですから、注意するに越したことはない」

男は廊下を進み、おれは階段をあがった。三日前はじめてこの階段をあがったときのことが甦《よみがえ》ってくる。あれから状況はがらりと変わってしまった。

三階に着くと、ドアの外に立って耳を澄ませた。テレビがついている。ボリュームが最大だ。ニュースのチャンネルらしい。ドアに耳を押しつけてほかの物音を探してみたが、なにも聞こえなかった。

手を伸ばして取っ手をまわしてみるが、動かない。鍵がかかっているのだ。かがみこんで、錠の形状を確認する。単純なやつだ。ポケットに手を入れ、財布からクレジットカードを取り出して、ドアとドア枠のわずかな隙間《すきま》に差しこむ。鍵はなんの抵抗もなく開き、おれはゆっくりと取っ手をまわした。

なかに入ってそっとドアを閉め、チェーンをかける。カーラが逃げようとしたときにわざと手間取らせるためだ。廊下の照明はついていなかったが、左手にある居間のドアが開いていて、明かりが洩《も》れてくる。おれは立ちどまって、また耳を澄ませた。

できるだけ物音を立てないようにして、ゆっくりと居間のなかを見渡す。

人気がない。隅に置かれたテレビの音声が最大になっていて、埃《ほこり》っぽい戦場のようなところにいるニュース記者が、当地の紛争についてドラマチックなレポートを中継していた。チーク製のコーヒーテーブルには飲みかけのコーヒーカップがあり、その隣に二本の吸い殻が捨てられた灰皿がある。一瞬待ったが、あいかわらず物音はどこからも聞こえてこない。おれは居間に入った。かがんでコーヒーに指先を浸《つ》ける。冷めてはいるが、まだ冷たくはない。淹《い》れて三十分といったところだ。それ以上は経過していない。

おれは廊下のほうに戻った。すぐ右手にキッチンがある。ドアがなかば閉じていたが、なかの明かりはついていた。ドアを押し開け、すばやく目を走らせたが、居間と同じでこちらも人気がない。残るはふたつの部屋だ。ひとつはバスルームで、廊下の突き当たりにある。ドアが大きく開かれていた。おれは忍び足で近づいて、一瞬立ちどまり、手を伸ばして照明をつけた。

だれもいない。

となると、残るは寝室だ。

きっとカーラは買い物に出かけたにちがいない。あるいは早く寝たかだ。どっちだろうとかまわなかった。待つくらいなんでもない。カーラが寝室でだれかとお楽しみの最中とは思えなかった。もしそうだとしたら、いまごろ彼女の喘《あえ》ぎ声が聞こえてくるはずだ。静かなファックを楽しめる女じゃない。

前に進み、寝室のドアに一瞬耳を澄ます。あいかわらずなにも聞こえない。

これまで以上にゆっくりと、取っ手をまわした。きしみを立ててドアが開いた。

真《ま》っ暗闇《くらやみ》だ。カーテンが閉ざされているのは見るまでもなくわかった。なかに入り、一瞬待ってから、ドアのどちら側にあったか思い出しながら照明のスイッチを探した。

それでも音がしない。まったくの静寂だ。

右側に進み、スイッチを見つけて、照明をつけた。すぐさま瞬《まばた》きし、目の焦点をあわせる。

二、三秒かかったあと、キングサイズのベッドの向こうにある壁の高いところに、大きなどす黒い染《し》みが見えた。その下には、どっぷりと血の染みたシーツにうつ伏せになり、壁から少し斜めの角度で大の字になって横たわっている、カーラ・グラハムの死体があった。着衣は黒のスラックスにソックス、そして白のブラウスだが、その白いブラウスがすっかり深紅に染まっている。床にはベッドサイドの電気スタンドが落ちて転がっていて、それが揉《も》みあいになった唯一《ゆいいつ》の痕跡《こんせき》だった。両手はシーツを握りしめている。
室内にはかすかな異臭がこもっていたが、レイモンドがバリー・フィンを殺害したあとの葬儀場のような饐《す》えた臭《にお》いとはまるでちがう。

おれは前に進み出た。まだ自分の目が信じられず、おずおずと死体に近づいてみる。手袋なしで手を触れるつもりはないが、カーラが本当に死んでいるのかどうか確かめたかった。とはいえ、これだけ夥《おびただ》しい出血だと、それ以外には考えられないが。

カーラの目は開いていた。カッと見開いた、恐怖に満ちた目。しかし、死んでもなお美しい。ひょっとしたらおれたちは、うまく行ったかもしれなかった。その可能性はたしかにあった。それがまさかこんな結末を迎えるとは。その瞬間、苦い思いが胸に込みあげてきた。

喉笛《のどぶえ》を切り裂いていた傷は、一部髪に隠れていたものの、深く長いもので……ミリアム・フォックスの命を奪った傷にそっくりだ。視野の隅に、壁に飛び散った血がゆっくりと滴《したた》り落ちるのが見える。カーラの喉に視線を戻した。ちょろちょろといった程度だが、傷口からはあいかわらず血が流れ出ている。

死んでからまだ時間が経過していない。ほんの少し前に行なわれた犯行だ。ざっと十分か十五分前、それ以上じゃない。血はまだ凝固もしてない状態だ。おれは外の車のなかで十分ほど待機していたが、そのあいだこのフラットを出た者はいない。それに、階段をあがってフラットに忍びこみ、この部屋に入るまで五分はかかっている。合計十五分。十五分前にはカーラはまだ生きていたのだ。

となると、答えはひとつしかない。

背後に気配を感じて振り返ったとき、大きく振りあげられたナイフがきらめくのが見えた。まだカーラの濡《ぬ》れた血がついているナイフ。とっさに後ろに飛びすさり、ナイトテーブルにぶつかった。ナイフはかろうじて空を切ったが、あと二センチ近ければ切り刻まれていただろう。

襲ってきたのは図体《ずうたい》のでかい男で、一メートル八十以上の身長と、それに見あった体格をしている。黒い野球帽を目深《まぶか》にかぶっているが、おれにはその下の非情な顔つきが見て取れた。姿を見られたからには、おれを生かしておく気はないらしい。

ナイフが空振りして男がわずかによろけたところへ飛びこみ、両手首をつかまえてから、向こうずねをいやというほど蹴《け》りあげてやった。男は苦痛に顔を歪《ゆが》めたが、体勢を崩すことはなく、おれをテーブルに押し戻すと同時に身体《からだ》をひねって、両手を振りほどいた。

男はまた自由になった両手で、おれの下腹部めがけてナイフを突き出したが、おれは横ざまに飛びのいて、背中からベッドに着地した。まだ生温かいカーラの死体を枕《まくら》にした格好だ。血でぐしょ濡れになったシーツを背中に感じた。男が大きなナイフを頭上に振りかぶったとき、蹴り飛ばそうとしたが、おれの脚は男の脚にがっちり押さえつけられ、つぎの動きを封じこめられた。

男がナイフを振りおろすと同時に、おれは大きく身体をよじって両手でやつの腕をつかみ、全力を振り絞って壁に叩《たた》きつけた。だが男はナイフを手放そうとしない。それどころか、自由なほうの手でおれの顔を殴ってくる。頬に鋭い痛みが走った。もう一度。目に勝利の笑みを浮かべている。おれの視界はぼやけはじめた。

そのとき、男はふと戦術を変えておれを殴るのをやめ、おれが壁に押さえつけている反対の手からナイフを取ろうと手を伸ばした。瞬間、おれの脚を押さえつける力が緩んだので、男に刺すチャンスを与える前に、新品の靴の踵《かかと》で男の膝《ひざ》を思い切り蹴り飛ばした。男は痛さのあまりおれの足が届かないところまで飛びのき、野球帽も吹き飛んで、もじゃもじゃの髪があらわれた。野球帽が落ちたことで、一瞬男の気がそれたようだった。まるで髪をなくした怪力サムソンだ。その隙におれは、ぬらりとしたカーラの死体の上を転がり、ベッドの反対側へ寝返りを打った。

長々と感じられた寝返りのあと、反対側に落ちた。ベッドの前をまわって男がやってくる音がしたので、昨日手に入れたリボルバーを抜こうとコートのポケットを必死に探る。ところが握りをつかんでいざ引き抜こうとしたとき、生地に引っかかってしまった。そこへ男の全身が見えてきた。黒い野球帽をかぶり直し、禍々《まがまが》しいナイフを高く掲げている。その距離わずか三十センチ。ポケットの生地が裂けるのがわかった。もう一度、必死になってリボルバーを引き抜いてみる。すべてが台なしになってしまいそうなパニックに襲われながら。

そのときようやく引っかかりがはずれ、おれはリボルバーを引き抜いて、男に銃口を向けた。男はそれを見て凍りつき、とっさに踵《きびす》を返してドアに向かった。安全装置をはずして撃鉄を起こし、起きあがって狙《ねら》いをつける。男が戸口を抜けようとするところで、なんとか一発撃った。だが大きくはずれ、弾はドア枠の上を撃ち抜いた。男はそのまま走って視野から消えた。すぐに立ちあがって、追いかける。

廊下に出ると、男は玄関で手間取りながらもチェーンをはずし、おれを振り返って、最後にもう一度ふてぶてしい顔を見せてから、ドアを引き開けて逃走した。階段に向かう男を狙ってもう一発撃ったが、今度も銃弾は上に大きくそれてしまった。このリボルバーを持っていたトルコ人が、昨夜《ゆうべ》おれを仕留めることができなかったわけだ。照準がまったくあってない。ターゲットを仕留めるには天井を狙ったほうがましなくらいだ。

階段に重い靴音がした。男が一段飛ばしで駆け降りている。もはや追いかけてつかまえるには手遅れだ。おれはその場で立ちどまり、疲労とショックで息を切らしていた。危なかった。もう少しでやられるところだった。二十四時間で二度も命を狙われ、いずれも逃げ切るので精一杯だった。ここまではなんとか無傷だったものの、おれの運が尽きるのも時間の問題だ。

それにいまとなっては、カーラ・グラハムから真相を聞き出すこともできない。

だがしかし、彼女を殺したあの男は真相を知っている。そしておれにとって幸運なのは、おれがそいつを知っていたことだ。少なくとも、そいつの名前は知っている。

かつてこんな事件があった。三十二歳の男が、十歳の少女を誘拐した。男は少女を自分の薄汚いフラットへ連れ帰り、ベッドに縛りつけて、長時間、胸が悪くなるような性的暴虐《ぼうぎやく》を加えて弄《もてあそ》んだ。そのままいけば、男は少女を殺していたかもしれない。過去に若い女を快楽殺人の餌食《えじき》にしたいと吹聴《ふいちょう》していたという話があるからだ。だが隣人が少女の悲鳴を聞きつけ、警察に通報した。警察はやってきてドアを蹴り開け、男を逮捕。しかし不運なことに、男はのちに無罪とされ、少女の父親はみずから正義の鉄槌《てっつい》を下そうとして鉄格子《てつごうし》の向こうの人となり、やがて土の下に眠ることになった。元同僚がその事件を担当していたので覚えている。二年前だ。

そのレイプ魔の名前は、アラン・コーバー。ついさっきおれにナイフを突き立てようとしたのは、その男だ。

階段に靴音がした。今度はあがってくる音だ。おれはリボルバーをポケットにしまい、玄関ドアまで引き返して、なかを見られないようにドアを閉めた。角を曲がってやってきたのは、おれをこのタウンハウスに入れてくれた男だった。手にずっしりした懐中電灯を握りしめている。それで武器のつもりなのだろう。顔には不安げな表情を浮かべている。

「いったいどうしたんです?」男は訊《き》いてきた。「ナイフを持った男が階段を降りていきましたよ」

男のほうに近づきながら、おれはいった。

「警察を呼べ」

「でも、あなたが警察でしょう」

「もうそうじゃない」

「だったら何者なんですか、あなたは」

おれは立ちどまらずに男を押しのけた。

「修羅場を二度もくぐり抜けて、三度めもそうあってほしいと願う男さ」

33

「メメト・イーラン。四十五歳。トルコ人。この国に移り住んで十六年になる。表向きはただの実業家だが、トルコやドイツでは麻薬犯罪で前科がある。もっとも、こっちに来てからはきれいなもんだがな。いろんな会社を持ってる。おもに食料やカーペットの輸出入を扱う商社、ピザパーラー・チェーン、パソコンの卸売り店、繊維工場。あらゆる業種に関心があるようだが、噂《うわさ》によると、こいつの会社の大半はマネーロンダリングの隠れ蓑《みの》にすぎないらしい。こいつのほんとの儲《もう》けはどこか別のところから来るんだ」

「ほんとか？　どこからだ？」

「どうやら以前はトルコとアフガニスタンから大量のヘロインを密輸していたことがあるらしい。確証はだれにもないがな。そいつがいまは、密入国斡旋《あっせん》ビジネスをやっているそうだ。不法移民相手に」

「その方面でもでかい金が動いているというのは聞いたことがある」

「でかいなんてもんじゃない。不法移民たちはあらゆる国からやってくるが、密入国斡旋業者に払う金を工面するために、持てる財産を全部売っ払うんだ。その相場がいまや一人当たり五千ポンドにもなるらしい。トラックに二十人詰めこめば、密入国業者の懐《ふところ》に十万ポンドが転がりこむって寸法だ。一週間で百人密入国させただけでも五十万ポンドはかたいし、どうやら実際にはそれ以上の数の人間を密入国させているらしい。なんでも数千人規模だとさ」

「それでロイ、おまえはイーランがそれに絡《から》んでると思うのか?」

「おれが聞くところではそうだ。情報屋によればこいつが黒幕らしいんだが、極力関わりがなさそうに見せかけるのがうまいらしい。だからだれにも確証がつかめないのさ。ところで、なんでおまえがこいつに興味を持ってるんだ?」

「ちょっとあってな。今週末までにはおまえの耳に入れるよ。真っ先に知らせる」

「なんだか知らないが、気をつけろよ、デニス。こいつにちょっかい出すとヤバイことになるぞ。この前銃撃された三人のことは知ってるだろ――税関職員と会計士だ……」

「それがどうかしたのか?」

「あの会計士が、イーランの持つダミー会社のひとつと関係あったんだ。噂によると、イーランがあの三人殺害の黒幕らしいんだが、そいつを立証するのはまた別の話だ。だから怖いぞ。あいつを怒らせたらおまえも命はない。三人殺しだって平気なんだから、警官殺しなんか屁でもないはずだ」

「心配するな。バカなまねはしないさ」

「こいつに関してなんにも知らないとしたら——まあ、知ってたらおれに電話してこなかっただろうが——おまえはどういう経緯《いきさつ》でこの男のことをつかんだんだ？」

「ロイ、もう少し辛抱してくれ」

「辛抱で新聞が売れるか。わかるだろう」

おれは電話に硬貨を継ぎ足した。少しは教えてやらなくちゃいけない。

「この男と別の犯罪者とあの三人殺しのつながりを、証明できるかもしれないんだ」

受話器の向こうでロイの息づかいが変化するのがわかった。明らかに興奮していると同時に、おれの話が嘘《うそ》八百ではないかと警戒している。

「ほんとか？」

「嘘をついてもはじまらない」

「それで、なんでおれに話す？どうしてこいつらを逮捕しないんだ？」

「話せば長いんだ、ロイ。だが基本的におれを信じたほうがいい」

ロイはため息をついた。

「信じろといわれても、あまりにも話がうますぎる」

「じゃあいうが、おれは警察を辞めたんだ」正直に話した。「ケチな規則違反がいくつかばれてな。即決まったのさ。それでもう逮捕の権限がないんだ」

「ほんとかよ。いったいなにをしたんだ、デニス？」

「メメト・イーランの知りあいと関わりがあったとだけいっておこう。たいした関わりじゃないんだが、クビが飛ぶにはそれで十分だった。おかげでおれもそいつらのことをいくつかわかってきたってわけさ」

「もっと聞かせてくれ」

「いまはまだだめだ。おまえにはほかにもやってもらいたいことがある。五分とかからない仕事だ」

「なんだ？」

「アラン・コーバー。覚えてるか？」

「聞いたことがある」

「少女を襲ったレイプ魔だが、免責によって無罪放免になったやつだ。少女の父親はこいつのフラットに放火しようとして逮捕され、獄中で自殺してしまった。二年ほど前だ。場所はハックニー」

「ああ、思い出した」

「コーバーはまだ野放しになっている。こいつを探し出さなくちゃならないんだ、緊急に」

「なんだと？　こいつも一枚噛《か》んでるのか？」

おれは嘘をつくことにした。そのほうが話が簡単だ。

「その可能性があるが、たしかなことはおれもわからない。コーバーの現住所を教えてくれるか?」

「気安く頼み事をしてくれるぜ、まったく。こんなことしてると、おれまでトラブルにどっぷり浸《つ》かりそうだ。で、コーバーをどうするつもりだ?」

「なにも」また嘘をついた。「ちょっと話を聞くだけさ。おまえがこの頼み事を聞いてくれたとしても、おまえが教えてくれたなんてことは絶対口外しない。おまえはこのネタに一切関わってないことにする。こいつが片づいたら、フリート街はこぞっておまえを迎えたがるだろう。まちがいない」

「そう簡単にいかないかもしれないぞ。コーバーは名前を変えているかも」

「やつには前科があるから、名前を変えることはできないはずだ。性犯罪者リストに名前を載せなくちゃならないからな」

ロイはため息をついた。

「ま、やれるだけやってみるさ」

「大事なことなんだ。だからできるだけ早く情報がほしい」

「だったらこのネタについてもう少し聞かせろよ。おれのやる気を刺激するようなことを」

「コーバーの現住所を夕方までに教えてくれれば、そのときにもう少し聞かせてやろう」

「ガセだったら承知しないからな」

「五時にこの番号に電話する」

「会議があるんだ。六時にしてくれ」

「それじゃ六時に。繰り返すようだが、おれから聞いたなんてだれにも洩《も》らすなよ」

ロイはほかになにかいいかけたが、公衆電話のブザーが鳴ったので、おれはさよならもいわずに受話器を戻した。

電話ボックスを出ると、朝のラッシュアワーだった。おれはゆっくり歩いて、ホテルに戻った。

34

「いま行く」と店の奥から声がした。おれはドアを閉めてボルト錠をかけ、《営業中》の札を裏返して《閉店》にした。よけいな邪魔はごめんだ。レン・ラニオンの店はとうてい繁盛《はんじょう》しているとはいえないが、用心するに越したことはない。

ラニオンがカウンターの後ろにあらわれた。凝った中国製の花瓶のようなものを布で拭《ふ》いているのは、指紋を取り除くためだろう。おれを見て愛想笑いをしてみせたが、そのじつ口もとが引きつり、目が警戒するようにきょろきょろして、手にした花瓶にしょっちゅう視線を戻している。

「よう、ミルンさん」ラニオンはわざとらしい陽気な口ぶりで、カウンターの下に花瓶をしまった。「今日はなんだい?」

「銃だ」カウンターに近づきながら、おれは切り出した。「何丁かほしい」

落ち着きのない目の動きを一気に加速させて、ラニオンは一歩あとずさった。おれの顔つきに、人を怯《おび》えさせるなにかがあったにちがいない。

「そんなもん、仕入れ先も知らねえよ」緊張した声だ。「悪いがそればっかりは無理だ。そういう武器には近づかねえ主義でね」

おれはカウンターを挟んで向かいに立ち、ラニオンをじっとにらみつけた。

「おれはもう警官を辞めたんだ。だからおまえを逮捕する気はない。さあ、大人しくいうことを聞くか、それとも痛い目にあいたいか」

「なんの話だかわからねえ。そんなものを手に入れたくて来たんなら、帰ってくれ」おれがもう警察の一員じゃないとわかって、度胸がすわったらしい。

しかしながら、その度胸も長続きはしなかった。おれはイーランの部下から奪ったリボルバーを引き抜き、ラニオンの胸に突きつけた。

「まわりくどい話はやめだ。いまおまえに向けているこの銃のほかに、少なくとも二丁いる。できればオートマチックがいい。それと手ごろな数の弾もだ」

「い、いってえどういうことだよ」ラニオンは落ち着きのない声で訊《き》き、リボルバーを寄り目で見つめている。「こいつは本物かい？」

「本物も本物、正真正銘の銃だ。おまえが闇《やみ》で銃を扱ってるのはわかってる。だれもが知ってることさ」

「なんのことだか、おれにはさっぱり――」

「いいや、おれがなんの話をしているか、おまえはちゃんとわかってるはずだ。さっきいった銃を二丁用意しろ。今日じゅうにだ。さもなければおまえを殺す。単純なことだろ？」

「銃なんかねえって。ほんとだよ」

「ラニオン、いいことを教えてやろう。おれはおまえのことがずっと嫌いだった。例のホロウェイ強盗事件の車輛《しゃりょう》登録証を売りさばいたのはおまえだろう」

「まさか、ちがうよ。ほんとだって――」

「だがな、おれにはもう関係ないことだから、あの事件を追及するつもりはないんだ。今後はほかの連中がやってくれるだろう。しかしくれぐれもいっておくが、もし今日の午後じゅうに銃を二丁用意しなかったら、おまえの命はない。単純なことさ」

おれはリボルバーを心持ち上にあげ、ラニオンの眉間《みけん》に狙《ねら》いをつけた。額から玉の汗が滴《したた》り、鼻筋を伝って落ちてくる。ラニオンは激しく瞬《まばた》きしたが、身体《からだ》は微動だにしない。おれが大真面目《おおまじめ》だということがようやく伝わったようだ。

「そいつをおれに向けねえでくれ」

「素直にいうとおりにするか」

「時間がかかる」

「ストックはないのか」

「ストックは置かねえことにしてるんだ。その手の品物《ブツ》は――」

「でたらめをいうな。もう一度訊くぞ。ストックはないのか」

「あんたがいうような銃でよけりゃあ、あるよ」

「どこにある」

「ショアディッチの貸し倉庫に。銃はあっちに置いてあるんだ。あんたがほしがってるタイプもある。だからそいつを向けるのはやめてくれ。暴発されちゃかなわねえ」

暴発したところで当たる自信はなかったが、そいつはいわないことにした。おれはリボルバーを降ろしてにやりとした。

「だったらいまからそこへ行こう。車はあるか？　それともおれの車で行くか」

「いまはだめだ。仕事がある」

おれは笑ったが、われながら冷たい笑いだった。

「いまといったらいまだ。おれの車かおまえの車、どっちにする？」

ラニオンはため息をついた。おれがこんなことをしているのがまだ信じられないといった様子だ。本気であることが確実に伝わるような目で、おれはラニオンを見返してやった。

「それじゃおれの車で行こう。裏手にある」

ラニオンは店の入り口に行ってドアに鍵《かぎ》をかけてから、二人でガラクタの詰まった段ボール箱、安全性の怪しい電気製品、商品のほとんどを占める盗品の山のあいだを縫うようにして、裏口に向かった。裏口を出るとそこは小さな屋根つき駐車場で、車が二台駐《と》めてある。どちらもほとんど廃車寸前といっていいほどのオンボロだ。おれたちはましなほうに乗りこんだ。錆《さ》びついた赤のニッサンで、一九八〇年代なかばにはきっと洒落《しゃれ》たスポーティな車に見えたことだろう。エンジンをかけ、ゆっくりと通りに出る。

午後のなかごろの渋滞は、コマーシャル通り《ロード》の事故の影響でいつもよりひどく、二キロにも満たない距離を走るのに四十五分もかかってしまった。道中おれたちはほとんど口をきかなかった。ラニオンは当初、おれを怒らせたのはどこの連中か、そいつらを痛めつけるだけなのか、それとも本気で殺すのか、などと詮索《せんさく》してきたが、いいから黙って前を見て運転しろと命じると、しばらくしてから素直に従った。おれは心ここにあらずだった。いまではすべてにおいて直感的に行動し、予想される結果をあらかじめ秤《はかり》にかけることもない。大事に思えるものがなにもないからだ。たしかに計画はあるし、それがうまく行けばうれしいだろうが、失敗したらそれまでの話だ。命を落とすことになるかもしれないが、息詰まるような渋滞のなかでじっと座っていると、恐怖は湧《わ》いてこない。むしろ不思議なことに、あまり悪い気はしなかった。プレッシャーや緊張を強いられることのあまりに多いこの世界が、自分にとってもはや重要性を持たなくなり、精神的に自由になった気がするのだ。もはやおれの人生にはふたつのことしかなかった。すなわち、おれ自身がなにをやりとげ、なにをやりとげないか。単純なことだ。

その貸し倉庫は、グレートイースタン通りをはずれた狭い裏路地にあった。ラニオンは貸し倉庫の外の歩道に乗りあげて車を駐め、二人で降りた。あたりにほとんど人影はなく、近道をしている都会人風の数名と宅配業者がいる程度だ。ここが世界最大の金融地区からほんの二百メートルしか離れてないなどと、だれが想像するだろう。

おれはラニオンにぴたりと張りつき、リボルバーをしまってあるコートのポケットに手を入れておいた。

「逃げようなんて思うなよ」ラニオンが貸し倉庫を開けたとき、おれはいった。ラニオンは返事をせずになかに入っていった。おれもあとについてなかに入り、さりげなさを装《よそお》ってシャッターを引きおろすと、ラニオンが電気をつけた。

店とちがって、貸し倉庫のなかは思いのほか整頓が行き届いていた。両側の壁には箱が整然と積みあげられ、真ん中に動きまわれるだけのスペースがある。その突き当たりに、防水シートをかけた木製の保管庫があった。ラニオンは保管庫の鍵を開け、なかから大きな鞄《かばん》を取り出すと、床に置いた。

「そいつを持て」おれは命じた。「これからおまえの家に行く」

「え？」ラニオンはぎょっとしておれを見た。「なんでだよ」

「時間をかけてじっくり選びたいからさ。ここはそれにふさわしくない」

ラニオンは反論しかけたが、おれはかまわずシャッターを引きあげ、ラニオンが出てくるのを待った。ラニオンは後部座席に鞄を置くと、貸し倉庫の鍵をかけ、二人でまた車に乗りこんだ。

ラニオンの住まいは、ホロウェイにある比較的端正なテラスハウスのひとつだ。前に一度、マリックほか数名の制服警官と一緒に家宅捜索《ガサいれ》したことがある。予想どおり盗品は出てこなかったが、なかなか快適そうな住まいだったことは覚えている。一年ほど前のことで、あのときはびっくりするほど愛想のいい女房が、家宅捜索するおれたちに紅茶を出してくれた。そんなことは滅多にあるものじゃない。その女房に逃げられたのは知っているし、その後も目をつけていたから、ラニオンが一人住まいなのはわかっていた。

今度はコマーシャル通り《ロード》から遠ざかる方向だったので、あいかわらず渋滞はひどかったものの、たいして時間はかからずにラニオンの家に到着した。黙ってなかに入り、居間に座った。床には汚れた皿数枚と、いろんなゴミが散らかっている。おれの記憶にある整頓の行き届いた快適な住まいとはえらいちがいだ。

おれはラニオンに手ぶりで椅子《いす》を勧めた。ラニオンは皮肉たっぷりに礼をいうと、床の上に鞄を置いた。口ぶりが生意気になっているのは、状況に慣れはじめている証拠だ。

「吸ってもいいか」おれはいうなり、ラニオンには勧めずに煙草《たばこ》を一本つけた。ラニオンはうなずき、ぶつぶついいながら自分で煙草を出して、火をつけた。おれは椅子の背に寄りかかり、ポケットからリボルバーを取り出した。

「よし、それじゃ見せてもらおうか」ラニオンは鞄のジッパーを開け、使い古した感じの二二口径をおずおずと取り出した。「それはいらない」おれはいった。「ほかは?」ラニオンは二二口径をカーペットに置くと、陰気なサンタクロースといった感じで鞄に手を突っこみ、今度は銃身を切り詰めたポンプアクションのショットガンを取り出した。

おれは首を振り、ラニオンはさらに鞄のなかを探した。つぎに出してきたのが、おれの希望に叶《かな》ったものだった。新品のマック10サブマシンガン。マガジンは未装着で、ラニオンは少し探したあと、テープで束ねた二本を取り出した。

「そいつをもらおう」おれがそういうと、ラニオンはマック10を横に置いた。

ラニオンはさらに三丁の銃を出して——すべて拳銃《けんじゅう》だ——これで全部だといった。

おれはにやりとした。

「銃に近づかない主義にしては、けっこう持ってるじゃないか」あいかわらずリボルバーを構えながら、ざっと三丁を見くらべ、もう一丁を銃身の短いブローニングに決めた。

「こいつの弾はあるか」

「たしかあったはずだ」ラニオンはもう一度鞄のなかを探しはじめ、真新しい九ミリ弾を二箱出して、マック10とブローニングの横に置いた。

おれは煙草を深々と吸って、いらない銃を鞄に詰め直すラニオンをじっと見つめた。

ラニオンが詰め終えたところで立ちあがり、新たに入手した銃を取りあげて、マック10のほうはマガジンと一緒にレインコートのポケットに入れた。吸い殻であふれかえった灰皿に、煙草をにじり消す。手にしたブローニングをもう一度ながめ、マガジンを取りはずして、弾が込められているのを確認した。

「こいつのサイレンサーはないのか」

「あるわけねえだろ、そんなもん」座ったままラニオンはいった。

「いざってときには、ちゃんと役に立つんだろうな」

「ああ、もちろんさ」

おれは安全装置を解除して、引き金を引いた。

たしかに役に立った。

35

「デニス、じつは今日、奇妙な噂《うわさ》を聞いたんだ」受話器からロイがいった。

「ほほう」おれは電話ボックスのガラスに背中から寄りかかり、手にした缶のコーラをひとくち飲んだ。これも逆ダイエットの一環だ。「どんな噂だ」

「おまえがとんでもないことに関わってるって話さ。警察は躍起になって探しているぞ。あるきわめて残忍な犯罪のことでおまえを事情聴取するためだ。殺人容疑も視野に入れてるらしい」

おれは歯のあいだから口笛を吹いた。

「ひどいいわれようだな。どこで聞いた？」

「本当なのか？」

「バカいうなよ。十年近いつきあいだろ。おれが人殺しなんかやると本気で思ってるのか？」

「おれとジャーナリズムとのつきあいは三十年近い。その間におれが身に染《し》みてわかったのは、人は見かけによらないってことだ。だれもがクローゼットに骸骨《がいこつ》を隠し持ってる。司祭の妻でさえもだ。なかにはじつに冷酷なケースもある」

「ロイ、おれも骸骨くらい隠し持っているが、さすがに殺人はないよ。ところで、頼んでおいた情報は手に入れてくれたか？」

「デニス、おれは心配なんだ。しっぺ返しはごめんだからな」

「そんなことは絶対ない。だから心配するな」

「口でいうのは簡単さ」

「簡単だと？　駆けずりまわってるのはこっちだぜ。それに誓ってもいいが、おまえが引きかえに手にするのはとびきり最高のネタだ」

「いつになったらそいつをくれるんだよ。おまえはやるやるといってるが、こっちはまだなにひとつ実質的なネタをもらってないのに、この首を賭《か》けてるんだぞ」

　おれはため息をついて、一瞬考えた。

「今日は木曜だ。明日には聞かせてやるよ」

「約束だからな」

「わかった。それで、コーバーの住所は？」

「それを聞いてどうするつもりだ」

「いくつか尋ねたいことがあるんだ。それだけさ。おれに代わってパズルを解いてくれるはずだ」

「ハックニーのケンフォード・テラス、四四のB。知ってるのはそれだけだ。おれから聞いたなんてだれにもいうなよ」

36

おれはだいぶ前から冷たい闇《やみ》のなかに座って、アラン・コーバーを待っていた。コーバーのフラットは、悪名高いレイプ犯のそれとは思えないほど、ミニマリズムの極致だった。狭苦しい居間に椅子が一脚だけぽつんとあり、それが安物のポータブルテレビに向きあっている。テレビの上には小さなサボテンの鉢が置いてあって、これが部屋全体で唯一《ゆいいつ》の装飾だ。おれはドアを背にしてこの椅子に座り、なにも映っていない画面を見つめていた。見つめながら考え、待っていた。コールマン・ハウスとその住人たちを取り巻く謎《なぞ》の、最後の鍵《かぎ》がコーバーだ。カーラの喉《のど》の切り傷の形状と、背後から襲う手口からして、ミリアム・フォックスを殺害したのもコーバーであることはまちがいない。しかしそのシナリオでも、答え以上に疑問が噴き出してくる。おそらくコーバーとカーラはミリアム殺害の共犯者だろう。カーラが殺害方法の詳細を知っていたのを見ると、それ以外に考えられない。だが、あれほど共通点のない二人がどういう経緯《いきさつ》で共犯者になったのか？　なぜ二人はミリアムを殺害したのか？　ミリアムの死とほかの少女の失《しっ》踪《そう》事件にどんな関係があるのか？　どうやらコーバーには、話してもらうことがたくさんありそうだ。

無性に煙草《たばこ》が吸いたかったが、ここはコーバーのフラットだ。さすがにまずい。そこで今日三本めの缶のコーラを開け、ひとくちすすった。この部屋で滅入《めい》ってしまうのは、くつろげる感じが一切しないことだ。人間的ですらない。きわめて怠惰な人間によって作られた、史上最悪の住宅展示場のようなものだ。真相を知る手がかりが少しでもあればと思い、室内を徹底的に調べてみたが、ものの見事になにも見つからなかった。鍋《なべ》やフライパンをしまったキッチンの食器棚、服を入れた洋服ダンス、歯ブラシと石鹸《せっけん》がある洗面所。どこを探しても、コーバーの性格をうかがわせるものはない。調べはじめて数分は、住所をまちがえたかとさえ思った。しかしベッドの下を探り、乾いたくしゃくしゃのティッシュの山が出てきたとき、ここがやつの住まいにまちがいないと確信した。性的衝動がきわめて強いといわれていたが、警察にマークされていることをよくわかっているせいか、問題にされそうな痕跡《こんせき》は極力残さないのだ。テレビの下にあるビデオデッキの上にはラベルのないビデオテープが山積みだが、おそらくその中身も、告発の根拠にはなりえないものばかりだろう。

腕時計を見る。この部屋に忍びこんでから、これで百回めだろうか。八時二十分。十一日前のいまごろは、降りしきる雨のなか、トラベラーズ・レスト・ホテルの裏手駐車場で車に座っていたのだ。あのとき一緒にいたダニーは、いまはもうこの世にいないだろう。命を狙《ねら》われたあと、ダニーの携帯電話に三度も電話してみたが、あいかわらずつながらない。おかけになったお電話は電源が入っていないようです、のちほどおかけ直しください、と告げるメッセージが流れるばかりだ。しかし、かけ直したところではじまらないのはわかっている。生きていればいまごろは電話を取っているはずだ。たとえジャマイカにいようと。

背後でドアの鍵がまわる音がした。おれは椅子から滑るように立ちあがって暗闇のなかを移動し、ドアがゆっくり開いたときには椅子の背後に立っていた。図体《ずうたい》のでかい男が、買い物袋を抱えてあらわれた。顔はよく見えないが、それがコーバーであることはわかっている。ポケットからそっと棍棒《こんぼう》を取り出し、コーバーがドアを閉めて明かりをつけようと背を向けた瞬間、後頭部めがけて力任せに振りおろした。

コーバーは悲鳴もあげずにくずおれ、そのまま一瞬ひざまずいた。もう一度棍棒を振りおろす。今度は横ざまに倒れた。完全に気を失っている。

手早くつぎの行動に移った。コーバーの両脇《りょうわき》を抱え、さっきまでおれが座っていた椅子まで引きずり、そこに座らせる。早くも呻《うめ》いて首をまわしはじめたので、じきに意識を取り戻すだろう。持参したチェーンを取り出し、上半身に三回まわして椅子の背にがっちり縛りつけ、南京錠《なんきんじょう》をかけて、鍵をポケットにしまった。つぎにコートからマスキングテープを取り出し、両脚を縛って口を塞《ふさ》ぐ。

コーバーが瞬《まばた》きして意識を取り戻すころには、おれは煙草に火をつけ、最初の一服を心ゆくまで味わっていた。それから明かりをつけに行き、やかんに水を入れてガスの火にかけた。コーバーの買い物のなかに安物のラガービール四缶パックがあったので、一本引き抜き、残りはすかすかの冷蔵庫に入れて、缶を開けた。それをぐいっと飲み──今日最初のアルコールだ──立ったままコーバーを見つめた。

一、二分してようやく、コーバーは自分のいる場所がわかったらしい。おれを見て、目を白黒させている。おれはにこやかに笑いかけた。コーバーは身体《からだ》を動かそうとしたが、じきに無駄な抵抗だと悟ったようだ。おれは唇に指を押し当て、静かにしたほうが身のためだといい、それから口のテープをはがした。

「いったいなんのつもりだ」コーバーはいった。大男のわりには甲高い声で、自信ありげな口ぶりながら、かすかな緊張が滲《にじ》み出ている。この状況では無理もないことだ。

「弁護士が同席してないところじゃ、なにもしゃべらないからな」

じつに興味深い発言だ。つまりこいつは、このおれが何者かちゃんとわかっている。カーラから聞いたのかもしれない。おれは声をあげて笑い、煙草をひとくち吸って後ろにさがった。気分はすでに、この男から情報を引き出すのが楽しみでならない倒錯者だ。

「昨日の夜は、よくもおれを殺そうとしてくれたな」

「いったいなんの話だ」コーバーはもがいたが、身体はチェーンでがっちり縛られている。「こいつをはずしてもらおうか。でないと訴えるぞ」

おれはもう一度コーバーの口をマスキングテープで塞ぎ、煙草をカーペットに落としてにじり消した。

「おれがだれだかわかってるんだろ？　そう、おまわりだよ」おれはゆっくりと椅子《いす》のまわりをまわった。「だがな、あいにくおまえは知らないだろうが、おれは警察を辞めたんだ。おまえが知らないことはそれだけじゃない。おれはヒットマンでもあるのさ。つまり、おまえみたいな小児性愛者をはじめ、人間のクズ以下のやつらを何人も殺してきた。つまり、おれがいいたいのはこういうことだ。このおれは、以前おまえを取り調べた警察官とは全然ちがう。ここに来たのは、おまえを刑務所に送るためじゃない。おまえがなぜ変態行為をするのかを探るためでもない。おれがここに来たのは、答えをいくつか手に入れるためだ。もし答えないと、おまえの脳味噌《のうみそ》を吹き飛ばして、この薄汚い壁じゅうに撒《ま》き散らしてやる。もちろん、おまえの膝《ひざ》を撃ち抜いたあとにだ」おれはコーバーの前で立ちどまって、ポケットからブローニングを引き抜くと、コーバーの額に銃口を押しつけた。コーバーの目がますます大きく見開いた。「わかったか？　最初の質問だ。なぜカーラ・グラハムを殺した」おれはもう一度コーバーの口からテープをはがした。

「いったいなんの話かさっぱりわからない」コーバーは両手を見おろして声を張りあげ

た。「ほんとだ」

おれはまたテープでその口を塞ぐと、背中を向けてキッチンに入り、お湯が沸いたばかりのやかんをガス台から取りあげた。

やかんを持って戻ると、コーバーはつぎに起こる事態を察知したが、なすすべはなく、椅子に縛られたまま必死にもがくだけだった。おれは正面で立ちどまり、一瞬そのまま突っ立っていたが、おもむろにやかんの口を傾《かし》げ、沸騰《ふっとう》したばかりのお湯をコーバーの左の腿《もも》に少しずつ垂らしはじめた。傾げる角度をやや大きくし、右の腿に移動する。熱さでコーバーの顔が赤くなり、激しく歪《ゆが》んだ。眼球はいまにも飛び出さんばかりだ。かけるのをやめて三秒ほど待ち、もう一度繰り返す。今度はおまけで股間《こかん》にもかけてやった。コーバーはヒステリックに身をよじり、テープで塞がれた口の奥の悲鳴も、意外に大きな呻き声となった。顔色が紫になりかけている。

後ろにさがり、静かに笑みを浮かべながら、しばらくコーバーをながめた。おれのなかにあるのは、意義のある仕事をしている充実感だった。警察官としての経歴全体を通しても、これほどの充実感はいままで感じたことがないほどだ。

それからまた、いきなり股間に熱湯をかけ、苦痛がコーバーの全身に走るのを待って、やかんを下に置き、ビールをひとくち飲んだ。

「よし。これでおれが本気だってことがわかっただろう。質問に正直に答えないと、火傷《やけど》がひどくなるだけだぞ。さっさと片づけたほうが身のためだ。とりあえず、騒ごうなんて気を起こさないように……」おれはそういって椅子の脇に手を伸ばし、そこにあった五ガロン入りのガソリン缶を開けて、コーバーの全身と頭にガソリンをかけた。

「熱湯は熱いと感じる程度ですむかもしれないが、こいつはそうはいかないぜ」

おれはガソリン缶を置いて、コーバーの口を塞いでいるテープをはがし、今度は丸めて床に放った。もう必要ないだろう。質問の答えはちゃんと返ってくるはずだ。コーバーは歯がみをして火傷の痛みに耐えながら、ぷいと顔をそむけた。

「それじゃ、もう一度はじめるぞ。カーラ・グラハムはミリアム・フォックス殺害事件に関与していたな。おれにはわかってる。おまえも絡《から》んでいるはずだ。おれが知りたいのは、ミリアムを殺した理由だ。おまえとカーラは、なぜかそのことをめぐって争いになり、怒ったおまえは、カーラをベッドで切り刻んだ。さあ、教えてもらおう。おれに真相を話さなかったり、ほかに関与しているだれかをかばったりするとためにならないぞ。答えのなかにひとつでも矛盾があったら、おまえは丸焦《まるこ》げになると思え。単純なことだ。おれが本気だってこともわかってるな」

「おれは、カーラなんて知らなかったんだ。あの女はただの――」

すぐさまポケットからライターを取り出して、前に進み出た。ガソリン塗《まみ》れのコーバーの顔から数センチのところで、火をつける。反射的にコーバーは顔をそむけたが、おれはライターをそっちへ動かし、炎が見えるようにした。コーバーは恐怖の呻き声をあげた。

「どうも呑《の》みこみが悪いようだな、コーバー。おまえがカーラを知ってたのはわかってるんだ。彼女のフラットは警備システムが厳重で、向こうがなかに入れてくれないかぎり入れやしない。それにフラットには押し入った形跡もなかった。おまえのすぐあとに入ったからわかるのさ、忘れたか？　おまえはカーラを知っていた。そして、どういう理由か知らないが、彼女はおまえが来るものと思っていた。いいか、もう一度訊《き》くぞ。なぜおまえとカーラはミリアム・フォックスを殺害した？　どうしてカーラを殺したんだ」

長い間があった。真実の瞬間。まるでドアを開けるときのようだ。もっとも、その後耳にした内容は、かつて見た最悪の悪夢をはるかに超える衝撃的なものだった。

「ああ、たしかにおれはあの女を殺したよ。昨日の夜だ。だがおれはあの女を知らない。本当だ」

「だったらなんで彼女を殺した」

コーバーはため息をついた。あいかわらず苦痛に顔を歪めている。

「命令されたからだ」

「だれに？」返事がない。「いったいだれにだ。かばうとためにならないぞ。自分の置かれている状況をよく考えろ」

「あの女と一緒に仕事しているやつだ。そいつがおれにそうしろと命じたんだ」

「名前は?」

「ロバーツ」

「ロバーツ。児童心理学者のか? コールマン・ハウスの?」

「ああ、そいつだ。あのフラットに押し入ることができたのもそいつのおかげさ。ロバーツが鍵を持ってたんだ。合い鍵を持ってたんだろう」

頭が混乱してきた。

「どうしてロバーツが、カーラを殺したがったんだ?」

「あの女、ロバーツの弱味を握ってたのさ」

「弱味というと?」

「ちょっとばかり複雑な話だ」

「どんなに複雑だろうが関係ない。答えろ」ライターの火をまたつける。こっちが本気であることを思い出させるためだ。期待どおりの効果があらわれた。

「あの女は、ロバーツが淫売《いんばい》殺しに関係してることを嗅《か》ぎつけたんだ。あんたらが先週運河の横で発見した淫売だよ」

「ミリアム・フォックスか」

コーバーはうなずいた。

「彼女を殺したのはおまえだろう」

「ああ、おれさ」コーバーは平然といってのけた。

「で、カーラはその殺人には無関係だったのか？」

「そうだ」

その瞬間、重苦しい気分に襲われた。罪の意識がじわじわと胸に広がっていく。おれはカーラを意地悪な目でしか見ていなかった。彼女という人間を完全に見誤っていた。彼女を責めるおれのほうこそ見当ちがいで、それに対する彼女の怒りは本物だったのだ。しかも結局おれは、彼女を救うためになにもしてやれなかった。

「カーラはどうやってロバーツが関わってることを知ったんだ」

「たしかなことはわからないが、ロバーツが、犯人しか知り得ないことをしゃべったんだろう。カーラは昨日そのことで、ロバーツをなじってたんだ」

カーラがミリアム殺害の手口を知っていたのは、そういうわけだったのだ。ロバーツが、彼女とのおしゃべりのなかでうっかり口を滑らせたにちがいない。〈ギャラン〉でカーラを問い詰めたことが、結果的には彼女の死刑執行令状にサインしたことになったのだとわかってきて、おれはまた痛切な後悔の念に苛《さいな》まれた。

「それでロバーツは、おまえに片づけろと命じたんだな」

「ああ、そのとおりだ」コーバーはおれのほうを見ずにうなずいた。

「それで、そのご立派な児童心理学者さんが、どうしておまえみたいな前科持ちの小児性愛者なんかと知りあいなんだ。殺人の手助けを二度も頼むほどおまえと親密なのはなぜだ？」

「ただの知りあいさ」

「いい加減なことをいうな。おれがおまえだったら正直に話すぞ。おまえら二人がなぜミリアム・フォックスを殺したのかも」

「ミリアムは、ロバーツを脅迫してたんだ」ようやくコーバーは白状した。

「なにをネタに？」

「博士は少女が好きだったのさ」だったということは過去形か。なかなか興味深い。そのあたりはあとでつついてやろう。「あの女はそのことを嗅ぎつけたんだ」

「どうやって？　ミリアムは成人近かったから、小児性愛者との接点はほとんどないはずだ」

「たしかにあの女は年を食いすぎてた。だがロバーツは、コールマン・ハウスにいたミリアムの女友だちをオモチャにしてたのさ。ミリアムはその友だちから聞いたんだろう。それからロバーツを脅しはじめたんだ。黙っていてほしかったら金を払えとな」

「だから殺したのか」

コーバーは顔をそらしたままうなずいた。おれはビールをひとくち飲んで、間近にその顔を見つめた。

ミリアムの通話記録にはロバーツの電話番号もあったはずだ。だがおれはカーラの名前を見つけたショックで、そこまで気がまわらなかった。もっと集中して見ていたら、事件全体をもっと早く把握していたことだろう。カーラも死なずにすんだはずだ。

「それだけか」

コーバーはおれを見あげて、信じてくれと顔で訴えた。

「それだけさ。これが真相だ。おれは関わりあいになんかなりたくなかった。ほんとはいやだったんだ。いまだって放っといてほしいんだよ。ひっそりと暮らしたいんだ」

おれはため息をついた。

「二人の人間が死んだんだぞ。どこかのヤク中のストリートガールが、秘密をばらすと脅しただけで」

「それが真相なんだから、しかたないだろ」真顔でいうところが癇《かん》に触わる。「ほんとにおれは、関わりあいになりたくなかったんだ」

「なるほどな」おれはもう一本煙草《たばこ》に火をつけた。「あのミリアム・フォックスのことだ、けっこう脅迫も堂に入ってただろう」

「ああ、あいつは強請《ゆす》り方を心得てたよ」

おれはため息をついて、コーバーのほうに行った。かがみこんでライターの火をつけると、コーバーはまた椅子に縮こまった。

「この嘘《うそ》つきめ。医者が患者を弄《もてあそ》んだなんてありふれた話じゃないはずだ。本当のことをいえ。おまえとロバーツのあいだにはどんな関係があるんだ。なぜミリアムを殺さなくちゃならなかったんだ」

ライターの火をガソリン塗れのその顔に近づけたまま、おれは肚《はら》を決めた。こいつから全体の真相を聞き出してやろう。話の内容に信憑性《しんぴょうせい》がないわけじゃないが、この男とロバーツとの関係がいまひとつわからない。それにこの男はおれに、いまの話を信じこませようとしているフシがある。いままで見てきた犯罪者たちのなかにも、似たような傾向を持つ連中がいた。そういうやつらは、たとえ犯罪を認めることになろうと、ある一定の真相を白状して信じてもらいたがる。理由は簡単、たいていはもっと悪いことを隠しているのだ。

「本当のことをいってるんだ」コーバーはしどろもどろで必死に訴えた。「嘘じゃない」

おれは鎌《かま》をかけてみた。

「コールマン・ハウスから失踪《しっそう》した少女たちのことは？　彼女たちはどうした？」

「だから、そんなことは知らないと――」

「十秒やるからそのあいだにしゃべるんだ。でないと丸焦げになるぞ」

「た、頼む──」

「十、九、八、七──」

「わかった、わかったよ。しゃべればいいんだろ！」

ライターを消して、おれは立ちあがった。

「今度はほんとのことを話したほうがいいぞ。でないと七から数えはじめるからな。五からでもいい。のらくらするのにはうんざりだ」

「わかった、わかったって」コーバーは一瞬間《ま》をおいて、気持ちを落ち着けた。それからなにかいいかけて口を開き、そのままいい淀《よど》んだ。こいつは相当ひどい話を聞かされるはめになりそうだ。「おれとロバーツは……ちょっとしたビジネスをやってたんだ」

「どんな？」

「女さ。少女だ」

おぞましさが込みあげてきて、おれは煙草を強く吸った。

「そのビジネスとやらの仕組みは？」

また間をおいて答えを思案していたが、結局、ほかに選択肢はないと諦《あきら》めたらしい。

「おれたちには依頼人がいて、そいつの望みは少女だった。しかし、ちょっと厄介な問題があった……そいつは、少女たちを永久にほしがったんだ」

「どういう意味だ？」

「そいつの希望は、失踪しても周囲に騒がれない少女だったのさ」

「なんのために？　そいつは少女たちになにをしたんだ？」

「わかるだろ……」

「いいや、わからない。話せ」

「たぶん、少女たちを殺してたんだろう」

「なぜだ？　快楽のためにか？」

「ああ、だと思う」

警官だったころ、小児性愛者が被害者を殺害した事件に何度か出くわしたことがある。動機は口封じのためということもあるが、多くは殺人衝動が性的快感を高めることになるからだ。殺しながらいく。そこに究極のスリルを覚える獣《けだもの》たちが、この世の中にはいるのだ。

「なんてやつらだ」おれは首を振って、頭のなかを整理しようとした。「それで、やり方は？」

「まず、ロバーツが獲物を選定する。失踪しても周囲に気づかれないようなのを、自分がカウンセリングしてる少女たちのなかから選ぶのさ。それからロバーツは、少女たちの行動を逐一おれに聞かせ、さらうのに最適な時間と場所を指示してくれる。そこから先はこっちの仕事だ」

おれは胸が悪くなって、コーバーをにらみつけた。

「で、何回ぐらいそれをやった。何人の少女が消えたんだ」

「そんなにはやってない」

「何人だ」

「全部で四人」

おれは煙草を強く吸った。

「どれくらいの期間で」

コーバーは一瞬考えこんだ。

「わからない。一年半か、そのあたりだ。あのミリアムって女は——あの淫売は——その仕組みを嗅ぎつけた。ロバーツがミリアムの友だちの一人を選んだところで、どういうわけか見抜かれたらしい。そのときからあの女はロバーツを脅迫しはじめたのさ。金を払わないと警察にばらす、とな」

「ミリアムの女友だちの名前を知ってるか？　ロバーツが選んだ……少女の？」最後の言葉はなかなか出てこなかった。

「いいや」コーバーは首を振った。「名前は一切聞かされなかった」

「モリー・ハガー」そう教えてやると、コーバーは無表情な目でおれを見た。「ミリアムの女友だちの名前は、モリー・ハガーだ。まだ十三歳だったんだぞ」コーバーはまた両手に目を落として黙りこんだ。「しかもミリアム・フォックスを殺した理由が、警察に通報すると脅迫されたからだと？」

「ああ。おれが客を装《よそお》ってあの女を車に乗せたんだ。それから始末した」

「そこから先はいわなくてもわかる。死体を見たからな」

おれは束《つか》の間《ま》立ちつくし、いま聞いたばかりの話を整理しようとした。同時に、胃のなかが空っぽになるまでなにもかもぶちまけたかった。これほどまでに吐き気がして気が滅入《めい》ったことがあるだろうか。あまりにやり切れない。この獣《けだもの》と一緒に狭苦しい部屋に立っているのもうんざりだ。

「最後にさらった少女はだれだ。同じ年頃の、黒髪の少女か」

「いいや。ミリアムの友だちは、なんて名前だった……？」

「モリー。名前はモリーだ」

「そいつが最後さ。依頼人があんまり頻繁になるのをいやがったんだ。でないと疑惑をもたれるからな」

となると、またひとつ謎《なぞ》が残る。いったいアン・テイラーはどこに消えたのか？　だがその疑問に対する答えは、別の機会を待たなければならない。

「で、その依頼人の名前は？」

コーバーはおれの目をまっすぐ見て答えた。

「キーン。レイモンド・キーンだ」

37

眉間《みけん》を直撃したショックに打ちのめされないよう、懸命に持ちこたえた。レイモンド・キーン。知りあって七年にもなる、おれに人殺しの仕事を世話してくれた男。あのレイモンドが、想像しただけでも肌が粟立《あわだ》つほど恐ろしい悪行に関わっていたとは。

「レイモンド・キーンなら知っている」おれはコーバーにいった。「セックスゲームで少女を殺すのが、やつのスタイルとは思えない」

「おれが嘘《うそ》をつくと思うか」コーバーは昂然《こうぜん》と答えた。たしかにここまで来て嘘をつくとは思えない。「依頼人ってのはそいつさ。そいつが別のだれかのために少女を調達してるかどうかまでは、おれも知らない」

その可能性について考えてみた。レイモンドは実業家だ。少女の計画殺人などという卑劣であくどいビジネスに関わっているとは、にわかには信じがたい。しかし、少女たちの精神面でのケアを仕事とするロバーツの関与が信じられるなら、レイモンドの関与も信じることができる。コーバーの役割については、本人の言葉どおりにちがいない。

おそらくそこには、冷酷な理由があるのだ。ちまたには子どもを殺すことに性的スリルを覚える連中が——その数が少ないことを願うが、本当のところはわからない——いるのだから。たぶんコーバーがいうように、レイモンドは単に猟奇的な闇《やみ》市場と通じて、失踪しても人目を引かない子どもたちを調達しているだけなのだろう。そしてほかの事業と同じように、表向きはできるだけ距離を保つようにしている。コーバーのような人間を雇った理由と経緯は簡単だ。コーバーは子どもたちを死に追いやることになんの疑問も抱かない。だがロバーツは？　さすがにそこは理解しがたかった。

「それで、ロバーツはいまどこだ」

「おれはミスター・キーンに、カーラという女を始末しなくちゃならなかったことを報告した。するとミスター・キーンは、ロバーツがうっかり口を滑らせてゲームを台なしにしてしまうんじゃないかと心配しはじめた。そこで安全を期すため、おれにロバーツの始末も頼んだのさ」

「どうやってロバーツを殺したんだ」

「昨日の夜、話したいことがあるといって待ちあわせ、あいつのフラットまで車で迎えに行った。やつが車に乗ったとき、おれはかがみこんでやつの腹にナイフを突き刺し、ドアをロックした。それからミスター・キーンのところまで運んだら、あとは任せろといわれた」

「ここ数日は大忙しだったわけか。それでマーク・ウェルズは――」

「だれだって？」

「おまえがやった殺人の容疑で起訴されている男さ」

「ああ、あのポン引きか」

「ウェルズはこの件に関わってるのか」

コーバーは首を振った。

「いいや。あいつはなんにも関係ない」

「それじゃ、どうやってあいつをハメたんだ」

「ロバーツが仕組んだのさ。はじめはロバーツも手を打つつもりはなかったんだが、あんたらが嗅《か》ぎまわりはじめたんで、怖《お》じ気《け》づいたのさ。あんた、コールマン・ハウスに聞き込みに来ただろ？　あれで少しビビッたらしい」

「ウェルズのシャツはどうやって手に入れたんだ」

「あの少女の……モリーの持ち物さ。モリーは一度ロバーツに、あのシャツを見るとウェルズを思い出すといったことがあるんだ。あのポン引きに惚《ほ》れてたかなにかしたんだろう。モリーの所持品はまだコールマン・ハウスにあったから、ロバーツがそれを失敬して、現場近くに仕込んだんだ。そういうずる賢い男なのさ、あいつは。それから警察に電話して、女の声音を使ってタレこんだんだ」

そういえば、ロバーツは歌うようなやさしい声をしていた。女の声音をまねるとしたらあの男しかいない。まんまとしてやられたわけだ。

「ナイフは？」

「ロバーツがコールマン・ハウスの少女たちから聞いたんだ。ウェルズはでかい肉切りナイフで人を脅すのが好きだとな。おれが……ミリアム殺しに使ったのも、そういうタイプのナイフだった。そいつを捨てずに持ってたもんで、ウェルズを完璧《かんぺき》にハメるためにロバーツが現場近くに仕込んできたのさ」

「そういうことだったのか」

「それが真相だ」

「レイモンドはおまえに携帯電話を渡しただろう」

「ああ」コーバーはうなずいた。

「どこにある」

「どうしてだ？　なんでほしがる？」

「つべこべいうんじゃない。縛られてガソリン塗《まみ》れになってるのを忘れたのか。さあ、どこにある」

「ポケットのなかだ」コーバーは不自由な姿勢のままで、コートの外ポケットを叩《たた》いた。

おれは前に進み出て取り出し、電源を入れた。

「いまからレイモンドの番号にかける。やつが電話を取ったら、できるだけ早く会いたいと伝えろ。できれば今夜。たぶん向こうは渋るだろう。だが心配するな。強気で押しまくれ。そして待ちあわせの時間を確認するんだ。きっとだぞ。それ以外には下手なことをしゃべるんじゃない。わかったな。しくじったら炭になると思え」

「頼む。おれを逃がしてくれ。あんたの知りたいことは全部教えてやったじゃないか」

おれはレイモンドの番号を叩き、コーバーの耳に携帯電話を押しつけた。本気であることを見せるため、もう一度ライターの火をつけ、コーバーの顔の前でそっと振ってみせた。

一分が経過。諦《あきら》めかけたとき、コーバーがしゃべりだした。

「キーンさん、アランだ。緊急に会わなくちゃいけなくなった」間があった。レイモンドががなるのはわかったが、言葉がよく聞き取れない。「ちょっとした問題が持ちあがったんだ。電話じゃ話せない」おれはかがんで、電話に耳を近づけた。コーバーの饐《す》えた息の臭《にお》いがした。レイモンドはしばらく時間が作れないというようなことをいっている。コーバーは、どうしても会わないとまずいんだといって、なおも頼みこんだ。レイモンドは繰り返し理由を訊《き》いてきたが、コーバーは、電話じゃ話せない、直接会って話さなくちゃいけないことだと説明した。こんなやりとりがさらに一分ほど続いたあと、コーバーは耳を傾けはじめた。それから、わかったと二度繰り返し、電話が切れた。

おれは上体を起こして、もう一本煙草《たばこ》に火をつけた。

「それで？」

「だれにも会いたくないといってるが、そんなに緊急なら今夜自宅に来いといっていた。十二時までに。自宅の場所は――」

「ああ、それなら知ってる」レイモンドの住まいはハートフォードシャーとエセックスの州境にある大邸宅だ。一度も行ったことはないが、場所はわかっている。おれは煙草を吸った。「どこかへ行くといってたか。十二時過ぎに」

「いいや、そんな話はしてなかった」

「もうひとつ質問だ。おまえとロバーツはどうしてレイモンドと関わるようになった」

「ロバーツがどこかでレイモンドと知りあいで、おれはロバーツと知りあいだった、それだけさ」

コーバーとロバーツが知りあいになった経緯については、あえて訊かなかった。どうせ共通の趣味を持ってたからに決まっている。

ため息をつき、背中を向けて窓辺に行った。陰鬱《いんうつ》な墓石を思わせる高層ビルが間近に迫っていて、晴れた日でも日射《ひざ》しはさえぎられてしまうだろう。外は雨が激しく降りしきり、街灯の鮮やかなオレンジ色の明かりを霧がぼかしている。一人の男がコートの襟を引っぱりあげて顔をすっぽり隠しながら、眼下の通りを足早に歩いていた。なかば走っているといってもいい。まるで、外にいるだけで致命的な危険にさらされているかのようだ。

窓辺に立って外をながめながら、十三の子どもだったころを思い出した。家の裏に原っぱがあり、そこに大きなオークの木が一本立っていた。夏はよくみんなでその木にのぼったものだ。親父《おやじ》は決まって六時半かっきりに仕事から帰ってきた。それより早いことは滅多になく、それより遅いことは絶対になかった。親父は帰宅すると、おれと妹を連れてその原っぱに行き、サッカーをしたものだ。雨の日以外は毎日やった。とりわけオークの木の向こうに日が落ちる夏が最高に気持ちよくて、近所の子どもたちも加わった。いい時代だった。たぶんおれの人生で最高の時期だったろう。子どものころは、人生はすばらしくいいものだ。というより、そうでなくちゃならない。おれはモリー・ハガーの姿を思い浮かべた。カーリーヘアをした小柄なブロンドの少女。まだ十三歳だった。なのに彼女の最期《さいご》の数時間は、混乱と恐怖に満ちた地獄だったにちがいない。この雨に濡《ぬ》れた冷たい都市で、彼女はドラッグの味を覚えさせられ、残っていた最後の純真さまでも奪い取られたうえに、荒涼とした灰色の街角から誘拐され、連れ去られた先で、病んだ堕落にどっぷり浸《つ》かった男たちの快楽のために弄《もてあそ》ばれ、殴られ、殺された。その男たちは、より満足のいくオーガズムを得たいがために、人の命を平気で奪うことのできるやつらだ。モリーはまだサッカーをして、愛してくれる両親と楽しく過ごしていてもおかしくない年だった。それがいまは名もない骸《むくろ》として忘れ去られ、どこかで人知れず眠っている。だれからも忘れられ、親友のミリアムさえも、利己的な目的のために彼女を利用しようとしただけだった。

だれからも忘れられたモリー。だがこのおれは、忘れない。

「おい、こいつをはずしてくれ。火傷《やけど》を医者に診てもらわなくちゃならない。痛くてたまらないんだ」

おれはあいかわらず窓の外をながめ、煙草を吹かしながら、いまは亡《な》きカーラ・グラハムに思いを馳《は》せた。もし彼女が殺されなかったら、一緒にどこかへ逃げていただろうか。

「あのな、コーバー」おれはコーバーを見ずにいった。「おれはこれまでけっこう悪いことを重ねてきた」

「あんたの質問には答えたじゃ――」

「なかにはひどく残酷なこともした」

「バカなことはやめろ！　頼む！」

「だがこれは、ちっとも悪いことじゃない」

おれは出し抜けに振り向いた。コーバーがあがきはじめるより早く、火のついた煙草はおれの手を離れ、またたくまにガソリンが燃えあがった。その激しい炎の唸《うな》りは、コーバーの断末魔の悲鳴に掻《か》き消されていった。

38

レイモンド・キーン。すべての元凶はあの男だったのだ。あの男は丸々と太った邪悪な蜘蛛《くも》のように、殺人と欲望と堕落の血塗られた蜘蛛の巣をながめ、その蜘蛛の巣にだれがつかまるか、つかまった者がどんな終わりを迎えるかなどまったくお構いなしだった。おれの疑問に最後の答えを与えてくれるのはレイモンドだけだ。おれがみずからのため、あの世でおれを裁くことになる人々のために贖罪《しょくざい》を果たすことができるとすれば、レイモンドの命を終わらせることによってしかありえない。

雨の降りしきる市内を、おれは車で走った。頭のなかには、なにもかも引き裂かれ、荒涼とした心象風景が広がっている。そのどこかに、たしかに恐怖もあった。正義と復讐《しゅう》を求めたあげくに命を落とし、わずか数時間後にはこの世にいないかもしれないという恐怖。しかし、心象風景を圧倒的に占めるのは憎悪《ぞうお》だ。レイモンドが殺した少女たちの名もない墓から、亡霊のように立ちあがる憎悪。この世の悪によって犠牲となったすべての人々の、怨霊《おんりょう》となってさまよい歩くかのような憎悪。この憎悪を鎮《しず》めるには、復讐を遂げるしかない。

エンフィールドの人気《ひとけ》のない裏道で電話ボックスを見つけて車を停め、ロイ・シェリーから聞いたトテナムのレストランの番号にかけた。外国語訛《なま》りの男が出たので、メメト・イーランにつないでくれと頼んだ。そんな人は知りませんと男はいい張ったが、なかば予期したことだ。

「いいか、こいつは一刻を争う緊急の用件なんだ。デニス・ミルンが話をしたいといっていると伝えろ」

「ですから、メメト・イーランなんて知らないんです」

おれは自分が電話している場所の番号を伝えた。

「向こうはおれと話したがるはずだ。嘘《うそ》じゃない。わかるな?」もう一度番号を繰り返すと、男が書き取っている気配があった。

「さっきもいったように——」

「この番号の場所にいるのはいまから十五分だけだ。公衆電話だよ。十五分をすぎたらおれは消える。そうなったらやつは、おれと話ができなかったことを悔やむだろう」

そこで電話を切り、煙草に火をつけた。外はあいかわらずの雨で、通りには人気がなく、がらんとしている。向かいに建ち並ぶ家々には明かりが灯《とも》っていて、それをぼんやりながめながら、人の姿を探した。それらしいものはなかった。まるで世界が眠っているかのようだ。死んでいるといってもいい。

電話が鳴った。おれがレストランに電話してから一分もたってない。二度めの呼び出し音で、受話器を取った。

「デニス・ミルンだ」

「要求はなんだ」ゆっくりした、自信に満ちた口調。外国訛りはあるものの、発音は洗練されている。母国でも上流階級にいたようだ。

「おれの頼みを聞いてもらいたい。そのかわり、おれはあんたの頼みを聞いてやる」

「この電話は安全か？」

「公衆電話だ。使うのははじめてだよ」

「私になにをしろというのだ」

「あんたかあんたの代理人に、レイモンド・キーンを消してもらいたい。永久にだ」

電話の向こうに、不快さを感じさせない、深みのある含み笑いが響いた。

「どうやらきみは勘ちがいしているようだな。レイモンド・キーンなどという男に心当たりはない」

「レイモンド・キーンはもうおしまいだ。身の毛もよだつ恐ろしい犯罪であいつが有罪になる証拠を、おれは握ってるからさ」

「それが私になんの関係があるんだ」

「あいつは捕まれば自白する。あんたはあの男と、ビジネスでじつに興味深いつきあいをしてるそうじゃないか。そいつを秘密にしておきたいだろ」

「そのレイモンド・キーンに関して、きみはどんな証拠を持ってるというんだ」

おれはポータブルテープレコーダーを取り出した。コーバーへの尋問を録音したものだ。「こいつさ」再生ボタンを押して、テープレコーダーを送話口に近づける。肝心な場所へ早送りし、その録音状態のよさに満足した。コーバーが、ミリアム・フォックス殺害ばかりかほかの四人の少女殺害についてもレイモンドが関与していることを告白した箇所だ。コーバーを焼き殺す部分が来る前に、停止ボタンを押した。

「いわゆる過度の強迫下での自白といった感じだな。だとしたら、法廷で証拠として採用される見込みはないぞ」

「かもな。だがこいつが警察の手に渡れば、警察が動き出すのはまちがいない。おそらく総力をあげてレイモンドを捕まえようと躍起になるはずだ。そうなれば……警察はかなりの証拠を掘り起こし、結果的に迷惑をこうむる連中が芋蔓《いもづる》式に出てくるだろう。となれば、その連中も同罪となる可能性がある。断言してもいいが、レイモンド・キーンは連続少女殺害事件の共犯だ。そんなやつと密接な関係にあると思われたい人間がどこにいる?」電話の向こうに沈黙があった。「レイモンドはいま自宅にいる。いろいろと神経を磨《す》り減らしているころだろうぜ。いまこうして話しているあいだにも、高飛びの準備をしているかもな。だからあんたも、早いとこ手を打ったほうがいい。もしやつが二十四時間たってもまだ生きていたとしたら、いま聞かせてやったこのテープは警察の手に渡ることになる。おれがレイモンドのあくどい副業についてつかんだほかの証拠も添えてだ」

「そのあとはどうなる？　レイモンド・キーンさえ消えればあとの心配はいらないという保証はあるのか？」

「おれの頼みさえ聞いてくれれば、テープは廃棄する。下手をすると、このおれも罪に問われかねないしな。そしてデニス・ミルンは、地上から姿を消す」

「どうせこの会話も録音しているんだろう。あとになって、メメト・イーランに不利な証拠として利用されないという保証は？」

「それについては、おれの言葉を信用してくれとしかいいようがない。どういうことになるにしろ、もしレイモンドが明日の夜もまだ生きていたら、おれは警察に行く。もし生きていなければ行かない、それだけさ。正直な話、できれば警察には行きたくないんだ」

「だったらきみも、明日とはいわず、いますぐにでも姿を消したほうが身のためじゃないのか」

「レイモンドが死んだとわかれば、すぐに消えるさ」

「わかった。電話してくれてありがとう」

「もうひとつ訊《き》かせてくれ。トラベラーズ・レストで三人を銃撃したときのおれの相棒だが、どうなったか知らないか？」

「それに関しては、悪いが力になれない」

おれは黙りこんだ。イーランが本当のことを話している可能性は五分五分だった。イーランはそれ以上いわずに電話を切り、おれもそっと受話器をフックに戻した。向こうは餌《えさ》に食らいついてくれるだろうか？　十分その気になってくれた感触はあるが、たしかなところはわからないし、レイモンドの自宅襲撃を決行するのに必要な武器をイーランが持っているという確信も百パーセントは持てなかった。なにしろ、おれに差し向けてきた二名の刺客があのていたらくだ。一人は銃身を切り詰めたショットガン、もう一人は照準の狂ったリボルバーしか持たず、おまけに暗殺の腕もろくなものじゃなかった。だがきっとイーランは、レイモンドを排除したくてたまらなくなるにちがいない。そこがおれの狙《ねら》いだ。

しかし、車に戻ってベイズウォーターに引き返そうと思ったものの、考え直した。レイモンド・キーンにはたったいま死刑宣告を申し渡したつもりだったが、イーランがおれの話をただのはったりと考えて、一切手を打たないともかぎらない。やはりこのおれが直接、レイモンドの家に乗りこむ必要があるだろう。まずはレイモンドが在宅していることを確かめ、どの程度の警備システムか確認するのだ。銃はあるから、もしレイモンド一人なら、おれがこの手で引導を渡してやろう。もちろんその前に、連続少女殺人に関わった人間がほかにもいるとしたら、そいつらの名前を聞き出してやる。

九時四十五分、雨はまだ降っていた。レイモンドの自宅のある通りに、おれは車を駐《と》めた。周囲を高い塀に囲まれた大きな現代風の邸宅で、かつて広大な農場だった分譲地の一画にあり、一番近い村でさえ二キロ近く離れている。この邸宅に、レイモンドとルークが二人だけで住んでいるのだ。レイモンドの妻は十年前に他界した。自然死だとされているが、ここ数時間で聞いたレイモンドにまつわる話からすると、その所見も眉唾《まゆつば》ものといわざるをえない。子どもは三人いて、皮肉なことにみんな女だ。それぞれ成長して親元を離れているから、邸宅にいるのはレイモンドと警備の人間だけということになる。

車から出て、後部座席からマック10とブローニングがポケットに入ったコートを取り、それを着た。通りには人気がなく、路上駐車している車も一台もない。建ち並ぶ屋敷はたがいに距離があって、十分なプライバシーが確保できている。こんなところに住んでいる連中は、都会の銀行家や弁護士をはじめ、ウォークインクローゼット付きの八ベッドルームの家に住んでいるというだけで人生なにかを成し遂げたと思いたがる野心家だろう。お隣がとんでもないことに関わっている人物だとわかったらショックで腰を抜かすにちがいないが、逆に世間話に華が咲くことだって考えられる。いずれにしろ、彼らに話のネタを提供することだけはたしかだ。

レイモンドの家の敷地を囲む塀は高さ約三メートルで、侵入者を防ぐため、上に金属製の短い忍び返しがついていた。警察の監視がここにまで及んでないことを慎重に確かめながら、正面の門のほうに歩いていく。予想どおり、立派な木製の門は鍵《かぎ》がかかっていて、インターコムでの通話を介さないと開かないようになっている。おれは車に戻ってエンジンをかけ、塀と平行になるようにゆっくり車を前進させた。車を縁石に乗りあげ、できるだけ塀に近づける。おれの車とその不自然な駐車場所に気づく人間が出てこないことを願いながら、一瞬耳を澄ませたが、とくに物音は聞こえなかったので、車のルーフによじのぼった。これで頭が塀のてっぺんと同じ高さになった。

深々と息を吸い、ジャンプして忍び返しに両手で飛びつくと、両足をあげて塀の上端にかけた。両手でつかんでいる忍び返しのすぐ近くに靴の爪先《つまさき》があって、身体《からだ》がふたつに折りたたまれたような感じだ。なかなか苦しい体勢である。向こう側には針金のような生け垣が生い茂っているのが見え、そこに着地したらかなり痛そうだ。そろそろと忍び返しをまたぎ、顔が道路側を向くように身体を反転させたものの、その拍子に足場が不安定になり、足を滑らせてしまった。同時に思い切ってジャンプしたので、なんとか生け垣の上には落ちずにすんだが、芝生の上にぶざまに着地した瞬間、両脚に鋭い痛みが走った。濡《ぬ》れた芝生の上を転びながら、骨折していないことを祈った。数秒間うずくまったまま足首の痛みが消えるのを待って、ゆっくり立ちあがる。ポケットからマック10を取り出し、マガジンを装塡《そうてん》して、同時に安全装置もはずした。

目の前五十メートルのところに邸宅があった。長方形の大きな三階建てで、昔のカントリーハウス風の佇《たたず》まいをうまく再現した外観だ。門から続く車寄せが、家の正面で幅広くなっている。そこに駐めてあるのは、レイモンドの青いベントレーと、ルークのものと思われるレンジローバーだ。おれの注意を真っ先に引いたのは、ベントレーのトランクが開いていることだった。玄関ドアも開いている。邸内は明かりが皓々《こうこう》とついていて、なにかが行なわれているようだ。

家に続く芝生にところどころリンゴの木があり、その幹に身を隠しながら慎重に近づいていく。車寄せの端、玄関から十メートルほどのところで幹の陰に身をかがめ、冷たい雨に震えながら、つぎの動きを考えてみた。できるものなら自分が直接対決するのは避けたい。手を汚すのはイーランに任せたほうがいい。

なかから人の声がしたかと思うと、レイモンドがルークを従えて出てきた。二人ともスーツケースを持っている。レイモンドは荒れ模様の天気について、大声でぼやいていた。しかし十一月末のイギリスに、ほかにどんな天気が期待できるというのか。おれにはレイモンドの気が知れなかった。

「ここを離れたら、きっとせいせいするぞ」ベントレーのトランクにスーツケースをしまいながら、レイモンドはルークにいった。「冗談でいってるんじゃない。私はもううんざりなんだ。祖先が世界を征服したのも無理はない。なんだってやるさ、こんなクソ溜《だ》めみたいなところから逃げ出せるなら」

二人はまた邸内に戻ろうと踵《きびす》を返した。レイモンドはあいかわらず大声でぼやき、ルークはボスの愚痴にさほど興味なさそうな感じで相槌《あいづち》を打っている。にらんだとおりだった。レイモンドはずらかるつもりなのだ。賢明な判断だといえるだろう。ただしレイモンドの唯一《ゆいいつ》の読みちがいは、おれがそうはさせないことだ。

リンゴの木の陰から飛び出し、砂利を敷いた車寄せを這《は》うように進んで、家の外壁に張りついた。ゆっくりと玄関に向かう。ポーチの庇《ひさし》が数メートル張り出しているため、身を隠すには持ってこいだ。まもなく二人は、さらにスーツケースふたつを持って邸内から出てきて、ベントレーに向かった。

おれは出し抜けに暗がりから出て、マック10を構えながら二人のほうに歩いていった。靴が砂利石をざくざく踏み鳴らす。二人は同時に振り向いた。レイモンドは一瞬ショックを受けたようだが、すぐに平静を取り戻した。ルークはぎらついた目でおれをにらみ、革ジャケットのポケットに手を入れた。

「両手は見えるようにしておけ。さあ！」ルークにマック10の銃口を向ける。レイモンドも同じようにした。

ルークはおれをにらみつけたまま、ゆっくりと両手を上にあげた。

「どうしたというんだ、デニス？」レイモンドが口を開いた。「なんでこんなことを？」

本気で驚いているような口ぶりだが、レイモンドは昔から芝居がうまい。このおれでさえ、こいつは憎めない悪党だと思っていたことが一時期あるくらいだ。

「心当たりがないとはいわせないぞ、レイモンド。まず第一に、よくもおれを殺そうとしてくれたな――」

「デニス、いったいなんの話だか――」

「黙れ、おれをそこらの間抜けと一緒にするんじゃない。第二に、こっちのほうが重要だが、おれはおまえに関するとんでもない情報を探り当てたんだ。おまえの身体に風穴を開ける前に、そのあたりをじっくり聞かせてもらおうと思ってな」

レイモンドの表情は変わらなかった。ショックを受けて傷ついた顔そのものだ。信じていた人間になぜ銃を向けられなければならないのか、本当に理解できないかのようだ。

「デニス、私はいつだってきみのことを――」

「アラン・コーバー」今度はレイモンドの顔に、一瞬不安の翳《かげ》がよぎった。

「いまあいつと話をしてきたところだ。いろいろ興味深いことを聞かせてもらったよ。

あいつはおまえのためにずいぶん手を汚してきたそうじゃないか」

「アラン・コーバーなんて名前は、聞いたこともない」レイモンドは大声で否定したが、その口ぶりに説得力はなかった。

「シラを切っても無駄だ。こっちは少女誘拐について詳しいことを――」

そのとき背後の砂利石に気配があって、たちまちおれは後悔した。玄関を背にしてレイモンドとルークに声をかけたのがまちがいだった。すぐさま振り返ったものの、体勢を立て直す間もなく、固いもので頭をしたたか殴られた。一瞬痛みで頭が割れそうになり、両脚が萎《な》えてくずおれ、ひざまずいた。さらに一撃。殴られながらも必死にマック10を構えようとしたのは、生き延びるにはそれしかないと思ったからだが、手は銃を握る力もなく、マック10を取り落としていた。目の前がぐるぐるまわり、世界がおれから逃げていくような気分だ。そのあいだじゅう、おれは自分の愚かさを呪《のろ》っていた。

砂利の上に前から倒れたが、身体をよじって、なんとか横向きになった。見おろしていたのは、手に鉄棒を持ったルークの弟、マシューだった。ルークにマシューといえばありがたい聖人の名前だが、その表情のどこにも慈悲は見あたらない。

レイモンドが横からあらわれて、おれの肋骨《ろっこつ》を蹴《け》りつけた。

「まったく、きみにはじつにイライラさせられるよ。頼みもしないびっくり箱と同じで、いきなりポンポン出てくる。どうして私の前から大人しく消えてくれないんだ」おれは、もし生かしてくれたらなんでもするといいたかったが、口がきける状態じゃなかったし、どのみち聞き入れてもらえなかっただろう。「マシュー、こいつをなかに入れろ。ここじゃ邪魔でしょうがない」

「こいつをどうします、キーンさん？」

「地下室に閉じこめておけ。私はイーランに電話する。イーランの部下が来て適当に始末してくれるだろう。そもそもこいつがまだ生きてるのは、向こうのヘマのせいなんだ。くれぐれもここじゃ手を下さないように念を押しておけよ。家のなかを汚されちゃたまらないからな」

「わかりました、キーンさん」マシューはかがみこんでおれの肩をつかむと、上体を起こした。意識はあったが、とても抵抗できるような力はない。

レイモンドはかがみこんで、おれに顔を近づけた。

「あばよ、デニス。きみと知りあえてよかったといいたいところだが、とんでもない。いやでいやで仕方がなかった。きみはいつだって惨《みじ》めな臆病者《おくびょうもの》だった。きみのようなやつは死んだほうがずっと幸せだよ。だからこれも、きみのためを思ってのことなんだ」おれの頬を得意げに叩《たた》き、無力なおれをあざ笑っている。「じゃあな」

レイモンドは立ちあがると、後ろを振り向いた。

「ルーク、荷物は全部積みこんだか」

「だと思います、キーンさん」ルークはトランクを閉めながら、口ごもったような声で答えた。

「だったらここを出よう。この雨にはもう一日も我慢ならない」

二人が車に乗りこむ一方で、マシューはマック10を取り、空いているほうの手でおれを引きずって砂利の上を歩きながら、家のなかに向かった。玄関ポーチを通ってなかに入り、大きな玄関ホールでおれを降ろす。横には見た目の豪華な階段があった。上階のメインバルコニーに通じていて、まるでハリウッド映画のセットを思わせる造りだ。なんて豪華な家に住んでやがるんだと感心せずにはいられなかった。

マシューはおれに背を向けて、階段下のドアを開けに行った。だがドアには鍵がかかっていたため、マシューは鍵を出そうとポケットを探ったものの、出てきたのはいくつも鍵がぶらさがった鍵束だった。マック10と鉄棒を両方とも手にしたまま、鍵束から目当ての鍵を探している。おれは身体にゆっくりと力が甦《よみがえ》ってくるのがわかった。

「妙な気を起こすんじゃねえぞ」おれの脚がわずかに動いたのを見て、マシューは釘《くぎ》を差した。

「おれがおまえだったら、こんなことはしない」抑えた口調で、マシューにいった。

「警官殺しに関わったら、二十年は食らうからな」

「うるせえ、黙ってろ！」マシューは大声をあげたが、その声が心なしか緊張している。

「おまえがおれの始末をお膳立《ぜんだ》てしてるあいだに、おまえのボスはなにをしてる？　逃走だよ。いつだってそういうやつなのさ——」

「黙れといったんだ！」マシューは怒鳴って背を向け、鍵探しに戻った。今度は鍵を探しやすいように、マック10を壁に立てかけている。

そのとき、ポケットにまだ銃が一丁あるのを思い出した。レイモンドが逃げるのに忙しくてボディチェックし忘れたことと、マシューがどう見てもプロじゃないことに、おれは感謝した。ゆっくりとポケットに手を滑らせる。同時にマシューも必要な鍵を見つけ、ドアに差しこんだ。しかし、おれの様子を確かめようとすばやく振り返ったとき、おれの手の位置が前とちがうことに気づいたにちがいない。なにかいいかけたが、そのとき突然、外のほうで一発の銃声が轟《とどろ》いた。さらにもう一発。その後も数発の銃声が鳴り響いて、開いた玄関ドアの向こうから車がバックで猛発進する音がした。イーランがおれの忠告を聞き入れてくれたらしい。しかもこんなに早く。

マシューは振り返って玄関のほうに駆け出しながら、すっかり狼狽《ろうばい》した声でおれに、そこにいろと叫んだ。なぜかマック10は壁に立てかけたままで、手には鉄棒を握り締めている。護身用にはマック10より鉄棒のほうが頼もしいとでも思っているのだろうか。ポーチのドアを開けたマシューの罵《ののし》る声がした。さらに銃声。ガラスが砕ける音。

おれはそろそろと立ちあがり、ふらつく頭を少しでもはっきりさせようと、首を振った。かすかによろめいたが、なんとか転ばなかった。後頭部は火がついたように痛いが、少なくとも死んではいない。いまのところは。

ポケットからブローニングを取り出す。安全装置はすでに解除してあり、いつでも撃てる状態だ。玄関前で急ブレーキの音がし、砂利石を弾《はじ》きながら車が停まった。そのすぐ後ろに、別の車の停まる音。レイモンドの慌《あわ》てふためいた声がして、マシューの姿が玄関ポーチのドアの向こうに消えた。大声で兄の名を呼んでいる。なかに戻れと怒鳴るレイモンドの声。走る靴音。さらに銃声。どこからか、瀕死《ひんし》の悲鳴が聞こえてくる。

おれは立ちどまり、ポーチのドアに狙《ねら》いをつけた。すぐさまマシューが飛びこんできて、そのあとにレイモンドが続いた。レイモンドの顔は細かい切り傷だらけだ。ルークの姿は見えない。おれは躊躇《ちゅうちょ》することなく、立て続けに撃った。最初の弾はマシューの顔に命中し、マシューの身体が後ろへ泳いで、一時的にレイモンドをさえぎる形になった。さらにマシューの腹部や上半身を撃つ。マシューはレイモンドを巻きこむ形で床に倒れた。

それとほぼ同時に、目出し帽をかぶった一人の男が、銃を構えて戸口から飛びこんできた。こっちを見て銃を振り向けたので、撃ち続けるしかなかった。肩に命中し、胸にも当たったと思う。男は大きく身体を翻《ひるがえ》らせてドア枠にぶつかると、たちまちポーチの扉の向こうに消えた。

ブローニングはもう弾切れだった。床に転がったマシューとレイモンドはぴくりとも動かない。一歩さがったとき、二人めの殺し屋が飛びこんできた。おれの弾筋を知っていたせいか、かがみ撃ちでいきなり発砲してくる。おれはブローニングを放り投げ、死角となる階段の陰に頭から飛びこんだ。殺し屋が追ってくるのは音でわかったので、最後の力を振り絞ってマック10のほうに這っていき、それをつかむと、寝返りを打つようにして構えた。

殺し屋は銃を前に突き出しながら階段の横にあらわれ、おれを見てすぐに撃ってきた。一発めが、高価なクリーム色のカーペットに跳ね返る。おれの頭のすぐ近くだ。さらに二発が同じようにおれのすぐ横をかすめたとき、おれもマック10の引き金を引いた。

一瞬、世界が大音響とともに爆発したような気がした。夥《おびただ》しい銃弾に撃ち抜かれた殺し屋の身体が、狂ったダンスを踊りながら弾け飛ぶ。装飾品、家具、ガラス――銃弾はすべてを砕き、あらゆる方向に吹き飛ばして、壁じゅうに血飛沫《しぶき》を塗りつけていった。小さな銃弾十数発が男の腹部に大きな穴をぽっかり開け、そこから脂肪の塊と、のたくった腸がはみ出している。

マガジンは数秒で空になり、使用済みの薬莢《やっきょう》がカーペットの上に山となって落ちていた。殺し屋は一瞬仁王立ちし、目が見えないかのようにぎこちなくよろめいた。両手で腸をつかみ、必死で腹のなかに押し戻そうとしている。が、そんなことをしても無駄だと悟ったにちがいない。弱々しく呻《うめ》きながら、床に倒れて横たわった。

おれは数秒のあいだ、そこにじっとしていた。頭はずきずき痛むし、疲労もピークに達していた。だがじきになにもかも終わる。あとはレイモンドを確実に仕留め、安心して逃走するだけだ。それでやるべきことはやり遂げたことになり、好きなだけ眠ることができる。

おれは立ちあがり、レイモンドとマシューを見やった。二人とも玄関ポーチ手前のドアの脇《わき》で横たわったまま、微動だにしない。その顔は血で赤く染まっていた。ポーチのなかではだれかの呻き声がする。一人めの殺し屋にちがいない。そのとき一台の車が――イーランの殺し屋を乗せてきた車だろう――バックして車寄せを旋回し、走り去る音がした。

おれは玄関に近づき、おそるおそるポーチをのぞいてみた。一人めの殺し屋が俯《うつぶ》せに倒れていて、身体の下には血溜《ちだ》まりが広がっている。手にはまだ銃があるが、握り方が弱々しい。玄関ドアまで這っていこうとしたものの、そこまで力が残ってなかったのだ。おれは殺し屋のほうに行き、銃を取りあげようとかがみこんだ。

すると、またしても背後から物音がした。もうやられるのはごめんだと思いながら、とっさに振り返る。レイモンドが怒れる牡牛《おうし》さながらに吠《ほ》えながら、飛びかかってくるところだった。繰り出してくるパンチの筋を読んで、なんとかかわすまではできたが、その突進をかわすことはできなかった。レイモンドは頭から突っこんできて、おれはその全体重をもろに受け、後ろに転んだ。

転んだ先が、横たわった殺し屋の背中だった。殺し屋は一気に肺の空気を押し出されて悲鳴をあげ、その手から銃を取りこぼした。身体《からだ》を丸め、レイモンドのパンチの雨を必死にかわす。こっちのパンチもなんとか顎《あご》をとらえはしたが、決定的なダメージにはいたらない。しかもレイモンドは、昨夜《ゆうべ》おれがコーバーに殴られた箇所、すでにダメージを受けている右頬を殴ってきた。瞬間、なにかが折れる音がした。

おれが気を失いかけているとわかって、レイモンドはおれの手から銃をもぎ取ろうとした。そのとき、モリー・ハガーのことが脳裏をよぎった。あの子はきっとわけもわからないまま、恐怖に満ちた死を迎えたにちがいない。ほんの十三歳で。まだ子どもだ。レイモンド・キーンにその罪の代償を支払わせないまま、このおれが死ぬわけにはいかない。その純粋な怒りから思わぬ力が湧《わ》いてきて、おれはすぐさま立ちあがると、レイモンドを殴ってよろけさせ、鼻梁《びりよう》に頭突きをくれてやった。骨が折れるいやな音がして、レイモンドは苦悶《くもん》の悲鳴をあげた。視野の隅で、レイモンドが銃を持ちあげるのが見えたが、頭突きのショックで握り方が弱い。逆にこっちがその手から銃をもぎとって、銃床で側頭部を殴りつけた。同時にレイモンドもパンチを繰り出してきて、おれは後ろに飛ばされた。

しかし、今度は銃を手放さなかった。さっと銃口を振り向け、レイモンドに狙いをつける。レイモンドは目を剝《む》いて凍りつき、おれは上半身を起こした。こうなると、さすがに抵抗はしてこない。おれは片手でレイモンドのふさふさした髪をつかみ、反対の手でその目に銃口を押しつけた。

「さあ、大人しくするんだ」

おれはレイモンドを突き放し、銃口を向けたまま立ちあがった。レイモンドが立ちあがったとき、小突いてポーチから玄関ホールへと押し戻した。レイモンドは鼻からだらだらと血を流しながら、おれのほうを向いたまま後ろ向きでさがった。

「なあデニス、金ならある。たんまりだ。取引しようじゃないか」その声にはまちがいなく恐怖の色があった。

銃でその顔に狙いをつけたまま、おれは立ちどまった。距離はおよそ一メートル半。

「コーバーとロバーツと少女たちのあいだになにがあったか、こっちはなにもかも知ってるんだ」

レイモンドは首を振って、おれを見た。

「くそ、デニス。あんなことに関わるつもりはなかったんだ。ほんとだ」

「コーバーもそういってたよ。だがおれは信じなかった。おまえだって信じられるか。おまえがここにいるあいだに、答えのほしい質問がいくつかある」

「いいだろう」時間稼ぎをする肚《はら》だ。

「もし嘘《うそ》をついたり、おれが信じられないような答えをいったりしたら、足か膝《ひざ》を撃つからな」

「そうかっかしないでくれ、デニス」

「おまえとロバーツは、どういう経緯《いきさつ》でつるむようになったんだ」

「彼とはつきあいが長い」

「きっかけは」

「いつだったか、慈善パーティで知りあったんだ」なんとも皮肉な場所だ。おれは鼻で笑ったが、黙っていた。「意気投合して、彼にコカイン常習癖があるのがわかり、ブツを流してやるようになった。もちろん低料金でだ。喜んでくれたよ。私は彼が気に入った。彼のささやかな変態癖について知るようになるまで、そう時間はかからなかった」

「続けろ」

「彼は金に困っていた。でかい金のトラブルだ。金のためならなんだってやる気でいた。小児性愛者が欲望を満たすためならなんだってやるのと同じだよ」レイモンドはため息をついた。「そのあたりはわかるだろう、デニス。ときに人のなかに邪悪を見ることがある。私はそのときロバーツのなかに、邪悪を見たんだ」

レイモンドはおれのなかにも邪悪を見たことがあるのだろうか。

「それで、少女たちになにが起こったんだ。いまどこにいる」

「死んだよ。みんな死んだ」

「なぜだ。いったい彼女たちになにをした」

「いい逃れをするようだが、私は殺しちゃいない。私には依頼人がいたんだ。ひどく心の病んだ男だ。少女を拷問《ごうもん》しながらイクんだ。ヤリながら少女の首を絞めるのが好きでね」

「なんてやつだ」

「私は関わりたくなかった。できることなら避けたかった。だがその男は――大事な人物だったんだ。うちのビジネスに欠かせない男だった。ほかに手があれば、私だって――」

「いい加減なことをいうな。おまえのことだ、ちゃんと手は打ってあったんだろうが。なにを手に入れた？　そいつにいわれるがままに少女たちを――」その先の言葉は出てこなかった。「そんな目にあわせて、なにを手に入れたんだ」

「ビデオでこの男を撮った。私がイプスウィッチに借りた家であれは行なわれたんだが、そのとき隠しカメラを設置して、行為の一部始終をカメラで記録したんだ。この男が私たちには一切隠し事をしないようにするため、テープは保管してある」

「で、そのいかれた変態野郎はだれだ」

「名前はナイジェル・グレイリー」

「おまえにとっての利用価値は？」

「この男は、関税消費税庁のナンバースリーなんだ」

降りしきる雨のはるか向こうから、最初のサイレンの音が聞こえてきた。最初の銃声から長い時間が経過したような感じだが、実際には三分もたってないだろう。

「それでおまえは、税関職員二人が会計士を連れて行くホテルがわかったわけだな」

レイモンドはうなずいたが、その仕草のなかに羞恥心《しゅうちしん》が垣間《かいま》見《み》えた気がした。両肩を前に落とし、生きる喜びの大半が消え失《う》せたかのようだ。おそらく永遠に戻ってこないにちがいない。

「会計士は、おまえとイーランのなにをばらすつもりだったんだ」

「私たちは不法な密入国斡旋《あっせん》ビジネスをやっていた。何年もだ。しかもたんまり儲《もう》かっていた。社会基盤《インフラ》はできあがってたし、当局内部に協力者もいたからな。なにもかもがうまくいって、だれも傷つかなかった。ところがあの会計士は、それをばらそうとしたんだ」

「なるほどな、で、テープはどこにある？　グレイリーのやつを撮ったテープだよ」

レイモンドはゆっくりと息を吐いた。

「やめておけ。あんなもの見たくないだろう」

「そりゃ見たくなんかないさ。だが、ぜひにという人間もいる」

「頼む、デニス、こんな終わり方だけはしたくないんだ」

「テープはどこだ」

「ベントレーのトランクに一本ある。スペアタイヤの下だ」

「なんでそんなところに？」

「空港へ向かう途中、安全な貸し金庫に放りこんでおくつもりだった。留守のあいだここに置いておくと、家が火事になったときに困るからな」

サイレンがどんどん近づいてくる。今度はおれがため息をつく番だった。

「レイモンド、こんなにおぞましい話はいままで聞いたことがないぞ」

「その気持ちは、私にもわかる」レイモンドはそういって、自分の靴に目を落とした。

もう始末したほうがいいのだが、どういうわけか、なかなかその気になれなかった。

「ダニーはどうした。おれの相棒だよ。あいつはどうなったんだ」

すると、いきなりレイモンドの巨体が飛びかかってきた。そのあまりの敏捷《びんしょう》さに一瞬虚を突かれたが、手をかけられる寸前、引き金を引いた。銃弾は頭に命中し、レイモンドの首が鞭《むち》のように反り返った。もう一発。今度は喉《のど》に当たったが、突進してくる身体の勢いは止められず、おれはドア枠に叩《たた》きつけられた。その身体を押しのけてしっかり足を踏んばりながら、カーペットの上でのたうつレイモンドをじっとながめた。寝返りを打って仰向けになり、喉からゴボゴボと不気味な音を立てている。レイモンドはなにかいおうとしたが、口から出てきたのは血で、しかも夥しい量だ。頭からも激しく出血している。この男の最期《さいご》は間近い。

銃を構え、とどめの一発を撃とうとしたが、思い直した。急いで安らかにしてやる必要がどこにある？　どうせなら、みずからの犯した恐ろしい過《あやま》ちをゆっくり振り返りながら死んでもらおう。

そんなわけで、末期《まつご》の息を数えるレイモンドを置き去りにしたまま、ベントレーに向かった。蜂《はち》の巣になったルークの死体をまたぎ、運転席側にまわりこむ。キーはイグニションに差しっぱなしで、エンジンもアイドリング状態だった。フロントガラスはなくなっていたが、当面は我慢できるだろう。

おれはギアを入れて、車を発進させた。

39

翌朝、サマーセットにあるホテルの部屋で、レイモンドの車から回収したテープを備えつけのビデオデッキに放りこみ、三十秒間見た。三十秒で十分だった。警察官時代、忌《い》まわしいものは数多く見てきた。このロンドンの中心街で警察官を二十年近くやってきて、やたらなものにはショックを受けないはずだった。だがこれは、数少ない例外といえる。

テープにはモリー・ハガーが映っていた。ほとんど家具のない部屋でベッドに座り、両手を後ろ手に縛られている。黒いフリルのついたショーツ以外は素っ裸だ。それでも体つきはまだ十三でしかなく、むしろ十三より幼く見えるかもしれない。途方に暮れ、恐怖ですすり泣いている。モリーの前に全裸の男があらわれた。横を向いてカメラに映っている。禿《は》げかけた中年男で、ガリガリの痩《や》せ型だ。かすかに見覚えのある顔。たぶん前にテレビで見たことがあるのだろう。飢えた野獣のような目つきをして、股間《こかん》を屹《きっ》立《りっ》させている。男はモリーの顔を平手で叩き、この薄汚い淫売《いんばい》めと罵《のの》った。極度の愉悦に興奮した声だ。男はモリーのカーリーへアをつかむと自分のほうへ引き寄せ、また叩いた。そして痛いと叫ぶモリーをひざまずかせ、イチモツを荒々しくモリーの口に押しこんだ。

おれはそこでスイッチを切った。それ以上見てもなんの意味もない。気が滅入《めい》るだけだ。それに最後には男がモリー・ハガーを殺すのはわかっているし、レイモンドがそれを燦然《さんぜん》と輝くテクニカラーでテープに収めてあるのもわかっていた。とりわけやりきれないのは、ここに映っている男がかつて王室と仲のよかった立派な人物であり、テレビにも出演して、関税消費税庁の動きについて説得力のある意見を述べたりしていたことだ。その表向きの顔の下には、猟奇的な欺瞞《ぎまん》に満ちた獣《けだもの》がいて、その事実を周囲に巧妙に隠していたのだ。

一時間後、事件の真相を自分なりにまとめた詳細な報告書を添えて、アシフ・マリック巡査部長宛《あ》てにビデオテープを送った。〈ノース・ロンドン・エコー〉紙のロイ・シェリーにも、約束どおり報告書を郵送した。ただしこちらは簡略化したもので、将来の裁判に影響を与えないよう、ナイジェル・グレイリーのことには触れなかった。そしてどちらの報告書にも、おれ自身の関わりは明記しなかった。もっとも、じきに周知の事実となるにちがいないが。

それから一時間後、おれは請求書の支払いをすべて済ませ、レンタカーでひたすら西へ向かっていた。レンタカーの名義はマーカス・バクスター。スウィンドンに住む、旅まわりのセールスマンだ。

エピローグ

フィリピン航空の搭乗カウンターに、笑顔で近づいていった。東洋的な顔立ちの女が微笑《ほほえ》み返す。女は同僚より年上で、三十代といったところか。おそらく主任だろう。愛想よく声をかけてくるあたりは、まるでおれに会えて本当にうれしいみたいだ。スーツケースにはご自分で荷物を詰めたんですか、などとお定まりの質問をつぎつぎと投げかけてくる。おれはどの質問も的確に受け答え、この時期のフィリピンはどんな感じだいといった他愛のないやりとりをかわす。「行ったことないんだ」おれはいう。女は、きっとお気に召しますよと答える。「だろうね」椰子《やし》の木に囲まれたビーチに座るのは何年ぶりだろうと考えながら、おれはうなずく。「待ち遠しいな」女はおれのチケットをちらっと確認し、不審な点がないとわかって、またにこやかに微笑む。スーツケースはベルトコンベアに乗って先に旅に出はじめた。

「それでは楽しいご旅行を、セニョール・バクスター」

「ありがとう。楽しんでくるよ」

おれは搭乗カウンターを離れ、パスポート管理係と新たな人生の待つほうへ向かう。緊張などしていない。その必要はないのだ。レイモンド・キーン邸の夜から三ヶ月がすぎた。なにもかもがめまぐるしく変化し、人々の関心が短期間で薄れていってしまうこの国で、おれはすでに過去の人間だった。外見も変わっている。顎《あご》ひげをたっぷり生やし、眼鏡をかけ、顔はまん丸だ。顔以外にもあちこち肉がついて、とくに腹周りはでっぷりしている。田舎料理をたらふく食べ、煙草《たばこ》をやめたおかげだ。とても新聞に顔写真の載った男と同一人物だとは思えない。気づかれる心配は一切ないのだ。

気分もよかった。過去をきれいさっぱり拭《ぬぐ》い去って、生まれ変わったような感じとでもいおうか。もちろん後悔もある。カーラを嘘《うそ》つき呼ばわりしたとたん彼女が殺されてしまったことは、これからも当分おれの心に苦い記憶として残るだろう。しかし、過去は過去だし、少なくとも警官がやれる以上のことを単独でやり遂げたという自負はある。レイモンドの自宅で見つかった証拠と、おれがマリックやロイに送った報告書のおかげで、メメト・イーランと、少なくとも六人はいるその一味は、イギリス史上もっとも大きな密入国斡旋ビジネスに関わっていたことで、裁判を待って鉄格子《てつごうし》のなかだ。しかしながら、四人の子どもを持つ父親であるナイジェル・グレイリーは、みずからの罪で裁判にかけられることはない。逮捕されて四日後、監房のなかで自殺したのだ。密《ひそ》かに持ちこんだカミソリの刃で、手首を切って失血死したのである。カミソリの刃の入手方法については現在捜査が行なわれているところだが、涙を流す者はだれ一人いなかった。タブロイド紙はこのニュースをあからさまに喜んだほどだ。無理もない。あんな男などいないほうが、世の中のためになる。

モリー・ハガーほか数名の少女たちの遺体は、まだ発見されていない。遺体の所在に関する謎《なぞ》が、レイモンドの死とともにあの世に行ってしまったからだ。世間はそのことを受け入れているが、おれを含めて何人かは、もしかするとイーランがその謎を知っているかもしれないと考えている。だがイーランは黙秘を続けているし、ほかに知っていそうな連中も口を割ろうとしない。当たり前だ。あれほどの猟奇犯罪に関わっていたなどと、だれが思われたいだろうか。

予想どおりダニーは、ジャマイカには行っていなかった。レイモンドの死から一週間後、ヒースロー空港の長期駐車場で不快な異臭がすることに警備員が気づき、盗難車のトランクから銃で撃たれたダニーの死体が発見されたのだ。新聞でその記事を読んだときは悲しい気分になったが、驚きはしなかった。

そんななかでも、ひとつだけいい知らせがあった。アン・テイラーが元気に生きていたことだ。おれは報告書のなかで、アンの誘拐をコーバーは否定したものの、彼女も行方不明になっていると触れておいたが、数日後、アンは無事姿をあらわしたのだ。別の年上の女友だちと一緒にサウスエンドまで足を伸ばして、自分たちのサ゛ー゛ビ゛スの新しい市場を開拓しに行っていたらしい。あいかわらず墓場への近道を歩いているわけだが、少なくともいまのところは、おれやみんなと同じように息をし続けている。

マーク・ウェルズは殺人罪での告訴を取り下げられ、ロンドン警視庁の不当逮捕を訴えるための法手続きに入り、慰謝料として約二十万ポンドを要求していた。ところが、釈放されて一ヶ月もしないうちに、覆面警官に未成年の少女とクラックを売りつけようとしている現場を隠し撮りされて再逮捕となった。以来、ふたたび身柄を拘束されている。

その一方で、裁きの場に引き出されない関係者がひとりだけいる。何人も殺害したデニス・ミルンその人だ。レイモンドの死体が発見されてから二日後、おれはトラベラーズ・レスト殺人事件の容疑者として指名手配された。警察が〝大規模な人狩り〟と呼ぶ捜索も行なわれたが、ここまでなんとか捕まらずにすんでいる。おそらく永久に逃げ切れるだろう。金はたんまりあるし、フィリピンには友人もいる。金が底をつきはじめたら、そいつと一緒に仕事をしてもいい。トムボーイはいつだって信頼の置ける男だ。

しかし、果たしておれは逃げてもよかったのだろうか？　ここ数ヶ月、そのことが頭から離れなかった。大変な過《あやま》ちを犯してしまったのはたしかだ。そのことは素直に認める。あとになって知り得た真相の半分でも知ったうえで、あの冷たい雨の夜と同じ状況に放りこまれたとしたら、引き金を引いて罪のない三人を墓場に送ったりはしなかっただろう。だが、過去の過ちは取り返しようがない。あとは未来の過ちをできるだけ少なくし、少しでも世の中がよくなるよう努めるしかないのだ。そしてその点に関しては、ある程度の成功を収めたのではないかと思う。おれがいないほうが世の中はよくなるだろうか？　おそらくそうじゃない。あえていうが、やっぱりおれがいたほうがいいのだ。いつか天国で、おれの審判の座につく人々にはどうだろう？　彼らにはなんといえばいい？

いうとすれば、この一言だ。

おれを許してくれ。

訳者あとがき

〈ダニーが空気を入れ換えようと運転席側の窓を降ろしたので、おれは寒さに身震いした。それにしても、なんてひどい夜だ〉

こんな言葉がよく似合う冬の夜のロンドンで、二つの殺人事件が起きた。ひとつは、かつて幾度も凶悪犯罪の忌《い》まわしい舞台となったリージェンツ運河沿いの裏路地で、十八歳の売春婦ミリアム・フォックスが深々と喉《のど》を切られ、陰部をメッタ刺しにされて惨殺《ざんさつ》されるという、かの切り裂きジャックを彷彿《ほうふつ》とさせるかのような事件。もうひとつは、郊外にあるトラベラーズ・レスト・ホテル裏の駐車場で起こったもので、民間人三名がサイレンサー付きの銃で撃ち殺されるという事件だ。ふつうの人間にしてみれば、このふたつの事件はいまや新聞記事やテレビのニュースで見かけるありふれた出来事にすぎなかったかもしれない。ところが、デニス・ミルンには少々ややこしい事情があった。というのも、一方はデニスが直接捜査を担当することになった事件であり、一方はデニスがその実行犯だからだ。

そう、本作『殺す警官』(原題 *The Business of Dying*)の主人公デニス・ミルンは、ロンドン警視庁刑事部に勤務する現職の巡査部長という表の顔と同時に、殺し屋という裏の顔を持ちあわせているのである。

昼間は事件の捜査に励んでその敏腕ぶりを発揮し、夜はときおり、闇《やみ》社会に暗躍する実業家の依頼を受けて人殺しのアルバイトをする、それがデニス・ミルンの本当の姿だった。デニスはかつて、警官として街から悪を一掃する理想を抱いていたものの、いまでは法の正義に対してすっかり幻滅しきっていた。しかし、悪をのさばらせておくのも癪《しゃく》に障《さわ》る。だから依頼されたターゲットが悪党である場合にかぎり、始末を買って出るようになった。悪を始末して、ついでに金を儲《もう》けられればいうことはない。それがデニスの信条だった。

今回依頼された仕事は三人の麻薬ディーラーを始末することで、些細《ささい》なトラブルは発生したものの、デニスは相棒と一緒に無事この依頼をやり遂げる。ところが翌日になって、その三人は麻薬ディーラーどころか犯罪者ですらないことがわかった。運命の歯車はそこから狂いはじめる。みずからに迫ってくる捜査の手を気にしながらも、デニスは過《あやま》ちを犯した償いとして、十八歳の売春婦惨殺事件の捜査にいきおいのめりこんでいく。

だが、事件の犯人として追われながら別の事件の犯人を追うという遁走曲《フーガ》さながらのめまぐるしさのなかで、狂いはじめた運命の歯車は、予想もしなかった数々の修羅場へとデニスを追いこんでいくのだった。

本作は、ブリティッシュ・クライムノベルの新星サイモン・カーニックによる、一風変わったテイストを持つ警察小説である。練りあげられたプロット、先の読めない展開、描写のうまさ、どれをとってもデビュー作とは思えない仕上がりだ。その証拠に、二〇〇三年度のバリー賞では最優秀英国ミステリ賞部門で候補作に挙がっている。処女作にしてすでに独自の世界を醸《かも》し出しており、今後の活躍が期待できる大型新人といえよう。

　主人公のデニス・ミルンは、ある意味堕落した警察官であり、ついには非情な殺し屋にまで身を落とした男だが、どこか憎めない部分もある。基本的に殺す相手は悪人だけだし、今回も、殺した三人がじつは罪のない民間人だとわかったとたん、その埋め合わせとして、売春婦殺害事件の真相解明に奔走したりするのだ。よく考えればそんな贖罪《しょくざい》の仕方は筋ちがいなのだが、くよくよしないで前向きに（？）考えようと割り切るところに、飄々《ひょうひょう》としてユーモラスな雰囲気すら漂っている。このあたりの主人公の造型には、ユーモアの伝統をしっかり受け継いだ作者のイギリス人気質が垣間《かいま》見《み》えるようで、思わずニヤリとさせられてしまう。

　作品全体に流れる雰囲気も、サイモン・カーニックらしさがすでに確立されているといっていい。その雰囲気をあらわすのにぴったりな言葉が〈猥雑《わいざつ》さ〉だ。売春街であるキングズクロスの猥雑な街の様子はもとより、殺人場面の陰惨な血の描写、警察内部に蔓延《まんえん》する徒労感や法の正義に対する不満を吐露するくだり、ポン引きにぶちのめされてダイエットに励もうと決意したり、女をものにしたいくせに高校生のように逡巡《しゅんじゅん》したりする主人公の姿などが、渾然《こんぜん》一体となってシニカルで猥雑な雰囲気を作り出し、そこからロンドンという街のいかがわしい病んだ側面が、奇妙なリアリティを持って浮かびあがってくるのだ。訳者としては、そのあたりの雰囲気をぜひ堪能《たんのう》していただければと願ってやまない。

作家サイモン・カーニックに関する資料は少なく、インターネット上でもインタビューがひとつあるだけだ。それによると、現在はフルタイムの作家業に入ったものの、それ以前はIT関連のセールスマンを十年やっていたという。影響を受けたのはアメリカ人作家で、ローレンス・ブロック、デニス・レヘイン、ハーラン・コーベンなどの名前が挙げられているが、とりわけローレンス・ブロックが贔屓《ひいき》らしい。

第二作 *The Murder Exchange* もイギリス本国では今年刊行された。主人公はボディガードを生業《なりわい》としている元傭兵《ようへい》。ある夜、うさん臭い依頼人をボディガードしていると、なんと相棒がその依頼人をいきなり銃で撃ち殺し、自分も殺されそうになってしまう。冒頭の謎《なぞ》から、先の読めないスピーディでスリリングな展開へと一気に加速して最後の最後まで突っ走るノンストップ・サスペンスで、サイモン・カーニックの今後の活躍に対する期待感を否応《いやおう》なしに掻《か》き立ててくれる仕上がりとなっている。こちらも新潮文庫で刊行される予定なので、請《こ》うご期待。

ちなみにインタビューによると、カーニックは本作の主人公デニス・ミルンを何作後かに再び登場させるつもりらしい。いつになるかはわからないが、こちらも楽しみだ。

（二〇〇三年七月）

P・エディ
芹澤 恵 訳
フリント（上・下）
身も心も粉砕したあの男を追え――。危険な状況を渇望するロンドン警視庁のタフなニュー・ヒロイン、グレイス・フリント登場！

F・マシューズ
高野裕美子訳
カットアウト（上・下）
テロで死んだはずの夫が副大統領誘拐犯の一味に……。CIA情報分析官だった著者がリアルに構築する爆発的国際謀略サスペンス！

コリン・ハリスン
黒原敏行訳
アフターバーン（上・下）
〝運命の女〟の前に命を投げ出す男たち……。苛烈な暴力と大胆な性描写で、心の闇に囚われた男女の悲劇を綴る、ロマン・ノワール！

N・シェイクスピア
新藤純子訳
テロリストのダンス
一九九二年、三万人を死に至らしめたとも言われる反政府ゲリラの教祖的指導者逮捕劇の裏には、熱く切ない恋物語が秘められていた。

A・ヘイリー
永井 淳 訳
殺人課刑事（上・下）
電気椅子直前の連続殺人犯が元神父の刑事に訴えたかったのは――米警察組織と捜査手法が克明に描かれ、圧倒的興奮の結末が待つ。

R・N・パタースン
東江一紀訳
罪の段階（上・下）
TVインタビュアーが人気作家を射殺した。レイプに対する正当防衛か謀殺か。残されたテープを軸に展開する大型法廷ミステリー。

トマス・ハリス
宇野利泰訳
ブラックサンデー
スーパー・ボウルが行なわれる競技場を大統領と八万人の観客もろとも爆破する——パレスチナゲリラ「黒い九月」の無差別テロ計画。

T・ハリス
菊池光訳
羊たちの沈黙
若い女性を殺して皮膚を剝ぐ連続殺人犯〈バッファロウ・ビル〉。FBI訓練生スターリングは元精神病医の示唆をもとに犯人を追う。

T・ハリス
高見浩訳
ハンニバル（上・下）
怪物は「沈黙」を破る……。血みどろの逃亡劇から7年。FBI特別捜査官となったクラリスとレクター博士の運命が凄絶に交錯する！

T・ハリス原作
T・タリー脚色
高見浩訳
レッド・ドラゴン
—シナリオ・ブック—
すべてはこの死闘から始まった——。史上最大の悪漢の誕生から、異常殺人犯と捜査官との対決までを描く映画シナリオを完全収録！

W・J・パーマー
宮脇孝雄訳
文豪ディケンズと倒錯の館
ヴィクトリア朝のロンドン。若きディケンズが殺人事件に挑み、欲望渦巻く裏町で冒険に身を投じた！　恋に落ちた文豪の探偵秘話。

B・シュリンク
松永美穂訳
朗読者
毎日出版文化賞特別賞受賞
15歳の僕と36歳のハンナ。人知れず始まった愛には、終わったはずの戦争が影を落していた。世界中を感動させた大ベストセラー。

フリーマントル
松本剛史訳
シャングリラ病原体（上・下）

黒死病よりも黒い謎の疫病が世界規模で蔓延！ 感染源不明、致死まで5日、感染者250万人。原因は未知の細菌か生物兵器か？

フリーマントル
幾野宏訳
虐待者（上・下）
―プロファイリング・シリーズ―

小児性愛者たちが大使令嬢を誘拐！ 交渉人を務める女性心理分析官は少女を救えるのか？ 圧倒的筆致で描く傑作サイコスリラー。

フリーマントル
松本剛史訳
英雄（上・下）

口中を銃で撃たれた惨殺体が、ワシントンで発見された！ 国境を超えた捜査官コンビの英雄的活躍を描いた、巨匠の新たな代表作。

フリーマントル
戸田裕之訳
待たれていた男（上・下）

異常気象で溶けた凍土から発見された、大戦当時のものと見られる三名の銃殺体は何を物語る？ チャーリー・マフィン、炎の復活！

フリーマントル
稲葉明雄訳
消されかけた男

KGBの大物カレーニン将軍が、西側に亡命を希望しているという情報が英国情報部に入った！ ニュータイプのエスピオナージュ。

フリーマントル
稲葉明雄訳
再び消されかけた男

米英上層部を揺がした例の事件から二年、姿を現わしたチャーリーを、かつて苦汁を飲まされた両国の情報部が、共同してつけ狙う。

J・グリシャム
白石朗訳
テスタメント（上・下）
110億ドルの遺産を残して自殺した老人。相続人に指定された謎の女性を追って、単身アマゾンへ踏み入った弁護士を待つものは——。

J・グリシャム
白石朗訳
路上の弁護士（上・下）
破滅への地雷を踏むのはやつらかぼくか。虐げられた者への償いを求めて巨大組織に挑む若き弁護士。知略を尽くした闘いの行方は。

J・グリシャム
白石朗訳
パートナー（上・下）
巨額の金の詐取と殺人。二重の容疑で破滅の淵に立たされながら逆転をたくらむ男の、巧妙で周到な計画が始動する。勝機は訪れるか。

J・グリシャム
白石朗訳
陪審評決（上・下）
注目のタバコ訴訟。厳正な選任手続きを経て陪審団に潜り込んだ青年の企みとは？陪審票をめぐる頭脳戦を描いた法廷小説の白眉！

B・ヘイグ
平賀秀明訳
極秘制裁（上・下）
合衆国陸軍特殊部隊にセルビア兵35名虐殺の疑惑——法務官の孤独な闘いが始まる。世界中が注目する新人作家、日米同時デビュー！

E・マクベイン
田村隆一訳
盗聴された情事
魅力と謎に溢れた青年の正体は、実はマフィア！　何の不満もなかったはずの日常の中に、突如始まった情熱的な情事の、危険な結末。

M・H・クラーク
宇佐川晶子訳

小さな星の奇蹟

富くじで四千万ドルを当てた強運の持ち主アルヴァイラおばさんが探偵業に精を出す、ハートウォーミングなクリスマス・サスペンス。

M・H・クラーク
宇佐川晶子訳

月夜に墓地でベルが鳴る

早すぎる埋葬を防ぐために棺に付けられたベル。次にそれを鳴らすのはいったい誰なのか？　悲劇が相次ぐ高齢者用マンションの謎。

M・H・クラーク
深町眞理子
安原和見訳

見ないふりして

殺人を目撃したレイシーはＦＢＩ証人保護プログラムを適用される。新しい人生で理想の人に出会ってしまった彼女に迫る二つの危機。

M・H・クラーク
宇佐川晶子訳

君ハ僕ノモノ

著名な心理学者のスーザンは、自分の持つ番組で、ある女性証券アナリストの失踪事件を取り上げた。その番組中に謎の電話が……。

M・H・クラーク
深町眞理子
安原和見訳

殺したのは私

全く覚えのない殺人罪で服役したモリーは、やっと我が家に戻った。が、非情な罠は再び……。巧妙な筋立てが光る長編ミステリー。

M・H・クラーク
宇佐川晶子訳

さよならを言う前に

口論のまま分れた夫がクルーザー爆発事故で帰らぬ人に――。後悔するコラムニストは、自分の恐しい行く末をも見てしまった……。

L・ヘンダースン
池田真紀子訳
死美人
—〈タルト・ノワール〉シリーズ—
誰もが愛した恩師の不審死——真相を究明するのはわたししかいない！ パンキッシュなヒロインが活躍する鮮烈のシリーズ第1作。

カレンダー・ガール
—〈タルト・ノワール〉シリーズ—
S・ダフィ
柿沼瑛子訳

金髪美女に化けたレズ探偵サズが謎の女を追って淫靡な〝秘密の館〟に潜入！ 女同士の肉欲と愛憎に絡みつく非情な組織の掟とは？

あやつられた魂
—〈タルト・ノワール〉シリーズ—
S・ダフィ
柿沼瑛子訳

患者が次々に変死する精神療法の館。ヒッピー時代に遡る奇怪な事件。レズビアン探偵サズがあばく恐るべきセラピストの正体とは？

女探偵の条件
—〈タルト・ノワール〉シリーズ—
K・マンガー
務台夏子訳

でかい、強い、抜け目ない——無免許探偵ケイシー・ジョーンズが、自分自身を唯一の武器に、警察を尻目に真犯人を追い詰めていく。

時間ぎれ
—〈タルト・ノワール〉シリーズ—
K・マンガー
務台夏子訳

死刑囚の冤罪を明らかにすべく、警官殺しを再捜査する女探偵、ケイシー・ジョーンズ。死刑執行まであと一カ月、疾走捜査は続く。

壁のなかで眠る男
—〈タルト・ノワール〉シリーズ—
T・フェンリー
川副智子訳

21年前の白骨死体。元ストリッパーのコラムニスト、マーゴが殺人犯を追う。酸いも甘いもかみわけた熟女45歳のパワーが炸裂！

S・ヘイター
中谷ハルナ訳
トレンチコートに赤い髪
—〈タルト・ノワール〉シリーズ—
恐喝者殺しの容疑者にされたロビンは、自ら犯人探しに乗り出した！ お騒がせレポーターの迷探偵ぶりを描く、注目の新シリーズ。

S・ヘイター
中谷ハルナ訳
ボンデージ！
—〈タルト・ノワール〉シリーズ—
SMクラブと婦人科医殺しを取材中のロビンは、ボンデージ姿で監禁される羽目に！ お騒がせTVレポーターのファニーな事件簿。

K・ジョージ
高橋恭美子訳
誘拐工場
養子斡旋を背景とした誘拐。そして、事件にかかわった男女の切なすぎる恋——。未体験のスリルが待ち受ける、サスペンスの逸品！

P・オースター
柴田元幸訳
幽霊たち
探偵ブルーが、ホワイトから依頼された、ブラックという男の、奇妙な見張り。探偵小説？ 哲学小説？ '80年代アメリカ文学の代表作。

K・グリムウッド
杉山高之訳
リプレイ
世界幻想文学大賞受賞
ジェフは43歳で死んだ。気がつくと彼は18歳——人生をもう一度やり直せたら、という窮極の夢を実現した男の、意外な、意外な人生。

F・アバネイル
S・レディング
佐々田雅子訳
世界をだました男
26ヵ国の警察に追われながら、21歳までに偽造小切手だけで250万ドルを稼いだ天才詐欺師。その至芸と華麗な逃亡ぶりを自ら綴る。

S・ブラウン
吉澤康子訳
口に出せないから（上・下）
障害にもめげず、義父と息子とともに牧場を守る未亡人アンナ。だが、因縁の男が脱獄し、危険が迫る――。陶酔のラヴ・サスペンス。

S・ブラウン
長岡沙里訳
激情の沼から（上・下）
職も妻も失った元警部補は復讐に燃えた。だが、仇敵の妻を拉致して秘策を練るうちに……。狂熱のマルディグラに漂う血の香り！

S・ブラウン
吉澤康子訳
殺意は誰ゆえに（上・下）
殺人事件を追う孤独な検事の前に現れた謎の美女。一夜の甘美な情事は巧妙な罠だったのか？ 愛と憎悪が渦巻くラヴ・サスペンス！

S・ブラウン
法村里絵訳
虜にされた夜
深夜のコンビニに籠城する若いカップル。期せずして人質となり、大スクープの好機に恵まれたTVレポーターの奮闘が始まる！

S・ブラウン
吉澤康子訳
いたずらが死を招く（上・下）
人工授精を受けた姉が腹部をメッタ刺しされて殺された。殺人現場の寝室に残された不気味な血文字。双子の妹メリーナが犯人を追う。

S・ブラウン
法村里絵訳
憎しみの孤島から（上・下）
〈嫉妬〉と題された小説の序章だけを送ってきた不気味な覆面作家。離島に渡った美貌の女性編集者が戦慄の復讐劇に巻き込まれ……。

殺《ころ》す警《けい》官《かん》

新潮文庫　カ－28－1

Published 2003 in Japan
by Shinchosha Company

平成十五年九月一日発行

訳者　佐《さ》藤《とう》耕《こう》士《じ》

発行者　佐藤隆信

発行所　株式会社 新潮社

郵便番号　一六二―八七一一
東京都新宿区矢来町七一
電話　編集部(〇三)三二六六―五四四〇
読者係(〇三)三二六六―五一一一
http://www.shinchosha.co.jp

価格はカバーに表示してあります。

乱丁・落丁本は、ご面倒ですが小社読者係宛ご送付ください。送料小社負担にてお取替えいたします。

印刷・三晃印刷株式会社　製本・株式会社大進堂

ISBN4-10-201711-9 C0197